Michael Köhlmeier
Kalypso

SERIE PIPER

Zu diesem Buch

Der verführerischen Nymphe Kalypso wird der schiffbrüchige Odysseus buchstäblich vor die Füße gespült, und sie braucht weder Zauber noch Gewalt, um ihn auf ihrer Insel zu halten, denn er ist ihr schon bald verfallen. Und umgekehrt! Weshalb Kalypso ihm ewige Liebe und ewige Jugend, sogar die Unsterblichkeit verspricht, wenn er nur für immer bliebe. Odysseus leidet, zerrissen zwischen der Sehnsucht nach der Heimat, der Gattin Penelope, dem Sohn Telemach und der Begierde nach Kalypso. Die Götter sehen zu und wundern sich darüber, weshalb sie ein Symposium über die Sterblichkeit abhalten, die ihnen nicht weniger rätselhaft erscheint als uns ihre Unsterblichkeit. Odysseus ist der Götter Studienobjekt. Pallas Athene findet Kalypsos Angebot zu großzügig, deshalb schicken die Götter dem Odysseus quälende Erinnerungen ins Herz – an die glücklichen Tage seiner Ehe, aber auch an seine zweifelhafte Rolle im Trojanischen Krieg ... »Köhlmeier hat ein intellektuell hoch aufgeladenes Buch geschrieben, und das Wunder ist gelungen, daß dies fesselnde Prosa wird.« (Berliner Morgenpost)

Michael Köhlmeier, 1949 geboren, wuchs in Hohenems/Vorarlberg auf, wo er auch heute lebt. Er schrieb zahlreiche Drehbücher, Hörspiele, Theaterstücke und Romane. Er erhielt unter anderem den Johann-Peter-Hebel-Preis und den Manès-Sperber-Preis. 1997 wurde er mit dem Anton-Wildgans-Preis und mit dem Grimmelshausen-Preis ausgezeichnet.

Michael Köhlmeier
Kalypso

Roman

Piper München Zürich

Von Michael Köhlmeier liegen in der Serie Piper außerdem vor:
Der Peverl Toni (381)
Die Figur (1042)
Spielplatz der Helden (1298)
Die Musterschüler (1684)
Moderne Zeiten (1942)
Sagen des klassischen Altertums (2371)
Neue Sagen des klassischen Altertums von Eos bis Aeneas (2372)
Telemach (2466)
Trilogie der sexuellen Abhängigkeit (2547)
Dein Zimmer für mich allein (2601)
Neue Sagen des klassischen Altertums von
Amor und Psyche bis Poseidon (2609)
Der Unfisch (2765)
Die Nibelungen neu erzählt (2882)

Ungekürzte Taschenbuchausgabe
Dezember 1999

Umschlag: Büro Hamburg
Stefanie Oberbeck, Katrin Hoffmann
Umschlagabbildung: Eugène Delacroix
(Ausschnitt, Archiv für Kunst und Geschichte, Berlin)
Foto Umschlagrückseite: Franz Hubmann
Satz: Uwe Steffen, München
Druck und Bindung: Clausen & Bosse, Leck
Printed in Germany ISBN 3-492-22947-6

ERSTER TEIL VORSPIEL ÜBERALL

Eine Zeit in der Hölle

»Ich« – so erzählte Odysseus bei Gelegenheit, von der wir später berichten werden – »stand an der Pforte des Hades, meine Gefährten gossen Schafsblut in eine Rinne, der Dunst belebte die Toten, und wir sahen ihre Schatten auf das Licht zuwanken. Es waren Frauen. Je näher sie kamen, desto mehr nahm jede von ihnen an Unterscheidbarem zu. Sie trugen, was sie bei ihrem Tod getragen hatten – Leichentücher, Scherbensplitter, Revolver im Mund. Bräute waren dabei, die hoben ihren Schleier; Mumen mit verdorrten Gesichtern wie alte Holzäpfel; Tanten, die in Trauerkleider gehüllt waren, weil sie schon zeitlebens nichts anderes getan hatten, als zu trauern; aber auch Mädchen in fröhlichem Alter mit frischem Leid im Gemüt waren darunter, die trugen Kleidchen mit Muster, die ehedem wohl bunt gewesen waren. Persephone schickte sie her, die Erlauchte, und alle standen versammelt im Kreis um das schwarze Blut. Meine Gefährten hielten sich hinter mir und stießen sich in die Seite, deuteten mit den Daumen und flüsterten einander zu. Denn berühmte Persönlichkeiten waren unter den Toten – Tyro, Antiope, Alkmene, Megara, Iokaste, Leda, Iphimedeia, Phaedra, Prokris, Ariadne, Maira, Klymene, Eriphyle. Ihnen folgte ein Heer von namenlosen, unbetrauerten Niemandstöchtern. Je weiter sie sich hinten im Dunkel verloren, desto mehr glichen sie grauer Luft.

Ich unterschied Aphaia, und sie erkannte mich. Sie erkannte mich, noch bevor ich sie erkannte. Sie drängte sich durch die Schatten nach vorne, den Kopf weit im Nacken, die Arme mir zugestreckt, die Hände nach außen gekehrt, die Finger gespreizt.

›Odysseus‹, rief sie, ›kennst du mich?‹

›Ja, ich kenne dich‹, sagte ich, und mir wurde klamm ums Herz.

Sie tauchte ihre Hände in das Blut und leckte sie gierig ab. ›Ich habe gewartet. Laß mich erst zur Besinnung kommen, dann reden wir.‹ – Ich wandte mich ab.

Sie hatte sich am Strand von Aigina vom Felsen ins Wasser gestürzt. Da war sie sechzehn Jahre alt gewesen. Man hatte damals viel herumgedeutet, warum sie das getan habe. Und jeder hatte eine andere Antwort. Ich hatte keine. Ich war sehr verliebt in sie gewesen. Sie war meine erste Liebe und ein Jahr älter als ich. Wenn ich vor dem Einschlafen an sie dachte, war ich wie besinnungslos hohl. Ich habe dann viel gegessen, bin aus meinem Zimmer hinunter in die Küche gegangen und habe Brot und Käse gegessen. Es ekelte mich vor Brot und Käse, aber ich dachte, ich muß essen, sonst halte ich die Sehnsucht nach Aphaia nicht aus. Also habe ich Brot und Käse und Paprika und Tomaten und Oliven gegessen und Honig gelöffelt und darüber geweint. Sie war nicht so schön wie die anderen Mädchen, aber wenn sie an einem vorbeiging, schaute keiner mehr die anderen an. Ihr Lachen wehte über den Strand, ach, es war wie das blinde Lob des blinden Lebens und es war in diesem Sommer den ganzen Tag da. Jeder kannte sie. Man war froh, daß es sie gab. Sie hatte Sommersprossen im Gesicht, und die Haut an ihren Schläfen war unrein. Sie hatte sonnengelbes, lockiges Haar, gestutzt und hinter die Ohren gebürstet, kraus und widerspenstig an den Seiten. Ich hätte mich so gern an sie geschmiegt, an jede Stelle ihres Körpers meine Wange gelegt. Oh, sie war nicht dünn wie die anderen Mädchen. Ihre Brüste schaukelten, wenn sie lief, sie waren nicht spitz und starr und klein. Schon waren es Frauenbrüste. Sie zog mit den Burschen herum. Den ganzen Tag war sie am Strand, und alle waren hinter ihr her. Sie lief dauernd, sie lachte und lief und war so ungestüm, ja, voll ungestümer Grazie war sie.

Ich – ich erwartete viel vom Leben und machte mir Gedanken über das Leben, und immer dachte ich, was man gerade tut, das kann der Sinn nicht sein, der Sinn liegt in dem, was noch kommt, in dem, was man vorhat, und der Sinn wird sich erfüllt haben, wenn das Leben endet, dann ist es gut, und sonst ist es nicht gut. So dachte ich. Sie aber, Aphaia, sie lief über den Strand, als wäre das alles, was einer vom Leben erwarten kann; und es schien mehr als der glänzendste Lebensplan. Wie kann jemand, dachte ich, nichts weiter tun und wollen, als über den Strand laufen, und trotzdem voller Geheimnis sein. Abends dachte ich an nichts anderes als an die goldenen Löckchen von Schamhaar innen an ihren Schenkeln oder an die bernsteinfarbenen Krausen unter ihren Achseln, an ihre braune Haut mit den kleinen Glanzeffekten an Schulterblättern, Schlüsselbeinen, Ellbogen und

Waden, an ihren Blick unter den verhangenen Augen, wenn sie eine der Eistüten wählte, die ihr die Burschen hinhielten. Sie hatte so eine Art, von einem zum anderen zu blicken, die einen verwirrte und demütigte, jedenfalls dann, wenn man in sie verliebt war. Ihr Blick konnte nicht verweilen. Es war eine Art ängstlicher Habgier. Weil sie alles haben konnte, wollte sie auch alles haben. Ja, ihre Unnahbarkeit, ihre Distanziertheit jedem gegenüber zeigte auch Spuren von Ängstlichkeit. Ich weiß nicht, ob die Burschen aus ihrer unmittelbaren Umgebung das gespürt haben. Ich hatte ihr nie eine Eistüte angeboten.

Ich hatte viel Gelegenheit, sie zu beobachten. Weil sie keine Notiz von mir nahm. Ich legte es drauf an und setzte mich neben sie in den Sand. Ich tat, was sie tat. Verschränkte die Arme, wenn sie die Arme verschränkte. Saß im Schneidersitz, wenn sie im Schneidersitz saß. Ließ mich auf den Rücken fallen, drehte mich auf den Bauch. Es war kein Nachäffen. Es war Nachahmen mit dem Zweck, sie zu begreifen. Wenn ich so tue wie sie, dachte ich, habe ich ein Stück von ihr in mir. Das kann ich dann festhalten. Das kann ich dann studieren. Das tröstet mich in meiner untröstlichen Bewunderung für sie. Daran kann ich mich in der Nacht sattschmeicheln. Keine zwei Meter waren zwischen uns. Sie bemerkte mich gar nicht. Sie roch warm und ein wenig nach Schweiß. Dieser Geruch machte mich verrückt. In der Nacht dachte ich an ihren runden Schamhügel, den ich am Nachmittag neben ihr auf dem Rücken liegend betrachtet hatte, und zwar so, daß er sich gegen den blauen Himmel abhob. Sie hatte mich nicht bemerkt, mit einem blinden Lächeln hatte sie über mich hinweggesehen. Wenn sie sich aufsetzte, um ihre Beine einzucremen, schob sie mit den Armen ihre Brüste zu einer dunklen Furche zusammen. Dann sprang sie auf und lief über den Strand.

Man wußte nicht, wie man mit ihr dran war, was man bei ihr galt. Darüber beklagten sich auch die Burschen, wenn sie allein und unter sich waren. Ich gehörte nicht zu Aphaias Anhang. Ich nahm an, sie wußte gar nicht, daß ich existierte. Ich gehörte zu einer Gruppe von fünf oder sechs Jungen. Wir waren zu jung für sie. Wir waren die Kleinen, die Spatzen, die hinter den Elstern herzwitschern und die Krumen aufpicken, die aus ihren Schnäbeln fallen. Wir trafen uns jeden Morgen am Strand. Wir waren die ersten. Aphaia und ihr Anhang kamen erst später. Unser Tag begann mit Verteilen der Aufgaben. Ich schickte die anderen aus, um Informationen und Meinungen über Aphaia einzuholen. Ich selber blieb am Strand und wartete auf sie. Es war die schönste, süßeste, wehmutvollste halbe Stunde des Tages. Ich blickte auf den glatten Sand, der mit Abdrücken von Möwenklauen bestickt war, und wartete. Jeden Tag kam sie aus einer anderen Richtung. Immer hatten sich die Burschen verrechnet und an einem falschen Ort auf sie gelauert. Und immer ging sie dicht an mir vorüber. Warum? Ich wußte es nicht. Es mußte Zufall sein. Ich sah nur ihre Füße, ihre Waden, ihre Knie, die kräftigen Sehnen an den Ansätzen der Schenkel. Ich wagte es nicht, die Augen zu heben. Ich zählte auf zwanzig, dann erst schaute ich ihr nach, sah ihren geraden, glänzend braunen Rücken und ihren im Schritt federnden Hintern im weißen Badeanzug; sah, wie sie stehenblieb, sich auf die Fußspitzen stellte und die Arme in die Luft hob, so als wollte sie ein Bild an eine unsichtbare Wand hängen. Die Kehle tat mir weh vor Herzklopfen, Jammer und Verrücktheit nach ihr. Was mußte jemand von sich selbst halten, der solche Hüften, solche Schenkel, einen solchen Arsch als absolut unanzweifelbares Eigentum besaß!

Ich kam nicht für sie in Frage. Einmal verlor sich der Ball, mit dem sie gerade spielte, in meine Richtung, ich hob ihn auf, zögerte aber und warf ihn erst zurück, als sie mich dazu aufforderte. Ihr Blick war freundlich und von einer Unverbindlichkeit, die alle Absagen, alles Übergangenwerden, das einem in einem ganzen Leben zugefügt werden konnte, vollständig und restlos enthielt. Es war bitter, daß es sie gab. Für mich war es bitter. Die Burschen, die mit ihr über den Strand tollten, hatten bereits Schnauzbärte und tiefe Stimmen und Schnitte am Kinn vom Rasieren. Man sagte, sie treibe es mit allen. Das waren die Informationen, die meine kleinen Freunde eingeholt hatten. Es machte mir nichts aus. Ich wollte es auch mit ihr treiben. Mehr wollte ich nicht. Das war meine Verliebtheit. Mehr war es nicht. Es war genug, es war größer als alles, was ich bis dahin in meinem Herzen getragen hatte.

Und dann war sie tot. Man hatte sie vom Felsen springen sehen. Vor aller Augen war sie gesprungen. Nur ich hatte sie nicht gesehen. Ausgerechnet an diesem Tag war ich nicht am Strand gewesen. Ich war bei meinem Großvater gewesen. Man fand ihre Leiche nicht. Sie war verschwunden. Die derbe Pracht ihrer Strandberühmtheit hinterließ keine sichtbaren, keine verbindlichen Spuren. Es war von nun an jedermanns eigene Sache, sich an sie zu erinnern oder auch nicht. Es tat mir leid. Es tat mir leid um sie. Und es tat mir leid um mich, weil ich sie nicht gehabt hatte und nie mehr haben würde …

Und jetzt, an der Pforte des Hades, hatte sie mich erkannt.

›Warum erkennst du mich‹, sagte ich. ›Als du lebtest, kam ich nicht in Frage für dich. Da bist du hochmütig an mir vorübergegangen. Ich habe mich nach dir gesehnt, und du hast mich nicht angesehen.‹

Und sie sagte: ›Odysseus! Lieber! Was willst du? Jetzt sehe ich dich an.‹

Da war wieder dieses Zehren in mir, das mich hohl machte. ›Was ich will?‹ sagte ich. ›Du weißt, was ich will. Das habe ich gewollt, und jetzt will ich es immer noch. Aber jetzt ist es zu spät‹, sagte ich.

›Versuch es‹, sagte sie, ›versuch es! Ich war die erste, die du haben wolltest, vielleicht liegt darin Zauberkraft, vielleicht dieselbe Kraft, die es zustande brachte, daß Orpheus seine Eurydike hier herausgeholt hat. Es geht‹, sagte sie, ›glaub mir, es geht! Hier unten wird von nichts anderem geredet. An der Glut deiner Seele sollen meine Feinde zerschmelzen!‹

›Orpheus hat seine Eurydike geliebt‹, sagte ich. ›Ich aber liebe dich nicht mehr, habe dich nie wirklich geliebt. Ich wollte mit dir schlafen, das ist alles.‹

›Und du willst es noch!‹

›Ja, ich will es noch.‹

›Das kannst du‹, sagte sie. ›Du kannst mit mir schlafen! Sooft du willst, kannst du mit mir schlafen, und in allen Stellungen, wie du es möchtest und wie du es weißt, wenn du mich nur hier herausholst.‹

›Aber wie, wie soll ich das machen‹, rief ich, und ich genierte mich nicht vor meinen Gefährten, die dicht bei mir standen und mich festhielten, damit ich mich nicht zu weit über die Blutrinne beugte.

›Rede mich heraus‹, bettelte sie. ›Rede! Rede auf alle Mächte ein, bis sie mich auslassen. Du weißt nicht, wie das hier ist!‹

Da murrten die anderen Weiberschatten bereits, denn sie wollten jede mit mir sprechen. Und es war ja auch eine Ehre für mich, daß sich Leda, der Zeus als schneegefiedertes Tier beigewohnt, oder daß sich Antiope, die Zeus als satyrohriges Halbtier genommen hatte, ausgerechnet mit mir unterhalten wollten, oder auch Alkmene, die, ebenfalls von Zeus geschwängert, den größten Helden Herakles geboren hatte, oder Megara, die mit Herakles im Bett gewesen war, oder Iokaste, die es mit Gatte und Sohn, mit letzterem geiler als mit ersterem, getrieben hatte – alle wollten sie mit mir sprechen.

Aber Aphaia ließ sich nicht von den Berühmteren zurückdrängen. Sie soff Blut und bekam Farbe. Hier unten zählten weder Ruhm noch ehemalige Macht. Sie bückte sich zur Rinne nieder und schöpfte sich das Blut mit vollen Händen an den Mund, und mit den Beinen, die inzwischen schon deutliche Kontur und Nervigkeit zeigten, stieß sie die Schatten zurück, einmal nach dieser Seite, dann nach der anderen.

›Du weißt nicht, wie es hier ist‹, sagte sie wieder. ›Es ist grau und tropft nach unten, aber nichts kommt an, und nichts wird weniger. Und du wartest. Es ist nur Warten hier, aber kein Hoffen. Und es ist langweilig. Du fängst an, jene zu beneiden, die gequält werden. Wir sind flüchtige Übergangswesen ohne Ziel, weder Verdammnis noch Erlösung bringen uns ein Ende. Zu keines Gottes Füße können wir uns flüchten. Du dort oben hast keine Ahnung, was eine Sekunde vom lieben Sonnenlicht wert ist! Nütze es! Hier unten gibt es weder Enthusiasmus noch Depression, weder Niedertracht noch Zerknirschung, keine haarsträubenden Blödheiten, aber auch nicht den schönen Wechselgesang der Gedanken. Keine Schweinereien gibt es, nicht einmal Gerüchte, und weder Verzeihung können wir üben noch Rache. Es ist wie absolute Schlaflosigkeit. Kannst du damit etwas anfangen? Es ist nur eine Umschreibung. Und für eine wie mich ist es schlimmer als für die anderen. Denn ich bin freiwillig hierher gekommen. Ich habe mich suizidiert. Weißt du das? Aus einer Laune heraus. Warum warst du an diesem Tag nicht am Strand? Aus übermütiger Lebenslust habe ich es getan. Ich hatte dabei nicht einmal das Gefühl eines dramatischen Höhepunktes. Es war wie eine Draufgabe nach einem Szenenapplaus. So als ginge das Schauspiel hinterher weiter. Jeder hier sagt mir, was willst du eigentlich, es ist geschehen, wie du es dir selber ausgesucht hast. Ich sage, nein, es war ein Zufall, hätte mich diese schauerliche Lebenslust nicht oben auf der Klippe gepackt, sondern unten am Strand, dann wäre nichts geschehen. Und sie sagen, nein, die Tatsache, daß es geschah, ist der Beweis dafür, daß es geschehen mußte. Laßt mich in Ruhe, sage ich, mit dem Gedanken an die Folgen werden wir eben nicht geboren, laßt mich doch bitte in Ruhe. Aber hier unten hat man keine Ruhe, es ist ruhelos langweilig, und wir werden nutzlos klüger. Ich wußte eben nicht, wie es hier unten ist. Wer das weiß, der kann sich nur das ewige Leben wünschen. Schau mich an, Odysseus! Hol mich heraus! Ich werde so sein, wie ich war. Und ich werde nur für dich sein! Man vergeht hier zwar, aber man wird nicht häßlich, man bekommt keine Falten und keine Ringe unter den Augen, keine schweren Hüften, kein Doppelkinn, keine Krampfadern, keine Zellulitis und keinen schlechten Atem. Ich weiß, du warst verrückt nach meinem Haar. Ja, ja, das weiß ich. Und nach meinem Busen warst du verrückt. Mein Haar wird so sein, wie es damals am Strand war. Und auch mein Busen wird so sein, und meine Schenkel werden die gleichen sein. Und alles an mir wird dir gehören. Ich werde mich auf die Fußspitzen stellen und die Arme hoch in die Luft strecken und so tun, als würde ich ein Bild an eine unsichtbare Wand hängen. Ich weiß doch, so hast du mich besonders gern gesehen. Ja, was hast du denn gedacht, warum ich das so oft am Strand gemacht habe? Aus Sonnenanbeterei oder als Freiübung? Für dich war es, nur für dich. Ich werde es machen, sooft du willst. Was du versäumt hast durch meinen Selbstmord, wir werden es nachholen! Wenn ich endlich wieder im Licht bin, werde ich Lust haben wie nie zuvor, und die wird nur dir zugute kommen. Wenn du mich herausholst, werde ich dir gehören.‹

So sprach sie und wiederholte sich und ließ sich von den berühmteren und ehemals mächtigeren und ehrenwerteren Schattenfrauen nicht vom Blut wegdrängen. Und mir zitterten die Muskeln im Bauch, und der Mund war mir trocken, und ich fragte wieder:

›Sag mir, Aphaia, sag mir doch, wie soll ich es anstellen?‹

Und sie antwortete: ›Rede! Rede! Das kannst du. Denke nicht, ich hätte dich nicht beachtet, als ich noch lebte. Ich wußte, wer du bist. Du warst der Redner. Du konntest reden. Erinnerst du dich denn nicht? Du standest am Strand und hieltest Reden. Erinnerst du dich nicht?‹

Nein, ich erinnerte mich nicht. Ich sah mich nur im Sand sitzen und schweigend auf Aphaia warten. Ich sah ihre Füße vor mir, die durch den Sand gingen, ihre Waden, ihre Knie, die Sehnen zu ihren Schenkeln. Ich sah mich auf zwanzig zählen und mit einem Zehren im Bauch hinter ihr herblicken.

›Ich soll Reden gehalten haben?‹ sagte ich.

›Ja‹, sagte Aphaia, ›du hast geredet, und alle standen um dich herum. Sogar die Burschen, die mir den ganzen Tag nachgelaufen waren, drehten sich von mir weg, und einige verließen mich, um dir zuzuhören. Hast du das denn vergessen?‹

Eine Ahnung war nun da. Nur war es, als ob ein anderer am Strand gestanden und mit den Armen zum Meer gefuchtelt hätte.

›Ich soll Reden gehalten haben‹, sagte ich noch einmal. ›Worüber denn?‹

›Worüber, worüber!‹ empörte sie sich. ›Warum vergißt du denn alles!‹ Zorn schoß in ihr hoch, und der forderte viel Energie, und das war Farbe und Kontur, die ihr Schatten einbüßte. Gierig hob sie sich Blut an den Mund. ›Über Gott und die Welt hast du geredet‹, sagte sie, während sie das schwarze Blut schluckte. ›Was interessiert uns mehr, hast du aufs Meer hinaus gerufen, ob Gott existiert oder ob er nicht existiert.‹

›Das soll ich gerufen haben? Aufs Meer hinaus?‹

›Jawohl‹, beharrte sie, ›das hast du aufs Meer hinaus gerufen und hast dabei deine Lippen trotzig aufgeblasen. Und dieselbe Frage hast du gestellt an das Leben nach dem Tod.‹

›Das kann doch nicht sein‹, sagte ich, ›niemals habe ich mir so eine Frage gestellt!‹

›O doch, das hast du!‹ Ihre Stimme überwand nun alle Mattigkeit, sie modulierte die Worte über den weinerlichen Ton hinaus, in dem sie bisher gesprochen hatte, und es klang fast wie lebendiges Gespräch, fast klang es so. Sie sagte: ›Genau so hast du gesprochen. Aber es war dir nicht ernst dabei. Ich merkte, daß es dir nicht ernst war. Die anderen nahmen jedes Wort von dir für die Wahrheit. Ich nicht. Weißt du denn nicht mehr, daß wir uns angeblitzt haben? Läßt du immer noch deine Lippen kurz aufzucken, bevor du zu einer Windbeutelei ansetzt? Zugezwinkert haben wir uns. Weißt du das nicht mehr? Du hast dir die Augenbrauen mit Spucke feucht gemacht. Ich habe das gemerkt. Warum hast du das getan? Für mich? Weil deine Augenbrauen nicht so schön waren wie meine? Odysseus! Ich kann dein Gesicht nicht sehen, du hast das Licht im Rücken. Denke nicht, du hättest mir nicht gefallen! Weil du kleiner warst als die anderen? Aber du warst ein Bock, ein Bulle, ein Böser, ein Auftrumpfer, ein Durchsetzer. Das warst du. Ich habe das gemerkt. Die anderen vielleicht nicht, ich schon. Alle haben getan, was du wolltest, und dachten doch, es sei ihr eigener Wille.‹

›So war es?‹

›Es war so‹, entschied sie, dann verließ sie die Kraft. Sie sank auf die Knie nieder und beugte sich über die Rinne und gierig saugte sie mit den Lippen das Blut auf. Ach, mit den Händen war nicht genug zu fassen, und der Eifer und die Dringlichkeit ihres Anliegens trugen die angesoffenen Kräfte schnell wieder ab.

›Du warst ein Star‹, fuhr sie schließlich fort. ›Ich war ein Star, und du warst ein Star. Wir beide und sonst keiner. Als was siehst du dich denn?‹

›Ich weiß es nicht‹, sagte ich.

Ich wußte es wirklich nicht. Der hinter mir war, der Ichselber meiner Vergangenheit, ich sah ihn als einen geduckten, zur Erde starrenden Menschen. Was ich jetzt bin, dachte ich, das bin ich erst seit kurzem, früher war ich ein anderer; aber zugleich wußte ich doch auch: daß ich ähnlich schon immer gedacht hatte.

›Ich habe so viel vergessen‹, sagte ich. ›Fast hätte ich die Heimat und den Sohn und die Frau vergessen. Zehn Jahre Krieg habe ich hinter mir und wieviel Jahre einer Irrfahrt.‹

Aphaia wischte meine Worte weg: ›Heimat, Frau und Sohn interessieren mich nicht und auch deine Abenteuer nicht. Ein Held bist du geworden? Was ist ein Held? Eine zum Aufrechtgehen dressierte Bestie? Was soll ich damit? Wer soll damit etwas anfangen? Wen interessiert das! Schau mich an, Odysseus! Wieviel Farbe ich schon habe! Laß Blut nachgießen! Es fehlt nicht mehr viel, und ich bin ganz, wie ich war.

Rede! Du wirst es immer noch können. Dann darfst du, dann sollst du, dann wirst du alles von mir haben!‹

Phantastisch lebendig war sie! Bei dem Wort ›alles‹ sah ich die Sehne an ihrer Zungenwurzel. Ich sah das winzige, tränenfeuchte, rosa Hügelchen in ihren nasenseitigen Augenwinkeln, den weißen Flaum auf ihren Ohrläppchen sah ich, den Mond an ihrem Zeigefingernagel, der bläulich war wie dünne Milch.

›Dort vorne‹, sagte sie mit einer unerhörten Wehmut in der Stimme, ›dort vorne, ist das nicht eine Wiese? Ist sie nicht von der Sonne beschienen? Sag mir, sehe ich recht?‹

›Ja‹, sagte ich, ›es ist eine Wiese, und sie ist von der Sonne beschienen.‹

›Dort‹, sagte sie, ›dort kannst du mich haben. Auf der Stelle. Alles wirst du mit mir machen, alles werde ich mit dir machen, alles, was du dir in deinen hoffnungslosen, vergeßlichen Jahren ausgedacht hast, um nichts werden wir uns kümmern, um keine Augen, die uns beobachten, um keine Finger, die auf uns zeigen. Rede für mich, Odysseus! Rede! Du kannst es wie keiner! Nimm dein Herz in beide Hände und rede mich hier heraus!‹

So flehte sie, und meine Augen waren geblendet von Erinnerung, und ich wühlte meine Fäuste in die Augenhöhlen, und wäre ich nicht an der Pforte zu Hades' Reich gestanden, des unbeugsamen Vollziehers der Flüche, ich wäre bereit gewesen zu sterben, nur um sie zu ficken. Ich redete. In die bloße Luft hinein redete ich. Aber ich wußte nicht, an wen ich meine Rede richten sollte. Ich redete und redete und schloß dabei die Augen. Das wird nicht funktionieren, dachte ich. Aber ich redete weiter. Ich holte weit aus, schickte meine Worte zurück in die älteste Zeit, ließ sie im Gleitflug zur Gegenwart zurückkehren und stieß sie in die fernste Zukunft hinein. Wie kleine Baggerschaufeln waren meine Worte, und von aller Erde, die sie überflogen, nahmen sie mit. Kniend, die Arme ausgebreitet, die Augen geschlossen, so redete ich und redete, bis Aphaia mich unterbrach.

›Was erzählst du denn für Sachen‹, wimmerte sie.

Ich öffnete die Augen und sah ihr bitter bestürztes, blutverschmiertes Gesicht, sah die durch unreine Stellen gekraterte Haut an ihren Schläfen.

›Ich bemühe mich‹, sagte ich, ›aber du siehst doch selber, daß es nicht geht!‹

›Du machst es nicht richtig!‹

›Was mache ich denn falsch?‹

›Du mußt von mir reden‹, schluchzte sie auf. ›Von mir!‹

›Aber ich weiß ja gar nichts von dir‹, sagte ich, ›mehr als deinen Namen weiß ich nicht.‹

›Dann rede eben von meinem Namen!‹ Ihre Stimme sank bereits hinab, verkleinerte sich, erhöhte sich, drohte zu ersticken. ›Beeil dich!‹ röchelte sie.

Da sagte ich ihren Namen, ›Aphaia, Aphaia, Aphaia‹, und während ich den Namen immer wieder aussprach, dachte ich fieberhaft nach, was ich dazu assoziieren sollte. ›Aphaia‹, sagte ich, ›Aphaia, du mit dem Geruch nach Sonnenöl und ein wenig Schweiß, was ein wunderbares Parfüm abgibt, Aphaia, die du wegläufst oder besser gesagt, die du weggelaufen bist vor jedem, jedenfalls am Tag. Aphaia, von der wir dachten, daß sie es jede Nacht mit einem anderen treibt. Aphaia, mit den goldenen Löckchen von Schamhaar innen an deinen Schenkeln, mit dem bernsteinfarbenen, feuchten Gekräusel in deinen Achselhöhlen, Aphaia, mit dem ängstlichen Blick unter den verhangenen Augen, wenn du dir eine Eistüte genommen hast, Aphaia, was soll ich sagen, Aphaia, was bedeutet dein Name, ich weiß es nicht, dieser reizende Name, der nach Veilchen klingt und nach sehnsuchtsvollen Urlaubsliedern, Aphaia, bist du die, die sich entzieht, dieser geheimnisvolle, rätselhafte Name, der der Name einer Nachtcreme sein könnte, oder bist du die, die nicht gefunden wird ...‹ – So mühte ich mich ab mit verbitterter Redlichkeit, wie es hartnäckig unglückliche Männer tun, die ihre Frauen zum Orgasmus bringen wollen, die entweder keinen haben können oder keinen haben möchten, und kniete dabei auf Kieselsteinen und hatte die Arme erhoben wie zum Gebet und redete und redete, bis mir Eurylochos und Perimedes, meine Gefährten, die Hand auf die Schulter legten.

›Sie ist dahin‹, sagten sie, ›gib dir keine Mühe, Odysseus!‹

Da öffnete ich die Augen, und es sank mir der Mut. Ich sah, daß Aphaia von dem Grauen hinter ihrem Rücken aufgesogen war, sah noch Spuren von Ekel und Neid in ihrem Gesicht und dann nur noch Traurigkeit, die ohne Entsetzen, aber auch ohne Hoffnung war, die kaum noch Gesicht hatte, die nach unten tropfte, ohne daß etwas ankam oder weniger wurde, die wie absolute Schlaflosigkeit war, womit wir nichts anfangen können, weil es nur eine Umschreibung ist. Und diese Traurigkeit stand in Aphaias Gesicht wie von ungeschickter Kinderhand mit Ruß auf Pappe gezeichnet und dann mit dem Ärmel verwischt, bis nichts mehr da war ...«

Eine Zeit auf der Erde

So erzählte Odysseus bei Gelegenheit, die wir später näher beschreiben werden.

Nicht erzählte er: daß er sich auf den Boden geworfen hatte, daß er geweint hatte, daß er sich benommen hatte, wie sich ein Soldat nicht benimmt – zu dieser Zeit fühlte sich Odysseus durchaus noch als Soldat, obwohl der Krieg bereits seit drei Jahren beendet war. Alles Elend, Gram und Grauen, war aus seiner Seele gebrochen, als er Aphaia verschwinden sah, und er biß in die Erde und jammerte.

»Ich«, jammerte er, »ich will, daß du bei mir bleibst, Aphaia! Und wenn du nicht bei mir bleiben kannst, dann will ich zu dir!«

Denn es war nicht ganz so, wie er bei Gelegenheit erzählte, nämlich daß hauptsächlich sie, Aphaia, es gewesen war, die vom Schmerz zerrissen wurde, die einen Wechsel der Welten herbeiflehte, die darum bettelte, daß sich das Unterste nach oben und das Obere nach unten wälze, daß Tod und Leben übereinander gehen und sich umarmen und umbeinen wie zwei Liebende; auch er, Odysseus, hatte danach geschrien. Später genierte er sich dafür. Und wollte nicht, daß die Welt davon erfahre. Deshalb minderte er seinen eigenen Schmerz in der Erzählung etwas herab.

Wir allerdings fühlen uns zu solcher Diskretion nicht verpflichtet.

Die Wahrheit ist: Der Held, als er die farblosen Schatten zerflattern sah wie weißen Dunst, den der Frost gestaltet, krallte sich ins Gras, das vom Schafsblut schwarz war, spuckte die Erde aus dem Mund und rief, wobei er sich mit Husten und Schluchzen immer wieder unterbrach: »Aphaia, sag, kann man es drüben miteinander treiben? Aphaia, wenn ja, dann hol mich zu dir hinüber! Dann will ich zu dir! Dann verzichte ich auf das Leben im Sonnenlicht!«

»Er redet wirr«, sagten Eurylochos und Perimedes, seine Gefährten, die er mitgenommen hatte zum Eingang des Hades, damit sie das kommunikationschaffende Blut schleppten in Eimern. »Wir müssen uns vor ihn hinstellen«, sagten sie, die loyal zu ihm waren. »Tun wir es, damit ihn die anderen nicht sehen können. Denn es macht sich nicht gut, wenn der Anführer weint und die Zähne in den Boden haut und die Finger ins Erdreich krallt und hustet und schluchzt, und das nur wegen eines Weibes, das tot ist.«

Und Eurylochos und Perimedes stellten sich vor ihn hin und verstellten so den anderen, die weiter oben lauerten, die Sicht.

Aber Odysseus boxte seine Loyalen in die Seiten. »Weg da«, rief er, »weg mit euch! Alle sollen es hören! Hört her, ihr Männer aus Ithaka, die ihr mir erst nach

Aulis und dann nach Troja gefolgt seid«, rief er, »hört her! Ich habe euch versprochen, euch nach Hause zu führen. Das ist dreizehn Jahre her, und ich stehe nach wie vor dazu. Ich habe mich darum gekümmert, daß ihr warme Socken zugeteilt bekamt, daß bei der Uniformausgabe auch auf Über- und Untergrößen Rücksicht genommen wurde, damit einige von euch nicht aussähen wie Komiker; ich habe mich um Feldbesteck gekümmert, damit ihr nicht mit den Händen fressen mußtet; ich habe mich darum gekümmert, daß ihr die schwere, bittere Schokolade, die ihr so liebt, bekommen habt. Ich habe versprochen, euer Leben zu bewachen wie ein guter Hirte seine Herde. Aber hatte das einen Zweck?« – Und seine Stimme erhob sich bis fast ins Melodiehafte und wurde cremig und sonor. – »Ich ging durch die Welten, ich stieg in die Sonnen und flog mit den Milchstraßen durch die Wüsten des Himmels. Hatte das einen Zweck? Ich stieg herab, soweit das Sein seine Schatten wirft, und schaute und rief in den Abgrund. Was hat das gebracht? Kann mir das einer von euch sagen? Wenn man doch nicht kriegt, was die Sehnsucht in unsere Herzen legt! Es ist eine verdammte Scheiße! Denn auch wenn ihr kriegt, was ihr euch wünscht – wie lange habt ihr etwas davon? Was habt ihr davon, wenn ihr sagen könnt, wir sind nach Hause gekommen, wir haben den Krieg mit warmen Socken und ordentlichem Feldbesteck überlebt; wenn ihr sagen könnt, Odysseus hat uns nach Hause gebracht, er hat gemacht, daß wir immer unsere schwere, bittere Schokolade bekommen haben? Ihr werdet doch sterben. Das ist die gottverdammte Scheiße, daß wir sterben müssen! Dann werden wir so sein wie die da. Kommt herunter, kommt alle herunter!« Und er winkte den Männern zu, die sich abseits gehalten hatten, als er, ihr Führer, zusammen mit den Loyalen, Eurylochos und Perimedes, zum Eingang des Hades hinabgestiegen war, dorthin, wo die schwarzen Pappeln standen. »Kommt herunter! Kommt herunter, schaut sie euch an, diese elenden, blutsaufenden, blutsüchtigen Schatten. Vielleicht ergeht es euch wie mir, daß ihr jemanden trefft, der bis heute eure geheime Sehnsucht gewesen war. Dann könnt ihr eure ganze Kunst aufbieten, jeder die seine, könnt reden oder beten oder singen oder auf der Kithara spielen, ihr könnt euch aufführen wie Orpheus, und vielleicht dürft ihr sogar glauben, es ist euch eine Chance gegeben, aber ihr werdet sehen: Es wird euch alle Kunst nichts nützen. Überzeugt euch, kommt herunter! Vielleicht trefft ihr eine Geliebte, wer weiß! Ja, vielleicht seid ihr besser dran als ich! Daß ihr wenigstens eine Erinnerung habt, wie es gewesen ist, als sie unter euch lag und ihr eure Hände zwischen ihren Arsch und ihr Bett geschoben habt. Kommt her, ruft eure Geliebte aus! Gebt ihr Blut zu saufen! Laßt euch ihre Brüste zeigen, laßt euch ihren Arsch zeigen! Und dann leidet wie Schweine auf dem Rost! Nie werdet ihr, nie werdet ihr, nie mehr werdet ihr sie haben! Nie mehr! Ihr werdet niemanden herüberholen können. Niemanden! Und das wird euch wehtun, das macht euch verzweifelt. Und wißt ihr, warum euch das weh tut, warum euch das so verzweifelt macht? Ich sag es euch. Ich sage euch die Wahrheit! Sie ist ein einziger Mißton! Wenn ihr nämlich in diese elenden Aschenaugen schaut, diese gierigen, unersättlichen, hoffnungslosen, süchtigen Schattenaugen, dann wird es sein, als schautet ihr in eure eigenen Augen. Schreit weiter, Mißtöne, zerschreit die Schatten! Und wenn du der dümmste Mensch auf der Welt bist, der gar nichts weiß, der zwei und zwei nicht zusammenzählen kann und nicht weiß, daß der Kork auf dem Wasser schwimmt, und der nicht weiß, daß der Mond nicht von allein leuchtet, eines wirst du wissen: nämlich daß du einmal zu diesen Schatten gehören wirst. Wir werden sterben!« jammerte er und fiel wieder auf die Knie. »Wir werden sterben! Wir werden sterben ...«

»Wir müssen«, sagten da Eurylochos und Perimedes und meinten damit, sie müssen ihren Oberstleutnant, und zwar in seinem eigenen Interesse und im Interesse jener Sache, die er nun schon seit dreizehn Jahren vertrat, sie müssen ihn zum Schweigen bringen. Und so stürzten sie sich auf ihn, und während ihm Eurylochos, der ein Hüne war und Schultermuskeln hatte wie Fußbälle, die Arme nach hinten drehte, preßte ihm Perimedes die flache Hand auf den Mund, damit der nicht weiter solche ordnungswidrigen Aufwiegeleien unter den Leuten verbreitete.

»Entschuldigen Sie, Herr Oberstleutnant«, sagte Perimedes, »Sie sind nicht bei Sinnen! Was reden Sie denn da!«

Aber Odysseus riß an Eurylochos' Muskeln und biß Perimedes in die Hand, daß dieser aufschrie und seinen Mund losließ.

»Was seid ihr denn für Lakaien geworden«, fuhr er sie an. »Da habt ihr zehn Jahre lang Krieg geführt, habt Grauen auf Grauen gestapelt, habt gesehen, daß das Liebste, das wir besitzen, nämlich das liebe Leben im Sonnenlicht, nicht so viel wert ist, wenn irgendein Idiot seine Waffe zückt! Das kleinste Idiötlein kann das prächtigste Leben auslöschen! Ist das nicht eine Tragik?«

»Jawohl, Herr Oberstleutnant«, sagte Perimedes.

»Und was ist daran die Tragik?«

»Das Idiötlein«, sagte Eurylochos.

»Nein, du Idiot«, schrie ihn Odysseus an. »Das Leben ist die Tragik, das Leben!«

»Stimmt, Herr Oberstleutnant«, sagten Eurylochos und Perimedes. »Das wissen wir jetzt. Da sind wir ganz Ihrer Meinung. Das Leben bringt Jammer und Kummer, und wir verstehen, daß Sie durchdrehen und jammern und sich kümmern. Wir wollen nur nicht, daß Ihre Leute Ihnen dabei zusehen.«

»Nichts habt ihr verstanden«, klagte Odysseus und preßte sich die Fäuste vor die Augen. »Ach, wie wünsche ich mir allen Jammer und Kummer des Lebens, alles Bittere und Schwere, das Traurige und das Peinliche, das Niederträchtige und das Grausame, das Lächerliche und das Unehrenhafte, wenn dafür das Leben selbst nur nicht endet!«

»Was will er?« fragte Eurylochos.

»Er will das ewige Leben«, sagte Perimedes.

»Das ewige Leben?« sagte Eurylochos und meinte, nun sei ihr Führer gänzlich verrückt geworden.

»Herr Oberstleutnant«, sagte Perimedes sanft und legte seinen Arm um seinen Vorgesetzten, »Herr Oberstleutnant, vergeßt nicht«, mahnte er, der sich die Wunde leckte, die ihm Odysseus in die Hand gebissen hatte, »vergeßt nicht, Herr Oberstleutnant, was mit Tithonos geschah!«

»Mit Tithonos«, fragte Eurylochos, der sich ausgeschlossen vorkam. »Was ist denn mit ihm geschehen?«

»Rede jetzt nicht dazwischen, Muskelprotz«, wehrte Perimedes ab. »Der Herr Oberstleutnant versteht mich. Nicht wahr, Herr Oberstleutnant?«

Die Tränen liefen dem Odysseus über das Gesicht. Er nickte. »Ja, ich verstehe dich, Perimedes«, sagte er. »Und auch dich verstehe ich, Eurylochos. Komm, setz dich neben mich, hier zu meiner Rechten. Und du, Perimedes, setz dich zu meiner Linken. Ihr beiden seid mir die Liebsten. Und du, Eurylochos, denke nicht, ich liebe dich weniger, nur weil ich mit Perimedes mehr reden kann. Und du, Perimedes, verzeih, daß ich in deine rechte Hand gebissen habe.«

Er schrie nicht mehr. Er jammerte nicht mehr. Nur die Tränen liefen ihm übers Gesicht.

»Wir werden den anderen nichts von Ihrem Anfall verraten, Herr Oberstleutnant«, sagte Eurylochos. »Keine Sorge.«

»Im Grunde war es ein völlig verständlicher Anfall, Herr Oberstleutnant«, sagte Perimedes.

»Danke«, sagte Odysseus.

»Das ist doch selbstverständlich, Herr Oberstleutnant«, sagten die Loyalen, die neben ihm saßen, zur Linken und zur Rechten.

»Danke«, sagte Odysseus.

Sie saßen auf dem feuchten Moos, das sich hier klein hielt im Hain der Persephone unter langen Pappeln und niemals samenden Weiden. Ein dämmrig dunstiges Düster umgab sie. Vor ihnen tat sich der Höllenschlund auf, schwarz, von ins Graue wallenden Schatten durchzogen. Dorthin geleitet Hermes, der Seelenführer, die Ebenverstorbenen. Unsichtbar, unhörbar wie ein Hauch sind Gott und Abgelebtes, wie ein Hauch, der den Flaum im Nacken ein wenig hebt.

Aber hinter ihnen erstrahlte der Nebel, denn über den Schleiern hatte Helios, der Sonnenmann, ein ewiges Licht aufgesteckt. Eos, seine Schwester, die liebliche Morgenröte, hatte ihn darum gebeten. Das Licht sollte den Abgelebten leuchten, wenn sie bei Gelegenheit am Eingang zum Leben vorbeikämen. Und vielleicht war es das Licht der Eos, das durch den Nebel schien, das dem loyalen Perimedes den Tithonos in Erinnerung brachte. Denn Tithonos war der Gatte der Eos, und sie hatte sich für ihn gewünscht … – Aber schweifen wir nicht ab! Wenn Perimedes den Augenblick nicht für günstig hielt, dem Eurylochos die Geschichte zu erzählen, dann wollen wir es auch nicht tun. Vielleicht ergibt sich später eine Gelegenheit …

Oben über dem Dunst warteten die anderen Gefährten des Odysseus, und wenn sie sich bewegten, dann fielen ihre Schatten auf den Nebel, und das war freundlich. Und es war auch komisch. Wenn einer dort oben zum Beispiel den Arm ausstreckte, konnte man hier unten meinen, er kratze einen anderen am Ohr; oder wenn zwei aufeinander zugingen, dann sah es hier unten so aus, als küßten sie sich erst und dann ginge einer durch den anderen hindurch.

»Laßt uns noch eine Zeit hier sitzen«, sagte Odysseus.

»Klar«, sagten Eurylochos und Perimedes.

»Hat einer von euch ein Taschentuch?«

Odysseus schneuzte und spuckte und räumte Störendes aus Nase und Rachen.

So saßen sie auf der Erde, und wenn sich ihre Blicke trafen, war es ihnen nicht peinlich. Sie hoben die Augenbrauen ein wenig, verzogen die Münder und seufzten und grinsten dabei und stießen die Luft durch die Nase und warfen die Schultern hoch. Das konnte manches heißen. Hieß aber nichts.

Eurylochos wurde müde und nickte ein. Das Kinn sank auf seine Brust nieder, und die Schultern, sonst muskelgespannt, wurden schlaff und fielen nach vorne.

Da flüsterte Perimedes zu Odysseus hinüber: »Kann das sein, daß mir vorhin in Ihrer Rede etwas bekannt vorgekommen ist?«

»Was meinst du«, flüsterte Odysseus zurück.

Perimedes deckte seinen Mund ab. »Das mit den Welten, durch die Sie, Herr Oberstleutnant, gegangen sind, und den Sonnen, in die Sie gestiegen, und den Milchstraßen, mit denen Sie angeblich durch die Wüsten des Himmels geflogen sind ... und dann auch noch das von den Mißtönen, welche die Nacht zerschreien ...«

»Die Schatten zerschreien ...«

»Sagten Sie nicht, sie zerschreien die Nacht?«

»Nein, sie zerschreien die Schatten.«

»Aha, die Schatten.«

»Ja«, sagte Odysseus, »eindeutig die Schatten. Es war ein Zitat.«

»Dachte ich es mir doch«, sagte Perimedes.

»Aber es kam trotzdem aus dem Herzen.«

»Selbstverständlich, Herr Oberstleutnant.«

Sie sahen sich an, und Perimedes schloß zum Zeichen ihres Einvernehmens die Augen. »Ich fühle das in den Fingerspitzen«, sagte er, »ob etwas aus dem Herzen kommt oder nicht.«

Als dann Eurylochos aus seinem kleinen Schläfchen erwachte, sagte Odysseus: »Die Freunde brauchen ja nicht alles im Detail zu erfahren, was sich hier unten abgespielt hat.«

»Jawohl, Herr Oberstleutnant«, sagte Eurylochos.

Eine Zeit im Himmel

Zugegeben, wir haben uns nicht an die Reihenfolge der Ereignisse gehalten, wie sie in dem Gedicht festgelegt ist, das uns den überlieferten Stoff in Form brachte. Andererseits folgt das Gedicht selbst keineswegs der Chronologie des Geschehens. Es beginnt am Ende; fast am Ende jedenfalls: im Safranlicht der frühen Morgenröte, ehe die Nacht der Irrfahrt sich neigt.

Am Ende: Der Held ist allein. Seine Gefährten sind gestorben und verdorben. Auch die Loyalen, Eurylochos und Perimedes, haben in den Hades steigen müssen. Sind hinuntergeworfen worden zu den elenden, blutsüchtigen Schatten. Sind selbst zu elenden, blutsüchtigen Schatten geworden. Und alle Kunst wird ihnen nichts nützen, weder Reden noch Beten noch Singen noch Kithara Schlagen – kein Orpheus wird sie je zurückholen können.

Das Gedicht beginnt also am Ende, und an seinem Anfang herrscht Klarheit. Der Mensch ist gereinigt von Mitmenschen. So will es das Gedicht: daß Odysseus exemplarisch sei.

Das Gedicht ist mit kühner künstlerischer Willkür gestaltet. Das Leid des Helden war von Anfang an als Schauspiel gedacht: damit man auf ihn herabblicke als auf einen, der sich stellvertretend für seine Gattung krümmt – »Ich, Odysseus, und in mir der Mensch!«; als wäre er bloß Bestandteil einer Versuchsanordnung. Zu welchem Zweck aber? Um die stillen Kammern und Flure der Menschenseele zu durchforschen? Das ist schwer zu glauben. Ist etwa schon einmal beobachtet worden, daß wir unser Innerstes, Zartestes, Geheimstes unter der Qual preiszugeben bereit waren? Ist es nicht viel wahrscheinlicher, daß eben dieses Innerste, Zarteste, Geheimste durch Leid sich verformt und zum bösen Krüppel wird, der dann zu nichts mehr nutze ist und über nichts mehr Auskunft geben kann? Bei solchen Experimenten ist immer entweder der Gegenstand zerbrochen oder noch bei der letzten Analyse ein die eigentliche Essenz enthaltender Rückstand geblieben, der dann nicht und nicht aufgelöst werden konnte. Es würde sich in unserem Fall also – wenn es so wäre – um eine absurde und perfide Versuchsanordnung handeln, deren Perfidie obendrein dadurch auf die Spitze getrieben wäre, daß die Ichauslöschung, die unabdingbare Voraussetzung ist, wenn einer stellvertretend für alle stehen soll, bedenkt man des Menschen Sucht nach Anerkennung, notwendig in ihr Gegenteil umkippte und postwendend in dem solcherart Auserwählten ein Selbstgefühl hochschösse, so hoffärtig und überhitzt, daß er zuletzt nicht nur vor Gott und der Welt, sondern auch vor den ihm nächsten Menschen als einzig einzelner dastünde und von ihrer Liebe ausgeschlossen wäre.

Welch ein Schauspiel in der Tat, tragisch und komisch und das gleichzeitig und in einem! Solche Schauspiele gehen aufs Oberste und Ganze. Dem Menschen würde dabei das Mitleid kommen, er würde ausrufen: »Halt! Aus! Schluß!« und würde so durch seine Sentimentalität die Dramaturgie dieses Charakterstücks zerstören. Darum wars ja auch von Anfang an ein göttliches Schauspiel. Himmlische Regie ist geführt worden von Anfang an. Von Anfang an war's Sport.

Dieser Vorwurf muß besprochen werden: Es gibt Gerüchte, göttliche Gerüchte, von denen hier nur einiges angedeutet werden soll. Es seien einmal, so heißt es, Zeus, der Obersten Oberster, und Themis, die Mutter des Menschenkneters Prometheus, auf einem himmlischen Stein nebeneinander gesessen, den Ellbogen aufs Knie gestützt, die Faust unter dem Kinn, so seien sie gesessen und hätten sinnend die Jahrhunderte an ihren leuchtenden Stirnen vorbeifließen sehen; und sie beide, die im Ur-Ur eine Paarschaft gewesen waren, aus der die Jahreszeiten und Wächter des Himmels erstanden, sie seien sich schließlich einig geworden, daß zu viele existieren von denen da unten – das meint uns Menschen –; die großnährende Amme, die Gaia, die Erde eben, würde uns, das sei in göttlicher Voraussicht abzusehen gewesen, bald nicht mehr tragen können und wohl auch nicht mehr ertragen wollen. Ein Aderlaß erschien nötig. Nun, das war nichts Neues. Eine Sintflut hatte ja bereits stattgefunden. Aber die hat das Image der Göttlichen auf ewige Zeit angeschlagen; und das hatte dazu geführt, daß die Menschen von da an nicht nur über sich selbst und die Götter nachdachten, sondern aus Mißtrauen gegen jene ihre eigene Existenz als grandios einsame zu deuten sich anschickten; die Folge davon wiederum sei gewesen – so konstatierten die beiden Unsterblichen –, daß der Himmel durch menschliche Reflexionen zernagt worden sei und daß sich der Mensch schließlich als einzig wahr vor einem Hintergrund unüberschaubarer Beliebigkeit feierte und daß zu guter Letzt auf dem ganzen Erdenrund von diesen Mängelwesen ein merkwürdig trotziger Stolz entwickelt worden sei, und zwar auf jeden noch so winzigen, wenn nur ja selbergemachten Hennenschiß. Noch einmal eine Sintflut von oben stand also nicht mehr zur Diskussion. Dezimierung ja, aber nach Möglichkeit eine selbergemachte. Darum seien – so eben das Gerücht – Zeus und Themis übereingekommen, einen Krieg anzuzetteln. Der Krieg sollte Ordnung und Maß, Gleichgewicht und Kreislauf, nachbarlich luftige Beweglichkeit und Gerechtigkeit wiederherstellen unter uns enggestauchten Mängelwesen. Sonst würde die Welt in Wirrsal versinken. – Wie viele Tote waren geplant, ungefähr? Viele. – Er, Zeus, so habe Themis geraten, solle eine Tochter zeugen, so schön, daß sie beinahe gottgleich sei, die schönste Menschin auf Erden. Mehr brauche es nicht, habe Themis gesagt. Solche Schönheit unter die Menschen gebracht, mache den Frieden unwahrscheinlich bis zur Gewißheit. – Wie viele Tote wurden in Kauf genommen, etwa? Viele. – Zeus wählte anspruchsvoll den Gebärgrund, den Schoß für die schönste Schönheit, und sein Blick fiel auf Nemesis, die Tochter der Nacht, und er jagte sie. Und weil sie unberührt in ihrer reinen blanken Schwärze bleiben wollte, verwandelte sie sich; erst in ein Pantherweibchen, dann in eine Räbin, dann in ein Salamandermädchen. Aber Zeus verwandelte sich jedesmal mit ihr, und schließlich hatte sie alle schwarzen Tiere durch, da machte sie eine weiße Gans aus sich, und Zeus wurde ein Schwan. Er wehte ihr mit seinen starken Flügeln die Luft aus dem Hals, und sie rang um ihr Leben, bis sie die Kraft verließ, und da stieg er über sie. Sie brachte ein Ei zur Welt, das fand ein Hirte, und wie er es hielt, platzte es auf, da hielt er das schönste Menschenkind in den Armen, das war Helena. Er trug die Neugeborene zum Hof des Königs Tyndareos, und Leda, die Königin, gab dem Kind die Brust. Und als Helena erwachsen war, wurde sie zur Vermählung ausgeschrieben, und alle Helden kamen, denn jeder wollte sie haben.

Auch Odysseus war gekommen. Aber er war nicht an Helena interessiert gewesen, sondern an ihrer Cousine Penelope. Er, der ein Friedlicher war, immer ein Friedlicher gewesen war, ein Friedlicher und ein Pfiffiger, der allerdings, wenn irgendwo ein Problem war, sich der Einmischung nicht enthalten konnte, er sah, daß es Streit geben würde um die Schönste, daß Blut fließen würde unter den Freiern, und er regte vorwitzigerweise an, sie alle sollten vorher schwören, demjenigen beizustehen, der Helena schließlich bekomme. Recht geschwollen formulierte er, »daß sie alle für des Erwählten Rechte eintreten und ihn bei der Inbesitznahme der ihm gebührenden Würde voll und ganz unterstützen wollten«. Und sie waren alle einverstanden und stellten ihre bestiefelten rechten Füße auf bereitgelegte Brocken von frischem Pferdefleisch, ganz wie es der Brauch verlangte, und schworen feierlich. Und aus purem barem Übermut, weil alles so prächtig nach seinem Schnürchen lief, hob auch Odysseus die Schwurhand, obwohl das keiner von ihm verlangt hatte.

Helena nahm den Menelaos, das war der König von Lakedaimon. Er war gutmütig und grausam in einem, etwas weich auf der einen und abstoßend unbarmherzig auf der anderen Seite, sein Haar war blond und aus der Stirn gebürstet, zu glänzenden Wellen onduliert, die sich waagerecht an den langen Schädelseiten hielten, als bliese der Wind hinein. Vor allem aber war er reich an Land und Herden und militärisch stark durch seinen Bruder Agamemnon. Aber weder Gutmütigkeit noch Haarpracht, weder Reichtum noch militärische Stärke konnten die schönste Frau bei ihm halten, denn die ganze Welt war verrückt nach ihr. Sie wurde ihm gestohlen und ließ sich stehlen, und Menelaos mahnte den feierlichen Schwur über den Brocken frischen Pferdefleisches ein und rief zur Alliierung der Helden.

So entbrannte der Krieg, den Zeus und Themis, wie das Gerücht es weiß, geplant hatten, um unsere Art zu mindern. – Wie viele Tote hätten es denn werden sollen, wenigstens? Viele. – Warum aber war es gerade Paris, der auserwählt wurde, Helena zu rauben, das Gottkind, die Schönste, die durch diese Tat zum Mörderbild einer Allverhaßten wurde? Der Kriegsschauplatz sollte Troja sein; denn dort erhebt sich der Berg Ida, und der eignet sich vorzüglich als Tribüne – als Tribüne für die Götter. Von dort aus wollten die Unsterblichen das Schauspiel Krieg betrachten mit unersättlichen Augen. – Sport ...

Als der Krieg ausbrach, war Odysseus gut Mitte Zwanzig. Die Zeit im Gedicht erscheint uns zerdehnt, gestaucht und verwickelt, wie die Zeit im Traum. Zehn Jahre tobte der Krieg, an dem er als hoher Offizier teilnahm, zehn weitere Jahre wird seine Irrfahrt dauern, bevor er endlich Ithaka, die Heimat, wieder erreichen wird. Zwanzig Jahre aus der Mitte des Lebens genommen sind keine Episode, sie sind das Leben selbst. War beim Abschied noch Hoffnung, der Krieg werde nicht lange dauern, war nach Ende des Krieges die Absicht da, unverzüglich heimzukehren – wann hatte er sich sagen müssen, die Unterbrechung ist längst keine Unterbrechung mehr, die Ausnahme ist lang schon zum Normalen geworden, was man verlassen hat, hat man verloren? Der Tod steht dazwischen, weil es sich mit dem Leben nicht ausgeht. Was mache ich hier, so wird er sich dann fragen. Die Zeit wird ihm zerdehnt erscheinen, gestaucht und verwickelt, mit Mutwillen gegen ihn eingesetzt. Wenn einer aufgehört hat, auf die Heimkehr zu hoffen, dann vergißt er bald auch die Abreise. Und lebt nur im Augenblick, im Jetzt ... – Übrigens und nebenbei: Dreimal in aufeinander folgenden Sätzen sagten wir weiter oben »von Anfang an« – auch, um an so früher Stelle bereits die Zeit selbst in ein Fragezeichen zu zwingen, und zwar durch den sich assoziativ einstellenden Widersinn, daß ein Anfang in der Zeit streng genommen nur einmal, schon gar nicht jedoch dreimal sein kann. Freilich nicht für Odysseus wird die Zeit in Frage gestellt, er muß Jahr auf Jahr, Monat auf Monat, Tag auf Tag, Stunde auf Stunde türmen – wohl aber für seine göttlichen Zuschauer oben. Genau müßte es heißen, für sie stand die Zeit gar nie in Frage; denn sie sind unsterblich, sie leben im Jetzt – was immer das heißen mag: Ein Monstrum ist es in jedem Fall.

Wenn die Götter den Krieg spenden, dann ist es der Inbegriff des Krieges. Wenn sie den Frieden spenden, ist es der Inbegriff des Friedens. Wenn sie die Liebe spenden, ist es die Liebe selbst. Nur vom Tod wissen sie nichts. Außer, daß er das Leben derer dort unten zu formen scheint. Weil der Kampf ums Dasein die höchste Kraft sei: Genaues wissen sie darüber nicht. Vermutungen stellen sie an – durchaus neidischer Natur übrigens, denn ihrer Ansicht nach sollte es nichts geben, was sie nicht haben – mit hochgezogenen Brauen munkeln sie, daß es doch wohl nicht so sein könne, daß die Lebendigkeit dieser Kreaturen dort unten gerade und erst durch den Tod zur vollen Blüte erwachse; und schürzen die Lippen und sagen:

»Jetzt einmal rein akademisch gefragt: Was ist das eigentlich, die Sterblichkeit?«

Nach dem Kriegsblutbad war nämlich auch oben auf der Tribüne solchen Überlegungen nicht mehr auszuweichen, und als Odysseus, zum exemplarischen Menschen erklärt, dessen Irrungen nun, da der Krieg in Troja zu Ende war, den Göttern als Schauspiel dienten, seine Fahrt bis ans Ende der Welt, bis zum Eingang des Schatten- und Aschenreiches trieb, und die Götter mit bassem Erstaunen dem Gespräch zwischen der toten Aphaia und dem Helden lauschten, in dem es ja um nichts weniger ging als um ein Begehren über den Tod hinaus, um ein Erinnern an die Anziehungskraft zweier Körper, das so drastisch war, daß es über alle unausdenklichen Grenzen hinweg die Lust in einem Ausmaß erhitzte, wie es Aussicht auf Erfüllung nie und nimmer vermochte; als die Götter hörten, was da aus des Odysseus' Mund in die Hölle hinein- und aus Aphaias Mund aus der Hölle herausgesprochen wurde, Worte der Not und der Gier, der heiligsten Geilheit und der Trauer, der Verzweiflung und der Verzehrung; und als sie schließlich Zeugen wurden, wie der, auf den sie so große Stücke gehalten, der Städtezerstörer, der in mancherlei Ränken Erprobte, der Erfindungsreiche, wie er, der voran glänzte in trefflichem Rat, um den sich die Feinde in der Schlacht drängten wie die Schakale um den gehörnten Hirsch, wie er, der unter den Männern einem Widder glich, der das Herdengewühl der schimmernden Schafe durchwandelte, als sie ansehen mußten, wie Odysseus jammerte und fluchte und zuletzt zusammenbrach unter dem Gedanken an seinen Tod und wirres Zeug schwafelte wie: er sei durch Welten gegangen und in Sonnen gestiegen und mit Milchstraßen durch die Wüsten des Himmels geflogen, oder irgendwelche Mißtöne hätten die

Nacht oder irgendwelche Schatten zerschrien – sie, die Götter, denen alles zu eigen ist, naturgemäß nicht als ein Zitat erkennen konnten –, da drehten sie sich weg von der Erde, die unter ihnen in den sanften Armen der Atmosphäre ruhte, blickten aneinander vorbei ins leere All hinaus und schüttelten die Köpfe und sagten sich, durchaus im Tonfall entrüsteter Betschwestern, so etwas habe man also weiß Gott nie und nimmer für möglich gehalten; und Hermes, der das vielleicht als einziger doch für möglich gehalten hatte, schlug vor, man solle ein Symposion einberufen, ganz wie man es von den Menschen her kenne, ganz wie sie es hielten, wenn sie sich nicht mehr auskennten.

Und so geschah es. Die goldenen Sessel wurden im Kreis um die Tafel gerückt; die Kissen, gefüllt mit Frau Holles feinstem Entenflaum, wurden gelüftet und auf den Sitzen zurechtgetatscht; Schreibblöcke und Bleistifte wurden bereitgelegt, die Kronkorken auf den Mineralwasserflaschen wurden aufgeknickt.

Die Himmlischen versammelten sich – die oben über den Felskronen der Berge und die unten am Ziel aller Höllenfahrt –, in Angesicht und Gestalt Erfundenen gleich, die es nirgends auf der Welt gibt und niemals auf der Welt gab: die schreckliche Persephone, schön und schwarz, als ob die bloße Nacht dort stünde, die mond- und sternenlose, Zeus, der Göttervater, Wetterleuchter, Wolkentürmer, Hera, seine riesenhafte Frau und Schwester, Hephaistos, der Schmied, der das Material liebt, Apollon, Artemis, Ares, Aphrodite, Hestia, aber auch die neun Musen, gehütet von ihrer Mutter Mnemosyne, und auch die

Moiren, die zwischen ihren schwarzen Flügeln hervorglotzten, und Pallas Athene, deren Augen blau sind wie die Augen eines Neugeborenen, und Hermes, das Idol der Diebe und Zwischenträger, der Gott der Frechheit und der guten Gelegenheit, der Leichtbewegliche, der sich im Seelenfang auskennt.

Auch Eos, die liebliche Morgenröte, war eingeladen.

»Wie lautet das Thema des Symposions?« fragte sie Hermes.

»Die Sterblichkeit«, sagte der Bote.

Da wandte die Rosenfingrige, die Safrangewandete ihr Angesicht ab. »Siehst du den Tau, der am Morgen auf dem Gras liegt?« fragte sie.

»Ja«, sagte Hermes.

»Der auch auf dem Moos liegt, das sich so klein hält im Hain der Persephone unter den langen Pappeln und den niemals samenden Weiden?«

»Ja«, sagte Hermes, »ich sehe den Tau.«

»Das sind meine Tränen«, sagte Eos.

»Ich weiß«, sagte Hermes.

»Unten sind die Tränen, soll oben ein Seminar darüber stattfinden«, sagte Eos. »Beides rührt mich nicht. Beides geht mich nichts an.«

»Ich verstehe dich«, sagte Hermes.

Oben meldete er: »Sie wird nicht kommen.«

Und die anderen konnten es verstehen.

Und bitte, man möge es ruhig als unsere Präferenz für den Mann unten deuten, wenn wir just an dieser Stelle den Himmel verlassen und uns dem Geschehen auf der Erde zuwenden. Über das himmlische Symposion werden wir später berichten. Es läuft uns nicht davon, und für die oben spielt, wie besprochen, die Zeit ohnehin keine Rolle. Wer weiß, wieviel Erdenwochen oder gar Erdenmonate vergehen, wenn sich oben im Himmel einer nachdenklich das Kinn reibt ... – Folgen wir also dem Gedicht, das uns den überlieferten Stoff in Form brachte.

ZWEITER TEIL   OGYGIA

Mnemosyne

Odysseus, der nach der heiligen Troja Zerstörung – wie es im Gedicht heißt – so vieler Menschen Städte gesehen und Sitte gelernt hat und auf dem Meere so viel Leiden erduldet, seine Seele zu retten und seiner Freunde Zurückkunft; der von den zehn Jahren Irrfahrt, wie wir leicht aus den Geschichten errechnen können, knapp neun sich bei Frauen aufhielt; ihm war am Ende von allen Erkenntnissen die eine am sichersten: daß Schönheit kurz sein muß, daß, wenn sie lange dauert, ihr Name Qual ist.

Auch am Ende – fast am Ende, im Safranlicht der frühen Morgenröte, ehe die Nacht seiner Irrfahrt sich neigte – war er also bei einer Frau, und er war allein mit ihr, denn die Gefährten waren ihm verloren gegangen. Er hatte üppigste Gelegenheit nachzudenken, und ein großes Thema dazu. Es war ihm nämlich das Begehrlichste und Entsetzlichste zugleich versprochen worden: Unendlichkeit, Vollkommenheit, Augenblick, der verweilen soll, nicht endender Status quo, absolute Gegenwart, die keiner Erinnerung bedarf. Und so begab es sich, daß, während oben die Unsterblichen ihr Symposion über die Sterblichkeit abhielten, unten ein Sterblicher mit dem Versprechen der Unsterblichkeit zur Hingabe verführt werden sollte.

Sie nämlich, die letzte Frau und ausgerechnet die schönste, die Odysseus je gesehen, des Atlas Tochter Kalypso, die mit den herrlichen Flechten, die sie wie einen Mantel aus dunkelgoldener Webe um ihren Leib trug, sie stellte ihm diesen aufregenden Widersinn in Aussicht, wenn er nur mit all seiner Lust bei ihr bliebe, und es war ihr zuzutrauen, daß sie auch solchen Zauber beherrschte.

Am Strand hatte sie ihn aufgelesen, den ohnmächtigen Schiffbrüchigen, hatte ihn hell keuchend durch das Unterholz zu ihrer Grotte geschleppt, bevor Helios in voller Tagesbreite mit seinem glühenden Wagen über ihn gefahren wäre und ihn verdorrt hätte. Sie schrie ihn an, schlug seine Wangen. Aber er kam nicht zu sich. Sie hob ihm die Augenlider. Der Abgrund war zu tief, nichts drang nach oben ins Sonnenlicht. Sie tauchte eine Strähne ihres Haares in Ziegenmilch und salbte damit die von Salz, Sand und Sonne zerrissene Haut ihres Ohnmächtigen, bis er vom Scheitel hinunter bis zur Sohle in eine weiche, elastische Käseschicht gepackt war – wie vor langer Zeit sein Söhnchen nach der Geburt, als ihn die Hebamme ihm, dem Vater, in die Hände gelegt hatte.

Da geschah etwas Unerwartetes. Wir meinen damit, es geschah etwas, was *wir* nicht hätten erwarten können. Auf ihn gemünzt wäre das Wort Erwartung nämlich völlig fehl am Platz. Seine Erwartung, wenn so ein bunt bebilderbares Wort in seinem Zustand überhaupt ein erlaubtes semantisches Umfeld findet, war auf das karge Bedürfnis zu überleben reduziert. Es geschah ein Aufbegehren der Erinnerung gegen Zärtlichkeit und Tod, ein letztes Aufbegehren vielleicht: Er träumte. In dieser Ohnmacht, die seinen Geist bis an die Pforten des Hades spülte, träumte er von seinem Kind. Ausgerechnet jetzt und hier, wo sich Gedankenlosigkeit, Verdrängen und Vergessen nicht nur nicht rächten, sondern endlich lohnten! Nach so vielen Jahren, in denen er alles Zurückliegende von sich abgelegt zu haben glaubte, in denen er ein Momentmensch geworden war, der seine Gegenwart auf keine Vergangenheit bezog, ein Augenblickler, nach zehn Jahren Krieg und Jahren der Irrfahrt, ausgerechnet als er in die Hände und unter die Fürsorge eines Wesens gespült worden war, das erinnerungslose Ewigkeit zu verschenken die Macht hatte, ausgerechnet jetzt meldete sich die Erinnerung, zwang die Erinnerung den Träumenden zurück zu jenem Nachmittag, an dem sein Leben unterbrochen worden war; und die Angstschreie, die aus seiner Ohnmacht drangen, galten wahrhaftig seinem Kind, denn der Traum zeigte es in höchster Gefahr, überfahren und zerschnitten zu werden vom Pflug, den er, der eigene Vater, lenkte. Er sah den Strand vor sich, den er in Traumgestalt zerpflügte und mit Salz besäte, und die Szene war ihm selig vertraut und hämisch fremd zugleich, denn die Bilder, die ihm das Fieber zeigte, bewegten sich wie auf Qualm projiziert, kamen als warme Verlockung und als Spott zugleich, und der Schweiß trat dem Bewußtlosen auf Schläfen und Wangen, denn sein aus aller Vernunft entlassener Geist leistete doppelte, weil in sich selbst widersetzliche Arbeit, wollte halten und vertreiben, sehnte sich und ekelte sich, wünschte sich hinzugeben und wehrte zugleich ab; und erst als in den schwankenden Bildern das Gesicht einer Frau auftauchte, ganz nahe war es plötzlich da, seitwärts in den Vordergrund wurde es geschoben, da beruhigte sich das Traumspektakel, und der Atem ging ruhiger. Es war seine Frau, sein Eheweib, Penelope, die er dreizehn Jahre lang nicht gesehen hatte. Ihr Gesicht war voller Sorge, der Mittelscheitel ihrer Haare war verweht, zwei tiefe Furchen standen zwischen ihren schwarzen, kräftigen Brauen, die nahe zusammengewachsen waren, und im Traum dachte er, warum habe ich sie im Leben nie so genau angesehen wie jetzt, das war ein Fehler. Ihr Teint hatte einen Glanz, der war königlich und erhaben über alles Welken. Er hoffte, sie werde zu sprechen beginnen, denn auch wenn er sie nicht hören konnte – die Bilder vor seinen Augen liefen in dieser Phase nämlich stumm ab –, er würde jedes ihrer Worte aus den Bewegungen ihrer Lippen erschließen; so viel Zuversicht war in seinem Traum. Sie sagte aber nichts, hob nur das Bündel Sohn aus der letzten Furche, die er, ihr ernster Mann, mit dem Pflug in den Sand zog, und reichte es ihm hin …

Dieser Ohnmachtstraum, der wie ein letzter Gedanke war, ein Erinnerungsfilm, ein abschließendes Auftrumpfen des Es-war-einmal, eine endgültige Demonstration von Mnemosynes Macht, hatte über das Gedankliche hinaus seine Sinne erfüllt, so daß er, noch als die Bilder bereits verschwammen, meinte, die Luft der fernen Heimat zu riechen, den Duft vom Hals der fernen Ehefrau, die er nach überstandener Gefahr mit einem Arm umfaßt, deren Schulter er an sich gedrückt hatte in gemischtem Gefühl aus Erleichterung, Rührung, Verlegenheit und Ungeduld;

er hatte geglaubt, die krummgezogenen Füßchen des Kindes in seiner Hand zu spüren, da war sein Bewußtsein bereits aus der Ohnmacht gehoben, da wußte er träumend, daß er träumte, und spürte dennoch so zweifelsfrei, wie Sinnesmeldungen nur sein können, die Wange der Frau an seinem Ohr, als sie ihr Gesicht in dem seinen zu verbergen suchte. Dann erwachte er und, noch unter den Lidern, bangte er, daß er weiter von Frau, Kind und Haus entfernt sei als jemals zuvor und auch von Ithaka, der lieben Stadt mit ihren warmen, tröstlichen Backsteinmauern, den schief in den Angeln hängenden hölzernen Toren, dem Hafengeruch nach gebranntem Zucker, Pech und Hanf und Maggi, den stillen Verandabalustraden, die an den Sommerabenden mit nassen Badesachen drapiert waren, dem *Kaffeehaus des Königs* in der Breiten Straße, wo am Morgen die Arbeiter die Zeitung lasen, wo am Nachmittag die alten Männer mit uferlos betrunkener Gründlichkeit die politische Lage erörterten, wo abends die lokalen Angeber verkehrt herum auf den Sesseln saßen und ihre Zigaretten durch die Finger rollen ließen ... – Er öffnete die Augen und sah vor sich die pure bare Schönheit, und der Traum verlor augenblicklich seinen Glanz und seine Last.

Odysseus war Gefangener der Nymphe Kalypso. Er war angekommen an der vorletzten Station, fast am Ende, im Safranlicht der frühen Morgenröte, ehe die Nacht seiner Irrfahrt sich neigte. – So steht es in dem Gedicht geschrieben, das über gut zweieinhalb Jahrtausende auf uns gekommen ist. So sehen, wird dort gesungen, den Odysseus die Götter, nämlich die olympischen, die auf das Präsens pochenden, keine andere Zeit als die Gegenwart akzeptierenden. Sie blicken auf ihn herab. Und auch wir *blicken auf ihn herab.* Und auch wir tun es, als erwarteten wir, daß er sich *stellvertretend* krümmt; als wüßten wir aus sicherer Quelle, daß *beispielhaft* Leid auf ihn gehäuft wird, daß an ihm ein Exempel statuiert wird. Wie kommt es aber, daß wir ungöttlichen Mängelwesen aus einer der göttlichen Blickrichtung durchaus nicht unähnlichen Perspektive auf ihn schauen? Darauf ist schlecht antworten. Improvisieren wir: In einer sphärischen Drehung vom Himmlischen ins Irdische, vom Ewigen ins Zeitliche, erkennt sich nicht nur das Menschliche im Göttlichen wieder, sondern auch der Gott im Menschen, und so schauen auch wir auf jenen, welcher der Dulder genannt wird, mit dem unbarmherzigen Auge dessen, der, auf seine Gegenwart pochend, sagt: Ich bin. So vielleicht vergegenwärtigt sich für uns das sagenhaft Vergangene *in der Erinnerung*, die wir in der Sprache des Gedichtes Mnemosyne nannten. Die Erinnerung nämlich, die aus Nachahmung und Wiederkehr sich nährende, die als der Vorposten allen Denkens die Gegenwart vorantreibt, sie vertrauensvoll in den amorphen Block der Zukunft meißelt, sie, die Feindin aller Unendlichkeit, aller Vollkommenheit, jedes Augenblicks, der verweilen soll, jedes nicht endenden Status quo, sie, die wahre Muse allen Erzählens, diese durch und durch menschliche, durch und durch ungöttliche Eigenheit, die sich der göttlichen Ewigkeit tapfer entgegenstemmt, aber doch auch, nur eben auf ihre Weise – geschäftig hamsternd, manchmal kleinkariert, beamtnerisch archivierend, manchmal aber auch mit kräftig verschwenderischen Strichen zeichnend –, eine Art des Nicht-enden-Sollens – jawohl: eine andere Art Ewigkeit! – schaffen möchte; sie, die Erinnerung, Mnemosyne, die eine Titanin ist, Tochter des Himmels und der Erde, Mutter der mit goldenem Stirnband geschmückten Musen – sie wird gewogen, ihre Kraft wird in der Überlieferung geprüft, ihre Macht steht zur Disposition, ihre Herrlichkeit soll sich im Gedicht als eine sorgende, wärmende, tröstende erweisen ... – Es ist wahr, ihr Ton ist nicht selten ein hehrer, geblähter, lauter, tremoloverliebter. Und es nimmt nicht wunder: Sie muß so tun *als ob*; denn was sie besingt, ist nicht mehr; war vielleicht nie, jedenfalls nicht so; deshalb schwingt selbst in den ernstesten Augenblicken immer auch ein wenig Aufschneiderisches, Zirkusdirektormäßiges, Marktschreierisches, Stammtischhaftes, Halbseidenes, Prahlhansisches, Großkotziges in ihrem Bericht mit – wie oben in der recht windigen Improvisation über Irdisches und Himmlisches und die behauptete sphärische Drehung des einen in das andere: Die Erinnerung geigt auf! Erzähl mir, Mnemosyne! Erzähl!

Eine Schönheit

Kalypso – alles an ihr hatte ideale Maße. Später, als Odysseus ihren Körper mit einer beinahe wütenden Gründlichkeit auskundschaftete, verriet sie ihm, daß tatsächlich sie die Phantasie sei für alle Maße, die je an Frauen gelegt werden. So waren ihre Lippen voll, aber nicht zu voll, waren von schwerer, roter Farbe, gingen aber an keiner Stelle ins Bläuliche oder Bräunliche über, wie es oft der Fall ist bei schwerroten Lippen. So endete die Nase in leicht geblähten Nüstern, die sich zu zarten Öffnungen wölbten, in der Form Abdrücken winziger Birnen gleich, eben nicht kreisrund und somit dem Wort Nasenlöcher ganz und gar entgegen. So waren die Augenbrauen geschwungen wie die Linie der geschlossenen Flügel eines Schwans und waren wie flaumweiches Fell und gerade noch in der Farbe des Haupthaares, goldbraun nämlich, und dicht, aber doch noch so durchscheinend, daß, wenn sie gehoben wurden, die weiße Haut darunter sichtbar war. Und die Augen selbst, sie waren wie Schönheit ohne Menschen, und das soll heißen, sie sandten Blicke aus, die es nicht gewohnt waren, auf Menschen zu ruhen, Blicke, die weder Scham noch Verlegenheit, weder Mißtrauen noch Abschätzigkeit, weder Taxierung noch Geilheit, weder Unterwerfung noch Herrschsucht kannten. Sie waren die Schönheit selbst; denn ebenso wie das Organ, das die Sonne sieht, ein Stück Sonne sein muß, so bleibt dem Auge, das nur Schönheit sieht, nichts anderes übrig, als selbst ein Teil dieser Schönheit zu sein, der reinen, mit ihrem Gegenteil noch nicht konfrontierten, von der Welt noch nicht besudelten Schönheit, die genaugenommen noch gar nicht als Schönheit bezeichnet werden darf, denn wir – so sagen die Sterblichen in unserer Geschichte, und an anderer Stelle werden wir es in Anführungszeichen, in Gänsefüßchen wiedergeben –, wir sind von jenem Unsterblichen, der uns die Sprache gab, verflucht, das Gute erst benennen zu können, wenn wir das Schlechte als sein Gegenteil erfahren haben – oder anders sogar: Verflucht sind wir, weil wir, indem wir auf das Gute zeigen und ihm einen Namen geben, in ebendiesem Augenblick sein Gegenteil, das Schlechte, in die Welt setzen, erst als ein Wort, dann als Tat, zuletzt als Tatsache.

Kalypso, die Nymphe, war unsterblich und sie konnte unsterblich machen, den sie liebte. Genauer müßte es heißen: Ihr Zustand war unvergänglich, und in diese Unvergänglichkeit konnte sie heben, wen sie liebte. Bisher war ihr niemand begegnet, an dem sie diese Macht beweisen mochte.

Kalypso – sie war ein Kind des Paradieses, sie aß und trank, was die Götter aßen und tranken, Nektar und Ambrosia; wo sie wohnte, dort gab es keinen Schnee, keinen Winterorkan, keinen gießenden Regen, ewig wehten die Gesäusel des leise atmenden Westwinds, und die Luft, die sie umgab, war lau, so daß sie Kleider nicht nötig hatte. Sie kannte nur wenige Worte, weil sie nur die Dinge der Welt kannte, die allein für sich bestehen konnten und allein für sich sichtbar waren, ohne den Hintergrund ihres Gegenteils. Was sie umgab, umgab sie; was sie sah, sah sie; was sie roch, roch sie; was sie hörte, hörte sie. Es gab keine Fragen. Sie wischte am Morgen den Tisch ab und warf die Krümel durchs Fenster in den Garten. Die Vögel pickten sie auf. Die großen Vögel verjagten die kleinen, aber die kleinen waren flinker als die großen. Kalypso beobachtete sie. Sie steckte

Kerne in die Erde und freute sich, wenn nach Tagen etwas Grünes hervorbrach. Sie goß die verschiedenen Sprießlinge mit verschiedenen Säften und merkte sich, was daraus wurde. Sie meinte, die Katze folge ihr wie ein Hund, und wenn sie nicht folgte, schob sie es einer schlechten Laune zu. Was glatt war und glänzte, gefiel ihr von vornherein. Sie interessierte sich für fast nichts, wofür sich die Menschen interessieren. Sie sammelte Zeitschriften und Magazine, warf Werbebroschüren erst weg, wenn sie alle Bilder, die ihr brauchbar erschienen, ausgeschnitten hatte. Mitten im Werk konnte sie unterbrechen, dann blieb die Schere im Papier stecken wie der Schnabel eines unter einem Fluch erstarrten Vogels. Um ihr Haus herum wuchs, was wuchs, und sie ließ es wachsen, und es war der schönste Garten, der sich denken läßt. Um ihren Garten standen Pappeln und Zypressen und schützten das Haus gegen den Norden. An der Mauer wuchs der Wein empor. Über dem Eingang, dessen Tür den ganzen Tag offen war, rankte sich eine alte Glyzinie, die ihre lila Schmetterlingsblüten in schwer duftenden Trauben dem Besucher zum Riechen darbot. Welchem Besucher denn? Nie kam einer. Die Insel war umarmt vom veilchenblauen Meer. Die Vögel gaben sich die Ehre, die ja. Kein Vogelpaar, das noch nicht auf einem Ast dieses Gartens gesessen hätte, Eule oder Habicht oder die langzüngigen Meereskrähen, die am Tage mit gierigen Blicken den Strand nach Kleinem absuchen. Eidechsen kamen. Eichhörnchen kamen. Kröten, Frösche, Unken kamen. Aber ein Mensch war nie dagewesen.

Ein Teil des Gartens war kühl und feucht. Dort entsprang unter dem Moos eine Quelle, funkelte im gesprenkelten Schatten der Bäume, die sich fürsorglich über ihr erhoben, verschwand gleich unter den grünen Polstern, und erst weiter unten im vollen Sonnenlicht schimmernd und stolz zwischen Eppich und Veilchen trat sie wieder zu Tage. Dort im Schatten, wo die Quelle ihren Anfang hatte, war Kalypsos Lieblingsplatz, dort lag sie auf dem Bauch und sang mit feinster Stimme, die ihr im Kopf klang, als füllte sie einen Konzertsaal, und stocherte dabei im Erdreich, hob ein Stück Moos und beobachtete die Käfer darunter. Nie war sie in Versuchung, mit dem Stiel eines Blattes etwa das Getier in eine andere Richtung zu drängen. Sie schaute nur zu. So ist sie, so war sie, so ist sie in nicht zählbarer Zeit. Sie breitet sich aus im Hochgewachsenen; dort duftet um sie der sanfte Majoran in voller Blüte, umfängt sie zärtlich mit seinem Schatten.

Früh am Morgen war sie im Garten oder am Abend, den Tag über nicht. Sie vertrug die Sonne nicht. Sie mochte den Sonnenschein, aber sie vertrug ihn nicht. Gern sah sie vom Schatten hinaus auf Sonnenbeschienenes. Am Tag blieb sie im Haus. Die Wände waren voller Bilder. Mit Stecknadeln waren sie an die Tapete geheftet, überzogen, überwucherten, überkrusteten die Wände. Es waren lauter schöne Dinge – Photographien, Gemaltes, Gezeichnetes. Wie sich diese Bilder aus den Magazinen auf den Wänden zusammenfanden, gründeten sie dort eine neue Welt, die auf ihre Art nicht weniger lebhaft und bunt und in Schichten sich gegenseitig nährend war als die Welt des Gartens. Da traf ein großer, wohlfrisierter Herrenkopf ohne Körper auf eine sich zurücklehnende Dame mit Trauernetz vor dem Gesicht, die nicht größer war als die Herrennase; ein alter Kaukasier in Schwarzweiß, den dünnen Schnurrbart kühn zu zwei Haken gezwirbelt, war umkrönt von einem Kranz sorgfältig ausgeschnittener, grellgelber Bananen; Mann und Frau in kurzen Shorts, die Oberarme braungebrannt, winkten von einem Tandem in die Unendlichkeit hinein …

Morgens fiel die Sonne in die Küche, das war der Herrin nicht angenehm. Sie zog die Vorhänge zu. Nur einen schmalen Streifen Sonne ließ sie herein. Der lag wie ein goldenes Seidenband über dem Tisch, schmiegte sich über den ambrosischen Brotweggen und stürzte auf den Boden. Sie schob die Kaffeetasse in den Streifen, da wurde der aufsteigende Dampf angestrahlt, und das gefiel ihr.

Manchmal ging sie nachts aus. Dann richtete sie sich her. Das dauerte drei Stunden und länger. Sie schminkte ihr Gesicht marmorweiß, und der Mund war wie fettiges Blut, das Haar färbte sie schwarz und formte es zu einem Gebirge. Am meisten Sorgfalt verwandte sie an die Augen. Sie machte sie anders, denn verschönert werden konnten sie nicht. Sie wußte, daß nichts an ihr hätte schöner gemacht werden können. Sie war die Schönheit. Das Schminken und Frisieren, das Toupieren und Zupfen, das Auflegen und Nachzeichnen hatte ja auch gar nicht den Zweck der Verschönerung. Sie tat es – weil sie es tat. Es ist an uns, es zu deuten. Vielleicht wollte sie manchmal eine andere sein oder als eine andere scheinen. Vielleicht wollte sie, wie sie war, nur sein, wenn sie mit sich allein war. Vielleicht wollte sie nicht erkannt werden als die, die sie war. – Sie wollte hinaus und änderte ihr Aussehen. Sie tat es. Mehr kann man nicht sagen.

Sie ließ ihre Natur hinter sich und stieg in ein Kleid aus Rot und Schwarz und ging in die Stadt. Und wenn sie ein Lokal betrat, wurde es still, und die Frauen drehten sich weg von ihr, und die Männer senkten die Blicke. Und niemand sprach sie an. Und wenn sie sich an die Bar stellte, tat der Keeper so, als hätte er sie nicht gesehen. Aber wenn sie wieder gegangen war, dann wurde über sie gesprochen noch Stunden lang, und jeder fragte sich: Wer war die? Und die Mutigen schlugen sich an den Kopf und sagten, was war denn mit mir los, ich war wohl einen Augenblick weggetreten, verdammt, so eine Gelegenheit gibt es nie wieder. Aber dennoch blieben sie sitzen und redeten lieber über sie, als hinauszulaufen und sie zu suchen. Wenn sie in ein Restaurant ging, dann wurde sie nicht bedient. Denn die Kellner stritten sich in der Küche, jeder wollte ihren Tisch in seinem Revier haben, und doch traute sich eigentlich keiner zu ihr hin, und wenn der Oberkellner ein Machtwort sprach und schlußendlich dem charmantesten und selbstsichersten unten ihnen den Auftrag gab, dem Herzensbrecher, er solle ihr die Speisekarte bringen, dann fing sogar der an, sich zu genieren, und er bat, man möge ihn übergehen, lieber würde er auf der Stelle kündigen, als zu diesem Wesen an den Tisch treten. Und wenn zuletzt der Oberkellner persönlich die Speisekarte und den Bestellblock in die Hand nahm, dann geschah es, daß er fünf Schritte vor ihrem Tisch allen Mut verlor und Speisekarte und Bestellblock sinken ließ und kehrtmachte und im stillen auf seine Durchschnittlichkeit fluchte, sie aber gleichzeitig auch in allen Tönen, die einem im stillen eben zur Verfügung stehen, pries.

Durch die wildesten Gegenden spazierte sie, lächelnd und furchtlos, da war es drei Uhr am Morgen. Sie kam an einer Baustelle vorbei, da wohnten Arbeiter in Blechcontainern, die übereinander gestapelt waren, und die Arbeiter waren von weit her gekommen, um hier in Tag- und Nachtschichten Geld zu verdienen, und sie hatten ihre Frauen schon lange nicht gesehen und hatten schon lange keine Frau mehr gehabt und waren voll Sehnsucht. Und wie Kalypso ging und wie sie sich hergerichtet hatte, sah sie aus wie eine Hure, die gekommen war, um den Männern Erleichterung zu bringen zu erschwinglichem Preis. Langsam schritt sie durch die schmale Gasse zwischen den gelben Containern, wo die Männer saßen und lehnten, stieg über hartgewordene Zementbrocken, über aufgerissene, grünlich staubige Papiersäcke, über Polyäthylenfetzen, über Isolierwolle und polstrige Reste von Isolierschaum, über rostige Betoneisen und glitschige Schalbretter. Sie blickte keinen der Männer an, aber sie lächelte, weil ihr Mund so gemacht war, und das mußte als Aufforderung an alle verstanden werden. Aber keiner rührte sich. Kein Wort fiel. Ihr Kleid war wunderbar, ihre Strümpfe schimmerten.

Einmal sprach sie doch jemand an. Es war eine Frau, eine leibarme, hochbeinige Erscheinung mit schreiend aufgeföhnten Haaren. Mitten auf der Allee war es. Irgendwo.

Die Frau sagte: »So wirst du keinen kennenlernen. Du bist zu schön. Vor dir fürchtet sich jeder.«

Es war schon so gegen vier Uhr. Die Frau hielt sich eng in einem hochgeschlossenen Mäntelchen.

»Willst mich nicht anschauen?« fragte sie. Denn Kalypso neigte zwar den Kopf in ihre Richtung, ihre Augen aber blickten weit an ihr vorbei. »Bei deiner Schönheit«, sagte die Frau, »denkt jeder, hier habe ich nichts verloren. Irgend etwas an einem sollte nicht genau stimmen. Das ist meine Überzeugung, und sie ist durch reiche Erfahrung der ganzen Menschheit gestützt. Irgend etwas wenigstens sollte übertrieben sein oder fehlen. Dann könnte, wer dich anschaut, sich großzügig geben und nachsichtig sein, oder wenigstens nachsichtig tun könnte er. Das will man. Das ist meine Überzeugung. Man kommt sich größer vor, wenn man ein Auge zudrückt. Verstehst du? Wer will das nicht? Kannst du nicht machen, daß deine Schönheit ein bißchen wenigstens durcheinandergerät? Ein bißchen weniger Paradies! Das macht Lust. Erst das. Nur das. Verstehst du?«

Da lächelte Kalypso die Frau an. Es war ein mildes, weises, geheimnisvolles Lächeln, das zu allen Dingen ja sagte.

»Nein, nein, das verstehst du wohl nicht«, sagte die Frau und ruckte sich ungeduldig in ihrem Mäntelchen zurecht, sagte »Ach, was!« und tappte davon.

Kalypso lächelte weiter. Sie wußte ja nicht, wie es in der Schminke und unter dem Toupierten und in dem Schwarzroten aussah, wenn sie lächelte.

Sie wollte nichts. Sie wünschte nichts. Sie erwartete nichts. Ehe die Morgenröte erwachte, Eos mit den Rosenfingern, die Safrangewandete, war sie wieder zu Hause, und sie war zufrieden. Sie schlüpfte aus dem Schwarzroten, warf die Schuhe von sich, rollte die Strümpfe von den Beinen. Niemals war ihr der Gedanke gekommen, sie habe etwas versäumt oder ihre Wünsche hätten sich nicht erfüllt, oder auch nur, etwas sei anders gelaufen als erwartet. Sie legte sich unter die Bäume ihres Gartens und wartete, bis Eos den goldenen Wagen an Helios weitergab. Dann ging sie ins Haus und machte sich Frühstück.

Aber seit sie den Mann aus der Sonne gerettet, seit sie ihn in den Schatten ihrer Grotte gezerrt hatte mit hellem Keuchen, breitete sich ein Verlangen in ihr aus, für das sie – wie für fast alles – keine Worte hatte, das aber auch gar keiner Worte bedurfte. Was sie umgab, war auf einmal neu für sie. Was sie sah, war, als sähe sie es hier und jetzt zum erstenmal; was sie roch, was sie hörte, was sie unter den Händen spürte – alles war wie bei einem ersten Mal. Sie dachte darüber nach, warum ihr in der Stadt nichts zu essen und zu trinken gegeben worden war, warum die Arbeiter neben den Containern verstummt waren. Eine Antwort konnte sein, daß ihre Schönheit schrecklich und zum Fürchten war.

Odysseus, der Schiffbrüchige, als er die Augen aufschlug, lag auf dem Bett der Nymphe, kühle Seide hatte sie ihm untergelegt. Er sah ihre vollkommene Schönheit, und er fürchtete sich nicht vor ihr. Er ließ seine Blicke schweifen über ihr Gesicht, ihr wolkiges Haar, ihre Hände, die wir unentschuldbarerweise vergaßen zu beschreiben, Hände von allerfeinster Gelenkigkeit, die Haut nur leicht gewellt durch die Adern, die wie schmückende Gliederungen in der stufenlosen Bräunung waren. Er betrachtete ihre Schultern, die da und dort durch ihr Haar drängten und die schimmerten, weil die Haut vom Haar poliert wurde. Dann sah er die Brüste und die erdbraun belockte Scham, und da erst fiel ihm auf, daß auch er nackt war. Und schnell, in einer ersten Bewegung, zog er das Laken über sich und grüßte die Nymphe.

Sie sprach seine Worte nach. Sie war wie ein Vogel, der die Stimmen lernt. Er wußte nicht, ob sie auch verstand, was sie ihm nachsagte. Er sagte einen zweiten Satz – daß sie die schönste Frau sei, die er je gesehen habe. Und sie sagte, er sei der schönste Mann. Das könne nicht stimmen, sagte er, denn er sei nicht schön. Nicht einmal in gesundem Zustand sei er schön, sagte er, nun aber sei er obendrein krank, seine Haut häßlich zerweicht vom Salzwasser, und sein Gesicht, das könne er fühlen, da brauche er keinen Spiegel, das Gesicht sei gedunsen.

Sie hörte ihm zu, hielt ihn fest mit ihren Augen. Kauerte neben seinem Lager im Schatten, hockte auf ihren Fersen. Manchmal flocht er testhalber einen sinnlosen Satz in seine Rede ein und machte dabei ein absichtsloses Gesicht und lächelte ernst. Und die Nymphe lächelte ernst zurück und machte ein ebensolches Gesicht. Er nickte, und sie nickte auch.

»Verstehst du denn, was ich meine«, fragte er.

»Ich verstehe, was du meinst«, sagte sie.

Aber er dachte: Sie lernt einfach nur schnell, verstehen tut sie nicht, kann sie nicht, es ist nicht möglich, sie ist in meiner Hand, jeden Unsinn, den ich sage, wird sie als Wahrheit nehmen und begierig einlernen, und niemand auf dieser Insel wird sie korrigieren, denn sie lebt allein, und erst mit mir beginnt hier der Plural.

»Zeig das«, sagte er und deutete mit dem Finger auf ihre Brüste. Sie hob die Haare, schob sie beiseite, und er konnte sehen, daß die Brüste das Maß für alle Brüste gaben, die man je schön nennt. Vollkommen waren sie.

»Zeig mir das«, sagte er und deutete mit der anderen Hand auf ihre Scham. Sie zeigte es ihm.

»Komm auf mich«, sagte er. Das sei Liebe, sagte er ihr hinterher.

Und sie sagte: Das wolle sie immer haben, immer ohne Ende. Das gebe es nicht, sagte er. Warum nicht, fragte sie und wartete seine Antwort nicht ab.

»Wenn du bei mir bleibst«, flehte sie, »dann wirst du nicht sterben!«

Und das ist fürwahr das größte Versprechen, das die Liebe geben kann, denn das Leben, dieses liebe

Leben im Sonnenlicht, ist dahin mit dem Tod, mag nun folgen, was will.

Wir haben das Vorangegangene gerafft erzählt. Des archaischen Effektes willen haben wir die prosaischen Zwischenräume aus dem Geschehen herausgekürzt. In Wirklichkeit war Odysseus am ersten Tag zu schwach, um zu sprechen, zu schwach für jeden halbwegs klar kategorisierenden Gedanken, zu schwach, seine Blöße überhaupt wahrzunehmen – zu nahe dem Tod. Gerade daß er die entzündeten, eingerissenen Lider öffnete und Kalypso ansah. Die Augen waren an den Rändern bereits milchig geworden. Kalypso fuhr mit dem Finger vor seinem Gesicht hin und her. Es bestand Befürchtung, daß er durch Sonne und Wasserspiegelung erblindet sein könnte. Als sie ihm Tee zu trinken gab, in einer schweren, im Wasserbad vorgewärmten Tasse übrigens, da spürte er sich selbst zum erstenmal wieder – als körnig reibender, reißender Schmerz in der Kehle. Er konnte nicht trinken. Kalypso sah voll Mitleid, wie er an dem harten Wasser würgte, und da fand sie sich ganz in ihn, ahmte die Art seines Schmerzes in ihrer Kehle nach und wußte nun, was dagegen zu tun sei. Sie rührte mit einer Gabel flink ein paar Tropfen Distelöl in den Tee – Distelöl deshalb, weil es ohne jeden Eigengeschmack ist, und sie sich dachte, Olivenöl, das sie eigentlich höher schätzte, werde er nicht behalten können –, außerdem strich sie ihm Öl auf die Lippen, und so gelang ihm das notwendige Trinken endlich. Mit schlückchenweisem Durststillen und wieder Zurücksinken in Ohnmacht und Schlaf verging der erste Tag. In der

Nacht wachte sie über sein Stöhnen und sein Schreien. Wie konnte sie ahnen, daß der Grund seines Jammers bald auch der Grund ihres Jammers sein würde ...

Kalypso fand sich in den vielduldenden Helden. Denn sie liebte ihn vom ersten Augenblick an. Sie hatte ihn liegen sehen und aufgelesen, ihn, den das Meer ans Ufer gespuckt hatte, als wäre er ein Ekel für Krebse und Fische; sie hatte ihn dem Tod weggenommen. Odysseus gehörte ihr. – Am zweiten Tag tupfte sie die ranzigen gebrochenen Reste der Ziegenmilch von seinem Körper, spülte mit Kamillentee das Salz und die Krusten ab, bestrich seine aufgesprungenen Lippen abwechselnd mit Honig und Öl, diesmal nahm sie Sesamöl, träufelte Borwasser in seine Augen und fächelte seinem Körper mit einem breiten Karton Kühlung zu. Der Mann war über den Berg, und er war ihr vertraut, nichts an ihm schien ihm noch zu gehören, nie besaß sie ihn so zweifelsfrei wie an diesem Tag. Er aß auch schon einige Löffel vom dünnen Mehlbrei, und immer trank er Tee mit wenigen Tropfen Distelöl. Am Nachmittag kochte sie eine Fleischbrühe. Außerhalb der Behausung stellte sie einen Topf mit Gemüse, Markknochen und einem Stück saftigem Rindfleisch auf ein Feuer, im Herd der Küche dagegen verbrannte sie kleingespaltene Zedern und Lerchen. Sie habe nicht gewußt, sagte sie später, ob ihm vom Geruch des kochenden Fleisches vielleicht übel würde, deshalb habe sie die Suppe nicht in der Küche kochen wollen. Sie habe sogar die Windrichtung geprüft und die Feuerstelle so angelegt, daß der Rauch weit an seinem Lager vorbeiziehe. Die Brühe schmeckte ihm, er trank drei Tassen aus, leckte sich über die heilenden Lippen. Dann fiel er in einen langen, schreielosen Schlaf, zwanzig Stunden dauerte der.

Erst am Abend des dritten Tages also im indirekten Schein der Kerzen sprachen sie die ersten Worte miteinander. Sie hatte das Licht so gestellt und verschattet, daß es seinen Augen nicht weh tat. Er fragte sie, wer sie sei, wie das Land hier heiße, nannte, noch ehe sie antworten konnte, seinen Namen, stellte sich ihr vor, hob dabei seine Hand und verzog angeekelt sein Gesicht, als er die verschrumpelten Finger sah, entschuldigte sich für seine kaputte Haut, sagte, er könne sich an nichts weiter erinnern, als daß er an ein Stück Planke geklammert über die Wellen geworfen worden sei, ob sie mehr wisse, redete aber gleich weiter, ohne darauf zu achten, daß sie die Lippen öffnete, um etwas zu erwidern. Mit leiser, heiserer Stimme sprach er, das Sprechen tat ihm bis in die Bronchien weh, und wenn er einatmete, zog er den Mund zu einer runzeligen Höhle zusammen, weil sogar die Luft zu hart war, Luft läßt sich nicht in Distelöl einweichen. Wie einer so reden kann, der kaum die Glieder rühren kann! Neun Tage, an diese Rechnung erinnere er sich gut, jawohl, es sei eine Rechnung gewesen, denn mit Zählen allein behält man solche einsamen und schmerzensreichen Tage nicht im Gedächtnis, neun Tage sei er auf dem Meer getrieben, neun Tage, habe gelitten an allem und vor allem daran, daß er mit niemandem habe reden können, er sei nämlich einer, der sich das Leid durch Reden halbiere – und ohne, daß ein Wort dazwischen

Platz gehabt hätte, fuhr er fort, daß sie die schönste Frau sei, ohne jeden Zweifel die schönste Frau, die er je gesehen, daß er das schon gewußt habe, als er nur für einen kurzen Augenblick aus seiner Ohnmacht erwacht sei, daß er nicht gewußt habe, wo er sei, ja kaum, wer er sei, aber gewußt habe, daß sie die schönste Frau sei, ob sie eigentlich verstehe, was er da zusammenfasle, es tue ihm leid, aber er könne nicht anders, er sei eben ein Redner, er müsse reden ...

Sie nickte und – lächelte. Es war spaßig, wie er sprach, und sie sah ja, daß er noch nicht ganz beieinander war, und was er sagte, gefiel ihr. Und er sah, daß es ihr gefiel und redete weiter. Ohne Zweifel, rezitierte er, denn ein Singsang um eine Tonlage herum reizte die Kehle am wenigsten, ohne Zweifel sei sie die schönste Frau, auf alle Fälle die schönste Frau, die schönste Frau, die er je gesehen, sie solle verzeihen, daß er sich so oft wiederhole, die Wahrheit laute, ihre Schönheit sei so unwahrscheinlich, daß er sie vor sich selbst und eigentlich auch nur für sich selbst mit Worten immer wieder bestätigen müsse, weil er seinen Augen nicht traue.

Er sagte die Wahrheit. Noch mischte sich kein Hintergedanke, keine strategisch plazierte, rhetorisch kalkulierte Übertreibung in seine Rede. Mit dem letzten Wort sank er in eine Halbohnmacht zurück, in der er mit halb geöffneten Augen und leckenden Lippen übrigblieb.

Sie rückte ein Stück weiter aus dem Licht der Kerzen, zog die Beine an sich und schüttelte die Haare um ihren Körper. Sie betrachtete ihn durch den

Schleier ihrer Flechten, und er war eine Wohltat für sie – das meint: alles Gute, das sie in diesen Minuten ihm für alle Zukunft – für *alle* Zukunft! – zu geben sich vornahm, war Gutes für sie selbst, denn in ihm, dem Verlorenen, hatte sie sich gefunden, über ihn, der seinen Liebsten genommen war, hatte sie die Liebe zu sich selbst entdeckt, an ihm, dem Bresthaften, hoffte sie von der Krankheit des Einsamseins, von der sie bis vor zwei Tagen nicht einmal wußte, daß sie daran litt, zu genesen. Sie sagte ihren Namen. Er hatte sie danach gefragt. Er hatte die Antwort zwar nicht abgewartet. Aber er hatte gefragt. Er war in seine Ohnmacht zurückgefallen, ohne zu wissen, wie sie hieß. Jetzt sagte sie ihren Namen. Für sich sagte sie ihn. Sie wartete, bis er erwachte, dann sagte sie noch einmal ihren Namen.

Es war das erste Mal, daß er ihre Stimme hörte. Sie hatte eine wunderbar wohlschwingende Altstimme, lind und mild war sie für sein Ohr wie das Distelöl für seine Kehle. Sie wiederholte ihren Namen, rutschte näher an sein Lager, stellte sich ihm vor, nahm dabei seine verschrumpelten Finger in ihre Hände, strich mit ihren Daumen zärtlich über die Kuppen. Sie sagte nicht: Ich heiße … Einfach nur ihren Namen sagte sie, so daß, wer nicht wußte, daß es ein Name war, meinen konnte, es sei irgendein Wort.

»Was ist das?« fragte er. Ein tonloses Flüstern war seine Stimme nur mehr.

Sie wiederholte. Und wiederholte. Und sagte ihren Namen wieder und wieder.

»Kalypso. Kalypso. Kalypso.«

Sie staunte und freute sich nämlich über den Klang dieses Wortes, dessen zweiter Selbstlaut mit einem heiter übermütigen Zungenschlag aus dem Mund hüpfte, gerade rechtzeitig, bevor der auf dem Fuß folgende Mitlaut die Lippen schloß. Hatte sie denn noch niemals bisher ihren Namen ausgesprochen? Hatte sie nie jemand danach gefragt? Hatte sie noch niemals in ihrem Leben ihren Namen aussprechen hören? War sie denn noch nie von jemandem gerufen worden? Wer hat ihr diesen Namen gegeben? Wer überhaupt benennt solche Wesen wie sie?

Wir bewegen uns durch nebliges Gelände, denn bei aller Annäherung an die schönste Frau dürfen wir doch nie vergessen, daß sie eine Nymphe ist. Im Gedicht wird sie gar eine Göttin genannt, und ihre Göttlichkeit wird zudem mit einer Eigenschaft betont, nämlich mit *deinos*, was *gewaltig*, *groß*, auch *Ehrfurcht gebietend*, *ehrwürdig*, *erhaben*, aber ebenso *furchtbar*, *schrecklich*, *gefährlich* heißen kann. Ihr Vater, so vernehmen wir, sei der Titan Atlas gewesen. Wer war ihre Mutter? Eine andere Sage berichtet, sie, die Verlangenerweckende, wie sie dort auch genannt wird, sei eine der dreitausend Töchter des Okeanos und der Tethis gewesen, diesem frühen Geschwisterpaar, das wie Mnemosyne aus Himmel und Erde, aus Uranos und Gaia, geworden ist. Kalypso, das Bruder-Schwester-Kind der Erinnerung? An wieder anderer Stelle steht, sie und einige ihrer Schwestern hätten die rauhe Natur des Meeres nicht ausgehalten und seien in Flüßchen verwandelt und auf verschiedene Inseln gegossen worden – Kalypso auf Ogygia, wo sie sich dank ihrer, alle Form sprengenden Lieblichkeit in immer gerade jenes Wesen verwandle, das ein fremder Besucher, wenn er das Eiland betritt, am meisten begehre – wenn's ein Albatros sei, in ein Albatrosweibchen, wenn's ein schwimmender Stier sei, in eine Kuh, wenn's ein Erpel ist, in eine Ente, und wenn es ein Mann ist, in eine Frau …

»Ist Kalypso dein Name«, fragte Odysseus.

Sie nickte und zuckte mit der Schulter und zog sich wieder in den Schatten der Kerzen zurück.

Weiter konnte er an diesem Tag nicht mehr sprechen. Er schlief ein. Ob er träumte? Nichts Klares, nichts, was weh tat, nichts, was Not machte.

Am folgenden Tag dann war es, oder sogar noch einen Tag später, daß er das Laken über sich schlug, als Kalypso seinen Körper mit Öl einreiben wollte. Es sei nicht mehr nötig, sagte er, außerdem schäme er sich, weil er so häßlich sei und sie die schönste Frau, die er je gesehen.

Er sei der schönste Mann, sagte sie.

Er widersprach, wir wissen es. Was mußte er der Schönste sein, wenn er nur lebte! Sie legte ihre Hände auf ihn, streichelte über das Laken. Er betrachtete ihr Gesicht, ihr Haar, ihre Arme, alles war vollkommene Schönheit und vollkommenes Leben, und er bekam Lust auf sie. Er dachte nicht, irgend etwas an ihr sollte nicht genau stimmen oder wenigstens übertrieben sein oder fehlen, damit ich mich großzügig geben und nachsichtig sein oder wenigstens nachsichtig tun könnte. Wollte er auch nicht, daß diese Schönheit nur ein bißchen wenigstens durcheinandergeriete? Keinen Hauch weniger Paradies wünschte er sich. Er dachte nicht, hier habe ich nichts verloren. Denn er glaubte sich nur knapp dem Tode entronnen, und sie, die das erste Stück Leben war, das er vor sich gesehen, nachdem er aus dem dunkelsten Dunkel aufgetaucht war, sie mußte das Liebste, das ehrfürchtig Liebste sein, wenigstens für einen Tag, bis er sich wieder an das liebe Leben im Sonnenlicht gewöhnt hatte. – Er flirtete.

»Kalypso heißt du?« fragte er.

Sie nickte.

»Ich dachte, ich hätte diesen Namen geträumt«, sagte er. »Willst du wissen, wie ich heiße?«

Sie nickte wieder. Er nannte seinen Namen. Sie sprach ihn nach: »Odysseus.«

»Dein Name ist schöner«, sagte er.

Sie wiederholte seinen Namen und sagte, sie meine, sein Name sei genauso schön.

Ihr Name sei aber obendrein geheimnisvoll, sagte er, das sei sein Name nicht. »Kalypso, Kalypso, Kalypso«, und während er den Namen in verschiedener Betonung und Modulation aussprach, dachte er nach, was sich dazu an Charmantem assoziieren ließe. »Kalypso«, sagte er, »Kalypso, du mit den Händen von allerfeinster Gelenkigkeit, mit den Lippen so voll, aber nicht zu voll, die rot sind, aber an keiner Stelle ins Bläuliche oder Bräunliche übergehen, wie es oft der Fall ist bei schwerroten Lippen«, und weil er spürte, daß er gleich wieder dorthin hinabsinken würde, wo die Pforten des Hades so nah waren, redete er weiter, kettete er Wort an Wort, strickte sich sein Netz, das ihn im Licht hielt, »Kalypso«, sagte er, und in seiner Stimme schwang nun auch Panik mit, »Kalypso, du mit der zierlichen Nase, deren Nüstern sich zu zarten Öffnungen wölben, die in der Form Abdrücken winziger Birnen gleichen, was mit dem Wort Nasenlöcher ganz und gar ungenügend umschrieben ist, Kalypso, deine Augenbrauen sind geschwungen wie die Linie der geschlossenen Flügel eines Schwans, und deine Augen sind die Schönheit selbst …«

Da fielen ihm seine Augen zu, und Hypnos, der Schlafgott, der Sohn der Nacht, dessen weiches Lager nahe der Pforte des Hades ausgebreitet liegt, flog herbei, allein diesmal, ohne auch nur einen aus der zahllosen Schar seiner Söhne, den Träumen, und er gab dem Dulder eine lange, tiefe, barmherzige Ruhe. Kalypso konnte ihr Herz nicht sättigen, sie beugte sich über den Schlafenden, küßte seine Haut ab und kicherte dabei ein wenig, und sie war voll Glück.

Kalypso kauft ein

Und dann war Kalypso in die Stadt geeilt. Sie hatte sich nicht hergerichtet, hatte weder ihr Haar toupiert noch das Schwarzrote angezogen, hatte sich weder geschminkt noch auf einen anmutigen Gang geachtet. Niemals zuvor war sie bei Tag in der Stadt gewesen, aber sie dachte darüber nicht nach. Sie fuhr mit dem Bus, biß sich in Sorge auf die Lippen, spähte durch das Fenster nach einem Laden, der weiße Leinensachen führen könnte. Nichts weiter als Hemd und Hose war an ihm gewesen, als sie ihn gefunden hatte, und Hemd und Hose waren zerschlissen, und als die Sonne sie getrocknet hatte, war offenbar geworden, daß man sie zu nichts anderem mehr gebrauchen konnte als zu Putzlumpen, denn das Salzwasser hatte den Stoff ruiniert. Kalypso war erfüllt von dem Gedanken, ihrem Mann, denn schon nannte sie ihn so, etwas Liebes zu tun. Neue Kleider, dieselben Kleider, nur neu, das hatte sie sich in den Kopf gesetzt, und sie war voll schluchzender, rasender Ungeduld.

Beim Hauptbahnhof stieg sie aus. Sie sah auf dem Fahrplan nach, wann der nächste Bus zurückfuhr. Dann mischte sie sich hastend unter die hastenden Passanten, ließ sich von ihrem Strom durch die Bahnhofshalle ziehen, tauchte mit ihnen auf einer Rolltreppe in eine Straßenunterführung, wo großkelchige Blumen bei elektrischem Licht angeboten wurden. Dort löste sie sich aus dem Troß der Bedrückten und lief über die nächste Treppe wieder nach oben ins Sonnenlicht, und sie war voll schluchzender, rasender Ungeduld.

Ein Mädchen saß auf der Treppe, einen Streifen Sonnenlicht schräg über der Stirn, sie streckte ihr eine wüstenhafte, speckig schwarzverdreckte Hand entgegen, die Finger kraulten gierig. »Gib mir die Münzen«, der Stimmfarbe nach war das Mädchen noch sehr jung, sein Mund war wie mit Sand überzogen und schön geschwungen, die Unterlippe in der Mitte zu einer senkrechten Wunde aufgeplatzt. »Die sind dir eh nur schwer.«

Kalypso gab dem Mädchen, was es wollte. Und während sie den klimpernden Inhalt ihrer Börse ausleerte, zitterten ihr die Hände.

»He, warte«, sagte das Mädchen, »du bist eine Schönheit, sollst auch ein Glückskind sein, lad mich auf etwas ein! Einen Kaffee wenigstens. Ich erzähl dir etwas. Auf einen Asbach und einen Kaffee.«

Kalypso schüttelte nur den Kopf und lief weiter.

Sie betrat ein Kaufhaus, erkundigte sich im Parterre bei einer der Kassen, wo Schmuck verkauft wurde, nach einer Abteilung für weiße Leinensachen, wenn es so etwas überhaupt gäbe, klopfte dabei ungeduldig mit ihren Fingerspitzen auf das gummierte Wechselbrett, wurde in den dritten Stock verwiesen, dort sei der Sport, dort solle sie es versuchen. Sie zwängte sich wieder auf eine Rolltreppe, zwischen kurzhalsige Kundinnen diesmal, die alle nach oben blickten, als erwarte sie dort das Heil. Es hob ihr den Magen, weil es um sie herum so stark nach Parfüm roch, sie meinte, der Geruch hafte an ihren Fingern, sie spuckte darauf und wischte die Hände an ihrer Brust ab. Sie überholte unhöflich die anderen und gab noch auf der Treppe dem Verkäufer in der Sportabteilung ein Zeichen, daß sie es eilig habe.

Hier war es kühl, und die Musik war leise gestellt, so daß nur das Zischen des Schlagzeugs zu hören war. Sie kaufte eine Hose und ein Hemd, die ähnlich aussahen wie die Zerschlissenen, weiß und weit. Die Zerschlissenen hatte sie als Muster mitgenommen. Der Verkäufer verstand sofort und begriff auch ihre Eile und bediente sie ohne Gerede und ohne merkwürdige Blicke auf ihre schöne Gestalt, ohne Verlegenheit vor ihrer unvorstellbaren Herrlichkeit.

Und sie hatte keine Zeit gehabt, sich über die Gelassenheit des Verkäufers zu wundern. Zwischen Fußbällen in Netzkörben und Tennisschlägern, die an Gittern hingen, hielt sie sich die Sachen an ihren Körper, und als der Verkäufer den Mund krauszog und ratschlaggebend den Kopf schüttelte, sagte sie schnell, Hemd und Hose seien für jemand anderen, aber sie wolle, daß sie auch zu ihr paßten. Ein paar Leinenschuhe nahm sie noch mit, flüchtig die Größe schätzend. Sie ließ die Sachen einpacken und wartete gar nicht ab, bis der Verkäufer die Druckknöpfe an dem Nylonsack zusammengeknipst hatte.

Sie besorgte noch Zigaretten, einige Packungen verschiedener Sorten, leichte, starke, solche mit Filter, solche ohne Filter. Er hatte nach Zigaretten gefragt, ihr dann aber nicht gesagt, was für welche er haben wollte. Und sie hatte später vergessen, ihn zu fragen. Dann blickte sie einem Mann, der an der Ampel wartete, auf die Armbanduhr, und sie sah, daß sie noch reichliche zwanzig Minuten Zeit hatte, bis der Bus abfuhr.

Er wird etwas lesen wollen, dachte sie, wenn er liegt und nicht schläft und sich im Wachen erholt, dann wird er etwas Leichtes lesen wollen. Sie betrat einen Buchladen. Aber dann fielen ihr seine Augen ein, die an den Rändern schon milchig gewesen waren, und sie dachte, das Lesen wird ihn zu sehr anstrengen.

Eine Verkäuferin trat auf sie zu, die hatte ein spitzes Kinn und einen fröhlich schiefen Mund, ihr Haar hatte sie hennarot gefärbt, sie war klein und zart, ein Auge schielte ein wenig nach außen, und das sah sogar hübsch aus. »Kann ich Ihnen helfen«, fragte sie.

Sie habe einen Patienten zu Hause, sagte Kalypso, der erhole sich gerade von seiner Krankheit, und zuerst habe sie gedacht, er werde etwas lesen wollen, etwas Leichtes, aber nun glaube sie doch, das Lesen werde ihn zu sehr anstrengen.

»Das glaube ich auch«, sagte die Buchhändlerin und lächelte pfiffig. »Kaufen Sie ihm ein Comic-Heft. Wenn man krank ist, schaut man gern Bilder an. Am liebsten würde man fernsehen. Aber fernsehen ist nicht gut, wenn man krank ist. Und da sind dann Comics ähnlich wie Fernsehen, nur daß sie die Augen nicht so anstrengen.«

Während sie sprach, ging sie zu einem Drehständer, sie hatte einen etwas hopsenden Schritt, berührte mit der Ferse kaum den Boden. Kalypso folgte ihr.

Die Hennarote sprach leise, und man mußte in ihrer Nähe bleiben, wollte man sie verstehen. »Hier«, sagte sie und zog ein Heft heraus, »der Held ist ein kleiner Junge, der einen Stofftiger zum Spielen hat, und er spielt mit dem Tiger und bildet sich dabei ein, der Tiger sei echt. Ich weiß schon, was Sie meinen. Sie meinen, das ist für Kinder. Stimmt schon und stimmt auch wieder nicht. Ich weiß nicht, ob Ihr Patient ein Kind ist.«

»Ist er nicht«, sagte Kalypso.

»Macht gar nichts. Um so besser. Für Kinder ist es zu sophisticated. Aber für einen Kranken der klug ist, ist es ideal.«

»Er ist klug«, sagte Kalypso.

»Und wenn er jetzt auch noch einer ist, der Geschichten mag?«

»Ist er.«

Die Hennarote mit dem spitzen Gesicht rollte ihr gesundes Auge und sagte: »Es war doch so schön, als man ein Kind war und krank war und dann gesund wurde und Bilderbücher angeschaut hat, und wenn man erwachsen ist und man ist krank und wird gesund, dann erinnert man sich gern daran, und das ist gut und man wird ein kleines bißchen, vielleicht nicht meßbar, aber doch ein bißchen leichter gesund, wenn man wieder ein Bilderbuch anschaut. Lesen im allgemeinen ist sophisticated und Bilderanschauen auch, und Kranksein ist ebenfalls sophisticated, jedenfalls wenn man im Begriff ist, gesund zu werden.« Sie schlug das Heft auf. »Der Bub, wie gesagt, heißt Calvin, und sein Tiger heißt Hobbes. Aber es gibt auch Geschichten ohne den Tiger. Hier zum Beispiel. Lesen Sie! Bitte! So sind die anderen Geschichten ungefähr auch.«

Sie drehte das Heft um und hielt es Kalypso hin. »Ich komme gleich wieder«, sagte sie und wandte sich einer anderen Kundin zu.

Kalypso betrachtete die aufgeschlagene Seite des Heftes. Da saß rechts oben ein Mann in dunkelblauem Pullover auf der Treppe seines Hauses. Alles war mit fransig schwarzer Tusche umrahmt. Calvin, der Junge, dessen Kopf rosarot war und fast doppelt so groß wie sein Körper, tritt im zweiten Bildchen aus dem Haus zu seinem Vater, und in seiner Bildblase steht: *Wieso sind alte Photos immer schwarzweiß? Hatten sie damals noch keine Farbfilme?*

Der Vater hat eine grüne Kaffeetasse in der Hand, hat ein Bein über das andere geschlagen, und ewig bis ans Ende dieses Heftchens, bis zu seiner Aufzehrung durch die Zeit, wird Calvins Vater in diesem Bildchen so sitzen und sagen: *Aber sicher hatten sie. Tatsächlich sind diese alten Photographien farbig. Nur war die Welt damals eben schwarzweiß.*

Echt? fragt Calvin im nächsten Bildchen zurück, und seine Frage wird sich dehnen bis ans Ende der Welt und wird in der Welt dieses Bildchens ewig unbeantwortet bleiben, und seine Haare werden gelbe Zacken sein, schwarz umrahmte, ewig.

Die Welt wurde erst irgendwann in den dreißiger Jahren farbig, sagt der Vater, *und eine Zeitlang war die Farbe noch ziemlich körnig.*

Das ist wirklich eigenartig, sagt Calvin.

Tja, die Wahrheit ist merkwürdiger als die Phantasie, sagt der Vater und trinkt aus seiner grünen Tasse, und doch wird sein Durst nie gelöscht werden. Im selben Bildchen streckt Calvin seine Arme mit den vierfingrigen Händen von sich, und über seinem bohnengroß offenen Mund schwebt schwer und mit einem weißen Dorn versehen die Sprechblase: *Warum sind aber alte Gemälde in Farbe? Wenn die Welt schwarzweiß war, hätten die Künstler sie dann nicht auch so gemalt?*

Der Vater in einem neuen Bildchen: *Nicht unbedingt. Viele große Künstler waren wahnsinnig.*

Calvin als mauloffenes, ein ganzes Bildchen ausfüllendes Gesicht: *Aber... aber wie konnten sie überhaupt in Farbe malen? Müßten ihre Farben damals nicht Grauschattierungen gewesen sein?*

Der Vater: *Natürlich. Aber wie alles andere auch, wurden sie in den dreißiger Jahren farbig.*

Nun legt der Vater den Arm um seinen Sohn – nein, das ist nicht richtig gesagt –, der Vater hat den Arm um seinen Sohn gelegt –, so muß es heißen. Wann hat er das getan? Ist die Geschichte dieser Bewegung nirgends vermerkt? Ist sie als nicht erzählenswert vergessen worden?

Im letzten Bildchen dieser Geschichtenwelt sitzt der Vater neben seinem Sohn. Calvin fragt: *Warum sind dann alte Schwarzweißphotos nicht auch farbig geworden?*

Weil es Farbphotos einer schwarzweißen Welt sind, antwortet der Vater.

»Sophisticated, he?« sagte die Verkäuferin. Da merkte Kalypso erst, daß sie bereits wieder neben ihr stand.

Kalypso kaufte und ging zum Hauptbahnhof zurück. Sie durchquerte die Halle und wartete bei der Bushaltestelle. Nicht einmal eine Stunde hatte sie in der Stadt verbracht, hatte Kleider für ihn gekauft, Zigaretten für ihn und ein Comic-Heft. Sie war stolz auf sich.

Auf dem Heimweg dann war der Himmel gewesen, wie sie ihn noch nie gesehen hatte. Grauweiße Wolken, dünn wie leere Bretter auf einem freistehenden Regal, schwebten übereinander, vervielfältigten den Horizont, und ihr war gewesen, als sei sie auf jeder dieser Ebenen daheim, als werde sie erwartet, überall, und ihr Herz hatte ihr vor Freude bis hinauf in den Hals geschlagen, und sie wußte, diese Heimfahrt aus der Stadt würde sie nie vergessen.

Als sie zu Hause ankam, schlief er noch. Und er schlief noch viele Stunden. Sie saß bei ihm und betrachtete ihn. In der Nacht sehnte sie sich nach seiner Stimme. Sie phantasierte sich ihren Klang herbei, versuchte, ihn in sich zu imitieren, tonlos, in reiner Einbildung, imaginierte mit der Naivität eines überwältigenden Ernstes. Sie erinnerte sich an wenig, was er gesprochen hatte, aber seine Stimme ergriff und durchflutete ihre Einbildungskraft, und in der Dunkelheit der Nacht war sie wie Flügelschlagen, und sie konnte sie spüren, als ob sie von ihr angestoßen würde. Die Bedrängtheit seiner Rede verwandelte sich in der Erinnerung in eine schläfrig heisere, leidenschaftliche Umspielung, und es war ihr, als spräche er in einer Sprache, die sie nicht verstand, als wäre es eigentlich gar kein Sprechen. Er hatte die Angewohnheit, manche Vokale überlang zu dehnen, und manche Endungen kamen ihm fast tonlos vor, klangen wie schläfrige Gleichgültigkeit, Melancholie. Das waren Botschaften aus einem fernen Land, so wirkten seine kleinen phonetischen Nachlässigkeiten auf sie. Wohlige Eifersucht erfüllte sie, weil sie an seiner Vergangenheit nicht hatte teilhaben können. Aber wie leicht es doch fiel, aus seiner Stimme eine ferne Welt, eine verwegene Vergangenheit zusammenzuphantasieren! Die ihm nicht wohlgesonnen waren, sagten, seine Stimme sei ihnen eine Spur zu cremig, die ihm Wohlgesonnenen aber schwärmten, sie sei sonor. Tatsächlich verführte diese Stimme zu einer gewissen träumerischen Unaufmerksamkeit. Ihre Musikalität lenkte bisweilen vom Inhalt des Mitgeteilten ab. Allein in ihrem Klang, so heißt es in einer unverbürgten Quelle, seien unzählige wortlose Erinnerungen aufbewahrt. Und Kalypso wollte sich nur an den Klang der Stimme erinnern. Das war gut für die Flügel ihrer eigenen Phantasie, denn seine Stimme, seine reine Stimme, sagte, ich kann mehr tragen, als ich sagen kann, und Kalypso lud all das Eigene auf.

Dann erwachte er. Und wen wundert's, seine erste Kraft gab er der Rede. Er redete schon, da lag er noch. Er stützte sich auf die Ellbogen, wölbte den Brustkorb seiner Zuhörerin entgegen, stützte seinen Torso, indem er sich die Oberarme in die Seite preßte, was Kurzatmigkeit zur Folge hatte – und redete. Redete und redete. Er sank zurück. Aber er redete weiter. Er entschuldigte sich mit rauher, in die Höhe getriebener Stimme, daß er so viel redete, und redete doch weiter. Unter dem Laken griff er sich zwischen die Beine, bettete sein warmes, weiches Glied in seine Hände. Begutachtete es tastend, hätschelte es geistesabwesend, prüfte die Hoden.

Dann gelang es ihm, sich im Bett aufzusetzen, das war auf die Dauer unangenehm, denn es verursachte Genickspannen, Halswirbelknacken und Kopfschmerzen, und dagegen ließ sich nur vorgehen, indem man den Kopf weit zurück in den Nacken legte, so daß der Adamsapfel heraustrat und der Mund in unschöner Weise offenhing. Was für ein Bild von mir wird sie da vor sich haben, dachte er. Er zwang sich und stellte sich auf die Beine. Die Nacht behagte ihm, denn noch tat das Tageslicht seinen Augen weh. Er machte Schritte – und redete. Sie hörte ihm zu, die Augen geschlossen.

Und dann, an seinem vierten oder fünften Tag auf Ogygia, wollte er hinaus. Kalypso sah ihm zu, wie er sich bei schief gezogenem Mund mit einem Damenrasierer die roten Stoppeln von Wange, Kinn und Oberlippe schabte. Die Sonne war untergegangen und ihr Licht aus dem Haus verschwunden.

»Zeig mir, wo du mich gefunden hast«, sagte er.

»Gut, gehen wir zum Strand«, sagte sie.

Sie holte aus dem Schrank neben der Eingangstür zwei leichte, dunkle Windjacken, die sahen beide gleich aus. Sie richtete ihm die Leinenschuhe heraus, die paßten dann sogar. Als er aus ihrem Badezimmer kam mit seinem frisch rasierten Gesicht, da faßte sie mit der Hand an sein Kinn. Er hatte sich die Haare gewaschen und frottiert, in wirren, feuchten Spitzen standen sie ihm vom Kopf ab. Das Kämmen hatte er vergessen. Er lächelte ihr entgegen – die linke Lippe war noch ein wenig träge, das machte Kalypso Sorgen – und sagte, außen sei nun alles frisch an ihm, nur innen im Kopf müsse noch gekehrt werden.

Sie ließ ihre Augen an ihm hinuntergleiten, prüfend, als wäre er ihr Werk. Und genau so deutete er ihren Blick, sagte: »Ohne dich wäre ich nicht mehr am Leben.« Es war ihm unvorstellbar, wie er sich hätte bei ihr bedanken können. Und wie gut ihm die weißen Sachen standen! Bemerkte er gar nicht, daß sie neu waren?

Nicht weit von Kalypsos Haus entfernt begannen die Dünen. Sie erhoben sich im halben Mondlicht wie ein fahler Schutzwall gegen das Meer und schluckten das Geräusch der sich brechenden Wellen. Aber Kalypso wollte Odysseus nicht auf dem kürzesten Weg zum Wasser führen. Sie ahnte wohl, daß er angesichts des Meeres verstummen könnte. Was er redete, war verworren, und es war gut genug. Gegen Osten reichte der Wald bis weit an den Strand heran, und den Wald liebte Kalypso mehr als die offenen Dünen. So führte sie Odysseus in einer weiten Schleife zum Meer.

Und er redete ...

Sie gingen auf dem weichen Boden durch den Wald, und nur Odysseus war zu hören. Wenn ein Zweig knackte, dann war er es gewesen, der ihn mit dem Fuß zerbrochen hatte; wenn es raschelte, dann war er es gewesen, der mit dem Arm einen Stamm gestreift hatte. Es war, als ginge hier einer allein. Wo ist sie? Verbirgt sie sich im Schatten des Mondes? Nur weil wir ihn reden hören, schließen wir, daß er in Begleitung ist. Wir denken: Es redet doch nicht einer im Freien in Zimmerlautstärke mit sich selber! So sanft berührten Kalypsos Füße den Boden, daß auch nicht das feinste Geräusch dabei entstand, so lind ging ihr Atem, so federleicht pochte ihr Herz.

Sie werden zueinander finden, er wird das Seine an das Ihre schmiegen, und sie wird nicht genug bekommen von seinen Geschichten, und geliebt zu werden und erzählt zu bekommen wird für sie eins sein mit lieben und erzählen, und es wird zusammengehören wie das Seine und das Ihre.

»Erzähl mir eine Geschichte«, wird sie sagen. Und er wird es tun.

Das sind des Odysseus' prächtige Talente! Und was das Erzählen betrifft, da kam er vom Hundertsten ins Tausendste und fand wieder zum Ersten zurück, und oft waren die Ausbuchtungen und Umwege keine Unterbrechungen der eigentlichen Erzählung, keine in Klammern gesetzten Episoden, sondern die Geschichte selbst. Das ist seine geflügelte Kunst! Dafür wird er im Gedicht gepriesen! Zugleich aber – warum es verschweigen? – brachte ihm diese Fähigkeit in späteren Berichten, in denen er nur als Nebenfigur auftritt, einen schlechten Ruf ein, nämlich den Ruf eines Honigredners, der selbst die Erinnerung an die grausamsten Taten ins schwankhaft Anekdotische hinüber zu färbeln sich nicht schämte …

Sie werden zueinander finden, er wird das Seine an das Ihre schmiegen, und sie wird nicht genug bekommen von ihm. Und er? Bei aller Liebenswürdigkeit der Nymphe, bei all ihrer Barmherzigkeit und Opferbereitschaft, die wir mit gewärmtem Herzen zu beobachten Gelegenheit hatten, fühlen wir doch einen gewissen Pflichtruf unserem Helden gegenüber, und wenn er schon wegen Gebrechlichkeit, aber auch wegen rapid zunehmender Verschwärmtheit selbst einen klaren Kopf nicht halten kann, so wollen wenigstens wir ein Gran vernünftiger Skepsis in die Geschichte werfen und zwar in Form von einigen simplen Fragen: Wer ist sie eigentlich? Woher kommt sie eigentlich? Was bringt sie mit aus ihrer Vorfahrenschaft? Wissen wir viel mehr über sie als ihren Namen? – Viel mehr nicht, nein. Aber auch

Namen können erzählen, wenn man sie nur befragt …

Die Namen

Verflucht sind wir, weil wir, indem wir auf das Gute zeigen und ihm einen Namen geben, in eben diesem Augenblick sein Gegenteil, das Schlechte, in die Welt setzen – erst als ein Wort, dann als Tat, zuletzt als Tatsache …

Wir wollen gerecht sein und über beide reden. Zunächst er: Odysseus – das Wort leitet sich ab von *odyssomai*, das heißt *grollen*, *zürnen*, auch ein bißchen *hassen* kann darunter verstanden werden. Wir wissen, wer ihm den Namen gab. Es war sein Großvater Autolykos, der Wölfische, der Meister im Trügen und Falschschwören (eben der Großvater, den er an jenem Tag, an dem Aphaia vom Felsen sprang, besucht hatte). Als er seinen Enkel, das Kind im Korb, zum erstenmal sah, war er gebeten worden, ihm einen Namen zu geben. »Liebe Tochter, lieber Schwiegersohn«, hatte er gesagt, »so viele verfolge ich mit meinem Groll, und so viele sind zornig auf mich, manche hassen mich sogar ein bißchen. Darum soll er Odysseus heißen, der Groller, der Zornige, der ein bißchen Hassende, der auch ein bißchen gehaßt wird.« – So war es geschehen.

Wir sehen, sein Fall liegt klar, ist zwar beunruhigend, aber frei von dunklen Anspielungen, vieldeutigen Zweifeln und tiefwurzelnden Herleitungen.

Anders bei Kalypso. Freilich hat recht, wer da sagt, ihr Name leite sich weithin sichtbar von *kalyptëin* ab, und das heiße *verhüllen, verbergen*; Kalypso bedeute also die Verbergerin; sie habe, bis Odysseus angeschwemmt wurde, allein auf ihrer Insel gelebt, habe sich in ihrer Grotte *verborgen*, habe ihr Gesicht mit ihren Haaren *verhüllt*, und das meine ihr Name, und mehr meine er nicht. Das läßt sich sagen, ja. Allerdings sollte sich die sorgende Neugierde damit nicht zufriedengeben. Ein Wort allein ist wie ein Gewürz, niemand wird es für sich und an sich genießen wollen, und wer es doch tut, läuft Gefahr, daß ihn der Geschmack weit in die Irre lockt. Fragen wir also weiter: In welche Sinngebinde ist das Wort, aus dem ihr Name wurde, noch geflochten? So erhalten wir auch Antwort darauf, warum ihrer Göttlichkeit das Eigenschaftswort *deinos* beigegeben wird, was *gewaltig, groß, Ehrfurcht gebietend, ehrwürdig, erhaben,* aber auch *furchtbar, schrecklich, gefährlich* bedeutet.

Als der Fürst Aeneas, persönlicher Sohn der Liebesgöttin Aphrodite, während des Krieges, der unseren Helden zehn Jahre seines Lebens kostete, in einem Handstreich die Brüder Krethon und Orsilochos niedermähte, da heißt es in dem großen Lied, das von dieser Völkerschlacht erzählt: »Des Todes Verhängnis *verhüllte* sie.« Und als Helenos, der trojanische Prinz, Sohn des Priamos, den Dëipyros erschlug, wird in den gleichen Worten davon berichtet. Und als Antilochos dem Troer Echepolos, des Thalysios' Sohn, mit eherner Spitze die Stirn durchbohrte, da hieß es in

Abwandlung: »Die Nacht *verhüllte* seine Augen.« Und als Antiphos, ein andrer Sohn von Trojas König Priamos, ohne es zu wollen, dem Leukos, Freund des Odysseus, den Speer in die Scham rammte, und Odysseus in hochloderndem Zorn als Revanche dessen Bruder Demokoon die Lanze in die linke Schläfe stieß, so daß sie zur rechten wieder hervortrat, da heißt es wieder, »Nacht *verhüllte* die Augen«, und gemeint waren die Augen des Demokoon. Und als – dies soll das letzte Beispiel sein für Kalypsos namentliche Anwesenheit in dem großen Krieg –, als der gewaltige Aias, der Telamonische, den gewaltigen Hektor mit einem Stein gegen die Brust traf, am Schildrand, in der Nähe des Halses, daß sich der Getroffene wie ein Kreisel drehte und dunkles Blut auf die Schenkel spie und schließlich niederstürzte, als wäre ein Blitz in die Eiche gefahren, da heißt es abermals, »die finstere Nacht *verhüllte* seine Augen«, dabei war Hektor gar nicht umgekommen, aber es hätte nicht viel gefehlt – so wenig fehlte nur, daß Kalypsos Name bereits über ihm schwebte.

Ist das ihr *deinos* – ihr Gewaltiges, ihr Furchtbares, ihr Schreckliches, ihr Gefährliches –, daß sie kommt, um die Augen der Gefallenen vor der lebendigen Welt, vor dem Leben, vor dem lieben Leben im Sonnenlicht, zu *verhüllen*? Ihr Kommen bringt Tod? – Wir horchen auf, und unser Held sollte es auch tun. Er sollte aufhören, mit ihr zu tändeln – wir sind bereits im vierten Tag seit seiner Ankunft auf Ogygia, und Odysseus ist ausgeschlafen und bei Kräften, schon nimmt er das Frühstück im Sonnenstreifen der Küche sitzend ein – er sollte sich wirklich für den

Namen seiner Retterin interessieren und nicht nur mit dem Namen spielen, ironisch lächelnd, sie dabei nicht aus den Augen lassend, wie man es im Flirt tut...

Als die unglückliche Io, von Zeus, nachdem er sie verführt, in eine Kuh verwandelt, auf ihrer ziellosen Fluchtwanderung durch die Welt zum hohen Kaukasus gelangte, wo der Erbauer des Menschengeschlechts, Prometheus, an den Fels genagelt hing, wetteiferte sie mit den Klagen des Titanen und rief den obersten Gott, ihren ehemaligen Liebhaber, an, er möge ihre Pein beenden, er möge sie endlich sterben lassen: »Brenn mich in Feuersglut, *verbirg* mich im Erdenschoß!« Und von Antigone, des Ödipus Tochter, wird in der selbst für Odysseus aus altvorderer Zeit stammenden Sage erzählt, ihre Seelenaufgabe sei es gewesen, die Leiche ihres Bruders Polyneikes gegen das weltliche Verbot zu bestatten – im Grab zu *verbergen.*

Ist dies eine weitere Bedeutung des Wortes, aus dem unsere Nymphe ihren Namen zieht – die Bestatterin? Wo ist Odysseus, der Groller, der Zornige, der ein bißchen Hassende, der auch ein bißchen gehaßt wird, wo ist er nur gelandet! Wem vertraut er sich an! Wen begehrt er da – inzwischen bereits mit einer Heftigkeit, die weit über seine sich erst langsam erneuernden Kräfte hinausschießt! Kalypso, diese Liebreiche, diese Reizende, diese still sich Bescheidende, sich Aufopfernde, diese Schönheit an sich, die mit den herrlichen Flechten, die sie wie einen Mantel aus dunkelgoldenem Gewebe um ihren Leib trägt, die Odysseus stützt, als sie dann am Abend nach Sonnenuntergang, die leichten Windjacken mit den Kapuzen übergezogen, gemeinsam hinunter zum Strand gehen, weil er unbedingt sehen will, wo sie ihn gefunden hat – sie soll eine Todbringerin, eine Todesgöttin sein, gewaltig, groß, Ehrfurcht gebietend, ehrwürdig, erhaben, aber auch furchtbar, schrecklich, gefährlich?

Noch haben wir zu wenige Beweise. Unserer sorgenden Neugierde soll von unguten Gefühlen nicht die Fühler gestutzt werden. Wir wollen wissen, wir wollen Gewißheit. Noch tiefer in den Schacht der Vergangenheit muß geleuchtet werden! Nur sehr schwach dringen von dort unten Laute zu uns herauf. Aber so viel können wir unterscheiden: Nach Jahrhunderten, Jahrtausenden ist das Wort *kalyptëin* aus dem Wort *kolythros* gekrochen, wie der Schmetterling aus der Larve, oder besser: wie der Käfer, der sich zum Flug aufmacht, sich aus seiner Flügeldecke windet, denn *Flügeldecke* bedeutet dieses Wort. Und wenn wir noch genauer hinhorchen, noch genauer hinsehen, hören wir, erahnen wir in Umrissen den indogermanischen Kern dieses Wortes, nämlich *kelu-*, was eine Weiterbildung des Ururstammes *kel-* ist. Viele Sprachen nährten sich von dieser Ursilbe – das Lateinische formte daraus sein *celo* und sein *occulo*, welche nichts anderes heißen als *verbergen, verhüllen*; oder das Althochdeutsche sein *helan*, was *verhehlen, verheimlichen* heißt; oder das Gotische sein *hulindi*, was *Höhle, Grotte* meint; und unser englisches *hole* erzählt immer noch vom gleichen Loch in der Erde.

Aber was interessieren uns bloße Worte und Wortstämme, wesenlose Urworte und Wortwurzeln – wir haben es hier ja mit Kalypso, der schönsten Frau, zu tun, dem göttlichen Mädchen, das voll Sehnsucht ist nach einem heißpochenden Herzen, das, mehr an seinen Arm sich klammernd als ihn stützend, neben Odysseus barfuß durch den noch tagwarmen Sand geht; mit einer zärtlichen Nymphe haben wir es zu tun, einer Göttin, dem Seelenschmetterling ... – Der Dämonin auch? Ist sie in ihrer göttlichen, durch Raum und Zeit beweglichen Gegenwart etwa auch Hel, die finstere Herrin des Grabhügels und Totenhauses, die hoch im Norden Skandinaviens als grause Nebelerscheinung die Toten in ihren Schlund saugt? Auch Hel heißt *die Verbergerin.* Unter der Erde empfängt sie die Abgestorbenen, ihr Saal heißt »Müh und Plag«, ihr Tisch heißt »Hunger«, ihr Messer »Mangel«, ihr Bett »bleiches Unglück«. Auf wurmspurfeuchten Krücken humpelt und klockt sie daher, den Kopf hängend, das Maul tiefer als die Schlüsselbeine.

Und sehen wir weiter zu, was sich vor unserem sorgend neugierigen Forscherauge aus dem alten Wortstamm an Wesen formt: Sieh an, Nehalennia, die altgermanische Leichenfresserin, deren Gesicht von der Kapuze verdunkelt ist, so daß keine Züge zu erkennen sind, steht unbeweglich am Wasser, einen Schiffssteven in der Rechten, neben sich den Hund, so lauert sie auf die Schiffbrüchigen und teilt sie brüderlich schwesterlich mit dem Tier – auch sie wird die *Verhüllerin* genannt. Oder eine Märchenfrau, Frau Holle heißt sie, die Kinder holt sie durch einen Brunnenschacht zu sich unter die Erde und überschüttet die braven mit Gold und die bösen mit Pech.

Und schließlich: Wovon anders als vom Stamm der Kalypso leitet sich der Name jenes Ortes her, wo das absolut Böse seine Heimstatt hat, der Hölle nämlich?

Genug! Schluß mit dem Gemisch, das in einem der Alpträume unseres Helden zusammengebraut worden sein könnte! Mag sein, es ist so, wie oben in Assoziation gebracht; mag sein, daß selbst des Odysseus legendäre Vernunft nicht fähig war zu verdeutlichen, was sein Gefühl längst unterschied, nämlich daß hinter Kalypsos Gesicht, dessen Freundlichkeit sich aus dem süßen Dunkel der Augen und einem ohne geringste Muskelanspannung geformten, ruhenden Lächeln ergab, etwas Zehrendes lauerte, etwas Süchtiges, Schlafloses, etwas Unbedingtes, zum Letzten Bereites, selbst mit dem Ganzen noch Unzufriedenes, etwas Schwarzweißes, absolut Asoziales, absolut Amoralisches, hingebungsvoll Zerstörung und Selbstzerstörung Feierndes – mag sein, daß er sich über all das keine vernünftige Rechenschaft ablegte; als sie neben ihm ging hinunter zum mond- und sternebeschienenen Strand von Ogygia, als er ihr würziges Haar roch, da fuhr in ihm eine Begierde hoch, wie er glaubte, sie noch nie in seinem Leben gespürt zu haben; und daß hier am Strand von Ogygia nicht nur ein verliebter Mann und eine verliebte Frau gingen, sondern auch der Groller, der Zornige, der ein bißchen Hassende, der auch ein bißchen gehaßt wird, neben der Verbergerin, der Bestatterin, der Todesgöttin, das kümmerte ihn nicht, und hätte er dafür auch nur einen Gedanken übrig gehabt, hätte er sich nur kurz in Erinnerung gerufen, daß es Gefühle gibt, die einen begraben können, in denen man untergehen, an denen man sich ruinieren kann – es hätte seine Lust nur noch größer gemacht.

Gespenster

Was das Erzählen betraf, sagten wir, da kam er vom Hundertsten ins Tausendste, und er fand wieder zum ersten zurück, und oft waren die Ausbuchtungen und Umwege keine Unterbrechungen der eigentlichen Erzählung, keine in Klammern gesetzten Episoden, sondern die Geschichte selbst.

Was aber, so fragen wir nicht zuletzt auch im Hinblick auf unsere Geschichte, was ist das: die eigentliche Erzählung?

Odysseus wußte wohl, daß es Begebenheiten gab, denen man sich erzählend mit Bedachtsamkeit nähern sollte, auf die mit polternden Wortschritten grad drauflos zu marschieren nicht ratsam erschien, weil dort vielleicht Untiefen warteten, Abgründe sich auftaten, die erst umzirkelt sein wollten, die studiert werden wollten, die ausgelotet werden mußten. Als Perseus der Medusa den Kopf abschlug, da führte er den Streich mit abgewandtem Gesicht, da kontrollierte er den Tod über einen Spiegel. Denn der Gorgo durfte man nicht gerade ins Auge sehen, man wäre in Stein verwandelt worden. Odysseus wußte, daß von den Abgründen nichts Wesentliches erzählt und schon gar nichts Sachliches berichtet werden konnte. Abgründe definieren sich durch ihre Ränder …

Er war noch nicht ganz bei sich selber in dieser Nacht, sein Kopf war tatsächlich noch nicht ausgekehrt; seine körperliche Schwäche, die sich in Kurzatmigkeit und Beinezittern offenbarte, beeinträchtigte sein Gemüt und ließ ihn nachlässig werden in der Ausübung seiner geflügelten Kunst, und er redete über Dinge, über die er sonst nicht gesprochen hätte.

Um ein Beispiel anzuführen: »Eine Liste«, rief er plötzlich und unvermittelt und ins Schwarze hinein, »eine Liste ließe sich erstellen, eine Liste der unverzeihlichsten Untaten, die einer begangen hat.«

Dann redete er wieder von anderen Dingen, drückte sein Verwundern darüber aus, daß so nahe am Meer ein solcher Wald gedeihe, fragte, wer denn diesen Weg angelegt habe, er glaube nämlich nicht, daß ein solcher Wald hier aus der Natur wachse, wartete aber die Antwort nicht ab, sondern redete weiter, kam wieder auf die Abgründe zu sprechen, sagte: »Ein Katalog der Schuld«, sagte: »Stationen eines Quäl- und Qualweges.« Sagte schließlich mit fester und deutlicher Stimme:

»Drei Verbrechen habe ich in meinem Leben begangen«, sprach weiter, undeutlich nun, schwankend, »exakt drei, ja … wahrscheinlich … wenn man es genau nimmt, drei … jedenfalls drei …«

Und nachdem er dazwischen abermals Vermutungen über die Art der Bäume angestellt hatte, von denen er nur die Schatten ihrer Stämme um sich aufragen sah, fuhr er fort und zwar im selben Tonfall, den die ihm nicht Wohlgesonnenen zu cremig, die ihm Wohlgesonnenen aber sonor nannten, diese drei Verbrechen seien sein privater Wegweiser durch den Abgrund. Dort seien Dinge geschehen, die kommen nicht einmal in Alpträumen vor.

»Denn wer kehrt von dort zurück, um davon zu erzählen?« Denn – wir übernehmen des Odysseus' Wort –, wer mit geradem Blick hinunterschaut, verliert das Augenlicht, wer ohne Umschweife, eben ohne vom Hundertsten ins Tausendste zu mäandern, davon erzählen will, verliert seine Stimme. Wir gehen sogar noch weiter, sagen, was Odysseus nicht sagte, nämlich: Nicht einmal im Rückblick darf man sich zu weit vorwagen. Wer dort ist, der fällt, auch wer erzählend dort ist, fällt, und während wir uns unterhalten und sagen, er ist gefallen, fällt er immerzu weiter, denn solche Abgründe sind per definitionem bodenlos ...

So oder so ähnlich, bestimmt aber noch nebulöser, sprach und dachte er, während er auf neuen Sohlen, in neuen Kleidern neben Kalypso auf dem von feuchtem Moos gesäumten Weg durch einen Wald, den er nicht verstand, zum Meer ging. Und es war ihm gleichgültig, daß sie gar nicht begreifen konnte, was er meinte. Und bei aller Ernsthaftigkeit war es ja eigentlich doch nur so dahergeredet. Denn vergessen wir nicht, wie viele Tage er im Wasser getrieben hatte, allein, sein Kopf ein Punkt, eine winzige Verunreinigung auf der weiten Tafel des Meeres; und davor: wie viele Tage er allein, ohne die Gefährten, auf seinem Schiff gewesen war – da hatte er sich angewöhnt, mit sich selber zu sprechen, jawohl in Zimmerlautstärke, ohne Ordnung, als zöge er die Worte willkürlich aus den immer wilder und wirrer werdenden Strudeln seiner Gedanken ...

Odysseus, der Redner, Odysseus, der Erzähler – nein, um sein prächtiges Talent, seine geflügelte Kunst stand es zur Zeit nicht sehr gut. Gespenster flatterten auf. Aber Kalypso war eine liebreiche Zuhörerin, und sie mochte den Klang dieser Stimme leiden ...

Die Große Bärin und andere himmlische Erscheinungen

Es war ein abgesunkenes, humusreiches Waldstück, hinter dem die Dünen begannen. Odysseus und Kalypso traten aus der Vegetation auf den vom nächtlichen Firmament überkuppelten Strand. In Kalypsos Augen spiegelte sich der Sternenhimmel, und er war so deutlich auszumachen, daß der Mann an ihrer Seite, den sie inzwischen mehr stützte, als führte, fassungslos stehenblieb und sagte:

»Ich sehe die Große Bärin in deinen Augen!«

Er nahm ihr Gesicht zwischen seine Hände, wiegte es, drehte es, hatte ein Auge blinzelnd zugezogen unter der festen Braue, aus der einige drahtige Haare sprangen. Kalypso strich sanft mit ihrem Daumen darüber.

»Ich sehe Alkaid«, sagte er. »Weißt du, wer Alkaid ist?«

»Nein«, sagte sie.

»Alkaid, das ist die strahlendweiße Schwanzspitze der Bärin. Und da ist Mizar. Weißt du, wer Mizar ist?«

»Nein«, sagte sie.

»Mizar ist die Schwanzmitte der Großen Bärin. Sie schimmert wie ein Smaragd. Ihr sitzt der ewig treue Alkor auf, das blasse Reiterlein, der so winzig ist, daß ihn nur wenige sehen, der darum auch der Augenprüfer genannt wird. Und hier ist Dubhe, der prächtige Rückenstern der Bärin, der gefährliche, denn wenn die Bärin ihren Rücken hebt und ihren Kopf unter ihr Genick drückt, dann macht sie sich zum Angriff bereit. Und das hier, das ist Merak, ihre fahle Lende, und weiter unten Phachd, ihr Oberschenkel, und Megerz, ihr Steiß. Und hier sind die doppelten Sterne ihrer Vorderklaue und die Sterne ihrer Hinterläufe. Ich war krank«, sagte er, »aber ich habe die Namen der Sterne nicht vergessen.«

»Willst du sehen, wo ich dich gefunden habe«, fragte sie.

»Ja«, sagte er.

Er ging voran. Nach wenigen Schritten blieb er erneut stehen und wandte sich zu ihr um. – Wir erzählen diese an sich völlig belanglose Begebenheit, weil sie uns einen Blick auf einen recht sperrigen Charakterzug unseres Helden werfen läßt.

»Ich wollte nicht angeben, falls der Eindruck entstanden sein sollte«, sagte er nämlich. Seine Stimme hatte Höhe und Barschheit eines herrischen Tones gewonnen, so als wäre er kritisiert worden und versuchte demonstrativ beherrscht zu antworten. »Damit meine ich, daß ich die Namen dieser Sterne weiß. Ich weiß sie eben. Ich brauche damit nicht anzugeben. Ich bin ein durch und durch egoistischer Mensch, und so einer gibt nicht an.« Und weicher im Ton und schon beinahe wieder in der gewohnten Geschmeidigkeit fuhr er fort: »Hat es so geklungen, als wollte ich damit angeben? Es kann doch nicht so geklungen haben?« Nur ein wenig war die Anstrengung zu hören, die es ihn kostete, seinen Zorn in eine Kindischkeit zu drehen.

»Nein«, sagte Kalypso, »auf diesen Gedanken komme ich nicht.«

»Ich wollte nur sehen, ob ich die Namen der Sterne nicht vergessen habe«, sagte er. »Ich habe es nicht nötig anzugeben. Weiß Gott nicht! Das wird dir jeder bestätigen.« Es war einer jener Fehler, die ihm am meisten schaden konnten: daß er anderen Menschen feindselige Meinungen und Absichten unterstellte und präventiv auf Einwände antwortete, die noch gar nicht erhoben worden waren. Wenn der andere nämlich kein Feind war, konnte man ihn auf diesem Weg zu einem machen; wenn er aber einer war, dann verriet man die eigenen Meinungen und Absichten. »Ich war krank«, sagte er nach einer Weile, »der Durst hat mich krank gemacht, ein Verrückter kann das Gedächtnis verlieren.«

Nur wer mit den feinen Zwischentönen seiner Stimme vertraut war, hätte das zarte Moll des melodramatischen Selbstmitleids heraushören können, das Odysseus als Gegenmittel gegen seinen unberechenbaren Jähzorn einzusetzen gelernt hatte. »Ich habe mich liegen sehen. Wer sich selber liegen sieht, der ist nahe dem Tod. Einen häßlichen Mann habe ich liegen sehen, einen häßlichen Mann, der durch den Tod nicht mehr häßlicher werden kann. Wie soll sich ein Mann von einem solchen Anblick so schnell erholen können!« Und nun schwand auch das süße Moll aus seiner Stimme. In der nüchternen Tonlage desjenigen, der mit sich selber spricht, redete er weiter: »Wie soll er je wieder Ordnung sehen in der Welt, wenn er erwacht! Da habe ich zehn Jahre lang Krieg geführt, und der Tod begann am Morgen und hat am Abend nicht aufgehört, aber niemals im Wachen ist der Tod so nahe an mich herangekommen wie jetzt, als ich in deinem Bett lag. Er hat sich über mich gebeugt. Ich war krank und habe den Bauch eingezogen, bis die Rippen wie Fingerkrallen waren, die mich an deinem Bett festhielten. Im Kopf ist noch immer keine Ordnung. Ich bin zwar nicht mehr krank, aber ich bin noch nicht gesund. Wahrscheinlich war ich fast tot. Das stimmt doch. Du hast mich gesehen. Sag! Ich war dem Tod näher als dem Leben.«

»Ja«, sagte Kalypso, »das stimmt. Du warst fast tot.«

»Dachtest du denn, daß ich sterbe?«

»Nein.«

»Ich habe einmal vom Tod geträumt, und in diesem Traum ging ich mit einer Frau über ein Wehr. Die Schleusen waren geschlossen, das Wasser stand auf der einen Seite so hoch, daß wir seine Oberfläche mit dem Fuß berühren konnten. Sie war die Frau eines hohen Offiziers. Sie waren erst kurze Zeit verheiratet.

Er hatte sich das Leben genommen. Zumindest war das die offizielle Version. Sie wußte es noch nicht. Sie war ins Lager gekommen, um ihn zu besuchen. Keiner von uns traute sich, ihr die Wahrheit zu sagen. Dann hat man gesagt, ich solle das tun. Auf der anderen Seite des Wehrs, der linken, führte eine Eisentreppe in die Tiefe. Die Frau drehte sich mir zu und knackte mit den Fingern und lächelte. Ich führte meine Zeigefinger zum Mund, machte die Spitzen feucht und berührte ihre Ohren, das Innere ihrer Ohrmuscheln benetzte ich. Sie sagte, wie angenehm das sei und wie aufregend, und fragte: ›Woher weißt du das?‹ Dabei schob sie ihr Kinn vor, ihre weißen Zähne schimmerten, und sie sahen ein wenig auch gefährlich aus. Aber nicht gefährlich in dem Sinn, daß sie mich damit hätte verletzen können. Eine Verführung ging von ihren Zähnen aus. Darin lag die Gefahr. Meine ganze Aufmerksamkeit war auf ihren Mund gerichtet. Und mir schien, als wollte sie mich auf ihre Zähne aufmerksam machen. Weil sie das Kinn so vorreckte und die Zähne in ihrem Mund wie starre Fähnchen waren, die jemanden willkommen heißen sollten, darum mußte ich das als eine Verführung verstehen. Es war anders gar nicht möglich.

Da sah ich hinter ihr den Tod über die Eisenleiter heraufsteigen. Ich erschrak nicht. Ich wunderte mich nicht einmal. Nicht daß ich sein Erscheinen erwartet hätte, das nicht; aber als er dann da war, begriff ich, daß die Frau lediglich eine Vorahnung war, ein Weihebild des erahnten Todes. Das beruhigte mich, ja, das beruhigte mich. Ich sagte mir im Traum, sie ist eine Theorie, nun siehst du zum erstenmal eine Theorie, denn normalerweise kann man Theorien ja nicht sehen. Der Tod blieb hinter der Frau stehen, räusperte sich höflich und bewegte sich dann nicht mehr. Thanatos, sagte ich in ganz und gar sachlichem Ton, bist du ihretwegen da? Nur das interessiert mich noch: ob du ihretwegen oder ob du meinetwegen gekommen bist. Von da an verwirbelt sich meine Erinnerung an den Traum. Ich glaube, er ging so aus, daß die Frau selbst Thanatos war, und daß die Figur, die ich gesehen hatte, nur ihr Schatten war. Oft ist es ja so, daß in einem neuen Bild der Traum sich selbst rückwirkend korrigiert. Ich erinnere mich nur, daß sich die Frau abermals umdrehte und daß sie mich dabei streifte. Ich taumelte nach links und konnte mich nicht festhalten. Im Absturz war ich nicht mehr allein. Wir saßen im Hubschrauber, drei Männer und ich, unsere Schuhe waren verformt von trockenem, hartem, hellem Lehm, vielleicht waren wir von dem Hubschrauber aus einem Sumpfgebiet herausgeholt worden. Der Heckrotor war beschädigt, und wir drehten uns, und ich sah, mein Leben kam wie im Schein einer starken Taschenlampe daher, kalt und bleich und sehnend neigte es sich hinab in das stumme Reich der Schatten.

So ging der Traum aus. Näher war ich dem Tod nie. Während des ganzen Krieges nicht. Eine Wunde habe ich abbekommen, nur eine. Ich mußte mich sogar dafür rechtfertigen, daß es nur eine war. Zehn Jahre Krieg und nur eine Wunde! Kann das ein guter Soldat gewesen sein? So wurde gefragt. Ob mein Schild, weil er noch am Ende des Krieges heil und ganz war, so selten die Feldschlacht gesehen habe, wurde gefragt, wo doch in anderen Schilden so viele Speere staken, daß sie tausend klaffende Löcher und jeder von ihnen einen Nachfolger bitter nötig hatten. So wurde gefragt. So wurde gefragt. Krank war ich nie. Woher weiß einer, ob er wieder hergestellt ist? Ich zittere, aber das vergeht. In den Knien bin ich schwach. Das wird besser, das kenne ich. Wie der Atem geht oder wie das Herz schlägt, wie die Gelenke funktionieren – das kann einer überprüfen. Aber es kann ja sein, daß einer das Gedächtnis verliert, wenn er so lange im Salzwasser treibt. Ich halte viel vom Gedächtnis. Nichts an mir ist mir wertvoller, mußt du wissen. Andere können rechnen. Anderen legst du zwei Handvoll Kabel hin und eine Handvoll Schrauben und Klemmen und die teuersten elektrischen Geräte dazu, das macht ihnen nichts aus. Im Gegenteil. Sie sehen den Dingen an, wie sie zueinander gehören und verlangen nach Werkzeug. Und wenn du ihnen das richtige Werkzeug gibst, dann sind sie Genies. Aber wenn die Dinge nicht mehr vor ihren Augen liegen, wenn du ihnen die Zettel mit ihren Zahlen wegnimmst und auch den Bleistift, dann stehen sie da und wissen nicht wie. Sie merken sich nichts. Auf sich allein gestellt, versagt ihr Gedächtnis, und die Dinge liegen vor ihren Augen herum und sind ihnen fremd und können untereinander nichts mit sich anfangen. Ich halte viel vom Gedächtnis, o ja, sehr viel …«

»Ich glaube nicht, daß du dein Gedächtnis verloren hast«, sagte Kalypso. »Du weißt so viel und erzählst so viel.«

»Ja, ich erzähle viel. Aber vielleicht habe ich auch viel vergessen. Vielleicht habe ich gerade das Wichtige verloren und das Unwichtige behalten.«

»Nein, das glaube ich nicht«, sagte sie. Sie wußte nicht, ob es ihm ernst war, ob er sich wirklich Sorgen machte. Denn seine Stimme klang nun wieder heiter, und im schwachen Licht des Himmels sah sie, daß seine Mundwinkel bisweilen wie im Scherz zuckten.

»Und wenn ich das Wichtige doch verloren habe«, redete er weiter.

»Es würde hier keine Rolle spielen«, sagte sie leise.

»Ich wüßte es nicht«, sagte er. »Und du kannst es nicht wissen.«

»Darum würde es ja auch keine Rolle spielen. Aber ich glaube es nicht«, sagte sie. Sie hakte sich bei ihm ein und hielt ihn mit einem leichten Druck ihres Oberarmes zum Gehen an.

»Darum habe ich die Namen der Sterne genannt«, nahm er ihren Ton auf. »So etwas vergißt man leicht. Angenommen, mein Gedächtnis hätte gelitten, dann würde ich die Namen der Sterne als erstes vergessen. Das war meine Überlegung. Verstehst du das?« fragte er.

»Aber ja«, sagte sie.

»Ich wollte nicht damit angeben, daß ich die Sterne bei ihrem Namen kenne.«

»Das wolltest du sicher nicht«, sagte sie. »Sprich nicht mehr davon!«

»Ich möchte nicht, daß du einen falschen Eindruck von mir hast«, sagte er.

»Aber nein«, sagte sie.

Noch einmal nahm er ihr Gesicht zwischen seine Hände.

»Jetzt ist es übrigens weg«, sagte er.

»Was ist weg?«

»Das Bild der Großen Bärin mit allen seinen Sternen. Dieses hier«, sagte er und zeigte mit weit ausgestrecktem Arm zum Himmel.

»Es sind ja auch schöne Namen«, sagte sie.

»Ja«, sagte er.

Eine Weile standen sie nebeneinander, ihre Körper hochgereckt, als spielte es eine Rolle, ob sie den Sternen diese paar Zentimeter näher waren ...

Es spielte eine Rolle. Dort oben in ihrem Ideal über Wolke und Berg halten die Götter ein Symposion ab, eine Tagung zum Thema Sterblichkeit, und auch wenn der Abstand zwischen Gott und Mensch groß ist, so heißt das nicht, daß es auf Zentimeter nicht ankommt. Übrigens, wenn wir *Tagung* sagten, so war das ein Witz, denn die Zeit bei den Unsterblichen ist etwas anderes als bei uns, das deuteten wir bereits an, sie leben im Jetzt – was immer das heißen mag, ein Monstrum ist es in jedem Fall. Seit Odysseus' Besuch im Schatten- und Aschenreich der Unterwelt, der ja Auslöser war für das kollektive göttliche Nachdenken, waren Monate vergangen, Monate, in denen der Dulder mehr erduldet hatte als in all den Jahren davor.

In diesen Monaten, winzige Jetztzeit für sie, hatten sie gerade an ihrem runden Tisch Platz genommen. Noch war kein einziges Argument vorgetragen, nicht eine These aufgestellt, nicht ein Sachverhalt auseinandergesetzt worden. Gerade daß sich herumgesprochen hatte, daß als Thema die Sterblichkeit des Menschen zur Debatte stehe. Und daß der Anlaß zu dieser Zusammenkunft jener Mensch dort unten sei …

Aphrodite, die Liebliche, unter deren Sohlen Anmut und Abenteuer gedeihen, war ein wenig – nach menschlicher Messung gute neun Wochen – zu spät gekommen. »Wer?« fragt sie.

»Odysseus«, klärt sie Hermes auf und weist ihr den Platz am göttlichen runden Tisch.

In Aphrodites Gefolge stampft Ares herein, der Kriegsgott, der wuchtig durchmuskulierte Blöde. Ihn läßt die Göttin der Liebe am nächsten an ihre Haut, zur Zeit jedenfalls – was nach menschlicher Messung hundert Jahre heißen kann, aber auch tausend.

»Odysseus«, donnert Ares los und haut sich in seiner verschwitzten Rüstung neben Aphrodite nieder, daß es kracht, als hätte ein Schrottkran sein Zeug fallen lassen, »das ist der, der gemeinsam mit Diomedes den Dolon stellte, das kleine roßgeile Arschloch, als er in der Nacht das Lager der Feinde ausspionieren wollte. Odysseus! Das ist der, der den Spion verhört hat, lächelnd wohlgemerkt, der mit Fangfragen kämpft statt mit dem Schwert. Der aus blau rot, aus gelb grün und aus schwarz weiß macht. Das ist Odysseus! Ein Zungenheld, der aber dann, als Diomedes den Dolon köpfte, bloß zugeschaut oder wahrscheinlich sogar weggeschaut hat. Der ist das. Der hinterher allerdings die Beute an sich genommen hat, das schon, den Otternhelm und den Mantel aus dem Fell eines grauen Wolfes. Der ist das!«

»Ah, der«, sagt Aphrodite und blickt unter leicht erhobenen Brauen hinab, sieht Kalypso und den eben Beschriebenen am Strand, die beiden, die sich da unten wenige Zentimeter den Sternen näher fühlen, nur weil sie auf den Zehenspitzen stehen. Und die Göttin der Liebe, die das Nichts und das Alles ist im Schaum des Unmittelbaren, sie tut in einem Nebenbei, was sie tun muß …

Aphrodite rührte sie an, beide. Nun auch ihn. Im Moment des göttlichen Fingerzeigs verliebte sich Odysseus in Kalypso. Wie eine wunde Faust schlug ihm das Herz in der Brust, und ihr nicht weniger, und was sie umgab, wandte sich gegen sie.

O du Verlangenverleihende!

Was sie umgab, wandte sich gegen sie und schloß sich der liebesmüden Mehrheit der Dinge an. Der halbe Mond stand niedrig im Osten über dem Wald. Der Wald war nun ein dunkel abweisender Wall hinter den Dünen, aus dem wie die Füße abgestürzter Riesenkrähen wenige breitgeastete, dünnbelaubte Bäume ragten. Das Mondlicht setzte sie als scharfen Schattenriß gegen den Himmel. Weit am Horizont war ein Riff, das sich hinter der silbernen Spur buckelte, die der Mond ins Wasser legte. Auf dem Fels ragte ein Mast in die Höhe, ein Licht drehte sich, den Schiffern zur Warnung.

Er zog seine Schuhe aus, und sie setzten sich nebeneinander in den Sand, die Gesichter dem Wasser zugewandt. Zitternd sich verwischend und ineinandergehend wiederkehrten die Sterne darin.

»Hier ungefähr bist du gelegen«, sagte Kalypso. Und als er nichts darauf zu entgegnen wußte, weil ihm das Herz so heftig schlug, sagte sie: »Es ist besser, wir gehen wieder zurück. Es ist zu anstrengend für dich.«

»Noch einen Augenblick,« sagte er.

Er hatte die Unterarme auf die Knie gestützt, die leichten Leinenschuhe baumelten an seinen Daumen. Er holte hörbar Atem, als wolle er auf sich aufmerksam machen. Und wandte sich ihr zu. Sie sahen sich an. Und Aphrodite mischte sich in ihren Blick. Und die Verlangen verleihende Göttin, wie sie im Gedicht auch genannt wird, fuhr ein zweites Mal und diesmal mit gebieterischer Macht hinunter in die Tiefe ihrer Herzen. Und dies war die Wirkung: Kalypsos Blick, nur ein wenig verschleiert vielleicht, ruhte auf Odysseus. Ihre Augen boten sich still und offen zum Hineinschauen an. Sie waren von einem dunklen, feuchten, bärenhaften Braun, und wenn sie, wie um zu einem neuen Blick auszuholen, den Kopf kurz ein wenig von ihm abwandte, wurden sie von den Lichtern des Himmels und des Meeres ergriffen und von Reflexen überflutet, und öffneten sich wieder zu dunkler, einladender Tiefe, wenn sie erneut sein Auge erfaßten.

Er aber hielt ihr nicht stand. Ihr Blick war ohne Hinterhalt, ohne Abwägen und Vergleich mit ähnlichen, bereits erlebten Situationen, ohne Koketterie;

kein gemachtes naiv großes Geschau war das, mit dem er hätte billig umgehen können, denn solches kannte er, verabscheute es zwar, aber es hätte sich damit spielen lassen, und es wäre ein Spaß gewesen. Er hätte weit ausgeholt, seine Worte zurück in die älteste Zeit geschickt, sie im Gleitflug zur Gegenwart zurückgeholt, sie in die fernste Zukunft hineingestoßen, wie kleine Baggerschaufeln wären seine Worte gewesen, von aller Erde, die sie überflogen, hätten sie mitgenommen, und er hätte mit scheinbarer Ehrlichkeit ebenso wie mit Sprunghaftigkeit verblüfft, wäre schamlos direkt geworden oder hätte sich in Anspielungen ergangen, hätte sich auch gern in die Irre führen lassen, und es wäre ihm ganz egal gewesen, ob er von Blicken, Gesten und Mienen betrogen worden wäre oder nicht. Weil das alles so nicht war, darum fiel es ihm schwer, sich in Kalypsos Gesicht zurechtzufinden. Darum hielt er nicht stand. Senkte die Augen, versuchte seine Ergriffenheit mit Ironie zu überschmecken oder wenigstens zu verdünnen, fand aber keine Worte, die leicht und unverfänglich genug waren, da mitzutun. Kalypsos Blick verhieß, daß sie ihn liebhatte, bedingungslos und fraglos, ganz. Das verwirrte ihn und verknotete ihn innerlich noch mehr. Für eine Minute war er völlig konfus, und was er gesagt hatte über die Sterne auf dem Fell der Großen Bärin, kam ihm wie der dünkelhafte Annäherungsversuch eines Sechzehnjährigen vor, und er schämte sich, und doch drängte es ihn, alles loszuwerden, was er über die Sterne wußte, denn es war viel, und er hätte dabei viel Zeit gewonnen. Denn der große Augenblick, die große Gegenwart, das göttliche

Jetzt, das Aphrodite in ihre Blicke gemengt hatte, dem war er nach so vielen Jahren des Krieges nicht mehr gewachsen.

Oben im göttlichen Ideal über Wolke und Berg hebt Aphrodite ihre Brauen noch mehr, und sie wirft einen scheelen Blick zu dem, den sie zur Zeit am nächsten an ihre Haut läßt, dem flachsendurchwachsenen Ares.

Der zuckt mit der Schulter. »Mach mit ihm, was du willst«, sagt er. »Ich kann ohnehin nichts mehr mit ihm anfangen. Für mich ist er fertig, am Ende.«

Und noch ehe Pallas Athene, die wie keine andere Gottheit die Interessen unseres Helden in der olympischen Etage vertritt, dem Ares widersprechen kann, erhebt sich Aphrodite, löst den wunderkräftigen Gürtel, worin alle Reize des Zaubers farbig gewoben sind: Liebe, Begierde, betörendes Liebesgeflüster, schmeichelnde Bitte, die selbst dem Verständigsten die Besinnung raubt –, und haut damit auf den Dulder am Strand von Ogygia ein, daß es dem – wenigstens für eine Weile – die Sprache verschlug.

Und er? Was tat er? Wie sieht das bei Odysseus aus, wenn es ihm die Sprache verschlägt? – Er wischte den Sand von den Leinenschuhen, stellte sie sorgfältig neben sich und streckte die Beine aus. Lehnte sich zurück. Als ob er genösse. Als ob er irgend etwas genösse. Dabei werkten seine Gedanken fieberhaft gegen den Einsturz des Gerüstes, das sie seiner Person gaben. Statt zu reden bewegte er die Hände. Aber seinen Gesten, im Gegensatz zu seiner Stimme, fehlte es an Anmut und Abenteuer, und er griff wieder nach den Schuhen. Er wollte sich entspannen, entspannte sich aber nicht, sondern nahm nur die Haltung eines entspannten Menschen ein. – Die Wahrheit ist: Ihm erschien das wohlige Gefühl, das in seinem Körper aufzusteigen begann, nicht statthaft, seinem Alter nicht angemessen, dem Erlebnisübergewicht seiner Jahre unwürdig, zu stutzerhaft und nicht zuletzt seiner vermeintlichen Abgebrühtheit nicht zuträglich. Grob überschlagsmäßig aus dem auf uns gekommenen Lied zusammengerechnet, dürfte sein Alter damals zwischen vierzig und achtundvierzig gewesen sein, und solches Gefühl gestand er sich nicht mehr zu. Verliebtheit war komisch, wenn nicht gar lächerlich. Eine verschwenderische Verwechslung! Verliebt in das Leben war er. Das schon, sagte er sich. Wer ist das nicht? Lebensverliebtheit, ja – solche hehre und abstrakte Glut war für ein schwaches konkretes Herz ungefährlich. Es war verständlich, daß die gierige Freude, als er sich nach seinem Schiffbruch wieder als Lebendiger erfahren durfte, nicht im rein Begrifflichen steckenbleiben wollte, daß sich dieser lebensverliebte Überschwang versinnbildlicht und auch versinnlicht sehen wollte, und deshalb war ihm – was bitte ist verständlicher! – diese Frau, deren Bild das erste war, was er bei seiner Rückkehr aus den weiten Schattengefilden vor sich gesehen hatte, die obendrein die schönste Frau war, die er je gesehen hatte, deshalb war sie ihm als der Inbegriff des Lebens, des lieben Lebens im Sonnenlicht erschienen … So rechtfertigte er vor sich seine Verliebtheit, und es hatte ihn doch niemand zur Rechtfertigung angehalten.

Nun saß er neben Kalypso im Sand in ungelenk jungenhaftem Langsitz und wurde von ihr betrachtet, und der Liebesgöttin oben, der Augenschönen, schwillt der zarte Hals und ihr Busen, schimmernd wie Silberschnee, wogt, und sie ruft: »Hat er's denn nur mit Huren getrieben bisher! Kann er's nur mit solchen, die nichts weiter wollen von ihm als sein Geld?«

Er vergriff sich obendrein in seiner Miene, trieb Melancholie statt der beabsichtigten, Schutz bietenden Ironie in seine Brauen, die sich nun wie kleine, buschige Hüttengiebel schräg stellten und den Eindruck von Fatalismus noch verstärkten, den seine Augen mit den eigentümlich gesenkten Augenwinkeln ohnehin erweckten. Er sah aus, als sänne er einer speziell für ihn entworfenen Gottgeschlagenheit nach, die ihm den Genuß dieses Augenblicks verfluchte; und das wiederum mußte – es war ihm, als sähe er sich selbst – auf eine erheiternde Weise unglaubwürdig wirken, weil dabei seine Augen lustig und übermütig, inzwischen nämlich schon rücksichtslos glücklich blinkten – außerdem verhunzte dieses halbe Mondlicht jeden melodramatischen Effekt, indem es mit dem Schatten der Nase einen keilförmigen Strich durch die ganze Verlegenheit machte.

Kalypso hatte etwas zu essen mitgenommen. In eine Plastiktüte hatte sie zwei Pfirsiche, eine Banane und etwas Schokolade gesteckt. Sie vermutete, daß er Süßes mochte. Sie hatte recht damit. Sie vermutete, daß er Zucker brauchte. Sie war darauf bedacht, seine Konstitution zu kräftigen. Das war gut, das lenkte ihn ab, das komplizierte Festhalten der saftigen Pfirsiche, das Schälen der Banane. Die Schokolade war ihm am liebsten. Sie schaute ihm beim Essen zu. Ob noch etwas da sei, fragte er. Er wischte sich die Hände im Sand ab. Sie sah ihm zu. Bewegungslos saß sie neben ihm, hielt ihre Daumen in die Fäuste geklemmt, ihr Lächeln war bewegungslos, kein Lidschlag zuckte. Lange schaute sie auf Odysseus, mit ihrem allduldsamen Lächeln, die Retterin, die mit menschlicher Stimme begabte Nymphe, Kalypso, Kalypso, Kalypso, die herrliche unter den Göttinnen …

Sie erhob sich, stemmte die Fersen in den Sand und zog ihn auf die Beine. Das machte, daß sie dicht voreinander zu stehen kamen. Er küßte sie auf den Mund – rasch, und ohne sie dabei mit den Händen zu berühren. War nur mit dem Kopf vorgeschnellt, hatte einen Moment verweilt. Ihre Lippen empfingen ihn weich, schürzten sich und boten Widerstand. Dann waren sie schon auseinander. Sie schüttelte den Kopf und verdrehte die Augen nach oben. Er interpretierte das als gespielte Überraschtheit über seinen kühnen Vorstoß, denn daß ihre Überraschung nur gespielt sein konnte, schien ihm allzu deutlich, jede Geste, jedes Wort, jeden ihrer Blicke, seit sie das Haus verlassen hatten, hatte er als *in Erwartung* gelesen. Das war es, was ihn bedrückt hatte, weil er sich nämlich im stillen abgemessen fühlte. Erst als er das Sternenbild in ihren Augen gesehen, war dieses um Ecken denkende Mißtrauen allmählich aus ihm verschwunden, war die Geisterschar der Zweifel zerflattert. Er spürte, daß sie ihn liebhatte, und das ergriff ihn bis tief in die Seele hinein – auf eine durchaus ichbezogene Weise übrigens, die aber nicht Eitelkeit war, sondern im Gegenteil aus der traurigen Vermutung erwuchs, alles Lebendige auf der Erde habe verlernt, längst verlernt, lehne es ab, lehne es längst ab, ihn liebzuhaben. Denn dafür, das wußte er, gab es Gründe genug – wenigstens drei ...

Er legte den Kopf an ihre Schulter, die ein wenig höher war als die seine, denn Kalypso war größer als Odysseus.

Lieb mich!

In dieser Nacht kam sie zu ihm. Er saß auf dem Fußboden, und er bat sie, bis zum Morgen bei ihm zu bleiben. Sie stellte die Lampe in die hinterste Ecke des Zimmers. Er legte sich auf den Rücken, sie stieg über ihn. Das werde ihn am wenigsten anstrengen, sagte sie. Sie schliefen miteinander, ohne sich vorher zu streicheln oder zu küssen. Dazu ließ ihnen Aphrodite keine Geduld, die Ungeduldige, die holdselig Gierige, über die in den Liedern gesungen wird, sie beselige die Götter mit süßem Sehnen und überwältige die Geschlechter der sterblichen Menschen und auch alles Getier, die luftdurchfliegenden Vögel und alles, was da rings dem Land und dem Meere entsprossen. Schnell verlor er seine Kraft. Aber schnell gewann er sie zurück.

Odysseus konnte sich an Kalypso nicht sattsehen. Von allen Seiten wollte er sie betrachten, und sie zeigte sich ihm. Er bat sie, ihr Haar aufzubinden, und sie tat es. Dann wünschte er, sie in ihr Haar gehüllt zu sehen. Sie tat, was er wünschte. Dann wollte er wieder mit ihr schlafen, und sie setzte sich wieder über ihn. Aber diesmal blieb er nicht auf dem Rücken liegen. Er hob sich ihr entgegen, preßte seine Brust an die ihre, seinen Hals an den ihren. Es war, als könnte er aus der Entkräftung Kräfte ziehen. Er schlang seine Beine um sie, wollte mit seinen Händen in sie hinein, zwang sie und ließ sich zwingen. Sie ahmten sich in ihren Körpern nach, seiner imitierte ihren und ihrer den seinen.

Das gefällt der Verlangenverleihenden, die mit ihrem Gürtel die Menschen zur Lust treibt, und sie trieb Odysseus und Kalypso weiter an, und die beiden taumelten über den schmalen Grat zwischen Liebesumarmung und Übergriff, während Aphrodite oben heimlich mit ihrem Finger über die Wangen dessen streicht, den sie zur Zeit am nächsten an ihre Haut läßt.

»Ares«, flüstert sie ihm zu, »wann kommst du wieder zu mir, damit wir es treiben wie diese beiden da unten zwischen Liebesumarmung und Übergriff, ich das erste, du das zweite? Oder hast du dich einschüchtern lassen von Hephaistos, meinem doppeltverkrümmten Gatten? Ist deinen Eiern der Saft ausgegangen, seit er uns erwischt hat in seinem Bett, mein lieber, geiler Bock, und wir nackt den Blicken aller Unsterblichen ausgesetzt waren? Ist dir das in die eisernen Knochen gefahren? Zwei Söhne habe ich von dir, aber erst eine Tochter. Hast du mir nicht eine zweite versprochen? Schau sie dir an, diese beiden dort unten! Ist es nicht ganz unfaßbar und ganz unwahrscheinlich, was sie im Moment erleben?«

Odysseus hielt Kalypsos Gesicht in den Händen, preßte seine Daumen gegen ihren Unterkiefer, zog ihre Unterlippe von den zusammengebissenen Zähnen, und in seinem Schädel pochte es, daß es völlig unwahrscheinlich ist so etwas, völlig unfaßbar, völlig unwahrscheinlich, völlig unfaßbar, völlig unwahrscheinlich … Aus dem Gedicht und auch aus allen anderen Überlieferungen zu seiner Person wissen wir, daß er es nicht ertrug, auch den geistvollsten Satz zweimal anhören zu müssen; aber daß Kalypso ihn liebte, das mochte er in dieser Nacht abermals und abermals hören. Und was wir bangend ahnten, als wir nach der Bedeutung ihres Namens forschten, traf zu: nämlich daß er sein erst vier Tage zurückliegendes Auftauchen aus der Todesähnlichkeit ohne weiteres und mit einem lässigen Achselzucken als nur kurz befristet hingenommen hätte, hätte ihn diese Frau am Ende der Nacht mit hinabbegleitet. Alles Planen, Wollen, alle Absicht, jeder Zweck und jedes Ziel waren während dieser Stunden in ein beschämend kleinkariertes Abseits gedrängt. Ja sogar die über zehn Jahre Krieg geretteten, in seinem Herzen gehorteten Hoffnungen waren ihm in dieser Nacht zu Elementen abstoßendster Gewöhnlichkeit geworden. Nur für Augenblicke konnten sie die Gewalt des Spontanen aufhalten; zum Schluß entschied die ihnen überstellte Vernunft, daß, sollte noch einmal, diesmal auf dem Meer der Seele, Schiffbruch erlitten werden, die Sache ja immerhin durch eigene Hand beendet werden könnte. Ein dumpfes Gefühl des

Ausgeschlossenseins von jeder nur denkbaren Normalität befiel ihn. Wenn er auf ihr lag, zwischen ihren Beinen, die sie leicht angewinkelt nach außen drehte, so weit, wie es die Dehnbarkeit ihrer Sehnen zuließ, dann blickte er an sich hinab, blickte in die dunkle Höhle zwischen ihren Körpern, wo nichts auszumachen war, blickte an ihrer Flanke hinab, die unter seinen sanften Stößen erbebte, wo sich die Haut zwischen Becken und Schenkelansatz unter seinem Druck so unstillbar süß kerbte, und es machte ihm Lust, sich auszudenken, daß er ein anderer und sie eine andere seien, denen er zusah. Jedes Wort, das er sagte, erschien ihm schön in dieser Nacht und richtig und treffend und mehr bedeutend, als er selbst vermutete, jede seiner Gesten kam ihm wie Anmut und Grazie vor, wie Anmut und Abenteuer, als wären sie nicht von einem fehlbaren Willen befohlen. Freilich, nicht ganz konnte er die Selbstbeobachtung aufgeben; aber das Resultat derselben war ein anderes als sonst: Er gefiel sich. Die Haut an seinen Seiten, deren Genesungsprozeß noch hintennach war, gefiel ihm, und sogar seine Zehen, die so unschön klein geraten und knollig waren und, wenn er stand, den Boden kaum berührten, sie gefielen ihm; und sein Geschlechtsorgan, das brennend vorsprang und entgegen aller Ermattung seine Spannung nicht aufgeben wollte und dadurch Schmerzen verursachte bis in die Nieren hinauf, es gefiel ihm; und es gefiel ihm der für seine Person ansonsten untypische Mangel an Schamhaftigkeit, der seinen Körper weich und entspannt mit breiten Beinen daliegen ließ, ohne daß er das Bedürfnis hatte, sich zuzudecken.

»Willst du etwas essen?« fragte sie nach einer Weile.

»Ich weiß es nicht«, sagte er.

»Ich würde etwas mitessen«, sagte sie.

»Wenn du willst«, sagte er.

»Nur wenn du willst«, sagte sie.

»Nein, ich glaube doch nicht«, sagte er. »Ich weiß, ich müßte.«

»Du solltest«, sagte sie. »Willst du Musik hören?«

»Ich glaube nicht. Oder vielleicht doch. Was für Musik? Ich weiß es nicht. Vielleicht doch, ja.«

»Magst du Musik nicht?«

»Doch. Aber ich höre selten. Ich habe schon lange nicht mehr. Nur so nebenbei. Wenn ich irgendwo war, und zufällig hat Musik gespielt. Du kannst ruhig. Ich möchte gern, wenn du möchtest.« – So etwas kommt heraus, wenn man ein Gespräch zweier Liebenden wörtlich wiedergibt.

Auf dem Plattenspieler lag eine Platte, die hatte Kalypso wohl öfter gespielt, ehe Odysseus zu ihr gekommen war. Aber als dann die ersten Töne aus den Lautsprechern erklangen – es war ein Saxophon –, da hob sie schnell die Nadel und nahm die Platte vom Teller. »Lieber doch nicht«, sagte sie.

»Warum denn nicht«, fragte er.

»Das hier wird dir nicht gefallen.«

»Ich weiß es nicht«, sagte er.

»Oder etwas anderes«, sagte sie. Sie saß auf ihren Fersen, ihr honigfarbenes Haar umhüllte sie, sie suchte mit dem Finger in den Schallplatten, die unter dem Gerät auf dem Boden standen. »Ich finde nichts«, sagte sie. »Ich finde nichts.«

Er hatte Nachsicht und Mitleid mit seinem bisherigen Leben, als sei in dieser Nacht an ihm das Mysterium einer seit seiner Geburt festgeschriebenen Bevorteilung endlich vollzogen worden. Es verlangte ihn nach Religion. Er wollte beten und weinen. Das wollte er, nicht weil ihm nach Beten und Weinen zumute war, sondern im Gegenteil, um sich auf diese Weise von dem Krampf und hohen Schwindel erzeugenden Gefühl des Erhabenen Erleichterung zu verschaffen. Und wieder packte ihn die Verzweiflung, die mit dem Aufwallen der Lust einhergeht, und er schlief ein drittes Mal mit ihr, diesmal wollte er sie auf dem Fußboden von hinten nehmen, und er murmelte zwei oder drei ordinäre Worte dabei, und wieder war es ihm nicht um die Worte zu tun, sondern um eine eventuelle Wirkung, nämlich um die Dauerexplosion an Glückseligkeit, die ihn durchbrüllte, ein wenig einzudämmen, um die Anmaßung, die in solchem Glück lag, ein wenig bloßzustellen, um die Heiligkeit ein wenig zu schockieren. Der Mystiker verwendet erotische, der Verliebte religiöse Ausdrücke; aber religiöse Ausdrücke, laut ausgesprochen, waren ihm seit jeher peinlich. Er blickte auf Kalypsos wunderbaren Rücken nieder, auf ihren hell ihm entgegenblühenden Arsch, sah die allen Kurven vorbildliche Linie von der Hüfte zur Taille, sah ihre makellose Haut, dankte nach allen Seiten des Universums, daß dieser Frau eine solche Haut gegeben worden war, damit sie vor ihm darin prunke. Es ist Ficken, sagte er sich, es ist bloß Ficken und nicht Gottesdienst, man kann es durchaus nachlässig betreiben. Er hetzte seinem Höhepunkt entgegen, als warte dort etwas, das verschwinden würde, wenn er sich nicht beeilte, ein Augenblick, durch den in hellem Blau die Ewigkeit hervorbricht. Dann ließ er sich neben sie auf den Fußboden kippen und hielt sich mit dem Handrücken die Augen zu und geduldete sich, bis das Gewitter über dem Zenit war.

»Ist es nicht schön, ihnen zuzusehen?« flüstert Aphrodite dem Ares ins Ohr, die Göttin der sehnsuchtsüßen Gesänge dem Zwingherrn der widrigen Mächte. »Ganz unwahrscheinlich und ganz unfaßbar! Wäre es nicht auch schön, wenn man uns dabei zusähe, wie wir ihnen zusehen? Ich will. Willst du nicht auch? Willst du nicht auch?«

Und Ares, der Muskulöse, der König des männlichen Muts, der auch der Menschenverderber genannt wird, blickt sich heimlich um, ob nicht etwa einer zuhörte, die strenge, witzlose Pallas Athene zum Beispiel, und flüstert zurück und zischt mit seiner hohen Stimme, die so fremd klingt aus dem Klotz: »Nein, du lieblich Lächelnde, jetzt nicht.«

Und sie fragt: »Was heißt das?«

Und er: »Jetzt nicht heißt: nicht jetzt.«

Odysseus und Kalypso lagen nebeneinander auf den kühlen Holzbohlen. Er habe noch niemals so mit einer Frau gevögelt, sagte er, ohne sie anzusehen.

Sie beugte sich über ihn, leckte mit der Zunge seinen Schwanz naß und blies Luft darauf, um ihn zu kühlen.

Das werde ihr nicht gelingen, sagte er. »Er will dich, auch wenn ich schon längst nicht mehr kann.«

Er sprach mit der ihm eigenen Mischung aus Feierlichkeit und Humor, wie er es tat, wenn er von der

Außerordentlichkeit dessen, was er sagte, überzeugt war: »Wenn du mich längst vergessen haben wirst, werde ich noch nach dir in der Welt ausblicken.«

»Willst du Tee«, fragte sie.

»Ich will meinetwegen auch Tee«, sagte er.

Sie erhob sich und ging in die Küche. Er zündete sich eine Zigarette an, lag auf dem Rücken und rauchte, streifte die Asche sorgfältig in die Zellophanhülle der Packung, er wollte nicht als einer scheinen, der sich rücksichtslos ausbreitete. Als er fertiggeraucht hatte, schnippte er den Stummel durchs Fenster in den Garten. Er drehte sich auf den Bauch, streckte Arme und Beine von sich, legte die Wange auf den Boden und schaute in die Küche. Er sah Kalypsos Beine und ihren Hintern. Wenn sie ein Bein zum Schritt ausscherte, vielleicht weil sie nach etwas griff, das nicht in unmittelbarer Reichweite lag, dann sah er zwischen ihren Beinen ihr Schamhaar. Es war wie ein dunkles Körbchen. Er sah, daß die Haare zu feuchten Kräuseln gedreht waren. Wieder schwoll ihm der Schwanz, und das tat weh, weil er auf den Fußboden drückte und wund war.

Dann sah er Kalypso nicht mehr, denn sie war nun am Herd beschäftigt ... Am Herd beschäftigt? Was tat sie? Er hörte nichts. Man hört doch, wenn Wasser auf einem Elektroherd heiß gemacht wird. Das gibt nach einer Weile ein grillendes Geräusch von sich. Es war still. Er hob den Kopf, lauschte. War er allein? Wie in einer Welle rollte die Einsamkeit über ihn. Es war still, absolut still – schon wollten wir, eingedenk der Ergebnisse, die unsere Namensanalyse zeitigte, sagen: totenstill.

Er wandte den Kopf und blickte durch das Fenster in die Nacht – bläulich Funkelnde, Sternenflammende, Löserin der Sorgen, Mutter der Labung, allen Ersehnte … Dann hörte er das Grillen des Wassers auf dem Elektroherd, hörte Kalypsos nackte Füße auf dem Küchenboden. Er rief ihren Namen, sie gab ihm Antwort.

Die Ellbogen aufgestützt, das Kinn in der Hand, verträumte Odysseus die Minuten, bis Kalypso mit dem Tablett zu ihm kam. Vor den Fenstern draußen wurde es hell. Eine Amsel begann zu singen.

»Wir haben es die ganze Nacht getrieben«, sagte er.

Sie schenkte den dunkel gezogenen Tee in die Tassen und lächelte ihn an. Er war offenen Sinnes nach allen Seiten, meinte, noch nie so einen guten Tee getrunken, noch nie eine Amsel so schön singen gehört, noch nie den Geruch einer Frau nach der Liebe so genossen zu haben, und als der erste Schein des Morgens auf ihr Gesicht fiel, das blaß und wie Elfenbein war, bildete er sich, zitternd vor Übermut und Müdigkeit, ein, blasse, honigblonde Frauen seien immer schon sein Schwarm gewesen, von Kindheit an.

Er war auf dem Fußboden liegengeblieben, die Wange am herb duftenden Holz, sie saß auf dem Bettrand. Sie blickte auf ihn nieder. Lange sah sie ihn an mit jenem verhangenen Blick, der so bezeichnend für Erregung ebenso wie für Befriedigung ist.

»Das will ich immer haben«, sagte sie.

»Was denn sonst«, sagt Aphrodite oben in ihrem Ideal über Wolke und Berg.

Nach dieser Nacht – also nach ihrer ersten gemeinsamen Nacht bereits, davon dürfen wir ausgehen – machte Kalypso ihr göttliches Angebot: *ihn leben zu lassen auf ewig.*

Was aber soll ein Mensch darauf antworten? Gott macht den Menschen unsterblich. Ja, was soll der Mensch darauf antworten? – Odysseus in seiner guten Laune fiel dazu eine Geschichte ein. Und er mußte lächeln, denn die Geschichte erinnerte ihn an zwei seiner Gefährten, an die beiden Loyalen, von denen wir bereits erzählt haben, an Eurylochos mit den Schultermuskeln wie Fußbälle und an Perimedes, der immer höflich war, auch wenn er einem den Mund zuhielt, der es in den Fingerspitzen fühlte, ob ein Zitat aus dem Herzen kam oder nicht, und unter das Lächeln des Odysseus schob sich seine Traurigkeit, denn diese beiden Loyalen waren tot.

Eine Geschichte, sagten wir, fiel ihm ein zu Kalypsos sensationellem Angebot – die Geschichte von Eos und Tithonos.

»Aphrodite«, begann er, und wir fahren fort: die Göttin mit dem wie Silberschnee schimmernden Busen, die Augenschöne mit dem zarten Nacken, die den Verliebten anrührt bis ins Mark, die Verlangenverleihende, die mit ihrem Gürtel auf ihn einhaut, daß ihm nicht nur Hören und Sehen vergeht, sondern daß es ihm auch die Sprache verschlägt, die lieblich Lächelnde eben, sie war, wie wir bereits wissen, verbunden mit Ares, dem Gott des furchtbaren, ungeordneten Kampfes, wie er im Gedicht auch genannt wird, dem Lanzengewaltigen, der den Unglücklichen die Haut vom Bein schlägt, dem Flachsendurchwachsenen, Durchmuskulierten, dem Unheilbringer, der sich vom Blut der Sterblichen ernährt – und so weiter … – Gewiß, wir könnten Odysseus selbst zu Wort kommen lassen, aber seine Kunst hatte sich immer noch nicht zu ihrer vollen Selbstverständlichkeit erholt, der von seinen Lippen stürzende Quell hatte seine Kraft noch nicht zum Strom gebändigt; zudem war seine Erzählung von Schäkereien und Anspielungen durchsetzt, die wiederzugeben unfair wäre, schließlich haben wir der Forderung nach Genauigkeit in diesem Punkt ja wohl Genüge getan, indem wir an einem Exempel dargelegt haben, wie blöd die direkte Rede von Verliebten für einen Dritten klingt. Außerdem: Odysseus nahm zu diesem Zeitpunkt Kalypsos sensationelles Angebot wahrscheinlich noch gar nicht richtig ernst. Sein Zustand, bedingt durch seine hoffnungslos ewige Lust, durch Müdigkeit und Erschöpfung, glich dem eines Betrunkenen. Er kicherte, war noch sprunghafter als sonst, kam vom Tausendsten ins Zehntausendste und fand nicht einmal zum Hundertsten zurück, verlor den Faden, reihte das eine doppelt neben dasselbe und vergaß an der richtigen Stelle das Wesentliche. Kalypso wollte, daß er etwas esse; aber er konnte wieder nicht. Sie umarmte ihn, und er strich in seiner Nacktheit um sie herum. Dann zogen sie sich etwas über und fuhren sich mit den Händen unter die Kleider. Sie gingen ins Freie, da wurde der Himmel im Westen gerade rosig. Wieder hinunter zum Wasser gingen sie. Barfuß. Wo waren denn die Leinenschuhe? Sein Erzählen war in ihre Umarmungen eingebettet, und es bestand nur noch aus Ausbuchtungen und Umwegen, Unterbrechungen und in Klammern gesetzten Episoden. Seine geflügelte Kunst war von den Ausblühungen des Augenblicks und von hingebungsvoller, süßer, glücklichster Verzweiflung aus aller Form gebracht ... – Es soll also keine Bevormundung sein, wenn wir die folgende kleine Sage nicht in seine, des Odysseus, Anführungszeichen setzen.

Die Göttin der Liebe gebar dem Gott des Krieges zwei Söhne, die waren wie Furcht und Schrecken und wurden auch so genannt, Phobos und Deimos. Aphrodite wollte sie nicht sehen, sie strampelte sie mit den Beinen von sich, da hingen sie noch an der Nabelschnur. »Ich will als nächstes zwei Töchter von dir«, forderte sie von Ares, »die sollen Harmonia und Charis heißen, Einklang und Anmut.« Dem Ruppigen war das einerlei, Liebe kannte er nicht, und der Liebesakt war ihm wie Spaß auf dem Schlachtfeld. Aphrodite wurde abermals schwanger und gebar Harmonia. Die wuchs heran und wurde schön, und ihr Vater gab sie dem Kadmos zur Frau, weil er zu geizig war, ihm seinen Lohn für acht Jahre Arbeit in Gold auszuzahlen. »Nun fehlt mir noch die zweite Tochter, die du mir versprochen hast«, sagte die Liebe zum Krieg, »ich will schwanger sein mit Charis, der Anmut.« – »Ich werd's dir schon machen«, sagte Ares, »nur Geduld!« Aber er ließ sie warten, die Schmachtende, die Götter und Menschen das Schmachten lehrt. »Was ist«, drängte sie, »was demütigst du mich, bin ich nicht die Schönste, bin ich nicht die Begehrenswerteste?« Und der Klotz, der rohe, nahm sich nicht einmal das Feingefühl zu lügen. »Laß mich, eine andere macht mich mehr an zur Zeit!« fuhr der Häßliche die Schönheit an.

Eos war es, mit der es Ares trieb, die Morgenröte, die Rosenfingrige, die Safrangewandete. Da hoffte Aphrodite nicht mehr auf die Anmut, und sie verfluchte Eos. Sie fluchte ihr eine unwürdige, drittklassige Leidenschaft für hübsche, sterbliche junge Männer ins Herz. Und Eos mußte tun, was ihr vorher nie in den Sinn gekommen war: Sie hielt Ausschau, leuchtete in die morgendlichen Kammern, wo sich Jünglinge räkelten.

Als ersten holte sie sich Orion, den großen Jäger, einen strotzenden Angeber, der lauthals verkündet hatte, er werde die wilden Tiere der Erde samt und sonders ausrotten, was Artemis, die Göttin der Jagd, natürlich nicht dulden wollte. Eos holte sich Orion am Abend in ihr Bett im Osten, und am nächsten Morgen gab sie ihn Artemis zum Abschuß frei. Aber weil die Nacht mit dem großen Jäger doch recht angenehm gewesen war, bat Eos den Göttervater, den Leichnam ihres großmäuligen Liebhabers als Sternbild an den Himmel zu heften.

»Sein Bild kannst du im Winter sehen«, sagte Odysseus zu Kalypso. »Da kannst du Betelgeuze sehen, seine rechte Faust, oder seinen wunderbaren Gürtel und sein Schwert, das in Wahrheit ein ganzes Sternenmeer ist, dessen Licht über tausend Jahre auf die

Reise gehen muß, um uns zu erreichen. Dort wird Orion im Winter stehen, dort über dem Wald.«

»Du wirst ihn mir zeigen«, sagte Kalypso.

»Im Winter!« rief er. »Im Winter! Wo werde ich im Winter sein!«

»Bei mir«, sagte Kalypso.

Dem Orion folgten Kephalos, Kleitos und Ganymedes. Eos größte Leidenschaft aber war Tithonos. Er war der schönste Mann, den die Erde bis dahin gesehen hatte. Wo er sich ins Gras legte, dort richteten sich die Halme nicht mehr auf, denn sie wollten die Erinnerung an ihn behalten. Die Steine, auf denen er ging, wurden weich wie Teer im Sommer, und die Wäscherinnen weigerten sich, seine Kleider zu waschen, und sie wiegten sie, als wären sie kleine Kinder. Er liebte es, im Sommer nackt auf der Terrasse seines Vaterhauses zu schlafen. Das Sternenlicht, glaubte er, frische seine Haut auf und gebe ihr den unvergleichlichen Schimmer.

Dort überraschte ihn Eos. Sie hob ihn mit ihren Rosenfingern an den Himmel, ließ ihn auf ihren Strahlen sanft nach Osten gleiten und sperrte ihn in ihren silbernen Palast. Nun bat sie ihren Bruder Helios, die Sonnenrosse anzutreiben, und obwohl es mitten im Sommer war, wurde dies der kürzeste Tag des Jahres, so eilig hatte es die Morgenröte, in ihr Nachtlager zurückzukehren. Es war, als hätte sich der Fluch der Aphrodite in dieser Liebe überwunden. Ewig wollte Eos ihrem Tithonos treu bleiben. Und weil sie selbst zwar ewig lebte, Tithonos aber nicht, trat die Rosenfingrige noch einmal vor den Göttervater.

»Du hast mir den Orion an den Himmel geheftet als ein Sternbild«, sagte sie. »Nun gewähre mir noch eine Bitte, eine allerletzte. Danach werde ich nie wieder zu dir kommen.«

Er solle Tithonos unsterblich machen. Zeus gewährte ihr diesen Wunsch. Und ohne daß Tithonos gefragt worden wäre, war er unsterblich von diesem Augenblick an.

Und es paßt uns gut in unsere Erzählung, daß just im selben Moment, als Odysseus unten am morgendlichen Strand von Ogygia den Namen Tithonos nannte, derselbe Name oben im Himmel ebenfalls genannt wird, nämlich von Zeus selbst, der das göttliche Symposion über die Sterblichkeit und den Tod der Menschen eröffnet, indem er an eben diesen Fall erinnert – in Form einer Warnung übrigens. Denn Eos hatte damals vergessen, für Tithonos auch ewige Jugend zu erflehen.

»So wurde der schöne Tithonos in Ewigkeit jeden Tag älter«, erzählte Odysseus und kicherte dabei. Seine Haare, sagte er, seien grau geworden, seine Wangen fahl … Die Haut an seinen Ellbogen wurde fühllos und schrumpelig, die Tränensäcke schwollen an, seine Zähne wurden stumpf und gelb, sein Atem roch nach Kot, sein süßer Hintern wurde schlaff, die Därme quollen auf und hoben seinen Leib, seine weiß schimmernde Haut wurde trüb käsig und häßliche braune Flecken breiteten sich darauf aus, der Speichelfluß des Mundes ließ sich nicht mehr halten, und die Augen schwammen in ihren Höhlen wie Sardellen im Öl. Als er über der Zeit eines Sterblichen war, begann er auszutrocknen und zu schrumpfen.

Seine Stimme wurde höher und höher, er keifte und schließlich zirpte er nur noch. Die Knochen wurden spröd und zerbrachen, und der ganze Mann verwandelte sich in eine winzige, staubleichte Zikade. Eos aber blieb Tithonos treu. Sie pflegte den unglückselig zu ewigem Leben Verwunschenen, überhörte geduldig und mild sein Gekeife, säuberte sein Bettchen, das sie ihm in einer Streichholzschachtel gerichtet hatte, atzte ihn und liebte ihn, weil er der Vater ihres Sohnes war. Denn ehe des Tithonos Männlichkeit endgültig niederbrach, war Eos schwanger geworden. Sie gebar einen Sohn, den nannte sie Memnon.

»Das ist der, der die schöne Zeit in Erinnerung ruft«, sagte Odysseus und lachte und lachte, daß es schallte. Den Tithonos lachte er aus.

Das Meer

Die Geschichte von Eos und Tithonos war also des Odysseus erste Antwort auf Kalypsos großes, sensationelles Angebot.

Und was entgegnete sie darauf? Er, Odysseus, sagte sie, werde, dafür sorge sie, ewig der bleiben, der er ist: gleiche Kraft und gleicher Geist und gleiche Schönheit und gleiche Lust – Odysseus, immer noch über den armen Tithonos kichernd, sah Kalypso an, und was sie sagte, war hellste Musik für ihn – , wenn er bei ihr bliebe, fügte die Nymphe zuletzt und jedes Wort betonend hinzu. Und jedes Wort war hellste Musik für ihn, ganz egal, ob er für möglich hielt, was er da hörte.

Zwischen möglich und nicht-möglich zu unterscheiden ist höchste Verstandeskultur. Aber Odysseus, der im Gedicht wenigstens hundertmal der Listenreiche oder der Vielbedachte oder der voll bunter Klugheit genannt wird, er übertrug Kalypsos Worte nicht seinem die Dinge der Welt in Handlichkeiten zerlegenden Verstand zur Prüfung, sondern er überließ sie in ihrer indivisiblen Lieblichkeit sorglos dem Glauben. Er glaubte einfach, was Kalypso sagte. Denn Aphrodite hatte sein Herz fest in der Hand.

Wir allerdings sind mißtrauischer als er – jedenfalls in dieser Angelegenheit, jedenfalls der Nymphe gegenüber. Wir hegen einen Verdacht gegen sie. Seit wir ihrem Namen auf die Spur gekommen sind, vermeiden wir ihren direkten Blick. Es war keine Unsauberkeit und auch kein Versprecher, als wir weiter oben sagten, ihr Angebot sei es gewesen, ihn leben zu *lassen* auf ewig. Absichtlich wollten wir auf die Zweideutigkeit hinweisen, in die sich das Wort *lassen* in diese semantische Konstellation wie in einen Hinterhalt duckt. Freilich ist die naheliegende Lesart, Kalypso habe vorgeschlagen, zu *veranlassen*, daß Odysseus ewig lebe; zugleich aber dürfen wir getrost auch mitdenken, sie *lasse ihn am Leben*, meinend, sie habe Macht und Gewalt über dasselbe, sie *erlasse* ihm den Tod – mit tyrannischer Gnädigkeit sozusagen. Es soll uns nicht Zerpflücksucht vorgeworfen werden, wenn wir hier noch weitergehen und verlangen, scharf zwischen Tod und Sterben zu unterscheiden.

Sie schlägt ihm das ewige Leben vor, das kann doch eigentlich nur heißen: Sie verspricht ihm, er werde nicht sterben – wenn er bei ihr bliebe. Sterben? Hat sie irgend etwas von »sterben« oder »nicht sterben« gesagt? War davon überhaupt die Rede? Nein. Ihre Worte waren: *Er werde ewig der bleiben, der er ist, bei gleicher Kraft und gleichem Geist und gleicher Schönheit und gleicher Lust.* Ist das Leben? Kann ein solcher Zustand gleichgesetzt oder wenigstens verglichen werden mit dem lieben Leben im Sonnenlicht, welches letztlich nichts anderes als eben ein Synonym für Nicht-Gleichbleiben, für Veränderung ist, welches letztlich in hoffnungslos auswegloser Dialektik an sein Gegenteil – das Sterben nämlich – gekettet ist? Was also kann die Nymphe meinen mit *ewig*? – Der uns geknetet hat aus der Asche der Titanen und des Zagreus, Prometheus, er warnte vor den Geschenken der Götter, aller Götter, auch der lieblich liebenden Göttinnen ...

Nicht Böswilligkeit oder gar Bosartigkeit wollen wir Kalypso unterstellen; solches wäre mit Liebe nicht vereinbar. Wir sehen ja und geben unumwunden zu: Die Nymphe liebt den Helden. Aber wir sehen auch: Eine Göttin verlangt nach einem Menschen. Und das heißt: Sie zieht ihn hinüber zu sich. Will er sich hier halten, mit einem Bein wenigstens, meint er, er könnte – bildlich gesprochen – auf dem Zaun reiten, ein Bein drüben, ein Bein hier, hier auf der Erde, bei uns durch Zeitlichkeit und Endlichkeit verunreinigten Mängelwesen, dann wird es zu einem Kräftemessen kommen, bei dem er unterliegen wird.

Wie auch immer, ihr Vorschlag: die Ewigkeit. Und Kalypso, die nicht umsonst im Gedicht auch die Hintersinnige genannt wird, hatte keine Zeit verstreichen lassen: Ein Angebot solcher Größenordnung konnte nur einem großen Gefühl überantwortet werden. Am Ende dieser Nacht war Odysseus zu den Sternen erhoben – wieder bildlich gesprochen.

»Komm mit zum Strand«, hatte sie gesagt.

»Warum noch einmal«, hatte er gefragt. Er sei glückselig müde und wolle schlafen.

Sie aber wollte ihm den Strand bei Helligkeit zeigen. In der aufgehenden Sonne solle er, sagte sie scheinheilig, noch einmal die Stelle sehen, wohin ihn das Meer gespuckt hatte, als wäre er ein Ekel für Krebse und Fische. Das war ihre Begründung für den frühmorgendlichen Spaziergang. Und er, geschwächt und radikalisiert von der Liebe der Nacht, gab nach. Sie gingen also noch einmal den Weg, den sie schon in der Nacht gegangen waren, und während sie gingen – so nehmen wir jedenfalls an –, wird sie ihm ihren Vorschlag unterbreitet und er ihr als spontane Antwort darauf die Geschichte von Eos und Tithonos erzählt haben.

Warum ist es besser, über die Ewigkeit im Freien als im häuslich Umschlossenen zu sprechen? Die Antwort liegt auf der Hand: weil oben der Himmel ist und vorne das Meer. Solcher Anblick verführt zur Meinung, man könnte die Ewigkeit wenigstens erahnen. Ewigkeit sei, so raunt und schummelt die Methapher, wie Meer und Himmel.

Kalypso wartete bei den Dünen. O nein, sie war nicht eine jener nervösen Frauen, die auf der Stelle alles geklärt haben wollen. Ihre Geduld war groß – weil ja auch ihre Zeit groß ist. Die Arme hochverschränkt, den Kopf ein wenig eingezogen, die Lippen kraus, so blickte sie ihm nach, wie er zum Wasser ging, sich in den Sand hockte und hinaussah auf die weite Fläche. Wir durchschauen und verstehen ihre Absicht: Sie wollte die Liebe der vergangenen Nacht, die Odysseus als völlig unfaßbar, völlig unwahrscheinlich, völlig unfaßbar, völlig unwahrscheinlich besungen hatte, in eine gedanklich-assoziative Nähe zu Meer und Himmel bringen, um ihm auf diese Weise ihren Vorschlag faßbar und wahrscheinlich zu machen. Die Überlegung war gut – wäre an sich gut gewesen.

Womit Kalypso nicht gerechnet hatte, nicht hatte rechnen können, war, daß Himmel und Meer in Odysseus auch noch andere als die beabsichtigten Assoziationen wachriefen und Empfindungen in ihm evozierten, die einem Gedankenspiel mit der Ewigkeit zutiefst abträglich waren …

Das Meer war für Odysseus zuvorderst nämlich nicht eine Metapher für Ewigkeit, sondern Schrecken und Verzweiflung, und zwar in einem ganz und gar nicht übertragenen Sinn. Hierher, auf die Insel Ogygia, die so weit ab von seinem Weg lag, daß er sich das Sternenpanorama über seinem Kopf neu organisieren mußte – wozu ihm das Sternbild der Großen Bärin die Koordinaten gegeben hatte –, hierher hatte ihn der Erschütterer und Aufwühler, des Meeres blauhaariger Herr, der Landeinreißer, sein erklärter Feind Poseidon geworfen. Schon so nahe war er der Heimat gewesen, hatte bereits den Rauch aus den Kaminen von Ithaka aufsteigen sehen, hatte jauchzend die Arme zum Himmel erhoben, der Schiffbrüchige im letzten Schiff, das ihm geblieben war, hatte den Göttern des festen Landes gedankt und laut wiederholt, was er so oft schon im stillen gedacht, nämlich daß er nichts inniger wünsche, als Hestia zu gehören, der langweiligen Göttin des festgefügten, trockenen Herdes. Aber er war mit seinem Lobgebet noch nicht zu Ende gekommen, da hatte sich Poseidon an Halbinsel und Insel gekrallt, hatte seinen, sich aller Form begierig anschmiegenden Körper in Korallen und Riffe verankert und hatte sein Lockenhaupt geschüttelt, so daß die Wellenpracht mit Donner an die Klippen schlug, und Odysseus war zurückgeworfen worden ins Uferlose, wo der Horizont am größten ist. – Mit schönem Antlitz lockt die See den Menschen, um ihn zu verderben, wenn er ihr folgt. Schimpf nicht auf mich, verteidigt sich das Meer, schimpf auf die Winde! Sie fallen über mich her und wühlen mich zu wilden Wogen auf. Und die Winde sagen: Wäre die See uns nicht gefügig und voll Hingabe, gäbe es keine Wogen und keinen Schiffbruch …

Niemals hatte Odysseus ein Verlangen nach zweckloser Gefahr verspürt, weder das Abenteuer liebte er noch seinen schwankenden Boden. Das Meer war für Odysseus Schrecken und Verzweiflung. Wenn die Metapher sagt, die Ewigkeit sei wie das Meer, dann konnte ihn das nicht begeistern; und wenn es Kalypsos Absicht war, mit dem Meer für ihren Vorschlag zu werben, dann war sie damit an den Falschen geraten …

Ansonsten war es von diesem Tag an und in Zukunft angenehm, in Kalypsos Garten zu frühstücken, den Amseln zuzuhören, den Spatzen, dem Gurgeln der Quelle, vom rosa Schinken zu kosten oder von den getrockneten, in Olivenöl eingelegten Tomaten, den Duft des Kaffees zu riechen, den Duft des frischen Weißbrots; es war angenehm, Früchte in Würfel zu schneiden und mit Mangosirup und Limonensaft zu übergießen oder Eier und Speck aus der Pfanne zu essen oder geräucherte Lachsscheiben um die Gabel zu wickeln und in den Mund zu schieben; und es war angenehm, beim Frühstück zu singen und nach dem Frühstück mit Kalypso zu schlafen und dann im Gras zu liegen, im süßen, unkrautigen, schattenkühlen Gras, und ihr, die die beste Zuhörerin war, Geschichten zu erzählen oder aus Calvin-und-Hobbes-Heften vorzulesen, während über den Baumkronen nur Himmel war, Himmel in hellwachem Blau …

So verging die Zeit.

Einübung in das Paradies

Dreimal am Tag, manchmal vier- oder fünfmal am Tag, schliefen sie miteinander, und er stand nicht jedesmal gleich von ihrem gemeinsamen Lager auf – jedenfalls in der ersten Zeit nicht. Oft blieb er noch eine Weile auf dem Rücken liegen, ohne sich zuzudecken, und sie wickelte sich neben ihm in das Leintuch, ihr Gesicht ihm zugewandt, den Rücken ein wenig gekrümmt, die Beine angezogen, eine Hand im wollenen Haar über seinem Geschlecht. Er mochte das gern. Verschmust war sie, das mochte er gern. Das weiße, duftende Tuch spannte über ihrer Hüfte, das mochte er gern. Das ließ sich hinziehen bis zu den Mittagen – während in der Türkei die Südwestgrenzen schärfer gesichert, in Burundi und im Irak Staatsstreiche herbeigesehnt, in Paris afrikanische Exilanten gewaltsam aus einer Kirche, in der sie Zuflucht gesucht hatten, vertrieben wurden, während in Jordanien Polizei und Militär auf Demonstranten schossen, die gegen die Erhöhung der Brotpreise protestierten, in manchen Gegenden Süditaliens das Wasser bis zum Abend gesperrt war, in Los Angeles schwarze Sprinter zu neuen Weltrekorden sich rüsteten, in Südkorea ein ehemaliger Präsident zum Tode verurteilt wurde und die englische Öffentlichkeit sich langsam von der Starre erholte, die ein Massaker unter Schulkindern, angerichtet von einem Wahnsinnigen, ausgelöst hatte … – Nach in paar Monaten in Ogygia gab Odysseus eine alte Angewohnheit auf, nämlich jeden Morgen mindestens eine Stunde in der Zeitung zu lesen. Er holte die Zeitung zwar weiterhin aus dem Blechbriefkasten, der vorne zur Straße hin auf einen Pflock genagelt war. Das war das erste, was er am Morgen tat. Meistens zog er sich dafür nicht einmal die Unterhose über. Es gab keine Nachbarn, und es kam niemand des Weges. Gähnend stand er vor dem Haus, strich sich mit der flachen Hand über Brusthaar und Bauch und blinzelte in die Sonne, um niesen zu können. Dann ging er durch das taufeuchte Gras zu den spinnwebübersponnenen

Berberitzen, die das Haus von der Straße trennten, schlug breitbeinig sein Wasser ab, ohne sein Glied zu berühren, und überflog dabei die Schlagzeilen. Sie gaben ihm Kunde von einer fernen Enge, in die er sich, wie ihn eine sein tiefstes Inneres spießende Verantwortung mahnte, eigentlich einzupressen habe. Aber mehr als die Schlagzeilen las er nicht. Er legte sich die Zeitung unter und saß eine Weile auf den abgebröckelten Betonplatten, die in zwei Stufen zur Haustür führten. Er beobachtete, wie sich das Morgenlicht schillernd in einer krummen Schneckenspur brach. Er betrachtete den Apfelbaum, dessen Stamm von den Krallen einer Katze zerkratzt war, die ab und zu auftauchte und sich füttern ließ. Kalypso nannte sie Pnin nach dem Helden eines Romans, den sie gerade gelesen hatte, als das Tier zum erstenmal aufgetaucht war. Nahe der Hauswand standen Stockrosen, schmückten mit ihren zartfarbenen Kelchen den Rand seines Blickfeldes. Dahinter begann der Blütenzauber des Gartens, der um diese Tageszeit noch ohne Duft war. Dies alles gehörte ihm nicht, aber es war für ihn da und wurde von der Sonne mit silberfarbenen Strahlen umsäumt und von einem blauen Himmel überdacht.

Er überschlug in Gedanken den vor ihm liegenden Tag. Was gab es zu tun? Nichts gab es zu tun. Was gab es zu erwarten? In der ersten Zeit war er manchmal mit einem Taxi in die Stadt gefahren. Er hatte sich von Kalypso aufschreiben lassen, was sie brauchten, und meistens hatte er fast alles bekommen. Sie wollte ihm Schecks mitgeben oder ihre Scheckkarte, aber er lehnte ab, Bares war ihm lieber. Am Abend war er mit dem Bus aus der Stadt zurückgefahren. Von der Bushaltestelle bis zum Haus war noch ein weiter Weg. Er haßte es, Einkaufstaschen zu schleppen. Jedesmal, wenn er in die Stadt gefahren war, hatte er sich vorgenommen, in ein Kaffeehaus zu gehen, in einem Buch zu lesen, eine Zigarre zu rauchen, nostalgischen Müßiggang zu pflegen. Aber dann fand er kein Kaffeehaus, das ihm paßte, oder das Buch, das er mitgenommen hatte, behagte ihm nicht, oder er hatte vergessen, sich Zigarren zu besorgen.

Manchmal besuchte er den Buchladen, den ihm Kalypso beschrieben hatte. Dort war es kühl und schattig. Er setzte sich auf einen der Fauteuils und rieb sich die Augen. Dann saß er, die Unterarme zwischen den Knien, blickte lange vor sich nieder auf den würfelig schwarzweiß gemusterten PVC-Boden. Als er zum erstenmal hier war, war die hennarote Verkäuferin mit ihrem etwas hopsenden Schritt auf ihn zugekommen und hatte gefragt, womit sie ihm dienen könne. Dabei hatte sie ihm ihr spitzes Kinn entgegengereckt und ihn mit ihrem fröhlich schiefen Mund angelächelt. Er hatte mühsam aufgeblickt, hatte in ihr schielendes Auge gesehen, das so rätselhaft hübsch aussah, und hatte gesagt: »Ich habe ein Heft mit Comics geschenkt bekommen. Das hat mir gefallen.«

Er blickte sich im Laden um und sah, daß sie allein waren. Er fühlte sich erschöpft, zu schwach, um abweisend zu sein, zu schwach, um sich zu erheben, zu schwach, um unempfänglich zu sein für das freundliche Lächeln der Buchhändlerin. »Ich weiß«, sagte er, »ich weiß, es spricht nicht für mich, wenn ich sage, ich lese dieses Zeug gern. Aber ich habe das Heft gern gelesen.«

»Und dieses Comic-Heft ist hier in meinem Laden gekauft worden?« fragte die Buchhändlerin.

»Ja«, sagte er. »Calvin und Hobbes. So heißen die Helden der Geschichte. Calvin ist ein kleiner Junge, und Hobbes ist ein Tiger, kein richtiger Tiger, ein Stofftiger.«

»Ja, ich kenne Calvin und Hobbes«, sagte sie. »Die Geschichten sind sophisticated.«

»Ja, sind sie«, sagte er. »Die Dame, die mir das Heft geschenkt hat, hat das auch gesagt.«

»Im Augenblick habe ich kein Heft hier«, sagte die Buchhändlerin. »Ich werde welche für Sie bestellen.«

»Ach, das ist nicht nötig«, sagte er und erhob sich. Die Buchhändlerin stützte ihn. »Das ist sehr freundlich von Ihnen«, sagte er und verließ mit Kopfnicken den Laden.

Er setzte sich in einen kleinen Park, betrachtete die Passanten. Es hielt ihn nicht lange. Dann haßte er es, Leute zu betrachten. Nie trat die Ruhe ein, die er sich am Morgen erhofft hatte, als er Kalypsos Haus verließ. Immer war er auf der Hut. Wußte nicht wovor. Ließ sich von niemandem in die Augen schauen. Blickte hauptsächlich bodenwärts. Grüßte nicht, dankte nicht. Entschuldigte sich nicht, wenn er jemanden aus Versehen anstieß.

Als er eines Tages die Taxifahrerin zufällig in der Fußgängerzone traf und sie ihn laut grüßte und er sie nicht erkannte und glaubte, sie meine jemand anderen, und sie ihn ansprach, ob er sich denn nicht erinnere, sie habe ihn doch schon des öfteren gefahren, erst vor einer Stunde sei er aus ihrem Wagen ausgestiegen, da geriet er völlig aus dem Häuschen, lief wie ein ertappter Dieb davon. Den ganzen Nachmittag wechselten in ihm die Gefühle von Scham und peinlichem Berührtsein bis zu herzpochender Panik. Er mied die Innenstadt, verlief sich in den Straßen der Peripherie, schlich an schulterhohen offenen Fenstern vorbei, aus denen Musik drang, deren Rhythmus wie böse Schlangen zischte. Wenn er in einer der Wohnungen ein Telephon klingeln hörte, beschleunigte er seinen Schritt, als könnte er gemeint sein, wollte fliehen. Manche Straßen kreuzte er zweimal, dreimal. Ohne ersichtlichen Grund wechselte er die Straßenseiten. Manchmal blieb er vor einem Schaufenster oder einem Gemüsekarren stehen, kaufte aber nichts, eilte weiter, ging auf seiner eigenen Spur zurück. Er wußte nicht, was er wollte. Nicht ein einziges Mal wandte er den Kopf. Und dann am Abend, als ihm die Sonne goldene Kreise ins Auge blendete, war ihm auf einmal, als sähe er sich selbst, sähe sich durch seine Heimatstadt Ithaka ziehen, ebenso ziellos, ebenso sinnlos, unerkannt, fremd. Sah sich heimwärts über die Felder laufen, vorbei an dem Häuschen, in dem Mentor, der Lehrer, wohnte, quer über das Brachland, zur Asphaltstraße hinüber, von der die Hitze zitternd emporstieg und den Gebäuden dahinter etwas Wolkenhaftes gab. Er sah sich durch die Eichenallee auf sein Haus zueilen, mit dem zielstrebigen Schritt eines dienstbeflissenen Mannes, einem Schritt, der knieweich und hamsterhaft wirkte, ängstlich, kleinlaut und kleinkariert, als fürchte er hinter sich einen Hund, dessen Aufmerksamkeit man mit

Penibilität zu entgehen glaubte. So sah er sich. Und er sagte sich: Was, der soll ein Held sein, über den in Liedern gesungen, in Geschichten erzählt wird? Ein in mancherlei Ränken Erprobter? Ein Erfindungsreicher? Einer, der voran glänzt in trefflichem Rat? Ein Götterliebling, um den sich die Feinde in der Schlacht drängen wie die rötlichen Schakale um den gehörnten Hirsch? Der unter den Männern einem Widder gleicht, der das Herdengewühl der schimmernden Schafe durchwandelt? Der da soll so einer sein? Der soll so einer gewesen sein? Einer, der Disziplin und Loyalität forderte, der den Hetzer Thersites mit dem Zepter auf Rücken und Schulter schlug, als der sich gegen Agamemnon, den Generalissimus, stellen wollte? Der von Nestor geschickt wurde, um den Zorn des Achill zu besänftigen, damit dieser die Kraft des mordenden Hektor breche? Der selbst den Atridenbrüdern, Agamemnon und Menelaos, vorgezogen wurde, als es zuletzt darum ging, die Rüstung des toten Achill zu vererben an den Würdigsten? Kurz, der da, der mit dem unschönen, flinken, knapp bemessenen, unterwürfig scharwenzelnden Schritt sollte sein: des Laertes Sohn, voll bunter Klugheit, der vielduldende, der listenreiche Odysseus?

Von diesem Tag an war er nicht mehr in die Stadt gefahren. Er legte sich im Garten in den Liegestuhl. Er genoß den langen Tag. Kalypso besorgte die Einkäufe. Und sie ging gerne, manchmal blieb sie den ganzen Tag, erzählte am Abend von den freundlichen Menschen, die ihr begegnet seien, verschwieg auch nicht, daß man ihr Avancen gemacht habe, manche durchaus direkter Natur, und daß sie, weil sie ja nur voll Sehnsucht nach ihm sei, sich ein Herz gefaßt und mit Worten geantwortet habe, wie er sie, Odysseus, nach besonders ausgiebiger Liebe verwende, nämlich – sie spitzte den Mund, zielte mit den Lippen auf ihn: Sie ficke nur mit einem, in ihn nämlich sei sie unsterblich verliebt. – So dürfe sie um Himmels willen nicht reden, hatte er gesagt, das sei gefährlich. Aber sie hatte nur gelächelt …

Daran dachte er, als er nackt auf den abgebröckelten Betonstufen vor Kalypsos Haus saß. Und lächelte nun auch. Aphrodite hauchte sanften Windesatem vom Meer über das Land auf seine Haut, und herzergriffen von ihrer zarten Gewalt, erhob sich der Götterliebling, um den sich die Feinde in der Schlacht drängen wie die Schakale um den Hirsch, der unter den Männern einem Widder gleicht, der das Herdengewühl der Schafe durchwandelt, und er eilte ins Haus, kroch unter die Felle und schmiegte sich an Kalypsos schlafwarmen Rücken, suchte mit der Hand ihren schlafwarmen Schoß.

Dann frühstückten sie miteinander. Dann war Mittag, dann war Nachmittag, dann Abend. – Die Zeitung war übrigens die einzige Post, die Kalypso bekam. Er bekam nie Post. Von wem auch. Wußte ja keiner außer den Göttern, daß er hier war. Nach einem Jahr im Paradies las er nicht einmal mehr die Schlagzeilen. Er warf die Zeitung in der Küche auf die Spülmaschine, und dort blieb sie liegen, bis Kalypso sie nahm und nach schönen Bildern durchblätterte, die sie ausschnitt und mit Stecknadeln an die Wände heftete.

Es gab nichts zu tun. Die Dinge erledigten sich von allein. Es gab nichts zu erwarten. Alles war bereits eingetroffen. Zu befürchten gab es auch nichts. Niemand brauchte auf der Hut zu sein. – Sieht so die Unsterblichkeit aus? Oder beobachten wir hier erst ein Übergangsstadium? Ist doch noch ein Rest sterblicher Zeit – bitte diesen Ausdruck in strenge Anführungszeichen setzen! – nötig, um sich in die Unendlichkeit einzugewöhnen? Prinzipiell gefragt: Ist Unendlichkeit dasselbe wie Ewigkeit? Sind Unendlichkeit, Ewigkeit und Unsterblichkeit, wie auch immer sie im einzelnen definiert und voneinander unterschieden werden, in der Vorstellung des Menschen tatsächlich untrennbar aufeinander bezogen? Ab wann hat sich einer in der Unsterblichkeit / Unendlichkeit / Ewigkeit so zurechtgerückt, daß man getrost sagen kann, von nun an ist es soweit? – Kleiner Fragenkatalog am Beginn eines Symposions. Eines Symposions über die Unsterblichkeit? Dem Menschen ist es wohl als einzigem eigen, über sich selbst nachzudenken, darüber, was er ist, und vor allem darüber, was er nicht ist. Er allein besteht nur aus Fragen. Die Tiere kennen keine Fragen, die Götter haben sie alle gelöst. Alle?

Hermes, jener aus der Welt über Wolke und Berg, der sich im Seelenfang auskennt wie sonst keiner, *Psychopompos,* wie er auch genannt wird, der Seelenführer, der die Seelen der Verstorbenen zum Hades begleitet, weswegen sich im Laufe der Jahrtausende ein durchaus ungöttlicher Leidenszug um seine Nüstern und Lippen eingekerbt hat – er hat einen außerordentlichen Götterrat vorgeschlagen, ein Symposion zur Frage der Sterblichkeit – »Was ist Sterblichkeit?« –, und er hat sich angeboten, die Leitung zu übernehmen.

»Tod und Tun«, so formuliert er in seinem Einleitungsreferat, steht dabei, während die meisten anderen sitzen, blickt seine Hand an, als hielte er darin einen unsichtbaren Born der Inspiration. »Tod und Tun, so scheinen die Sterblichen sich einzubilden«, und spreizt bedächtig die Finger, »gehören zusammen ... irgendwie ...«

Weiter kommt er nicht. Denn Artemis, die ungeduldige Jägerin im kurzen Gewand, die ihre einsam schweifende Fahrt unterbrach, um am göttlichen Symposion teilzunehmen – den schwarzsilbern schimmernden Bogen hat sie ausgespannt und an die Stuhllehne gehängt –, prescht schon nach diesem halben ersten Satz in die Rede ihres Halbbruders.

»Du«, sagt sie, »was holst du aus und schaust nicht zu! Bis du fertig bist mit deiner Rede, wird er das Angebot der Nymphe angenommen haben.«

»Dann werden wir ihn als Objekt unserer Studien nicht mehr gebrauchen können«, pflichtet ihr Apoll, der Zwilling, bei. Und alle in der erlauchten Runde drehen sich zu ihm hin. Denn er ist der Lieblichsingende, Freundlichhelfende, den sanften Tod Bringende. Er hält sich im Hintergrund, steht nahe der Himmelstür, denn er ist der aus weiter Ferne Treffende, der seine Lieblinge schmerzlos verlöschen läßt, mit dem Lächeln des Lebens auf den Lippen. Hoheit leuchtet aus seinem Gesicht, dessen weite Augen mit der Überlegenheit des bloßen Anschauens gebieten. Um die kräftigen und vornehmen Lippen spielt ein feiner, beinahe schwermütiger Zug höheren Wissens. »Der Mensch ist zwar nur der Traum eines Schattens«, sagt er. »Aber er ist sehr geschickt, und er läßt keinen Weg aus und gibt nie Ruhe.«

Und in ihrer hastigen Art, jedem Blick in die Augen anderer ausweichend, faßt Artemis, die Herrin der Tiere, zusammen, was sie über die Menschen weiß: »Sie leben«, sagt sie und flattert mit den Lidern, »nicht nur kurz, sie leben auch schnell, manche so schnell wie unsere Pfeile und wollen noch schneller leben.«

»Warum überhaupt Odysseus«, hängt sich Hera, die Schwester und Gattin des Zeus, räsonierend an –, die übrigens ihren Sohn Hephaistos mit hohem Druck überredet hat, dem gleichmacherisch runden Tisch an ihrem Platz eine kleine Ausbuchtung anzufügen, damit deutlich werde, daß sie ein wenig wenigstens mehr sei als die anderen. »Ja, warum ausgerechnet er«, brummt sie. »Vielleicht komme ich mit meiner Frage zu spät. Mag sein. Trotzdem: Warum nicht ein anderer? Der vornehme Idomeneus zum Beispiel oder der heißblütige Diomedes oder Menelaos, der weichherzige?«

»Oder Aeneas«, sagt Aphrodite und erhebt sich, denn sie meint, jetzt sei bereits die erste Pause.

»Oder Neoptolemos«, brüllt Ares, der Schweißgebadete, dem es im Himmel zu überhitzt ist, und er reißt sich den Waffenschoß auf, daß man seine geölte, mit Tätowierungen bedeckte Brust sieht, und springt auf und tappt hinter der Schönheit her.

»Oder Asklepios«, ruft Apoll von weitem, göttlichen Ernst in der Stimme, »oder Admetos oder Alkestis ...«

»Oder zum Beispiel – warum nicht – Philoktet«, erwägt der rundrückige Hephaistos mit emporgezogenen Brauen, die gepolsterten Lippen knetend, ein für ihn typisches Mienenspiel, worin spöttisches Erstaunen ebenso liegt wie Warnung und Besorgnis, denn der göttlich verkrüppelte Schmied meint, er werde für ein vieldeutiges Wesen gehalten, und bemüht sich aus frommer Treue gegen dieses Bild, den Ausdruck seines Gesichtes gemischt zu gestalten.

»Ja, warum ausgerechnet dieser sperrige Ithaker«, wiederholt Hera, den unterschwelligen Unmut der anderen zusammenfassend, ihre Frage mit laut schallender Stimme zu ihrem Bruder und Gatten hin.

Aber bevor Zeus sein altbekanntes »Weil ich es so will!« auf die Tafelrunde niederdonnert, meldet sich Athene zu Wort: »Du hast recht«, sagt sie zu Hera, »und auch du«, zu Aphrodite, »und auch Ares und auch Hephaistos, ihr habt recht. Jeder Mensch könnte uns bei der Beantwortung der Frage, die unser Symposion aufwirft, als Objekt der Anschauung dienen.« Und auch Artemis und Apoll, den Zwillingen mit den wohlgespannten Bogen und den treffsicher gefiederten Pfeilen, gibt Athene recht, die Göttin der weitreichenden Strategie und der unfehlbaren Taktik. »Ja, es ist wahr«, sagt sie und erhebt sich von der Tafel, als hätte ihr Zeus das Wort erteilt. »Es ist wahr: Odysseus ist auf dem besten Weg, sich der

Sterblichkeit zu entziehen, oder wie man das ausdrücken soll. Für manche ihrer Unternehmungen gibt es anscheinend keine klaren Begriffe.« Und zu Hermes gewandt: »Ich nehme an, du wolltest sagen, des Menschen Tun hat ein Ziel, und das Ziel heißt Vollbrachtsein, und sein letztes Vollbrachtsein ist der Tod.« Und zum Vater, dem Walter und Vollstrecker, sagt sie: »Darum war deine Entscheidung, gerade ihn, den Odysseus, den Ithaker, als Anschauungsobjekt unserer Studien zu wählen, gut.« Und noch ehe Zeus aufbrausen kann, er brauche sich von niemandem die Richtigkeit seiner Entscheidungen bestätigen zu lassen, auch von ihr nicht, die er gern sein Töchterlein nennt, fährt sie fort: »Denn bei keinem wäre solches Studium lohnender als bei einem, der zwischen Sterblichkeit und Unsterblichkeit steht; der tatsächlich die Wahl hat; der im einen noch ist, das andere aber bereits als Möglichkeit ahnt; der die Balance hält zwischen drängendem Vollbringen auf der einen Seite – das übrigens manche als durchaus selig empfinden, und unserer ist so einer – und ewig dauerndem Vollbrachtsein auf der anderen Seite. Kurz: Odysseus ist nicht nur der Richtige, er ist der einzig Richtige.«

Alle am runden Tisch, der an einer Stelle ausgebuchtet ist, haben sich der blitzenden Klarheit ihrer Gestalt zugewandt. Auch Aphrodite und Ares kommen näher und lauschen ihr, der *Obrimopatre*, der starken Tochter des starken Vaters, dem augenleuchtenden Liebling des Wolkentürmers, der Beraterin des Allregierers, der *Tritogeneia*, der *Alalkomene*, wie sie im Gedicht auch genannt wird, der Pallas Athene: dem

Geist, der aus der offenen Welt leuchtet. Und da steht sie in olympischer Tracht. Mitten auf dem Helm sitzt die Figur einer Sphinx, die flankiert ist von zwei hochgeschirrten Rossen mit buschigen Mähnen. Beiderseits am Helm verkrallen sich weitflügelige Greife, deren Augen ernst sind wie der Tod. Angetan ist sie mit einem Chiton, der ihr – eine Herausforderung an Maler und Bildhauer – in kühn drapierten Falten bis zu den Füßen reicht. Ihre Brust bedeckt das berühmte feindabwehrende Ziegenfell, womit sie sich rüstet zur tränenbringenden Feldschlacht, die Aigis nämlich, die prächtige, prangende, zottige, unvergängliche, worein, umschmückt von hundert Quasten aus lauterem, zierlich geflochtenem Gold, das Haupt der Medusa genäht ist – weshalb die Brust der Göttin nie das Ziel eines Angriffs sein kann, denn der Schütze würde zu Stein, noch ehe er die Lanze würfe, den Pfeil abschösse oder den Abzug durchdrückte. In der Rechten hält sie das elfenbeinerne Abbild der Siegesgöttin und in der Linken die Lanze. Zu ihren Füßen steht der Schild, in dessen Innerem sich eine Schlange windet.

»Sprich weiter, Töchterchen«, sagt Zeus, schmunzelt, faßt seinen Bart von den Seiten zusammen und läßt ihn durch die hohle Hand gleiten. »Odysseus ist also der Richtige.«

»Und einzig Richtige«, ergänzt sie.

»Oh, verzeih!« lächelt Zeus. »Der einzig Richtige natürlich.«

»Ja. Allerdings«, schränkt Pallas Athene ein, »sollten wir ihm ein wenig Gegengewicht zum Angebot der Nymphe ins Herz legen.«

Wie ein Richtstrahl, so stößt ihr Blick aus ihren blauen Augen durch die Weltenschleier der Sterne hindurch zur Erde hinab und fegt über die Erde hinweg, bis er Ogygia trifft, die verlorene Insel. Sie sieht den Helden, wie er gähnend, Brust und Bauch sich reibend, die Tageszeitung aus dem Blechkasten zieht, sieht, wie er barfuß durch das taufeuchte Gras zu den Berberitzenbüschen geht.

»So ganz blank kann ein Menschenherz einem solchen Angebot – Unsterblichkeit bei gleichem Geist und gleicher Schönheit und gleicher Kraft und gleicher Lust – wohl doch nicht widerstehen«, sagt sie.

Und weil ihr in Wahrheit das Menschenherz ein fremder Gegenstand ist, an dem sie nichts, aber auch gar nichts ablesen kann, nicht einmal, von wem er gelenkt, von wessen Hand er gehalten, an dem sie nicht einmal die Wunden sieht, die der Gürtel der Aphrodite geschlagen hat, aber weil sie sich dieses Mangels bewußt ist und Selbstüberhebung zutiefst verabscheut, darum wendet sie sich an Hermes, ihren leichtbeweglichen Halbbruder, der sich im Seelenfang auskennt wie keiner hier oben. »Hab ich recht?« fragt sie ihn.

»Du hast recht«, sagt Hermes und blickt seine Halbschwester aus großen, schwerlidrigen, spiegelnden Augen an. Er ist voll tausendjähriger Bewunderung für sie, läßt sich von ihr die Reden korrigieren, jedenfalls deren theoretischen Teil, ob sich Unlogisches, der Kausalität nicht Genügendes darin fände.

»Du hast absolut recht«, wiederholt er, der sehr wohl weiß, was für ein unschlagbares, und zwar für jeden hier oben unschlagbares Gespann seine Halbschwester und er wären. Und er, der auch der Gott der guten Gelegenheit, der Meister in allen Künsten der Heimlichkeit, der Kenner und Erhascher des schnellen Glücks, der Nie-Verlegene oder einfach nur der Behende genannt wird, fügt leise, beinahe subversiv im Ton, und mit einer angedeuteten Verbeugung hinzu:

»Wie immer.«

»Dann verschieb dein Referat und gib mir Ezzes!« flüstert ihm Pallas Athene zu. »Ich brauche ihn lebendig, also sterblich. Was soll ich machen? Schau nach in deiner *encyclopaedia humana*!«

»Es liegt wenig hilfreiche Theorie über den Menschen vor«, flüstert Hermes zurück.

»Aber du führst ihn doch seit Anbeginn vom Leben in den Tod.«

»Es ist jedesmal anders.«

»Also, was soll ich tun?«

»Wir müssen ihn beobachten. Manches läßt sich theoretisch nicht beantworten, man muß es anschauen, damit man es versteht.«

»Meinst du?«

»Ich weiß es.«

»Was flüstert ihr beiden?« fragt Zeus.

»Ach«, schöntut Athenaia, die mächtige Tochter des mächtigen Vaters, »wichtiges Material wollen wir erst noch herbeischaffen, ehe das Symposion beginnt.«

Und Zeus unterbricht den Götterrat, und Hermes und Athene schicken ihre Geister aus, die wie zwei Bienen sind, damit sie nicht nur vom hohen Himmelsgebälk hinabspähen auf das rätselhafte Objekt ihrer Neugier, sondern es von der Nähe betrachten und riechen …

Calvin und Hobbes

Es gab nichts zu tun. Die Dinge erledigten sich von allein. Und wenn man wollte, daß sie sich nicht von allein erledigten, dann war auch das gegeben. Wenn man sich unbedingt betätigen wollte, gab es Felder.

Odysseus pflanzte Gemüse an, das sproß in blaßprall nackender Ungeduld aus dem Boden und bot sich ihm hingebungsvoll und noch vor der gewohnten Zeit zur Ernte dar. Die Erbsenschoten platzten auf, wenn sich seine Hand um sie schloß; die Karotten zerknackten mit dem lieblichsten Knall zwischen seinen Schneidezähnen; der herbe Maggigeruch des Liebstöckelkrauts wehte über den gedeckten Tisch. Das Olivenöl machte seine Lippen glänzend. Wie von einem Löffelchen ließ sich das saftige Fleisch der Artischocke mit den Zähnen von den Blättern ziehen. Er brach die Gurke vom stachligen Hals und aß sie aus der Faust. Äpfel, Birnen, Pflaumen, Pfirsiche und Aprikosen fielen neben ihn in das weiche Gras. Kalypso nahm von all dem nichts. Auf ihn allein hatten die Früchte gewartet.

»Sieh ihn dir an«, sagt Hermes zu Athene, die er, wenn sie allein sind, gern Athena nennt.

»Ich habe ihn mir bereits angesehen«, sagt sie.

»Sieh weiter hin! Sie sind kompliziert.«

»Was heißt das?«

»Daß sie mit einem Blick nicht zu erfassen sind.«

»Um sie zu töten, braucht es nicht mehr.«

Darauf geht er nicht ein, der auch der Nichts-Böses-Gewährende geheißen wird.

Wenn Odysseus jätete und harkte, steckte und lockerte, hockte Kalypso im gesprenkelten Schatten der Bäume über dem Moos und sah ihm zu. Es war ein warmer Morgen, und der Garten war ihr Paradies. Die herrlichen Flechten legte die Nymphe wie einen Mantel aus dunkelgoldenem Gewebe um ihren Leib.

»Er ißt, und die Nymphe schaut ihm dabei zu«, sagt Athene.

»Tun wir eben das gleiche wie die Nymphe«, rät Hermes.

»Aber wir müssen vorsichtig sein«, sagt Athene. »Die Nymphe kann in der Biene den Gott sehen. Sie kann uns in Luftatomen und auch im Blattwerk erkennen. Nichts nützt es uns also, uns zu verdünnen oder zu vergrünen. Denn die unsterblichen Götter erkennen sich untereinander, mag einer weit entfernt auch wohnen in seinem Palaste. Ebensowenig wäre es ratsam, wenn wir uns in bodennahe Käfer oder Würmer verwandelten, weil sie uns auch im Kreuchgetier finden würde. Die Natur ist unser Stoff. Abgesehen davon, daß wir Gefahr liefen, von seinen breiten, kurzzehigen Füßen zertrampelt zu werden.«

»Man müßte in etwas Menschengemachtes schlüpfen«, sagt Hermes. »In einen Spaten oder einen Hosenknopf.«

»Ist das würdig?« fragt Athene.

»Wahrscheinlich nicht«, sagt Hermes und blickt sich um, und sein göttliches Auge trifft auf die Lektüre, mit der sich Odysseus beschäftigte, wenn er gerade nicht jätete und harkte und steckte und lockerte, nämlich ein Comic-Heft mit Calvin und Hobbes. Das Heft war vom Liegestuhl gerutscht und lehnte nun, durch den Fall halb geöffnet, an dessen linkem vorderen Bein. Da war ein Bild in dem Heft, das zeigte die beiden Helden, den Buben Calvin und seinen magisch lebendig unlebendigen Stofftiger Hobbes, und der Blick der beiden, starr und auf ewig unverrückbar, war gerade aus dem Heft heraus, gerade in die Welt hinein gerichtet.

»Wenn wir in diese Figuren schlüpfen«, sagt Hermes, »dann wird uns die Nymphe nicht sehen.«

»Und das ist würdig?« fragt Pallas Athene wieder, die Leuchtende, Gewaltige, die der Macht Inbegriffliche. »Ist es bestimmt nicht unwürdig, wenn Götter in Comic-Figuren steigen?«

»Ach, Athena«, sagt Hermes, »sei beruhigt, es sind besondere Figuren, und sie tragen ehrwürdige Namen, sie sind in der *encyclopaedia humana* verzeichnet.«

»Der Stofftiger will ich aber nicht sein«, sagt Athene.

»Gut«, sagt Hermes, und wie ein Rauchfähnchen, das in einem Film, der rückwärts abgespult wird, in eine Zigarette flutscht, so gibt der Gott seinen göttlichen Atem dem gelborange wasserfarben gefärbten Stofftiger Hobbes.

Athene folgt ihrem Halbbruder nach und taucht auf ähnliche Weise ein in den gelbhaarigen Jungen.

»Was hast du gesagt über die ehrwürdigen Namen unserer Gastgeber?« fragt sie und ihre Stimme klingt hohl aus der Tiefe der leeren Figur.

»Zum Beispiel meiner«, sagt Hermes und läßt seinen göttlichen Geist durch die *encyclopaedia humana* rasen. »Thomas Hobbes, englischer Philosoph, geboren am 5. April 1588 in Westport, gestorben am 4. Dezember 1679 in Hardwick Hall, studierte in Oxford, war dann Hauslehrer der Grafen von Devonshire, bereiste Frankreich und Italien, traf Descartes und Galilei, war Sekretär von Francis Bacon und fasziniert von der wissenschaftlichen Exaktheit der mathematischen Methode, welche im 17. Jahrhundert das deduktive systematische Wissenschaftsideal schlechthin war. Übrigens«, fährt Hermes fort, ruft es aus seinem Tiger-Comic-Mund hinüber ins Jungen-Comic-Ohr: »In seinem Hauptwerk, dem *Leviathan*, erhebt Hobbes den Staat zu einer Art Gottheit ...«

»Oha«, macht Athene.

»Ja«, bestätigt Hermes trocken, »zu einer sterblichen Gottheit obendrein.«

»Das ist interessant«, sagt Athene.

»Finde ich auch«, sagt Hermes. »Der große Leviathan – so nennt er den Staat – sei ein Kunstwerk oder ein künstlicher Mensch weit größer als der natürliche Mensch. Beim Leviathan sei derjenige, welcher die höchste Gewalt besitzt, gleichsam die Seele, welche den ganzen Körper belebt und in Bewegung setzt. Und diesem Machthaber zu dienen solle Lust und Ehre sein. Dem Leviathan und seinem Interesse seien alle Regungen unterzuordnen. *Raison d'être!* heiße das.«

»Und was für einer ist meiner?« fragt Athene.

»Calvin, Johannes«, referiert Hermes und zitiert dabei freihand aus dem *Großen Brockhaus*, »frz.-schweizer. Reformator, geboren am 10. 7. 1509 in Noyon, gestorben am 27. 5. 1564 in Genf, bekannte sich nach dem Studium der Rechte zur Reformation und mußte deshalb 1533 aus Paris fliehen. Er ließ sich zunächst in Basel nieder, wo er sein Hauptwerk *Christianae Religionis Institutio* vollendete. Zwischen 1541 und 1546 führte er in Genf eine strenge Kirchenzucht ein«, und an dieser Stelle verläßt Hermes den *Großen Brockhaus* und wendet sich in der *encyclopaedia humana* anderen Quellen zu. »Sechsundfünfzig Todesurteile und achtundsiebzig Verbannungen wurden in dieser Zeit ausgesprochen. Er wußte, was Gott wollte.«

»Aha, »sagt Athene.

»Er kannte, wie er sagte, Gottes ewige Anordnung, vermöge derer er bei sich beschloß, was nach seinem Willen aus jedem einzelnen Menschen werden sollte.«

»Interessant«, sagt Athene. »Aber woher weiß er das, wenn es Gott doch *bei sich* beschloß?«

»Er sah es an den Ergebnissen«, antwortet Hermes. »Die Menschen werden nicht alle mit der gleichen Bestimmung erschaffen, sagt er, sondern den einen wird das ewige Leben, den anderen die ewige Verdammnis vorher zugeordnet.«

»Und das sieht man den Menschen an?«

»Ja. Sagt er.«

»Eigenartig«, sinnt Athene vor sich hin. »Der eine vergöttlicht den Staat, der andere verstaatlicht Gott. Verstehst du das, Hermes?«

»Ich bemühe mich nicht darum.«

»Nun, wie auch immer«, beschließt Athene die Spekulationen, »gute Aussicht haben wir allemal durch die Augen dieser Figuren. Schluß mit dem Vergnügen, gehen wir an die Arbeit!«

Keine drei Meter vom Liegestuhl entfernt war das Gemüsebeet, in dem Odysseus seiner Arbeit nachging.

»Du mußt ihn lange und geduldig beobachten«, sagt Hermes. »Aus dem, was er tut, kannst du vielleicht rekonstruieren, was er in seinen Gedanken trägt, und daraus kannst du vielleicht schließen, was in seinem Herzen steht.«

»Vielleicht, vielleicht?«

»Ja«, sagt Hermes, »eben nur vielleicht.«

»Halten sie nichts von Logik und Kausalität?«

»Schon«, sagt Hermes, »aber manchmal gehen sie ziemlich sophisticated damit um.«

»Mit Logik und Kausalität kann man nicht *umgehen* wie mit einem Spaten oder einem Hosenknopf!« stellt Athene klar.

Willst du nicht wissen, wo ich gestern nacht war?

Noch sah es so aus, als wären Odysseus und Kalypso die einzigen Wesen auf der Welt, die einzigen liebegebenden und liebenehmenden Wesen. Er dankte zwar nicht mehr nach allen Seiten des Universums, daß dieser Frau eine solche Haut gegeben worden war, damit sie vor ihm darin prunke, nein, das tat er nicht mehr, und es verlangte ihn auch nicht mehr nach Religion, und er wollte auch nicht mehr beten oder weinen, aber an das Bild ihrer Nacktheit gewöhnen würde er sich nie.

Sie sah ihm zu. Hörte ihm zu. Die Arme verschränkt, die Ellbogen auf die Knie gestützt, so hockte sie im Schatten, den Kopf, wie es ihre Art war, ein wenig eingezogen, die Lippen kraus.

Er sprach viel. Besonders am Morgen sprach er viel. Er wußte viel. Wo er etwas nicht wußte, erfand er. Um die menschliche Großlage zu erfassen, benötigte er keine Zeitungen. Weil er glaubte, sie kenne nur wenige Dinge der Welt, gelangen ihm die Erfindungen wie die Tatsachen. An manchen Tagen visionierte er eine Zukunft voll Spannung und hellem Forschermut in die klare Luft hinein. Dann wieder haute er mit schwärzesten Wortklötzen eine Weltuntergangslogik vor sie hin, die noch im weiten blauen Himmel ein Indiz argwöhnte. Es waren Zungenübungen, die mit seinen jeweiligen Gemütszuständen nichts zu tun hatten. Kalypso lauschte seiner Stimme, als spräche er in einer Sprache, die sie nicht verstand. Sie war ganz leise. Sie wechselte ihren Platz, huschte durch die Zweige, ohne sie zu berühren. Er sprach in die eine Richtung und merkte erst nach einer Weile, daß sie dort nicht mehr war.

»Wo bist du?« fragte er.

»Hier bin ich«, sagte sie.

Dann war sie wieder irgendwo anders. Das stachelte ihn an. Sein Blick machte, daß ihr das Herz von einem

Schlag zum nächsten die Brust ausfüllte, und sie das Blut in den Armbeugen schlagen spürte.

»Warum«, sagte sie, »warum willst du wissen, wo ich bin, wenn du doch weißt, daß ich in deiner Nähe bin.«

»Ich muß doch wissen, in welche Richtung ich sprechen soll«, antwortete er, ohne den Blick von ihr zu lassen.

»Aber wenn ich den ganzen Tag weg bin und erst spät in der Nacht nach Hause komme, dann fragst du mich nicht, wo ich war.«

»Nein, dann frage ich nicht.«

»Und warum nicht?«

Er wandte sich von ihr ab, fuhr fort, mit den Händen in die Erde zu greifen und Mulden auszuheben, in die er Salatsprößlinge bettete. Mit gleichgültigem Ton in der Stimme sagte er nach einer Weile: »Ich bin ein durch und durch egoistischer Mensch.«

»Ich verstehe nicht, was er damit meint«, sagt Athene, schärft ihr Auge im toten Auge des Comic-Jungen, zoomt Einzelheiten heran – Hände, Lippen, Salatsprößlinge, Erdkrumen an den Knien, Augenbrauen. Aber sie weiß die Dinge nicht zu deuten.

»Ich verstehe auch nicht, was er meint«, spricht Hermes aus des Comic-Tigers totem Mund, der aussieht wie ein Mercedesstern.

»Ich verstehe nicht, was du meinst«, sagte Kalypso.

»Sie versteht ihn auch nicht«, sagt Athene.

»Offensichtlich versteht sie ihn auch nicht«, sagt Hermes und ist erleichtert darüber. Schließlich hat er einen Ruf zu verlieren – er, der sich am besten auskennt bei denen da unten.

»Willst du denn nicht wissen, wo ich gestern nacht war?« fragte Kalypso.

»Warum erzählt sie es ihm denn nicht einfach«, sagt Athene.

»Sie tun nur so«, sagt Hermes.

»Wie tun sie?«

»Sie reden so und meinen etwas anderes.«

»Ist das *sophisticated*?«

»Achtung«, sagt Hermes, »ich glaube er gibt ihr Antwort.«

Ohne im Ausheben und Stecken, im Pressen und Glattstreichen innezuhalten, fragte Odysseus: »Kennst du die Geschichte von der Göttin Demeter und dem Mann Iasion?«

»Soll das eine Antwort gewesen sein«, fragt Pallas Athene.

Hermes fühlt sich ungemütlich und einsam wie ein Astronaut in Hobbes' weithin hallender Leere. Er will die göttlichen Schultern heben, aus der im normalen Zustand die goldenen Flügel des Boten wachsen. Da kracht es im Geleim des Papiers. »Weiter beobachten«, ächzt er, »weiter beobachten!«

»Nein«, antwortete Kalypso, »ich kenne diese Geschichte nicht.«

»Ich werde sie dir erzählen,« sagte Odysseus.

»Und wo ich war, willst du wirklich nicht wissen?«

»Was ich damit meinte, war folgendes«, schloß er an, als wäre es eine Erwiderung. »Ich, wenn ich etwas erzählen will, dann erzähle ich es, und wenn ich etwas nicht erzählen will, dann erzähle ich es nicht. Wenn ich es erzählen will, dann warte ich nicht ab, bis einer danach fragt. Wenn ich es aber nicht erzählen will, dann tue ich es auch nicht, wenn einer danach fragt. Und ich denke, alle Menschen sind ungefähr ähnlich, also ungefähr so wie ich. Das meine ich, wenn ich sage, ich bin ein durch und durch egoistischer Mensch.«

»War das eine Unhöflichkeit von ihm?« fragt Athene.

»Ich schätze ja«, sagt Hermes. »Muß aber nicht sein.«

Erzähl mir: Demeter und Iasion

»Ich war im Kino«, sagte Kalypso.

Ohne sich darum zu kümmern, fing Odysseus an zu erzählen: »Einmal kamen die Götter vom Himmel herab, um bei der Hochzeit einer Unsterblichen und eines Sterblichen dabeizusein ... Bleib, wo du bist, sonst erzähle ich nicht weiter!« Denn Kalypso wollte sich wieder davonmachen, wie ein Hauch war sie, ein Hauch, der nicht einmal das Zittergras erbeben läßt. »Versprich mir, daß du so bleibst!« Er wollte sie nämlich so hocken sehen, von ihren Haaren umkleidet, und er wollte sich vorstellen, wie das Moos ihre Scham berührte.

»Ich verspreche es dir«, sagte sie.

»Weißt du, woran ich denke«, fragte er.

»Ja, ich weiß es«, sagte sie.

»Sollte mich interessieren, was für einen Film du dir angesehen hast?«

»Ja«, sagte Kalypso, »ich denke, es würde dich interessieren.«

»Bleib so, wie du bist!«

»Ja«, sagte sie.

»Beweg dich nicht.«

»Nein.«

»Auch dein Gesicht halte ruhig!«

»Ja.«

»Ich will mir nicht ansehen, was du denkst.«

»Ja.«

»Mach ein gleichgültiges Gesicht!«

»Ja.«

»Und sag nichts!«

»Nein.«

»Wovon bitte reden die beiden eigentlich«, braust Athene auf, daß es wie Donner hallt in der Weite ihrer Figur und die Fasern des säurefreien Papiers brechen und sich eine wunde Stelle in Calvins Gesicht zeigt, so als hätte ein Kind mit dem Daumen hineingedrückt. »Was geht hier vor? Sag, Hermes, was geht hier vor?«

»Ich glaube, er will ihr übermitteln, daß er mit ihr schlafen möchte«, mutmaßt Hermes etwas verlegen.

»Warum sagt er es dann nicht?«

»Es erscheint ihm reizvoller, es nur anzudeuten.«

»Aha«, bemerkt dazu Pallas Athene, die züchtige Jungfrau mit dem unnachgiebigen Herzen, die auch die Schlachtengöttin und die Beutespenderin heißt.

»Daran denkt er, immer denkt er daran«, sagt Hermes, »auch wenn er anderes tut und anders spricht. Nur daran denkt er.«

»Kalypso zwingt ihn dazu«, sagt Athene. »Ich kann es mir nicht anders erklären.«

»Ob zwingen das richtige Wort dafür ist, weiß ich nicht«, sagt Hermes.

»Es war«, fuhr Odysseus in seiner Geschichte fort, während er Kalypso, die allerlieblichst auf ihren Fersen hockte, im Auge behielt, »es war die Hochzeit zwischen Harmonia, der Tochter des Ares und der Aphrodite, und Kadmos, dem König von Theben, der acht Jahre lang dem Ares gedient, und weil der zu geizig war, ihm das versprochene Gold zu geben, dafür dessen Tochter als Lohn bekommen hatte.«

»Was will er denn jetzt wieder mit dieser Geschichte«, fragt Athene. »Ich verstehe es nicht! Ich verstehe es einfach nicht! Hermes, ich verstehe es nicht!«

»Sie sind nicht leicht zu durchschauen«, sagt Hermes. »Man muß Erfahrung, Scharfsinn und Kombination aufwenden, um die Bilderschrift ihrer Empfindungen lesen zu können.«

»Vorausgesetzt, man will das überhaupt«, sagt Athene, die auch die ungeduldig Planende und die ungeduldig Vollziehende geheißen wird.

»Alle«, erzählte Odysseus weiter, »alle waren sie herabgestiegen vom Himmel – Zeus, der Göttervater, Wetterleuchter, Wolkentürmer, Hera, seine riesenhafte Frau und Schwester, Hephaistos, der Schmied, Apoll, die pfeilfrohe Artemis, Ares, der Brautvater, Aphrodite, die Brautmutter, Hestia, Hermes, die in hundert Namen gepriesene Athene, sogar die ungegürtete, tierverschlingende, dreiköpfige Hekate, des Kreuzwegs Schattenherrscherin, war gekommen mitsamt ihrer Hundemeute und eben auch Demeter, die Schöngelockte, die Melancholische, die immer ein wenig schräg nach unten blickte, denn sie liebte den Boden, aus dem etwas wächst. Sie alle waren die Verwandtschaft der Braut. Kadmos hatte keine Verwandtschaft. Die Schwester war ihm verloren, und der Vater und die Brüder waren weit weg. Er lud nur einen einzigen Freund zu seiner Hochzeit ein, nämlich Iasion. Der war auch einer, der immer ein wenig schräg nach unten blickte, ein Schüchterner. Als sich alles um die Brautleute drehte, standen Demeter und Iasion am Rande, und sie nickten einander zu und schauten schräg nach unten, und schließlich verließen sie die Gesellschaft und gingen hinaus ins Freie. Sie erkannten, daß sie zueinander paßten, und liebten sich und schliefen miteinander im dreimal gepflügten Feld.«

Odysseus erhob sich aus dem Gemüsebeet. Er pflückte ein Minzeblatt ab und zerrieb es zwischen seinen Fingern.

»Ach, dem Iasion hat das nicht gutgetan!« sagte er. »Zeus hat das nicht sehen wollen, daß es ein Sterblicher mit einer Unsterblichen treibt. Ungefähr so ist Iasion von seinem Blitz zerrieben worden.«

Er ging zu Kalypso, die über dem Moos hockengeblieben war, ohne sich zu rühren, wie er es sich gewünscht hatte. »Riech daran«, sagte er. Er fuhr unter sie und fühlte ihre feste, geteilte Scham in seiner Handfläche und ihren krausen Anus an seinen Fingerspitzen.

Sie schliefen miteinander. Sie lag unter ihm, und er stellte sich vor, wie die Erde ihren Rücken berührte.

Dann wälzten sie sich, und nun lag er unten und stellte sich vor, wie die Schatten der Blätter Muster über ihren Körper legten.

»Fühlst du dich wohl?« flüstert Hermes hinüber zu Athene.

»Ja, durchaus«, sagt sie, und ihr Ton ist streng.

»Was machst du?«

»Ich schaue mich um«, sagt sie. »Es gefällt mir hier. Es ist groß und weit und leer, vor allem leer.«

Daß Tun und Tod funktionieren wie im Film ...

Schon hatte die Mitte des Tages die Schatten der Dinge zusammengezogen. Odysseus hatte sich nämlich nicht gleich erhoben, noch eine Weile blieb er auf dem Rücken liegen, und Kalypso schmiegte sich an ihn, ihr Gesicht ihm zugewandt, den Rücken ein wenig gekrümmt, die Beine angezogen, eine Hand im wollenen Haar über seinem Geschlecht. Er mochte das gern. Und nie zuvor hatte er es lieber gemocht.

»War es besser als gestern?« schmeichelte sie fragend.

»Ja«, sagte er.

»War das Ficken besser?« fragte sie schmeichelnd.

»Ja«, sagte er.

»War das Ficken besser als gestern und vorgestern?«

»Besser als gestern und vorgestern.«

»War das Ficken vielleicht sogar besser als die Jahre vorher?«

»Ja, es war wohl besser.«

»Besser als jemals?«

»Besser als jemals.«

»Dann ist es gut.«

»Ja, es ist gut.«

»Und du weißt es genau?«

»Ich weiß es genau. Frag nicht mehr!«

»Den Mund soll ich halten?«

»Ja.«

Den Blick der Nymphe an der Schläfe, so lag Odysseus im Moos. Schon war Helios näher dem Abend als dem Morgen. Lange lagen sie so. Dann fragte er: »Wo warst du gestern nacht?«

Ehe sie antwortete, schmuste sie mit ihm, öffnete mit ihrer Zunge seinen Mund, machte ihre Zunge schlank und spitz, schob sie ihm zwischen die Zähne und ließ sie in seiner Mundhöhle warm und rosig weich aufgehen. Dann erhob sie sich von ihrem Moosbett und rannte über die Wiese, daß ihr die Brüste hüpften, und rief: »Ich? Ich war im Kino! Im Kino war ich!«

Und lief davon, hinaus aus dem Blickfeld zweier weiß-großäugiger Comic-Figuren, lief und hüpfte und tanzte durch den buntsprießenden Garten wie ein Kind, das Pferd spielt. »Im Kino war ich«, trällerte sie zu übermütiger Melodie. »Im Kino, im Kino!« Und hüpfte und tanzte wie ein Kind, das Pferd spielt ...

Im Kino?

Was soll sie, die nun endlich ihren Garten umrundet hat und zurücktaumelt mit geröteten Wangen und fliegendem Atem, zurück zu ihrem müden Mann, was soll dieses Wesen, das seit Urzeiten die Verbergerin heißt, die Schürferin, die Bestatterin gar, die nach einer Analyse, die bis ins neblig Indogermanische hinunter wühlte, als eine Todesurmutter bezeichnet werden darf, was soll Kalypso, die sich in den Kopf gesetzt hat, unseren liegenden Helden mit liebenden Händen in ihrer Ewigkeit zu begraben, was soll sie mit der Welt des Kinos zu schaffen haben, dessen Motorik auf Wiederholung, auf jederzeit abrufbereite Wiederholung abzielt ... – Unsere fragende Empörung ist nur gespielt und rein rhetorisch. Die Antwort liegt nämlich auf der Hand: Nur eine solche Welt, nur eine Welt der ewigen Wiederholung, präziser gesagt: der ewigen Wiederholbarkeit, kann die ihre sein. Und was tut sie? Sie öffnet mit ihrer Zunge seinen Mund, macht ihre Zunge schlank und spitz und schiebt sie zwischen seine Zähne und läßt sie in seiner Mundhöhle warm und rosig aufgehen. So sieht ihre Ewigkeit aus, heißt: das Reich der Wiederholung, der süchtigen Wiederholung all der Lust, die sie, nur sie, ihm geben kann. Dorthinüber, dorthinüber will sie Odysseus ziehen – sie, zu deren Namen im Gedicht das Attribut *deinos* hinzugefügt wird, was *gewaltig, groß, Ehrfurcht gebietend, ehrwürdig, erhaben,* aber auch *furchtbar, schrecklich, gefährlich* bedeutet. Ein radikaler Mythos fordert in ihrer Person seine Selbstbehauptung. Und dieser Mythos ist radikaler als alle Göttergeschichte, die zwar auch eine Wiederkehr ist, aber eine Wiederkehr in Wandlung und Abwandlung. Kalypsos Märchen dagegen ist ewige Wiederkehr des Immer-Gleichen, was mit vollem grammatikalischem Recht auch das Ewig-Selbe genannt werden darf.

Ist zurückgekehrt an ihr moosiges Bett, Kalypso, das göttliche Mädchen, das voll Sehnsucht ist nach einem heißpochenden Herzen. Hat ihren Kopf auf Odysseus' Schulter und ihren Blick an seine Schläfe gelegt, so hält sie ihn fest. Sie ist die schönste Frau – die nun nicht mehr, nicht mehr ganz Paradies war. Die Unterlippe war etwas zu hoch aufgeschwollen, die Blütenblätter des Mundes begannen in den Winkeln um ein winziges zu welken. Die Schönheit ohne Menschen, sie war, sie war dahin. Die Augen, die Blicke ausgesandt hatten, die es nicht gewohnt waren, auf Menschen zu ruhen, Blicke, die weder Scham noch Verlegenheit, weder Mißtrauen noch Abschätzigkeit, weder Taxierung noch Geilheit, weder Unterwerfung noch Herrschsucht kannten – nun schlug sie die Augen auf, und da war alles enthalten, eng gestapelt wie in einem Supermarkt war in ihrem Blick das Angebot des Menschlichen.

Und zärtlich ist sie, wie nie eine Frau zu ihm war.

»Wenn's nur das ist, was sie will«, sagt Athene mit deutlicher Geringschätzung im ›nur‹ und im ›will‹.

»Sie will ihn haben«, sagt Hermes. »Immer und ganz.«

Denn tief im Blick der Nymphe schien noch, immer noch und immer noch ganz das Zehrende, das Süchtige, Schlaflose, das Unbedingte, zum Letzten Bereite, selbst mit dem Ganzen noch Unzufriedene, das Schwarzweiße, absolut Asoziale, absolut Amoralische, hingebungsvoll Zerstörung und Selbstzerstörung Feiernde zu lauern.

»Was heißt: Es scheint zu lauern?« fragt Athene den Seelenführer. »Ist es so, oder ist es nicht so?«

»Sowohl als auch«, antwortet Hermes.

»Ich verstehe das nicht!«

Wie sollte das die Klardenkende auch verstehen! – Daß die Welt, daß Tun und Tod geschaffen werden und funktionieren wie ein Film? Ist das zu verstehen mit klaren Gedanken? Da liegt einer im Moos und schaut in den offenen Himmel, so sehen wir ihn, und dann stellt sich heraus, daß sich hinter unserem Auge ein Team von Weltmachern an unseren Einbildungen abarbeitet, Drehbuchautor, Regisseur, Regieassistent, Assistent des Assistenten, und zwar mit einer aufopfernden Hingabe abarbeitet, die selbst von Herzinfarkt und Gewerkschaft kaum zu bremsen ist, Beleuchter, Assistent des Beleuchters, Kameramann, Assistent des Kameramanns, einer Hingabe, die letztlich weder mit Geld noch mit Ruhm bezahlt werden will, sondern mit dem Gift, das jener göttliche Augenblick des Glücks ausschüttet, in dem eine Welt erschaffen wird, Toningenieur, Assistent des Toningenieurs, Maskenbildner, Komponist, Cutter, Produzent und so weiter und so weiter; und nie, nie, nie ist das Paar, das da scheinbar allein im Moos liegt, allein. Nie ist Odysseus allein, nie ist er in seinen Gedanken auf sich selbst zurückgeworfen, nie ist er ausgeschlossen vom göttlichen Geist, der aus der offenen Welt leuchtet, als wäre er das liebe Sonnenlicht; denn er hat den Blick der Götter auf der Stirn, von denen kaum einer in unseren Gesichtern lesen kann ... – So ungefähr könnte Hermes' Antwort lauten – vielleicht würde er dabei seine Hand anschauen, als hielte er darin einen unsichtbaren Born der Inspiration, und bedächtig seine Finger spreizen.

»Sie wollen sein, wie sie sind, und wollen es wieder nicht«, sagt er. »Sowohl wollen sie ewig leben, als auch wieder nicht.«

Ihr Gesicht ihm zugewandt, den Rücken ein wenig gekrümmt, die Beine angezogen, eine Hand im wollenen Haar über seinem Geschlecht, so lag die Nymphe beim Helden. Sie lagen im Schatten der Bäume, die sich fürsorglich über ihnen erhoben.

»Wenn du so mit mir fickst ...«, sagte er und führte den Satz nicht zu Ende.

»Was ist dann?« fragte sie.

Er drehte sich zu ihr, schob ihre Hand beiseite. »Was für einen Film haben sie denn gespielt?«

»Ach«, sagte sie, »es war eine Geschichte einer Frau, die zufällig einen Mann trifft, der irgendwo wartet.«

»Und?«

»Nichts und.«

»Das kann doch nicht der ganze Film gewesen sein«, sagte er. »Worauf wartet der Mann?«

»Darauf, daß es sechs Uhr wird.«

»Aber das muß doch irgendwie weitergehen.«

»Es geht so weiter, daß es schließlich sechs Uhr wird.«

»Was ist denn das für ein Film, du liebe Güte! Was geschah, als es schließlich sechs Uhr geworden war?«

»Als es sechs Uhr geworden war, besuchte der Mann zusammen mit der Frau einen Freund.«

»Das geschah um sechs Uhr?«

»Ja.«

»Tatsächlich? Das ist ja eine unglaubliche Geschichte!« lachte Odysseus heraus und sprang auf. »Und wie ging es weiter?«

»Eigentlich ging es nicht sehr viel weiter.«

»Nicht sehr viel weiter?« Er brüllte vor Lachen. »Das war die Geschichte?«

»Ja«, sagte sie.

»Die ganze Geschichte?« Auf die nackten Schenkel schlug er sich, daß ihm der Hodensack baumelte. »Da werde ich ja grün vor Neid bei solchen Geschichten! Frau trifft Mann, der darauf wartet, daß es sechs Uhr wird, dann wird es sechs, und Mann und Frau gehen gemeinsam Freund von Mann besuchen. Ich dreh durch! Das ist ja eine Weltgeschichte! Da müssen ja die Blitze geflogen sein vor lauter Spannung! Ist das Kino abgebrannt bei dieser heißen Geschichte? Sag mir jetzt ja nicht, daß du solche Filme gern anschaust!«

»Doch«, sagte sie, »tu ich.«

»Tust du? So, tust du? Aha. Ich will das nicht einmal erzählt kriegen, verstehst du!« Fuhr in seine Hose, warf sich das Hemd über.

»Wohin gehst du?« fragte sie.

Sie wußte, wohin er ging, und er wußte, daß sie es wußte.

»Zum Strand«, sagte er.

Er ging allein.

»Er geht allein«, sagt Athene.

»Ja, er geht allein«, sagt Hermes.

»Hat das etwas zu bedeuten?« fragt sie.

»Ich weiß es nicht«, sagt er. »Wir müssen ihn weiter beobachten.«

»Laß uns noch ein wenig hierbleiben«, sagt Athene. »Hier denkt es sich so schön. Es ist so wunderbar leer hier. Bei dir auch?«

»Ja, bei mir auch.«

»So gesehen ist dein Thomas Hobbes nicht viel anders als mein Johannes Calvin.«

»Scheint so.«

»Und was haben wir erreicht? Was haben wir herausbekommen, meine ich.«

»Schwer zu sagen … Vielleicht nicht besonders viel …«

»Daß er allein zum Strand geht. Und: Daß er mit einem zornigen Wort geht. Immerhin, immerhin. Das ist schon einiges. Interpretieren wir es! Kann das bedeuten, daß Kalypsos Macht über ihn doch nicht vollständig ist?«

»Was meinst du damit?«

»Daß er sich ein wenig von sich vor ihr bewahrt hat«, sagt Athene.

»Das kann es heißen«, sagt Hermes.

»Ja oder nein?«

»Ich kann es nicht mit Sicherheit sagen.«

»Was bist du mir für eine Hilfe!« ruft Athene aus. »Nichts weißt du sicher.«

»Weil es über sie kaum sicheres Wissen gibt«, verteidigt sich Hermes. »Nur Vermutungen gibt es, Spekulationen, Theorien. Über Comic-Figuren läßt sich Sicheres aussagen, nicht aber über Menschen. Da kann man nur vermuten. Das muß ich freilich zugeben.«

»Gut«, sagt Pallas Athene, »dann laß uns Vermutungen anstellen, laß uns spekulieren, entwerfen wir Theorien! Welche Kraft im Menschen ist stärker oder zumindest gleich stark wie der Wunsch, ewig zu leben? Spekuliere darüber, Hermes! Gibt es so eine Kraft überhaupt?«

»Ich glaube, es gibt eine solche Kraft«, antwortet Hermes.

»Ist es der Ruhm?«

»Auf den ersten Blick möchte man sagen: Ja, der Wunsch nach Ruhm könnte stärker sein als der Wunsch nach dem ewigen Leben. Denn der Ruhm im Leben vergeht bekanntlich rasch, der Ruhm aber, der nach dem Tod einsetzt, kann sehr lange dauern. Achill hatte zwischen einem langen ruhmlosen und einem kurzen ruhmreichen Leben wählen können. Er wählte das kurze Leben und den langen Ruhm. Aber ewig dauert auch der Ruhm nach dem Tode nicht. Somit ist es für den, der Ruhm will, kurzfristig gesehen zwar gut, zu sterben, langfristig gesehen aber wäre es auch für ihn besser, ewig zu leben. Denn er wäre ewig anwesend. Und etwas anderes als Anwesendsein ist Ruhm nicht.«

»Ruhm also nicht. Gut. Welche Kraft ist es dann, die stärker oder gleich stark ist wie der Wunsch, ewig zu leben.«

»Das schlechte Gewissen könnte so eine Kraft sein«, sagt Hermes.

Athene wendet den Kopf ab, mit den Lippen formt sie schweigend die Worte nach. So tut sie, wenn sie lernt. Dann blickt sie Hermes gerade an: »Warum das schlechte Gewissen?« fragt sie.

»Weil es in die Vergangenheit blickt«, antwortet er, der auch der Segenspendende gerufen wird und der Lenker der Träume und der Späher in der Nacht und der Hüter der Pforten und der listige Schmeichler. »Ich weiß, was du sagen willst«, kommt er ihr zuvor. »Du willst sagen, oft hat sich einer zu wenig um das Zukünftige gekümmert, und wir haben ihn dann jammern hören, er habe ein schlechtes Gewissen, weil er dies oder jenes noch nicht erledigt hat.«

»So ist es.«

»Das ist, weil er die Begriffe durcheinanderbringt. Er sagt schlechtes Gewissen, meint aber in Wahrheit Sorge.«

»Woher weißt du das?«

»Ich weiß es nicht, ich vermute es nur.«

»Und worauf stützt sich deine Vermutung?«

»Auf Vergleiche.«

»Was vergleichst du?«

»Das Gesicht, das einer macht, wenn er in Sorge ist, mit dem Gesicht, das einer macht, wenn er ein schlechtes Gewissen hat.«

»Gesichter interessieren mich nicht. Wir sitzen im Augenblick jeder in einer Comic-Figur, und soweit ich mich erinnern kann, hatten sie Maul und Mund und Augen weit aufgerissen und sahen aus wie Kinder vor Knalltüten, und ich darf ja wohl vermuten, daß weder Herr Johannes Calvin noch Herr Thomas Hobbes so dumm schauen, ganz zu schweigen von uns beiden. Ich weiß, es ist nicht logisch, an diese bunten Bildchen mimische Erwartungen zu knüpfen. Dennoch: Wenn auf ewig solche stupiden Fratzen die Namen großer Herren aus der *encyclopaedia humana* tragen dürfen, so läßt das Rückschlüsse zu auf die Zuverlässigkeit des Lesens in lebenden Gesichtern.«

»Zuverlässig ist wenig in diesem Bereich«, muß Hermes zugeben. »Die Partie oberhalb der Augen, also die untere Stirn, ist in beiden Fällen, sowohl bei Sorge, als auch beim schlechten Gewissen, wirr gerunzelt.«

»Wirr gerunzelt?«

»Ja, wirr gerunzelt.«

»Bei Sorge und bei schlechtem Gewissen?«

»Genau.«

»Heißt das, es gibt auch noch eine andere Runzelung als die wirre?«

Nun wird Hermes lebhaft, denn das Thema ist ein Steckenpferd von ihm. »Es gibt noch«, sagt er, »eine strenge Runzelung, die sich meist auf zwei senkrechte Kerben über der Nase reduziert. Die kommt bei Mißfallen oder bei feierlichen Anlässen zur Anwendung.«

»Mißfallen und Feierlichkeit haben dieselbe Runzelung?« muß Athene fragen.

»Es ist merkwürdig, aber es ist so. Und dann gibt es noch eine klare, in den meisten Fällen gerade, seltener auch gewellte Querrunzelung. Die zeigt sich bei Erstaunen und angestrengtem Nachdenken.«

»Interessiert mich nicht. Weiter in der Beschreibung der wirren Runzelung!«

»Nun, sowohl bei Sorge als auch bei schlechtem Gewissen«, holt Hermes ruhig aus, »ist die Partie oberhalb der Augen wirr gerunzelt. Es fehlt jede Strenge. Die Poren werden überdeutlich sichtbar. Das Blut wird aus den unmittelbar betroffenen Regionen gepreßt, so daß diese käsig weiß erscheinen.«

»Und warum tut einer so?« fragt Athene.

»Man könnte meinen«, spekuliert Hermes, »derjenige, der so tut, stemme die Brauen nach oben, und versuche, dadurch, die Geschicke aufzuhalten, eben jene Geschicke, die ihm entweder Sorge bereiten oder ihm ein schlechtes Gewissen machen.«

»Mit den Augenbrauen will er stemmen?«

»Merkwürdig, ja.«

»Aber das gelingt doch nicht?«

»Nein.«

»Warum tut er es trotzdem?«

»Ich weiß es nicht.«

»Gut«, sagt Athene, »lassen wir das. Es bringt uns nicht weiter. Die Runzelung an der Stirn haben Sorge und schlechtes Gewissen also gemeinsam. Wie aber kann ich das schlechte Gewissen von der Sorge unterscheiden?«

»Indem ich zusätzlich die Mundpartie und die Schultern betrachte«, doziert Hermes. »Bei der Sorge sind die Mundwinkel im selben Maße nach unten gezogen, wie die Schultern nach oben gedrückt sind. Das ist übrigens eine Haltung, die sich besonders für das Auf-und-ab-Gehen in einem Zimmer eignet, weil der Oberkörper dabei leicht, aber doch weiter als bei gewöhnlichem Gehen, nach vorne geneigt ist und der relativ rasche Wechsel in die entgegengesetzte Gehrichtung, der wegen der Kleinheit der meisten Zimmer, in welchen Sorgenvolle hausen, vorgenommen werden muß, die Person am Vorfallen hindert. Bei schlechtem Gewissen hingegen habe ich des öfteren beobachtet, daß die Lippen in die Breite und manchmal sogar ein wenig nach oben gezogen sind, so daß alles in allem der Eindruck eines an den Rändern zerknitterten Gesichts entsteht. Die Schultern hängen in der Regel. Das schlechte Gewissen scheint den Menschen vor allem zum Sitzen zu verleiten, wobei der Rücken gekrümmt und der Bauch unvorteilhaft herausgestreckt, beziehungsweise nach vorn gefallen ist. Die Hände sind gern im Schoß gefaltet.«

»Gut«, sagt Athene, »ich weiß nun, worin sich im Gesichtsausdruck die Sorge vom schlechten Gewissen unterscheidet. Aber ich weiß nicht, was das schlechte Gewissen eigentlich ist.«

»Was für eine Antwort erwartest du?«

»Eine Definition will ich natürlich.«

Einen Augenblick – das kann nach menschlichem Maß eine Nanosekunde ebenso sein wie eine Dreiviertel Woche – denkt Hermes nach, dann sagt er: »Das schlechte Gewissen, Athena, ist ein Gemütszustand, der aus der Sehnsucht nach einem Augenblick des Glücks entsteht, einem Augenblick, der irgendwann gewesen ist und den man zu halten nicht in der Lage war und der nun verloren ist auf ewig. So ungefähr.«

»Daraus schließe ich«, entgegnet Athene, »daß ein Mensch, der so einen glücklichen Augenblick nie erlebt hat, auch nie ein schlechtes Gewissen wird haben können.«

»Das kann man daraus schließen«, sagt Hermes.

»Und ich gehe natürlich davon aus, daß sich diese Erkenntnis in jedem beliebigen Fall bestätigen läßt.«

»Das wiederum würde ich mich nicht zu behaupten trauen«, sagt Hermes.

»Was sind dann Definitionen in diesem Bereich überhaupt wert!«

»Nicht viel.«

»Ach!« fährt es Athene heraus. Aber sie läßt auch diesen Punkt auf sich beruhen. »Zurück zu meiner Ausgangsfrage«, sagt sie. »Warum stellt das schlechte Gewissen eine Kraft dar, die dem Wunsch, ewig zu leben, entgegen ist?«

»Ich kann nur spekulieren«, entschuldigt sich Hermes.

»Tu's, tu es!«

»Weil das schlechte Gewissen eben ausschließlich in die Vergangenheit blickt, deshalb, so spekuliere ich, wird sich der, der unter einem schlechten Gewissen leidet, die Ewigkeit nicht wünschen. Denn je länger die Zeit dauert, desto größer wird die Vergangenheit. In der Ewigkeit aber wächst die Vergangenheit rein logisch zu unendlicher Größe.«

»Rein logisch wäre gut. Muß aber wohl nicht unbedingt etwas bedeuten?«

»Leider nein.«

»Du meinst«, fragt Athene weiter, »es stirbt einer lieber, als daß er ewig ein schlechtes Gewissen hat?«

»Vielleicht kann man das auch sagen«, antwortet ihr Hermes vorsichtig. »Aber das habe ich eigentlich nicht gemeint.«

»Dann sag mir, was du meinst!«

»Es ist entsetzlich kompliziert, und ich weiß wieder nicht, ob man a) überhaupt Schlußfolgerungen aus meiner Beobachtung ziehen kann und b), ob diese dann auch stimmen.«

»Versuch es!«

»Sie wissen, daß ihr Leben ein Ziel hat«, sagt Hermes, »und das Ziel heißt Tod. Und sie wissen auch, daß sie nie mehr zurück können. Was getan ist, ist getan. Was durchlebt ist, ist durchlebt. Tod und Tun verketten sich bis ans Ende. Ist es Odysseus gelungen, Aphaia aus dem Hades herauszureden? Nein, es ist ihm nicht gelungen. Und doch hat es nie einen besseren Redner gegeben als ihn. Aber es ist ihm nicht gelungen. Und stünden ihm hundert Jahre zur Verfügung, um in ihre Dunkelheit hineinzureden, oder tausend Jahre, und hätte er Hekatomben von Blut, um damit ihre Seele zu laben, nie könnte es ihm gelingen, Aphaia ins Licht zurückzuholen. Die Vergangenheit ist unbetretbar. Und dann leiden sie wie Schweine auf dem Rost! Nie werden sie, nie werden sie, nie mehr werden sie das Vergangene haben! Nie mehr! Das tut ihnen weh, das macht sie verzweifelt. Die Wahrheit ist ein einziger Mißton! Als Odysseus in Aphaias Augen sah, in diese elenden Aschenaugen, diese gierigen, unersättlichen, hoffnungslosen, süchtigen Schattenaugen, da war es so, als sähe er in seine eigenen Augen. Da schrien ihm die Mißtöne in den Ohren, zerschrien die Schatten! Die Vergangenheit,

Athena, ist für den Menschen auf ewig verloren. Und dennoch ist ihnen nichts so sicher wie eben diese Vergangenheit. Und wenn es in ihrer Vergangenheit einen Augenblick Glück gab, den sie verloren haben, dann wollen sie diesen Punkt zurückgewinnen.«

Hermes sieht, wie das Auge seiner Schwester, als wäre es eine Vernichtung bringende Waffe, über die weite Welt fährt.

»Ja«, sagt er, »schau sie dir an, was für traurige Mängelwesen sie sind! Schau sie dir an und hab Mitleid mit ihnen! Ich kenne sie. Keiner von uns kennt sie besser. Ich trage ihre Seelen hinunter in die Finsternis. Sie wollen nicht Ewigkeit, sondern ewige Wiederholung. Den Augenblick ihres größten Glücks wollen sie zurückholen, wollen ihn wiederhaben und wiederhaben. Arme Aphaia! Ihr Augenblick des größten Glücks war, als sie vom Felsen in die Tiefe sprang. Aus einer Laune heraus hat sie es getan, aus einer glücklichen Laune heraus. Aus übermütiger Lebenslust hat sie es getan, und hatte dabei nicht einmal das Gefühl eines dramatischen Höhepunktes. Es war wie eine Draufgabe nach einem Szenenapplaus. So als ginge das Schauspiel hinterher weiter. Immer wieder müßte sie diesen Sprung tun, immer wieder. So sähe ihre Ewigkeit aus. Arme Aphaia! Ach, Athena«, seufzte Hermes aus der hohlen Tiefe seines gemalten Stofftigers Hobbes heraus, »ach, Athena, sie sehnen sich nach ihrem glücklichsten Augenblick zurück, ihn wollen sie durch ewige Wiederholung endlos machen.«

»Ewige Wiederholung«, stellt Athene fest, »genau das bietet ihm die Nymphe auch.«

»Ja«, sagt Hermes, »sie legt ihre Lust und seine Lust auf die Waage. Wir haben als Gegengewicht die Erinnerung an seinen glücklichsten Augenblick.«

Für zwei göttliche Augenblicke – die nach menschlichem Maß ebenso zwei Nanosekunden wie eineinhalb Wochen dauern können – herrscht Schweigen zwischen Athene und Hermes.

»Die Erinnerung also ist der Schlüssel«, sagt Athene schließlich.

»Ich vermute es«, sagt Hermes.

»Dann ist das schlechte Gewissen also Mnemosynes Werk.«

»Mnemosynes Werk«, bestätigt Hermes, »cum grano salis.«

»Was ich aber noch wissen möchte, Hermes, du schlauer Helfer: Woran erkenne ich, daß einer sich erinnert?«

»Wie meinst du das, Athena?«

»Sein Gesicht meine ich.«

»Das ist schwer zu beantworten.«

»Fang wieder bei der Partie oberhalb der Augen an!«

»Wieder wirr gerunzelt.«

»Wieder wirr gerunzelt?«

»Manchmal auch streng.«

»Auch streng? Wie bei Mißfallen und Feierlichkeit?«

»Bisweilen zeigt sich die Erinnerung sogar in einer Querrunzelung, gerade oder gewellt.«

»Wie bei Erstaunen und angestrengtem Nachdenken?«

»Genau so.«

»Und der Mund?«

»Nach Belieben.«

»Der Mund nach Belieben. So. Und die Schultern?«

»Auch nach Belieben, hängend nach vorn, gestrafft nach hinten, hochgezogen, gerade, unregelmäßig die eine oben, die andere unten – ganz nach Belieben.«

»Merkwürdig«, sagt Athene.

»Ja, merkwürdig«, pflichtet ihr Hermes bei.

»Dann laß uns aufbrechen«, sagt Pallas Athene, die tapfere Unmittelbarkeit, die erlösende Geistesgegenwart, die rasche Tat, die Meisterin über den Augenblick. »Laß uns fliegen, Bruder, zu Mnemosynes Haus. Ich habe viel gelernt heute. Mnemosyne soll uns und ihm seinen glücklichsten Augenblick zeigen. Sie soll ihm seinen eigenen Film vorspielen! Vorwärts, Hermes, besuchen wir Mnemosynes Kino!«

So Pallas Athene. Sie ist die Immernahe.

DRITTER TEIL   MNEMOSYNES KINO

Der glücklichste Augenblick

Es war im Winter. Odysseus muß damals ungefähr fünfundzwanzig Jahre alt gewesen sein. Keine genauen Angaben darüber enthält das Gedicht, wie überhaupt der Jugend des Odysseus oder gar seiner Kindheit in den Liedern, die ihn besingen, wenig Aufmerksamkeit zuteil wird; weshalb wir – wir wollen an dieser Stelle darauf hinweisen –, gezwungen sind, aus anderen, manchmal fast zur Gänze verschütteten, mitunter auch recht abseitigen Quellen zu schöpfen oder aber jenes riskante Vertrauen zu wagen, das zuletzt allein und in Wahrheit als Recherche der Erzählung bestehen kann, nämlich: den Helden als lebendig zu respektieren, jedenfalls solange die Erzählung im Gange ist, und es ihm zu überlassen, wohin er uns auf seinem Feld führt.

Es ist Winter. Wir sehen den jungen Odysseus. Sein Profil kommt von rechts ins Bild, die Wange ist unrasiert, die Stoppeln, rötlich blond, sind unregelmäßig und licht gesät, das Auge blickt unter halb geschlossenen Lidern hervor. Ein wenig ist die Unterlippe vorgeschoben, aber das sollte uns nicht zu Schlußfolgerungen verleiten, Großaufnahmen dieser Art betonen Geringfügiges, leuchten einen beiläufigen Charakterzug aus und erheben ihn zum Charakteristischen. Er fährt durch Schneetreiben. Er wird gefahren. Er sitzt auf dem Beifahrersitz. Wer fährt ihn? Das scheint bedeutungslos zu sein. Wir hören eine Männerstimme, die zu ihm spricht, aber wir verstehen nicht, was sie sagt. Es ist wohl nicht wichtig. Wichtig ist in dieser Einstellung nur das Profil des Odysseus. Im Hintergrund können wir das Seitenfenster eines Autos ausmachen. Die Scheibe ist angelaufen. Schneeflocken werden außen an die Scheibe geweht, rutschen schräg nach unten und schmelzen ...

So beginnt der Film vom glücklichsten Augenblick. Ja, nun besuchen auch wir und zwar an der Seite der Göttin Pallas Athene, jedoch verborgen in der aus frommem Vertrauen gestrickten Einbildungskraft, unsichtbar wie unter der Tarnkappe des Perseus – Mnemosynes Kino. Mnemosyne, die heilige Erinnerung, die auch die heilende Erinnerung genannt wird, zeigt Pallas Athene den glücklichsten Augenblick im Leben des Odysseus, und wir sind dabei. Sie spult den Film zurück über zwanzig Jahre, spult zurück hinweg über die Jahre der Irrfahrt, zurück hinweg über die Jahre des Krieges, zurück hinweg über diese ganze unselige Spanne, die bestenfalls als Episode in Kauf genommen worden war und sich zuletzt als das Leben selbst erwiesen und behauptet hat. Wir landen in Ithaka. Wenn Vergangenheit und Gegenwart eins werden, nimmt die Gegenwart leicht einen spukhaften Charakter an. Gut, soll es eben so sein ...

Es ist Winter. Nun sehen wir das Auto von außen, genauer: von schräg oben. Es ist ein unscheinbarer Wagen, Marke und Farbe sind nicht erwähnenswert.

Er fährt durch eine verschneite Eichenallee. Dahinter liegt ein weißes Haus mit zwei übereinandergebauten Veranden, eigentlich eine stattliche Villa. Der Wagen verläßt die Allee, biegt auf eine Landstraße ein und fährt aus dem Bild.

Es ist Nachmittag. Das Schneetreiben verdüstert den Himmel, ein enges Wetter mit wenig Raum. Im Haus brennt Licht. Nun erscheint Penelope im Bild, des Odysseus junge Frau. Sie schaut durch eine der Glastüren hinaus auf die Allee, die zum Haus führt, schaut auf die schwarzen Reifenspuren, die der Wagen im frisch Verschneiten hinterlassen hat. Penelope war damals zwanzig, ernst schön, die schwarzen, festen Augenbrauen berührten sich über der Nasenwurzel, kein in sich gekehrter Blick, wie man ihn schwangeren Frauen nachsagt, ernst schön war sie in diesen Wochen, aber auch fröhlich wie nie und zu Späßen und Albernheiten aufgelegt. Bereits seit drei Tagen war sie über dem Termin. Penelope steht am Fenster und blickt hinaus auf den Weg. Allmählich verschwinden die Reifenspuren unter den weißen Flocken. Da sieht sie einen Lastwagen, rot mit verchromtem Kühlerrost, durch die Allee aufs Haus zufahren.

Eumaios – im Gedicht siebzehnmal der »Göttliche« genannt und vom Erzähler des öfteren mit »Du« angesprochen, als wäre er ein geheim verwandter Teil der Seele des Helden –, Eumaios war an diesem Nachmittag auf Besuch dort. Er war der Verwalter des Gutes, ein Freund der Familie, war schon ein Freund von Odysseus' Vater gewesen, ein Freund und Vertrauter, ein in allem Unterrichteter, der irgendwann einmal von Laertes aufgefordert worden war, er solle, wann immer es Anlaß gebe oder ihm einfach danach sei, frank die Familie kritisieren, und es von da an auch bei jeder Gelegenheit tat, vielleicht um sich selbst immer aufs neue diese brüderliche Intimität zu bestätigen. Er war etwas auseinandergegangen in den letzten Jahren, seit er selbst nicht mehr in den Ställen mitarbeitete, sondern sich ganz auf die Verwaltung konzentrierte. Er schob es auf den Alkohol. Er teilte das Jahr in solche Monate ein, in denen er keinen, und in solche, in denen er welchen trank. Am Ende waren es nur mehr drei Monate, in denen er es sich zugestand, Bier, Wein oder Most zu trinken, und das nur in Maßen. Schnaps schmeckte ihm nicht. Dennoch schien es, als machte ihm der Alkohol die schwersten Sorgen in seinem Leben, über kein anderes Thema ließ er sich inbrünstiger aus. Er habe sich, sagte er einmal zu Penelope, wobei er schuldbewußt auf seine abgekauten Nägel schaute, ein Buch besorgt, in dem von einem Fachmann, also einem der die Sucht am eigenen Leib kenne, beschrieben werde, wie man, wenn alle Hilfe versagt habe, sich selbst entwöhne. Aber um Himmels willen, rief Penelope, das habe er doch nicht nötig, er trinke doch so gut wie gar nichts, sie habe ihn jedenfalls noch nie betrunken gesehen. Da nickte Eumaios dann nur, nickte und kaute an seinen Nägeln und schniefte in kurzen rhythmischen Abständen durch die Nase. Odysseus aber, als sie dann allein gewesen waren, hatte zu Penelope gesagt, man müsse seine Sorge ernst nehmen, es lasse sich doch durchaus denken, daß einer die Sucht in sich spüre, ohne daß von außen Grund zu einer Befürchtung bestehe. Eumaios litt unter seinem Übergewicht, heimlich war er eitel. Alle sagten, sein Umfang hebe seine Persönlichkeit. »Alle sagen, mein Umfang hebt meine Persönlichkeit«, kommentierte er. »Und was denkt ihr, meinen sie damit? Ich will es euch sagen. Sie meinen damit, anstatt Anmut stehe nun Unmut in meinem Gesicht, und Unmut ist für sie ein Zeichen von Intelligenz, denn nur wer dauernd schlecht gelaunt ist, kann ihrer Meinung nach von sich behaupten, er sei intelligent, und Intelligenz und Persönlichkeit ist für sie ein und dasselbe. Sie können mir alle den Buckel runterrutschen und unten mit der Zunge bremsen!«

Eumaios war die Patenschaft angeboten worden, sollte es ein Knabe werden. An diesem Nachmittag, Odysseus war noch keine Viertelstunde aus dem Haus, kam er mit dem neuen Lastwagen, der erst vor wenigen Wochen angeschafft worden war. Er selbst hatte ihn ausgesucht, und um Penelope wenigstens ein bißchen für das Fahrzeug zu interessieren, hatte er bei der Wahl auch ästhetische Momente erwogen und sich schließlich für den roten Mercedes mit dem verchromten Kühlergrill entschieden. Er fuhr durch die Eichenallee bis nahe ans Haus heran. Auf den Ästen stand der Schnee in zuckerweißen Mäuerchen, und immer noch schneite es weiter. Es schneite so heftig, daß die Windschutzscheibe bereits undurchsichtig weiß war, als Eumaios über die Treppe zur Veranda hinaufging. Penelope öffnete ihm eine der Glastüren, und er fluchte und nannte sich selber einen Trottel, weil er nicht nach hinten gegangen sei, wo er sich im Vorraum die Schuhe hätte abschlagen können, fügte aber gleich hinzu, das Haus sei aber auch saublöd gebaut, vorne die Terrasse, hinten der Eingang, das sei nun wirklich verrückt im wahren Sinn des Wortes. Er brachte den Schnee in die Halle. Penelope lachte nur, er solle keine Sachen machen, sagte sie, über so etwas rege sich – und das folgende Wort betonte sie feierlich –, rege sich *heute* niemand auf. Wieso heute, fragte Eumaios, stellte sich aufgeregt und dumm, ob es denn heute endlich soweit sei. Sie glaube, ja, sagte Penelope.

Dann saßen sie in der Küche beisammen, Penelope, Eumaios und Eurykleia, die blonde, große, knochige Magd, die nie lachte und deren Blick in einer Weise hell und direkt war, daß man entweder unergründliche Tiefe oder schlicht gar nichts dahinter vermutete und über beides gleichermaßen baff war, wenn man sich in ihren Augen verfing. Sie tranken heißen, stark gesüßten Tee mit Orangensaft und warteten auf Odysseus. Redeten kaum. Eurykleias Anwesenheit machte es einem leicht zu schweigen.

Odysseus kam, als es draußen bereits finster war. Einer von der Zeitung hatte ihn in seinem Wagen herausgefahren. Odysseus, der selber nicht gerne ein Auto lenkte, war am Nachmittag mit einem der Vertreter für Agrarmaschinen, die ihre Angebote zur Erneuerung des Fuhrparks vorgelegt hatten, in die Stadt gefahren, um an Ort und Stelle die Ware zu begutachten. Da hatte dieser Journalist, Eurymachos hieß er, im Hause des Odysseus angerufen. Odysseus sei in der Stadt, hatte Eurykleia gesagt. Ob man ihm die Telephonnummer dieses Vertreters oder seines Betriebes nennen könne, es sei dringend, sagte der

Journalist, er müsse mit Odysseus sprechen, es dauere aber nicht lange. Eurykleia fragte Penelope, und die hatte nichts dagegen, wenn es wirklich nicht lange dauere. Und dieser Journalist, dieser Eurymachos eben, hatte Odysseus dann den ganzen Nachmittag in der Stadt aufgehalten und ihn am Abend – das sei ihm »eine Verpflichtung und eine Ehre gleichermaßen« – zum Haus zurückgefahren. Der Journalist habe einen Plan, erzählte Odysseus hinterher, als Eurymachos gegangen war, denn auf ein Glas Wein – »Sehr gern, wirklich, danke!« – war er geblieben, einen Plan habe dieser Journalist, nämlich eine neue Zeitung, eine zweite Zeitung für die Stadt und die Umgebung wolle der Mann schaffen. Er selber, so stelle er sich vor, würde die Chefredaktion übernehmen. Es solle eine liberale Zeitung werden, habe er mit Nachdruck und des öfteren betont, eine »wirklich liberale Zeitung«. Und was er dabei von ihm, Odysseus, wolle, fragte Penelope. Ihr hatte dieser Mann mit den so auffallend kappenhaft quer über die Stirn gekämmten, schwarzen Haaren nicht sehr behagt.

»Geld will er von mir«, sagte Odysseus.

Odysseus solle sich Anteile an der neuen, »wirklich liberalen« Zeitung sichern. Kapitalgeber solle er werden. Als liberaler Mann, als der er bekannt sei, sei dies für ihn »quasi verpflichtend«, außerdem werde es sich finanziell lohnen. Odysseus hatte sich Bedenkzeit erbeten. Wirtschaftlich betrachtet hatte ihn das Angebot nicht sonderlich interessiert, aber es hatte den Anspruch auf ein weltmännisches Leben wachgerufen. Teilhaber einer Zeitung zu sein, das konnte er sich gefallen lassen. Er hatte kurz zuvor Hof und Wirtschaft von seinem Vater übernommen. Laertes und Antikleia, Odysseus' Vater und Mutter, würden zwar weiterhin im Haus wohnen bleiben, die Geschäfte aber sollte ihr Sohn abwickeln. Zur Zeit befanden sich die beiden auf Winterurlaub, sie wollten, wie sie gesagt hatten, die Tage vor und die Tage nach der Geburt nicht durch die Anwesenheit hysterischer Großeltern verkomplizieren. Odysseus und Penelope, beide, waren froh darüber.

»Und«, fragte Penelope, »wirst du Geld investieren?«

»Mir kommt das ein wenig zu prompt«, sagte Odysseus. »Daß sich einer an mich anhängen will. Ich habe es so verstanden. Vielleicht bin ich ungerecht.«

»Riecht nach Geier«, sagte Eumaios.

»Ich verstehe es auch so«, sagte Penelope.

»Der ganze Mann riecht nach Geier«, sagte Eurykleia.

»Finde ich auch«, sagte Eumaios.

»Andererseits«, sagte Odysseus, »wenn ich in seiner Lage wäre und eine neue Zeitung gründen wollte und gerade erfahren hätte, daß da einer ist, der Geld hat, dann würde ich auch nicht lange abwarten.«

»Warum will er denn überhaupt eine neue Zeitung gründen«, fragte Eurykleia. »Genügt denn die alte nicht?«

»Wenn noch weiter über diesen Unsinn geredet wird«, schimpfte Eumaios spaßeshalber, »dann werde ich auf der Stelle gehen.« Heute werde wahrscheinlich Geburtstag sein, sagte er, Geburtstag, Tag einer Geburt, und derjenige, vorausgesetzt es wird ein Er, werde in den nächsten zehn bis fünfzehn Jahren keine neue Zeitung brauchen, weder eine liberale noch eine wirklich liberale, noch irgendeine andere. »Nicht einmal eine alte Zeitung wird er brauchen. Denn er wird ein königliches Ärschlein haben, das viel zu zart sein wird, als daß es mit Zeitungspapier geputzt werden dürfte.«

Alle lachten.

Dann war es ein schöner Abend. Eurykleia hatte etwas Leichtes gekocht, gedünsteten Fisch, dazu Salzkartoffeln. Zur Nachspeise, weil sie wußte, daß es eine der Lieblingsspeisen des Odysseus war, stellte sie Bratäpfel ins Rohr. Eine Zeitlang war es ganz still am Tisch, als wären sie überwältigt von dem Duft, der sich ausbreitete, als wären die Duftmoleküle, jedes einzelne, mit winzigen Erinnerungsperlen behängt.

»Rauch eine Zigarre«, sagte Penelope.

»Lieber eine Zigarette«, sagte Odysseus.

»Eumaios, dann rauch du eine Zigarre!«

Eumaios rauchte eine Zigarre, weil er Penelope verehrte. Er hätte auch lieber eine Zigarette geraucht, aber er rauchte die Zigarre. Wenn er paffte, legte er die Hand ans Gesicht, ein Finger lag auf der Oberlippe, die anderen am Kinn, der Daumen an der Wange, und das sah aus, als ob er erschrocken über seine Sache nachdächte. Dabei riß er obendrein die Brauen hoch und flatterte mit den Lidern, weil ihm der Rauch in die Augen stieg. Es war bestürzend, Eumaios beim Zigarrenrauchen zuzusehen. Manchmal sog er den Rauch in die Lunge. »Es wird einem anders schwindlig als bei Zigaretten«, sagte er.

»Wann wird dir bei Zigaretten schwindlig?« fragte Penelope.

»Am Morgen immer.«

»Einem Raucher wird doch nicht schwindlig«, sagte sie.

»Ach, er erzählt nur Geschichten«, sagte Eurykleia.

»Doch, doch, er hat recht«, sagte Odysseus. »Bei der ersten Zigarette wird einem am Morgen immer schwindlig.«

»Auf die freut sich unsereiner den ganzen Tag«, sagte Eumaios. »Und zwar genau deshalb. Stimmt doch?«

»Stimmt«, sagte Odysseus.

Über das Rauchen sprachen sie. Und dann war es wieder sehr leise am Tisch. Durch das Fenster sahen sie die Flocken niederschweben, dicht, stetig. Ebensogut hätte es sein können, daß die Flocken ruhig in der Luft standen und das Haus mit ihnen darinnen sich lautlos in den Himmel hob. »Warum nicht«, sagte Eumaios. »Nur weil wir es anders gelernt haben?«

Über rätselhafte Naturerscheinungen sprachen sie. Und dann sagte Penelope, sie müsse erst schnell auf die Toilette, man solle ihren Bratapfel noch im Rohr lassen. Und Eumaios sagte, nein, selbstverständlich würden sie alle auf sie warten. Penelope ging hinaus, die Tür ließ sie weit offen. Und die in der Küche zurückblieben, Odysseus, Eumaios, Eurykleia, schauten durch die Tür hinaus, und es herrschte eine Spannung, als erwarteten sie, daß gleich alle Lichter angingen und Musik ertönte oder etwas ähnlich Feierliches geschähe. Dann hörten sie, wie Penelope nach ihrem Mann rief. Ihr Rufen endete in einem

Schrei, der Entsetzen und Freude in einem enthielt und auch ein merkwürdig neugieriges Erstaunen. Einige Tage später unterhielten sie sich nämlich über diesen Schrei. Odysseus sagte, er sei voll Entsetzen gewesen. Eumaios sagte, für ihn sei es ein eindeutiger Freudenschrei gewesen. Und Eurykleia meinte, nachdem man zuerst lange auf sie einreden mußte, damit auch sie ihren Eindruck schildere, für sie sei Neugierde in dem Schrei gewesen, aber wie ein Schrei sei es ihr ohnehin nicht vorgekommen, sondern nur wie ein Rufen.

Einen Atemzug lang war alles starr wie erfroren, das Haus wurde nicht mehr in den Himmel gehoben, die Flocken wurden nicht mehr zur Erde gezogen. Dann lief Odysseus hinaus. Und nach weiteren bangen Atemzügen, hörten sie ihn rufen, Eumaios solle sofort den Motor starten, es sei soweit, und Penelope rief dazwischen, nein, es sei überhaupt nicht soweit, es sei nicht einmal eilig. Nun lief Eurykleia hinaus, und Eumaios saß allein in der Küche, unfähig, sich zu erheben, als löse eine einzige Bewegung von ihm die Geburt aus.

Die Fruchtblase war geplatzt und das Fruchtwasser abgegangen. Odysseus trug Penelope, die furchtsam lachende, in die Küche, bettete sie auf das breite Sofa hinten an der Wand, auf das Eurykleia die Wäsche legte, wenn sie bügelte. Eurykleia schob ihr zwei doppelt gefaltete Handtücher unter das Gesäß. Penelope lächelte, und in dem Lächeln waren Freude und Angst und Neugierde, wie in ihrem Ruf Freude und Angst und Neugierde gewesen waren. Zwischen ihren schönen Brauen hatte sich eine steile Falte gebildet, die von diesem Tag an nie mehr erlosch. Sie wischte mit der Hand vor ihrem Gesicht hin und her, als wollte sie sagen, nein, so ein Aufwand, so ein Theater, völlig übertrieben, völlig übertrieben. Aber Eumaios war längst schon draußen vor dem Haus. Der Motor des Lasters dröhnte, er gab Gas.

»Was ist er denn so verrückt und macht so einen Lärm«, sagte Eurykleia.

»Er möchte, daß die Heizung kommt«, sagte Odysseus. »Der neue Laster hat eine Heizung.«

»Mir ist aber gar nicht kalt«, sagte Penelope.

»Eumaios weiß, was er tut«, sagte Odysseus.

Penelope zog einen Mantel über. Odysseus wollte sie hinaustragen. Aber sie wünschte das nicht. Und dann war er doch froh darüber, denn der Weg war viel weiter als von der Toilette bis in die Küche, und das war schon anstrengend genug gewesen für ihn. Eurikleia blieb im Haus zurück. Sie wollte nicht mit ins Krankenhaus. Sie sagte nicht, eine muß schließlich daheim bleiben und aufs Haus aufpassen, oder so etwas ähnliches. Es war nicht ihre Art, aus Rücksicht oder aus Höflichkeit zu lügen. Sie sagte: »Ich will nicht ins Krankenhaus. Es ekelt mich dort und deprimiert mich. Ich werde dort anrufen, daß man auf dem Weg ist. Dann können sie alles herrichten. Das muß genügen.«

Als sie im Krankenhaus ankamen, hatten die ersten Wehen bereits eingesetzt. Eine Hebamme wartete auf sie. Sie lehnte an der Tür und kaute am Inneren ihrer Wange. Ihr Haar war mit breiten, krallenhaften Kämmen hoch an den Kopf gesteckt. Sie war aus dem Bett geholt worden.

»Gehen die so früh ins Bett?« fragte Eumaios tuschelnd aus dem Mundwinkel zu Odysseus hin.

»Keine Ahnung,« gab ihm der zurück.

»Es ist doch erst zehn.«

»Vielleicht hat sie gestern nacht durchgemacht.«

Die Hebamme sah tatsächlich sehr müde aus, sie gähnte in einem fort und hörte nicht zu, wenn man sie etwas fragte, und wenn sie sprach, dann mit einem vorwurfsvollen Unterton in der Stimme.

»Warten Sie draußen«, sagte sie.

»Ich will aber dabei sein«, sagte Odysseus. Und Penelope, die hinter dem Rücken der Hebamme zuhörte, lachte breit und nickte heftig mit dem Kopf.

»Muß das sein«, fragte die Hebamme.

»Jawohl, es muß sein.« Penelope klatschte lautlos mit den Händen. Die beiden hatten sich nämlich versprochen, daß Odysseus bei der Entbindung dabeisein werde. Er hatte sich sogar im Krankenhaus erkundigt, ob das erlaubt sei, und es war ihm positiv bestätigt worden.

»Aber er hier muß raus«, sagte die Hebamme. »Sie können ruhig wieder nach Hause fahren«, sie meinte Eumaios. »Es wird lange dauern. Man wird Sie anrufen.«

»Ich warte hier draußen im Gang«, sagte Eumaios zu Odysseus und Penelope. Die Hebamme ignorierte er. Dann richtete er einen Zeigefinger auf Penelope und zwinkerte ihr zu.

Im Gang war Rauchverbot, und das machte Eumaios zu schaffen. Manchmal trat eine Nachtschwester aus einer Tür und verschwand in einer anderen. Auf der Hälfte des Ganges war die Anmeldung. Um diese

Zeit war sie nicht mehr besetzt. Durch die Glasscheibe sah Eumaios auf die wenigen persönlichen Dinge der hier Diensttuenden – bunte Ansichtskarten an Stecknadeln, Sparschweinchen, Kerzen in Engelsform, Kartoffelmännchen aus Plastik, Wackelhündchen auf Spiralfeder … Die stumme Häßlichkeit dieser Dinge stimmte ihn tiefsinnig. Auf einmal habe er, was noch nie in seinem Leben der Fall gewesen sei, erzählte er später, viel später, Penelope, Lust auf Schnaps gehabt, nach ordinärem Obstschnaps, den er eigentlich widerlich finde, auf ein Wasserglas voll Obstschnaps habe er Lust gehabt. Zigaretten und Schnaps. Und er sei unglücklich gewesen. Die Knöpfe innen an seinem Hosenbund, an denen die Hosenträger festgemacht sind, hätten an seinen Bauch gedrückt. Er habe gemerkt, daß seine Lippen viel zu groß, nämlich unschön groß seien. Er habe gewußt, daß die Poren auf seiner Nase schwarz seien. Und er sei sich überflüssig vorgekommen, weil er nie in der anderen Situation, also der des Odysseus, also im Kreissaal sein würde, daß er nie Vater werden würde, das sei ihm zweifellos klar gewesen in diesen Stunden, außerdem habe er immerzu rülpsen müssen und furzen. So sei er auf und ab gegangen wie ein Wanderer, wie ein Wanderer …

Nach vier Stunden kam Odysseus aus dem Kreissaal. Eumaios war gerade am Ende es langen Ganges. Als er Odysseus sah, lief er auf ihn zu, daß die Schöße seines Mantels um ihn flogen, hob dabei die Arme, was eine Fragegeste sein sollte.

»Fahr heim«, sagte Odysseus, »es wird noch lange dauern.«

»Zu euch heim oder zu mir heim?«

»Zu uns heim.«

»Ich weiß nicht, was ich mit Eurykleia reden soll.«

»Das weiß ich auch nie«, sagte Odysseus. »Bleibt beim Telephon und telephoniert mit niemandem. Nicht daß der Apparat besetzt ist.«

Es dauerte sieben Stunden und vierzig Minuten, vom Betreten des Krankenhauses an gerechnet. Das sei normal, sagte die Hebamme, jedenfalls nicht unnormal beim ersten Kind. Sie hatte sich übrigens zwischendurch immer wieder hingelegt. Hatte gesagt, sie könne vorerst ohnehin nichts tun. Odysseus solle, wenn er schon unbedingt dabeisein müsse, wie er meine, Penelopes Rücken massieren, sobald sich eine Wehe ankündige. Sie machte ihm vor, wie er das zu tun habe: stehend, vorgebeugt, Druck mit den Daumen.

Eine Woche später, als Penelope wieder zu Hause war, und sie alle wieder in der Küche beisammen saßen, Eumaios, Eurykleia und nun auch der kleine Telemach, da erzählte Odysseus, wie es gewesen war.

»Wißt ihr, was mein bestimmendes Gefühl in dieser Nacht war«, fragte er.

»Glück«, sagte Eumaios.

»Auch so etwas Ähnliches denke ich«, sagte Eurykleia.

»Rückenschmerzen«, sagte Odysseus. »Ich stand vor Penelopes Bett, das war so halb hoch, so halb niedrig, und wenn sich eine Wehe ankündigte, das habe ich eine Sekunde vorher auf einem Gerät sehen können ... Wie heißt das Gerät?«

»Ich weiß es nicht mehr«, sagte Penelope.

»Wir haben noch darüber gesprochen.«

»Ich habe es vergessen«, sagte Penelope.

»Eine Sekunde vorher hat man gesehen, wenn sich eine Wehe ankündigte. Dann habe ich mich über Penelope gebeugt und ihr den Rücken massiert. Mit Druck auf den Daumen. Mach das einmal«, sagte er zu Eumaios, »stell dich in dieser Haltung hier her. Komm! Stell dich hier hin! So. Und jetzt massier den Wäschekorb!«

»Ich will aber nicht den Wäschekorb massieren«, sagte Eumaios.

»Tu's ihm zuliebe«, sagte Penelope.

»Aber werfen Sie bitte die Wäsche nicht um«, sagte Eurykleia.

Eumaios verdrehte die Augen, stand auf, beugte sich über die Stuhllehne und massierte die Wäsche, die in einem Korb auf dem Stuhl stand.

»Mach das eine Minute, nur eine Minute« sagte Odysseus. »Du meinst, es bricht dir das Kreuz ab.«

»Aber das ist ja etwas anderes, ob ich das so mache, ohne jeden Grund, einfach nur zum Vormachen, oder ob ich damit helfe, meinen Sohn zur Welt zu bringen«, sagte Eumaios.

»Das sicher«, sagte Odysseus. »Am Anfang ist das ein Unterschied. Ein großer Unterschied sogar. Das ist schon klar. Für eine Weile vergißt du den Schmerz, das ist schon klar. Du denkst, gleich wird mein Kind in die Welt eintreten, und es wird als erstes in deine Augen schauen. Das ist wunderbar, und das macht, daß du jeden Schmerz vergißt. Am Anfang geht das.

Aber dann kommt der Schmerz wieder. Und du denkst, Menschenskind, was bist du für einer, da kriegt deine Frau ein Kind und hat Wehen, daß sie sich krümmt, und du, du sollst nichts weiter tun, als ihr ab und zu ein wenig den Rücken massieren, nichts weiter hast du zu tun, als ihr ab und zu ein wenig den Rücken zu massieren, mehr brauchst du nicht zu tun und führst dich so auf! Aber mach das ein paar Minuten lang, daß du dich über so ein ungünstig halb hohes, halb niedriges Bett beugst. Mach das! Das machst du vielleicht drei Minuten, vielleicht vier Minuten. Dann denkst du, so, jetzt zähle ich bis zehn, und dann bin ich ohnmächtig, dann bin ich einfach ohnmächtig. Ich dachte auf einmal solche Sachen wie: Nein, ich massiere jetzt nicht mehr, das kann niemand von mir verlangen. Es kann doch niemandem etwas nützen, wenn ich ohnmächtig werde.«

»Ich hätte es gar nicht gemerkt, wenn du nicht mehr massiert hättest«, sagte Penelope.

»Eben«, rief Odysseus aus. »Eben! Das dachte ich auch. Ich dachte, Penelope wird es ja ohnehin nicht merken. Ich massiere ja nur, um nicht vor mir als Schweinehund dazustehen. Ich dachte, im Gegenteil, es ist sogar eine durch und durch egoistische Aktion dieses Massieren. In diesem Augenblick, jetzt, jetzt geht es doch nicht darum, ob ich meinen inneren Schweinehund bellen lasse oder nicht. Was soll dieses Massieren denn überhaupt nützen, dachte ich. Das hat doch diese blöde Hebamme nur erfunden, um mich zu ärgern. So dachte ich.«

»Ich glaube das nicht«, sagte Eurykleia.

»Ich glaube das schon«, sagte Eumaios. »Ihm glaube ich das.«

»Und dann geschieht Folgendes«, fuhr Odysseus fort, »es geschieht etwas, was ich nie für möglich gehalten hätte und was, das gebe ich zu, ein ungemütliches Licht auf meinen Charakter wirft ...«

»Du übertreibst«, sagte Penelope, die seine Geschichte ja schon längst kannte.

»Nur insofern übertreibe ich«, sagte Odysseus, »als ich das Folgende ganz auf meinen Charakter schiebe. Das ist zuviel des Dämonischen für mich allein. Ich müßte sagen: Das Folgende wirft ein ungemütliches Licht auf den Charakter des Menschen allgemein.«

»Sag schon, was du meinst«, sagte Eumaios.

»Er bauscht nur auf«, sagte Penelope.

»Meine Rückenschmerzen«, sagte Odysseus, »sie waren auf einmal das Wesentliche. Es gab keinen Gedanken mehr außer den an meine Rückenschmerzen. Gleichzeitig aber trete ich innerlich neben mich und sage: Gut, ja, das ist verständlich, das ist verzeihlich, Schmerzen sind Schmerzen, denen kann man nicht mit Logik kommen. Aber warte ab, sage ich zu mir, warte nur ab, bis das Kind da ist. Das ist ein heiliger Moment. In diesem Moment schaust du in die Augen deines Kindes, und das Kind schaut in deine Augen, und genauso wie im letzten Augenblick deines Lebens deine Vergangenheit an dir vorüberzieht, kann es doch auch sein, daß im ersten Augenblick des Lebens deine Zukunft an dir vorübergezogen ist. Du erinnerst dich nur nicht mehr daran, aber die Zukunft hat sich als Bild in deine Seele eingeprägt. Im Moment der Geburt, sage ich mir, während die Rückenschmerzen unerträglich werden, wird dein Kind in deinen Augen seine Zukunft sehen. Also biete deinem Kind eine Zukunft, sage ich mir. Aber die Rückenschmerzen sind wie die Qualen der Hölle. Und ich, der ich innerlich neben mir stehe, versuche mich weiter zu beruhigen: Das ist nur jetzt so, sage ich zum wiederholten Mal. Im Moment der Geburt werden die Rückenschmerzen verfliegen. Erinnerst du dich nicht, sage ich, erinnerst du dich nicht, was so viele Frauen erzählt haben, daß im Augenblick der Entbindung die Qualen der Geburt verflogen waren? Und was bitte, sage ich, der ich innerlich neben mir stehe, was sind deine Rückenschmerzen gegen die Schmerzen, die Penelope im Augenblick ertragen muß? Aber dann ... Was denkt ihr? Was denkt ihr?«

»Du bauschst das auf«, sagte Penelope wieder.

»Da wird das Kind ans Licht gedrückt und es schreit, und die Hebamme, die dauernd mit der Zunge an ihren Zähnen herumsucht, die schneidet die Nabelschnur ab und reicht mir das Kind herüber, ich war gar nicht gefaßt. Und jetzt schreit es auf einmal nicht mehr. Ich sehe, es ist ein Mann. Wißt ihr, wie er aussah? Daß er vom Scheitel hinunter zur Sohle in eine weiche, elastische Käseschicht gepackt war? Habe ich das erzählt? Jedenfalls hat er nicht mehr geschrien, sondern nur noch geschaut. Er schaut nur noch mit so unglaublich viel Neugierde in den Augen. Und wohin schaut er? Er schaut mir gerade und unverstellt in die Augen. Und ich? Ich denke an meine Rückenschmerzen. Es ist wahr, sie sind verflogen. Aber ich habe sie nicht vergessen. Ich bin noch voll Zorn auf den Urheber dieser Schmerzen, die grauenhaft und beschämend zugleich waren. Und wißt ihr, ich bin mir ganz sicher, wißt ihr, was Telemach in meinen Augen gesehen hat? Rachsucht. Zorn. Wut.«

»Du übertreibst«, sagte Penelope, »und ein bißchen, gib das zu, ein bißchen gefällst du dir dabei.«

»Ja, ja, das stimmt schon«, sagte Odysseus. »Und ich habe ihn ja auch sofort geliebt, den kleinen Menschen. Ich dachte: Gut, Telemach, daß du endlich da bist, es wurde höchste Zeit, viel länger hätte es dein Vater nämlich nicht mehr ausgehalten. Ich habe ihn angeschaut und gedacht: Du weißt es nicht, Sohn, aber der Schmerz ist das Rücksichtsloseste, was dich in dieser Welt erwartet, er trampelt alles unter sich, und er folgt einer Logik, die so unerbittlich ist wie die Natur. So habe ich in seine neugierigen Augen hineingedacht. Und seine Augen schauten mitten hinein in meine. Und sie waren voll Neugierde. Und ich dachte, diese Neugierde heißt etwas. Was soll sie heißen? Zum Beispiel Folgendes, folgende Frage: Was denn, was hättest du denn getan, Vater, wenn ich später gekommen wäre, ha? Hättest du mich aus dem Fenster geschmissen? Hättest du mich hinunter in den Hof geschmissen? Oder was hättest du denn mit mir gemacht, du, mit dem Zorn und der Rachsucht in deinen Augen? – Rein akademisch die Frage, ich weiß, ich weiß ...«

»Ich glaube das alles zusammen nicht«, sagte Eurykleia.

»Ich glaube ihm das schon«, sagte Eumaios.

»Ich nicht«, sagte Eurykleia.

»Ich schon«, sagte Eumaios. »Ihm schon.«

»Er macht eine Geschichte daraus«, sagte Penelope. »Ihr kennt ihn doch.«

»Ja, ich mache eine Geschichte daraus«, lachte Odysseus.

Sie beide lagen auf dem Sofa. Eurykleia und Eumaios saßen am Tisch. Nur ein kleines Licht brannte. Penelope hatte ihren Kopf auf Odysseus' Oberarm gelegt. Er lag auf dem Rücken, und sie schmiegte sich an ihn, ihr Gesicht ihm zugewandt, den Rücken ein wenig gekrümmt, die Beine angezogen. Sie hatte unter der Decke seinen Gürtel geöffnet, eine Hand ruhte im wollenen Haar über seinem Geschlecht. Das mochte er gern. Den Blick der Gattin an der Schläfe, so lag Odysseus. Neben ihnen in der Wiege schlief Telemach, ihr Sohn. Und Odysseus redete und ließ kaum einen anderen zu Wort kommen, und wenn, dann hörte er nicht zu, er redete und er redete nur von sich selbst. Und wir billigen das. Warum? Weil – wir schämen uns nicht der bebenden Stimme –, weil ein großes Wunder und ein großes Glück in seiner Seele waren und weil er wußte, beide waren sie ihm geschenkt worden; und weil die Größe des Glücks und die Größe des Wunders so unvergleichlich waren, aber diese Übergröße nur im Vergleich sichtbar wurde, bot er sich zur Komparation an. Wie? Redend! Wie denn sonst. Das Wunder und das Glück waren elementar, sie bedurften keiner Worte. Er aber mußte Worte machen, nichts anderes konnte er, und die Worte strömten ihm zu. Er machte sich klein, indem er redete, und noch kleiner, weil er nur von sich redete. Denn er zeigte damit, daß er es nötig hatte, Sprache aufzuhäufen. Zeigte aber auch, daß das andere, daß Glück und Wunder sprachlos bleiben konnten, lässig sprachlos, eben weil sie so überlegen waren. Gleichzeitig aber erhöhte er sich auch, während er sich erniedrigte, denn dadurch, daß er das sprachlose Wunder, das schweigende Glück vergrößerte, indem er sich selbst vergleichend als klein danebenhielt, deutete er doch die Frage an, warum dieses überdimensionale Glück, dieses unauslotbare Wunder ausgerechnet ihn erwählt hatten, und gab gleich die Antwort, nämlich offensichtlich darum, weil er so klein gar nicht war, weil er im Gegenteil sogar ein Großer war, einer, an dem Bevorzugung geübt werden durfte, ohne daß ernstlich bei zuständiger Stelle gemeutert würde. – Und so redete Odysseus und redete, wie kleine Baggerschaufeln waren seine Worte, von aller Erde, die sie überflogen, nahmen sie mit.

»Es war so, wie er erzählt«, sagte Penelope. Denn sie hörte ihn gerne reden, und sie ahnte, warum er so viele Worte brauchte, was hinter seiner wortreichen Zärtlichkeit verborgen war.

»Ich kann es mir halt einfach nicht vorstellen«, sagte die Magd wieder.

»Ich mir schon«, sagte der Verwalter.

»Ich mir nicht.«

»Ich mir schon.«

Dann redete Odysseus weiter. Eine Stunde, zwei Stunden, drei Stunden redete er. Immer wieder sagte er dasselbe. Sie aßen Bratäpfel mit Vanillesauce, tranken dazu Rotwein, Eumaios wischte scharfes Olivenöl mit Weißbrot von einem Teller, und sie redeten immer dasselbe. Der Abend war wie ein Augenblick, wie ein langer, an die Ewigkeit angrenzender Augenblick, der zu nichts führte und zu nichts nützte und vergoldet war. Und deshalb mußte auch immer wieder dasselbe gesagt werden und immer wieder dieselben Blicke zugeworfen werden, immer wieder mit derselben Hand über die Wange gestreichelt werden. Erst nach Wochen, erst nach Monaten ahnte Odysseus, und erst nach Jahren wußte er es: Es war der glücklichste Augenblick seines Lebens gewesen.

In einer langen Einstellung zeigt Mnemosyne, die heilige, heilende, dieses Bild, das aus einem einzigen, unscheinbaren Wortpaar aufgebaut ist – »immer wieder«. Wo anders aber als in dem sich selber erzählenden »Immer wieder« begegnen wir dem ausdehnungslosen Punkt der Gegenwart, in dem allein der Mythos, die Große Erzählung, genügend Platz hat, um sich auszubreiten über alle Kontinente, sich zurückzulehnen in alle Jahrhunderte, sich vorzubeugen in alle Zukunft? In einer sphärischen Drehung von Null in Unendlich, vom kleinsten Zeitlichen ins Ewige, erkennt sich nicht nur das Menschliche im Göttlichen wieder, sondern auch der Gott im Menschen; und Pallas Athene blickt nieder auf den Dulder, und er dauert sie, und voll spöttischem Mitleid fragt sie Hermes:

»Nach diesem dummen Abend sehnt er sich?«

»Ja«, sagt Hermes, »nach diesem dummen Abend sehnt er sich.«

»Es ist mir unbegreiflich«, sagt die Göttin. »Dafür will er auf das ewige Leben verzichten?«

»Ja, dafür«, sagt der Gott.

Mißglückte List

Und das Unglück? Gab es auch einen unglücklichsten Augenblick? Wann wurden Penelope und Odysseus aus allen Himmeln gestürzt? Wann war diesem Leben das Spiel verdorben worden? Das Unglück läßt sich selten in einen Moment bannen, meistens manifestiert es sich erst in den Folgen, und die sind über eine lange Zeit geschmiert wie eine tote Mücke über eine Fensterscheibe. – Aber der Anlaß zum Unglück, der läßt sich sagen.

Als Telemach, das Früchtchen der Liebe, noch kein Vierteljahr alt war, kam ein Bote an den Hof. Der teilte mit, er sei vorausgeschickt worden, um die hohen Herren anzukündigen. Was für hohe Herren denn, wurde gefragt. Die hohen Kriegsherren, war die Antwort, so nachlässig ausgesprochen, daß man die Ohren spitzte. Es handle sich, fuhr der Bote nach einer Weile fort – man wollte gerade die Frage wiederholend präzisieren – um Agamemnon, Nestor, Palamedes und Menelaos. Er sprach die Namen aus wie allerorts bekannte Markenartikel, die es auch vor beschränkten Hinterwäldlern nicht nötig hatten, weiter kommentiert zu werden. Dabei blickte er sich um, als gäbe es Interessantes zu sehen, bei weitem Interessanteres, als seine Botschaft enthielt, und schwang seinen Oberkörper herum, daß die pappig dünnen, aschfarbenen Strähnen in die Stirn fielen. Die schnippte er mit den Fingernägeln beiseite, Fingernägeln übrigens, die zum Unansehnlichsten gehörten, was Penelope je untergekommen war, verkrüppelt lang und grau wie die Nägel eines Toten.

Was war geschehen?

Menelaos, Herr von Lakedaimon, war in Bedrängnis geraten, es war ihm bittere Schmach angetan worden, die bitterste Schmach, die sich ausdenken läßt, nämlich: Die Frau war ihm unter der Hand weggehascht worden, obendrein von einem, den er als Gast empfangen hatte. Und nachdem Menelaos geweint, weinen tat er nämlich gern, und gebetet hatte, auch beten tat er gern, erinnerte er sich des gescheiten Mannes aus Ithaka, der an jenem Tag, als um Helena, die Schönste der Schönen, gefreit worden war, diesen brauchbaren, die Gemüter befriedenden Vorschlag gemacht hatte, daß sie alle vorher schwören sollten, demjenigen beizustehen, der die zur Vermählung Ausgeschriebene schließlich bekomme würde. Menelaos nämlich, der damals gar nicht zur Stelle gewesen, sondern von seinem Bruder Agamemnon vertreten worden war, hatte sich zu Hause den Schwur des Odysseus von zuverlässigen Zeugen nachsagen lassen und sich dabei die Hände gerieben und immer wieder »dieser geriebene Hund, dieser geriebene Hund!« ausgerufen, und er hatte den Schwur fest im Gedächtnis behalten und aufbewahrt in der eisernen Rüstkammer seines Herzens und ihn gehütet wie eine Versicherungspolice. Jederzeit war ihm der geschwollene Wortlaut des Schwurs erinnerlich, den dieser »gescheite Mann aus Ithaka« vorgeschlagen hatte – »daß wir alle für des Erwählten Rechte eintreten und ihn bei der Inbesitznahme der ihm gebührenden Würde voll und ganz unterstützen wollen.« Immer wieder hatte er sich vorgenommen, diesen »wertvollen Ithaker« zu besuchen und ihm in die Hand zu danken. Hatte sogar vorübergehend daran gedacht, sich ein Bild von Odysseus, diesem seltsam heinzelmännchenhaften Beschützer seiner Gattenrechte, zu beschaffen, um es im Schlafzimmer, wenn auch nicht gleich an prominenter Stelle, so doch immerhin, aufzuhängen. Dieser Mann, obwohl mir persönlich völlig unbekannt, liebt mich um meiner selbst willen, so hätte er manchmal im Schlafzimmer gerne geseufzt und dabei einen mit Zuckersüße drapierten bitteren Blick zur anderen Betthälfte geschickt.

So einer war Menelaos, der Herr von Lakedaimon. Nicht weil sein Haar schön blond und aus der Stirn gebürstet und zu glänzenden Wellen onduliert war, die sich waagerecht an den langen Schädelseiten hielten, als blase der Wind hinein, nicht deshalb hatte er Helena bekommen, darüber hegte er selber ebensowenig Zweifel wie jeder andere; sondern weil er so reich war und weil sein Bruder Agamemnon so mächtig war, darum hatte ihn Tyndareos, der Brautvater, ausgewählt. Der hatte längst vorher Helenas Brüder, die Dioskuren Kastor und Polydeukes, geschickt, und die hatten alles ausgehandelt. Die Ausschreibung der Braut war nichts anderes als ein formaler Akt. Aber dann war Tyndareos die Muffe gegangen, weil doch so viele Anwärter gekommen waren und weil offensichtlich war, daß diese ihre Freiung ganz und gar nicht als formalen Akt verstanden, sondern daß sie sich alle, jeder einzelne, die meisten jedenfalls, reelle Chancen ausrechneten, die schönste Frau der Welt zu bekommen. Aias, der Riesige, der Telamonier, genannt nach seinem Vater Telamon, war angereist, und er hatte versprochen, er werde alle Rinder- und Schafherden aus Troizen, Epidauros, Aigina, Mases, Megara, Korinth, Hermione und Asine zusammenrauben und nach Lakedaimon treiben und sie Helena als Brautgeschenk zu Füßen legen – man stelle sich diesen Woll-, Haut-, Fleisch-, Knochenberg vor. Er hatte einen Zeugen mitgebracht, der bestätigte mit finsterer Lakonie, dies sei dem Telamonier zuzutrauen. Menestheus hatte Goldfrüchte in köstlichen Gefäßen gesandt. Palamedes, der Erfinder, hatte ein schmales Büchlein mitgebracht. Was darin niedergeschrieben sei, überträfe die Reichtümer aller anderen bei weitem, wurde gemunkelt. Und noch viele andere mehr waren gekommen und hatten Breitseite gezeigt. Hinter solchen Auftritten standen ernste Absicht und die Bereitschaft, mit wem auch immer um die Braut zu kämpfen, bis aufs Messer, bis aufs Blut, bis aufs Leben. Da waren Elephenor, Alkmaion, Amphilochos; da waren der hübsche, charmante, aber irgendwie verrückte Patroklos; der überhebliche, auf alles einen beißenden Reim wissende Idomeneus; der hellsichtige und gewalttätige Diomedes; da waren der Waffennarr Philoktet, der draufgängerische Lëitos, der nervöse, rotäugige, verschlagene kleine Aias, der der Lokrische genannt wurde, weil er aus Lokris stammte; und noch viele mehr waren gekommen.

Und allen, jedem einzelnen, den meisten jedenfalls, war anzusehen, daß sie nichts weniger leiden konnten, als beschissen zu werden. Grause Drohung wurde laut, und jeder schwor den Tod dem andern, führte er nicht das Mädchen heim.

Es kam zu einer Situation: Da standen alle eng beieinander im Hof, und die bloßen Arme hingen ihnen schwer an den Seiten herunter, und das Gemurmel erstarb plötzlich, ohne daß jemand »Ruhe!« gerufen hätte. Oben auf der Galerie hielt Tyndareus noch die Hand der Helena, eben hatte er seine Tochter – die ja gar nicht, wir wissen es, die seine war – zeigen wollen. Über ihren Kopf war ein langer Schleier gelegt. Da merkte er, daß die Ruhe unten im Hof nichts mit der bevorstehenden Vorführung der Braut zu tun haben konnte. Denn niemand von denen dort unten konnte ja wissen, daß er die Braut vorführen wollte. Und trotzdem diese Ruhe. Das war die Situation. Da ging dem Mann die Muffe.

Und just in diesem Augenblick war es gewesen, daß sich Odysseus zu Wort gemeldet hatte. Er breitete die Arme seitwärts aus, nicht höher als bis zum Gürtel, spreizte die Finger.

»Halt!« habe er gerufen, so wurde Menelaos berichtet. »Ich möchte etwas sagen.« Dann sei er eine Weile dagestanden, den Blick zur Erde gerichtet, seinen Stab habe er in beiden Händen gehalten, und gewirkt habe er wie ein Tor, ungeschlacht und breitbeinig und stur.

»Beinahe sinnlos«, erzählte Agamemnon.

»Wie sinnlos?« fragte Menelaos.

»Als ob er vergessen hätte, was er sagen wollte. Als ob er alles vergessen hätte, sogar seinen eigenen Namen.«

»War aber nicht so, oder?«

»Nein, war nicht so.«

Menelaos ließ sich nämlich von seinem Bruder alles in kleinster Einzelheit beschreiben. Immer wieder unterbrach er die Erzählung und rief: »Dieser Mann aus Ithaka, der ist mein Freund!« Und er sagte: »Bitte, das macht mich geil, was du da erzählst, Agamemnon. Warte hier, ich muß schnell hinauf zu ihr und sie ficken, dann komme ich wieder, und du erzählst mir weiter!« Und hinterher hatte er sich beschreiben lassen, wie all die Helden ihre bestiefelten rechten Füße auf bereitgelegte Brocken von frischem Pferdefleisch gestellt und feierlich geschworen hatten. Und Menelaos hatte auch nicht vergessen zu fragen, ob denn auch der gute Freund aus Ithaka – »Wie war sein Name?« –, ob denn auch dieser Odysseus die Hand gehoben und geschworen hätte. Selbstverständlich habe auch der gute Freund aus Ithaka die Hand gehoben und geschworen, wurde dem Menelaos bestätigt, sogar als einer der ersten habe er das getan. »Und das, obwohl er gar nicht um Helena gefreit hat?« Ja, und das obwohl er gar nicht um Helena gefreit habe. Um eine andere habe er gefreit, rein zufällig nur sei er um diese Zeit am Hof des Tyndareos gewesen.

»Eigenartig«, sagte Menelaos. »Ein wirklich guter Freund. Mir ist, als würde ich ihn schon lange kennen. Dir nicht auch?«

»Nein, mir nicht«, sagte Agamemnon.

Eben, als dann Helena, wie drei Jahrtausende lang in die ganze Welt hinausposaunt werden wird, von Paris nach Troja entführt worden war, erinnerte sich Menelaos, nachdem er seine Tränen getrocknet und seine Gebete zu Ende gebracht hatte, als erstes an seinen Freund aus Ithaka. »Wo liegt dieses Ithaka überhaupt?« fragte er.

Weit weg, hieß es.

»Diesen Mann will ich an meiner Seite haben«, sagte Menelaos. »Seinem Rat will ich folgen. Er liebt mich, und ich weiß nicht warum. Was kann es Besseres geben! Ihn wollen wir als ersten aufsuchen!«

Es war ein weiter Weg von Lakedaimon nach Ithaka, und es war dann doch günstig, unterwegs erst bei Nestor vorbeizufahren, dem dürren, grau gegerbten, niemand wußte wie alten, der aus unerfindlichen Gründen, sicher aber aus närrischen Gründen, ebenfalls um Helena gefreit hatte. Für Nestor war es keine Frage, daß er sich an der Strafexpedition gegen Troja, wie es vorläufig hieß, beteiligte. Er, der unter anderem auch der Spender des weisen Rates genannt werde, wie er sagte, und auch der, von dessen Lippen honigsüße Rede fließe, er wolle aber vorher Folgendes dringend anempfehlen: Unbedingt müsse man sich an diesen jungen und gescheiten Mann aus Ithaka wenden, der damals diesen gescheiten Vorschlag gemacht hatte, sagte er – »Wie war sein Name?«

»Odysseus«, dröhnte Menelaos entzückt, »Odysseus, mein bester Freund!«, und strahlte dabei breit über das rosige Gesicht und nickte heftig hinüber zu seinem Bruder Agamemnon. »Hörst du?

»Ich höre.«

»Hörst du?«

»Ich höre.«

»Ich liebe diesen Mann! Und er liebt mich. Ich weiß, warum ich ihn liebe. Aber ich weiß nicht, warum er mich liebt. Auf nach Ithaka!«

»Auf nach Ithaka!« stimmte Nestor ein und zeigte seine Zähne, die so dunkel waren wie die Höhle dahinter, und Menelaos hatte plötzlich das Gefühl, der alte Mann halte ihn zum Narren.

Weil Nauplia auf dem Weg lag, sprach man erst bei Palamedes vor, dem weltberühmten Erfinder. Der hatte bei der Freiung um Helena mit seinem Büchlein als Werbegeschenk wenig Eindruck gemacht und hatte im ganzen wenig Erinnerung hinterlassen. Dabei war er sehr wahrscheinlich der Bestaussehende unter den Bewerbern gewesen. Vielleicht hätte er auf Helena Eindruck gemacht – wenn sie gefragt worden wäre, aber sie war nicht gefragt worden. Palamedes war hochgewachsen, hatte breite Schultern, sah aus wie Charlton Heston in dem Film *Im Zeichen des Bösen* – und zwar besonders in jener Szene im ersten Drittel des Films, in der er gefragt wird: »Und wen hätten Sie gern als Mörder?« und er antwortet: »Etwas früh, das zu sagen. Vielleicht den mit den großen Ohren.« Palamedes hatte ein sorgfältig rasiertes Oberlippenbärtchen, das nichts weiter war als ein scharfer, schwarzer, an den Seiten spitz zulaufender Streifen. Er hatte eine schmale, leicht nach rückwärts gewandte Stirn, an deren Seiten die Schläfenknochen als klare Begrenzung hervortraten. Wenn er lachte, und er lachte nur, wenn er sich für etwas interessierte, dann war sein Gesicht von Reihen unwirklich weißer Zähne beherrscht. Er hatte große, schwerlidrige, spiegelnd hervortretende Augen, die waren blau, hypnotisierend blau waren sie, als habe sie ihm Pallas Athene eingesetzt, und diese blauen, hellen Augen fielen noch mehr auf, weil die Haare, auch die Wimpern und die Brauen, schwarz waren. Außerdem verstand dieser Mann, sich elegant zu kleiden. Er liebte weich fallende, dunkle Anzüge. Zu jeder Zeit des Tages wirkte er frisch gewaschen, ein Hauch weltgewandten Rasierwassers begleitete ihn. Sein Atem roch nach Pfefferminz, manchmal nach Kaffee. Alles Militärische in der Erscheinung lehnte er ab. Das Schönste an ihm aber, weil weithin sichtbar, war sein Gang. Es war ein langsames, ausgreifendes Schreiten, sein Oberkörper wiegte dabei in ruhigem, etwas verzögertem Rhythmus auf und nieder. Seine Stimme war leise und immer ein wenig heiser und beschränkte sich auf ein schmales Spektrum an Modulation, das er allerdings so virtuos zu bedienen wußte, daß er darauf verzichten durfte, Gefühle zu präsentieren, sondern sich auf den Effekt verließ, daß die gewünschten Gefühle, vom bloßen Klang angeregt, im Kopf des jeweiligen Zuhörers, und deshalb auf alle Fälle passend, entstanden.

Ja, es ist sehr wahrscheinlich, daß Palamedes der Helena gefallen hätte, aber wie gesagt, sie hatte keine Gelegenheit gehabt, ihn zu sehen. Helena hatte nicht einen der Männer, die um sie freiten, gesehen. Und keiner von ihnen hatte Helena gesehen.

»Hast du deine Cousine je gesehen«, hatte Odysseus einmal beiläufig Penelope gefragt.

»Als wir Kinder waren, einmal.«

»Und?«

»Ich erinnere mich nicht mehr. Sie wurde nur zum Guten-Tag-Sagen an uns vorübergeführt.«

»An euch?«

»An Klytaimnestra und mir.«

»Sagte sie etwas?«

»Ich erinnere mich nicht mehr.«

»Und wie sah sie aus?«

»Sehr schön doch wohl.«

»Was denkst du, was sie für eine ist?«

»Was soll ich dazu sagen?«

Was hätte Penelope zu Helena sagen sollen? Sie war Zeus' Tochter, die er mit Nemesis gezeugt hatte, um das Menschengeschlecht zu schlagen. Sie war die weiße Peitsche vom Himmel herab, die uns blendet und verzaubert und vernichtet. Sie war das schönste weibliche Menschenwesen, das je gelebt hat, und ihr Ruf war schon in die Welt gedrungen, da war sie noch ein Kind. Wer sie zur Frau bekommen würde, der würde die Schönheit selbst bekommen, und das war, wie wenn einem das Glück persönlich gegeben worden wäre. – Palamedes war nichts weiter als ein Erfinder, ein Intellektueller, einer, der seinem Herrn vielleicht viel Geld und viel Macht bringen konnte, der aber selbst weder über das eine noch über das andere verfügte. Deshalb war von vornherein ausgeschlosen, daß er als Gatte in Frage kam. Und Palamedes wird sich dessen wohl auch bewußt gewesen sein. Aber anders als Odysseus bewarb er sich dennoch um ihre Hand. Er wußte, daß er sich damit selbst demütigte. Aber er tat es. Man wunderte sich darüber.

Zur Überraschung des Menelaos war Palamedes bereits über die Sache informiert. Wer hatte ihn informiert? Sein Schwiegervater. Sein Schwiegervater? Ja, Palamedes hatte inzwischen geheiratet – die schneidige Tochter eines kapitalträchtigen Großmanns. Und er war frei bereit, für die ehemals Begehrte sich zu schlagen? Ja. Er war zum Aufbruch gerüstet. Er riet, man solle einen Boten nach Ithaka vorausschicken, damit keine Zeit verloren gehe und Odysseus fertig sei, wenn sie einträfen.

Als der Bote ankam, war es Mai. Telemach trank noch an Penelopes Brust. Odysseus hatte sich von der Arbeit, die die Verwaltung des Hofes mit sich brachte, weitgehend freigemacht. Er wollte so viel Zeit wie möglich zu Hause bei seinem Sohn und seiner Frau verbringen. Laertes und Antikleia hatten eine neue Reise angetreten. Odysseus selbst hatte sie dazu aufgefordert. Womöglich waren die beiden gekränkt, aber das nahm er gern in Kauf.

»Nie wieder wird es so sein wie jetzt«, sagte er.

An manchen Abenden kam Eumaios vorbei. Dann saßen sie gemeinsam mit Eurykleia in der Küche oder auf der Veranda.

»Ich sähe es gern, wenn die beiden etwas miteinander hätten«, sagte Penelope einmal vor dem Einschlafen.

»Meine Mutter behauptet, Eurykleia habe früher etwas mit meinem Vater gehabt«, sagte Odysseus.

»Und hat sie?«

»Kannst du dir das vorstellen?«

»Nein«, sagte Penelope.

»Und mit Eumaios kannst du es dir vorstellen?«

»Auch nicht«, sagte Penelope. »Aber es wäre so praktisch.«

Odysseus ließ sich einen Sack aus Leder anfertigen, den trug er vorne an der Brust. So konnte er den kleinen Telemach beim Gehen an seine Wange drücken. Sie machten ausgiebige Spaziergänge über die Wiesen, gingen an den Maisfeldern entlang, aus denen die Saat gerade im Begriff war, das erste Grün zu schicken. Ein warmer Wind blies Penelope die Haare aus dem Nacken, der Flaum hinter ihren Ohren war so fein, daß man nicht sagen konnte, welche Farbe die Haare hatten. Ihre Augen waren schmale, schwarze Schlitze. Sie hatte ihre Jacke über die Schultern gehängt und hielt sie vorne mit einer Hand zusammen, damit sie der Wind nicht wegblase. Odysseus fand, daß sie sorgenvoll aussehe, und er fragte sie danach. Nein, sagte sie, sie denke gar nichts, sie treibe dahin, das sei angenehm, sie glaube, sie nähere sich in ihren Empfindungen dem Kind an. »Vielleicht ist es so, weil er sich von mir ernährt«, sagte sie. »Verstehst du das?«

»Ich glaube nicht so ganz«, sagte er.

»Daß ich ein bißchen so werde wie er.«

»So meinst du das ... Ich weiß nicht ...«

»Jede Vorsorge fällt mir schwer«, sagte sie. »Ich bin nicht müde. Gar nicht. Ich glaube, ich bin stark und gesund, und ich fühle mich stark. Aber ich denke nicht darüber nach. Ich spreche auch jetzt nur darüber, weil ich ja weiß, daß du einer bist, der gern über alles nachdenkt. Und gern darüber redet. Weil du einer bist, der redend alles ausforscht. Und ich höre dir gern zu, weil du eine schöne Stimme hast. Sei beruhigt, Odysseus, ich bin nicht besorgt. Nein. Und nicht müde. Ich möchte nur nicht, daß etwas anderes geschieht als das, was gerade geschieht. Daß sich nichts bewegt und daß sich nichts verändert, das wünsche ich mir am Tag. In der Nacht träume ich, und in den Träumen bin ich, wie ich früher war. Und ich denke mir am Morgen, ich werde wieder so sein, wie ich früher war, wenn Telemach erst ein Vierteljahr alt ist oder ein halbes Jahr. Gestern nacht habe ich geträumt, meine Schwester Iphthyme sei zu mir gekommen und habe sich hinter mich gestellt, und ich lag neben dir im Bett. Und über unseren Köpfen ist sie gestanden und sie sagte: Steh auf, Penelope, gehen wir hinaus! Und ich sagte: Das ist mir peinlich, Iphthyme, wenn ich mit dir draußen spazierengehen soll, denn ich kenne dich ja kaum. Ich weiß nicht, was ich mit dir reden soll. Was sollen wir denn draußen tun? Du hast das Haus verlassen, da war ich erst vier Jahre alt. Ich weiß nicht, wo du bist, und ich weiß nicht, was aus dir geworden ist, und jetzt kommst du auf einmal daher und tust so, als ob wir beide Mädchen wären. Wir beide waren niemals gleichzeitig Mädchen. Als du schon eine Frau warst, war ich noch ein Kind. Iphthyme, sagte ich, wenn ich ehrlich bin, muß ich gestehen, daß ich nie an dich denke, nicht ein einziges Mal in einem Jahr. Das gehe ihr nicht anders, sagte sie. Sie erzählte mir, sie sei ja nicht freiwillig hier, und es sei ihr genauso peinlich wie mir, sie sei von einer Göttin geschickt worden, und diese Göttin habe ihr aufgetragen, mit mir einen Spaziergang zu machen. Ich solle dir einen Rat geben, sagte sie. Während der Zeit, in der Telemach an deiner

Brust trinkt, sollst du dir keine Gedanken über die Zukunft machen und keine Gedanken über die Vergangenheit. Und ich fragte: Warum soll ich das nicht? Wird in der Zukunft etwas geschehen, was mir Sorge und Leid bringt? Ist in der Vergangenheit etwas geschehen, was sich in der Zukunft als Sorge und Leid einlösen wird? So fragte ich meine Schwester im Traum. Und sie sagte: Steh auf, Penelope, und geh mit mir hinaus! Und das habe ich getan. Ich weiß aber nicht mehr, was wir draußen gemacht haben. Gespielt haben wir, glaube ich, ich weiß nicht, was wir gespielt haben; gespielt, als wären wir Mädchen ungefähr im gleichen Alter. Als wäre ich nicht mit dir verheiratet und als hätte ich nicht ein Kind. Und dann bin ich am Morgen wieder zurück in unser Schlafzimmer geschlichen und habe mich neben dich, Odysseus, gelegt. Und ich hatte ein Gefühl in mir, als hätte ich dich betrogen. Der Traum war so deutlich, daß ich am Morgen, als ich aufwachte, erst meinte, ich sei tatsächlich während der ganzen Nacht draußen im Freien gewesen. So ist es, daß ich in den Träumen über die Vergangenheit nachdenke, denn meine Schwester ist meine Vergangenheit. Und auch über die Zukunft denke ich nach in meinen Träumen. Ich denke: Was wird aus mir, wenn ich groß bin? Aber am Tag kann ich das nicht. Am Tag fällt es mir so schwer, über die Vergangenheit und die Zukunft nachzudenken. Es fällt mir schwer, die Milch in den Kühlschrank zu stellen, damit sie morgen nicht sauer ist. Das fällt mir schwer. Oder die Wäsche einzuweichen. Oder Eurykleia einen Einkaufszettel zu schreiben.«

Darauf wußte Odysseus nichts zu sagen.

»Du mußt nichts dazu sagen«, sagte Penelope.

Sie gingen weiter an den Feldern vorbei. Und das war schön. Warme Luft drehte sich um kalte, und im Widerstreit wirbelten sie übriggebliebene Herbstblätter auf. Nein, Odysseus brachte das nicht fertig: nicht zurückzuschauen und nicht vorauszuschauen, sondern nur auf den Augenblick zu lauschen. Er legte seine Arme um das Kind, das in dem Sack an seiner Brust schlief, er hob es an sein Gesicht. Da wachte Telemach auf. Öffnete einfach die Augen und war da. Nichts fehlte ihm. Es fiel ihnen auf, daß er besonders aufmerksam dreinblickte und besonders gut gelaunt war, wenn Odysseus ein Lied brummte, und seine zarten, verschnörkelten Nüstern blähte.

»Wie wird ihm richtige Musik erst gefallen«, sagte Odysseus.

»Musik«, rief Penelope, »fürs Leben gern würde ich Musik hören!«

Eumaios kannte einen Musikanten, der habe in seinem Fach einen Ruf wie kein zweiter. An einem der nächsten Abende brachte er den Mann vorbei. Er hieß Phemios, hatte O-Beine und eine Haut wie schwarzes Silber und einen Kehlsack wie ein Truthahn, der beim Gehen hin und her schaukelte. Der Mann hätte der Häßlichkeit Unterricht geben können. Penelope mochte ihn auf Anhieb.

»Von Musik verstehe ich nichts«, sagte Odysseus, »aber mir gefällt der Mann auch.«

»Was denkst du«, fragte Penelope, als sie zu Bett gingen, »was denkst du, warum hat er sein Instrument nicht gleich mitgebracht?«

»Ich denke mir, er weiß, wie gut er ist«, sagte Odysseus. »Und er denkt, er hat es nicht nötig, für seine Kunst zu werben.«

»Das wäre ein gutes Zeichen, oder?«

»Ja«, sagte Odysseus.

»Ich denke mir etwas Ähnliches«, sagte Penelope. »Und außerdem denke ich, wird er noch gedacht haben, Eumaios könnte es vielleicht als Mißtrauen ihm gegenüber auslegen, wenn er uns etwas vorspielte, so als ob seine Empfehlung nicht gut genug gewesen wäre.«

»Du denkst kompliziert«, sagte Odysseus.

»Ich denke, der Sänger ist so kompliziert«, sagte Penelope.

Und da hatte sie recht. Phemios war ein durch und durch komplizierter Charakter.

Von nun an war Musik im Haus. Penelope sagte, sie wisse nicht, wie sie bisher ihr Leben gelebt habe. Phemios spielte auf der Gitarre. Es war ein uraltes, wie er selber sagte, schlechtes Instrument. Der Grund, warum er es nicht gleich am ersten Tag mitgebracht habe, sei, »weil ich mir gedacht habe, wenn die Herrschaften diesen alten Hobel sehen, denken sie entweder, der Mann kann sich kein besseres Instrument leisten, also kann er kein guter Musikant sein, oder sie denken sich, er besitzt ein gutes und ein schlechtes Instrument und bringt absichtlich das schlechte mit, weil er so auf seine Honorargage Einfluß nehmen will ...«

Ob er denn eine neue Gitarre überhaupt haben wolle, fragte Penelope. Zumindest brauchen könne er eine, war des Musikanten Antwort. Gut, sagte Odysseus, man werde für ein neues Instrument sorgen. Er wolle nicht vorwitzig erscheinen, sagte Phemios, aber er glaube nicht, daß Odysseus in der Lage sei, eine gute Gitarre von einer schlechten zu unterscheiden, und deshalb schlage er vor, er werde mitgehen, falls Odysseus zum Beispiel heute nachmittag eine neue Gitarre kaufen wolle.

So fuhren sie alle miteinander in dem neuen LKW nach Ithaka und kauften für Phemios eine Gitarre. Es war ein herrliches Stück, das versicherte jedenfalls Phemios.

Am Abend gab Phemios sein erstes Konzert. Er spielte ein langes Lied, das er am Tag zuvor geschrieben hatte. Es war ein Lied auf den kleinen Telemach. Der Text bestand hauptsächlich aus einem Refrain, der die Vorzüge des Atmens durch die Nase zum Inhalt hatte. Der Sänger wandte eine Spieltechnik an, wie sie seinen Zuhörern unbekannt war. Er stimmte sein Instrument anders als üblich, steckte ein abgesägtes Messingrohr auf den kleinen Finger seiner linken Hand. An Daumen, Zeigefinger und Mittelfinger der rechten Hand hatte er Metallklammern angebracht, mit denen zupfte und krallte er in die Saiten, während er mit dem Messingrohr darüberglitt. Das brachte weiche, durchhängende, sehnsuchtsvolle, aber auch aufsässige Klänge aus dem Instrument hervor.

An ebendem erwähnten Nachmittag im Mai saßen Odysseus, Penelope und Phemios auf der Veranda und blickten zur Eichenallee hinunter und sahen den Boten des Menelaos im Schatten der Bäume zum

Haus heraufkommen. Telemach lag in der Wiege und schlief, gleich würde er seiner Gewohnheit gemäß aufwachen und nach der Brust seiner Mutter rufen.

Der Bote stellte sich als Talthybios vor, und er verkündete und zählte an seinen horrend benagelten Fingern auf, sein Herr und dessen Bruder Agamemnon, sowie Nestor, der ehrwürdige König von Pylos, und Palamedes, ein ihm unbekannter Erfinder aus Nauplia, würden in wenigen Tagen eintreffen, um Odysseus abzuholen.

Penelope verstand nicht, wovon der junge Mann eigentlich sprach, und Phemios saß da mit offenem Mund, rutschte manchmal mit dem Messingrohr über die Saiten seiner Gitarre, und nickte den Worten des Herolds nach, als wollte er sie höflich aber bestimmt aus seinem Dunstkreis geleiten. Odysseus allerdings verstand sofort, und schnell fügte sein behender Geist die Sache zusammen. Jemand hatte also dem Menelaos die Frau weggenommen, und Menelaos zog durch das Land, um die Männer an ihren Schwur zu erinnern, den er, Odysseus, vor – Wie lange war es her? Zwei Jahre. Erst zwei Jahre? –, vor zwei Jahren so leichtferig der versammelten Heldenschaft zu schwören vorgeschlagen hatte. Und Odysseus überschaute in einem Augenblick die ganze Tragweite dieses Schwurs, und während der Herold seine Botschaft herunterbetete, saß er da, den Blick zum Boden gerichtet, wie es seine Art war, wenn er nachdachte, stumpf wirkte er, beinahe sinnlos, und in rasendem Tempo schickte er eine Lösungsmöglichkeit nach der anderen an seinem Verstand vorbei: Überlegte, ob er nicht einfach aufspringen und den

Boten erschlagen sollte. Oder ob er einen Brief an Menelaos aufsetzen sollte mit der Bitte, sich von seinem Schwur loskaufen zu dürfen. Er überlegte, ob er es auf Sophistereien anlegen und stur behaupten sollte, so sei es nicht gemeint gewesen; als sie Menelaos Hilfe versprochen hatten, hätte das nicht gegen äußere Feinde gegolten, sondern nur, wenn einer von ihnen Schwierigkeiten machte. Das sei der Sinn des Schwurs gewesen. Daß Helena treulos werden und mit Räubern fliehen könnte, die jenseits des Meeres zu Hause seien, das habe keiner für möglich gehalten, als er sich zur Rache verpflichtete. So überlegte er und überlegte sogar als Möglichkeit, ob er nicht, sobald der Bote seinen Grund und Boden verlassen hätte, zusammen mit Frau und Kind auswandern sollte. Und überlegte schließlich, ob er nicht einfach den Verrückten spielen sollte, den, der untauglich ist zum Kriegsdienst, den plötzlich Veridioteten. Er wußte, sein Geist galt allgemein als besonders wendig, und allgemein besteht ja das Vorurteil, daß solche besonders wendigen Geister anfällig seien fürs Überschnappen. Und das schien ihm das Günstigste.

Also entschied er sich, den Idioten zu spielen. Sein Entschluß stand fest, da war der Herold noch nicht bei der Hälfte seiner Botschaft angekommen, und das, obwohl die Botschaft nur aus wenigen Sätzen bestand und alles in allem vielleicht drei Minuten oder vier in Anspruch nahm. So schnell arbeitete der Geist des Odysseus, wenn es drauf ankam.

Als Talthybios fertig war, blieb Odysseus sitzen, blickte weiter zu Boden, sagte kein Wort.

»Was hat das zu bedeuten?« fragte Penelope.

Odysseus antwortete nicht.

»Daß Ihr Mann in den Krieg ziehen muß«, gab Talthybios statt seiner zur Antwort.

Odysseus sagte immer noch nichts. Blickte zu Boden, rührte sich nicht. Phemios versuchte des Speichelflusses Herr zu werden, der seine Mundhöhle auf einmal bedrängte. Immer wieder glitt sein kleiner Finger mit dem darübergesteckten Messingrohr über die Saiten, vibrierte ein Tremolo.

»Odysseus«, sagte Penelope, »Odysseus, was ist mit dir, warum sagst du nichts!«

Aber er sagte weiter nichts. Inständig hoffte er, daß Telemach erwachte und Penelope ablenkte.

»Mein Herr«, sagte Talthybios, »haben Sie verstanden, was ich Ihnen mitteilte?«

Odysseus flehte in seinem Herzen, flehte zur Göttin Pallas Athene, die zwar weiß Gott nicht eine Göttin war, die dem Kriegsverweigerer zur Seite stand, aber immer wenn er seine innere Stimme zu den Göttern erhoben hatte, war sie es gewesen, die ihm, so meinte er gespürt zu haben, geantwortet hatte. Laß Telemach aufwachen, flehte er, und laß ihn schreien, wie er noch nie geschrien hat. Laß ihn ohne Worte nach seinem Vater schreien, daß er ihm erhalten bleibe in den Zukunftsjahren seiner Kindheit und seiner Jugend. Und dabei war der Blick des Odysseus stur ins Leere gerichtet. Denn die Göttin war ihm nicht ein dem Naturgeschehen hinzugedachter Wille. Und so brauchte er nicht die Augen zum Himmel zu erheben. Mach, was ich will, sagte er zur Göttin. Und da erwachte Telemach, und er erwachte mit einem heftigen Schrei. Schrei weiter, dachte Odysseus, schrei, daß dem Boten und deiner Mutter und dem Sänger und auch mir Hören und Sehen vergeht. Und Telemach schrie, sein Mund war kreisrund geöffnet, sein kleines, feuchtes, rotes Fäustchen stemmte er gegen sein Kinn, als wollte er seinem Schreien eine Stütze geben, und er schrie und schrie, wie er noch nie geschrien hatte. Sein Vater mußte all seine Konzentration aufbringen, um nicht zu lächeln, so sehr freute er sich über die Zusammenarbeit zwischen ihm und seinem Sohn. Ja, schrei du nur, Söhnchen, dachte er.

»Was hat er denn«, sagte Penelope und nahm den Kleinen aus dem Korb. Aber Telemach schien keinen Trost zu akzeptieren, nichts lenkte ihn ab, Phemios nicht, der mit seiner Gitarre vor einem Gesichtchen hin und her schwenkte, Penelope nicht, die ihm Küsse auf die Haare drückte, nichts konnte ihn ablenken in seiner Pflicht am Vater. Telemach schrie und schrie. Da nun erhob sich Odysseus, er nahm den verdutzten Talthybios beim Arm und zog ihn von der Veranda herab, während Penelope mit dem kleinen Telemach auf dem Arm sich beeilte, ins Haus zu kommen, um ihm dort die Brust zu geben. Heimlich gab Odysseus Phemios ein Zeichen, er solle auf der Veranda bleiben. So zog er den Boten hinunter zur Allee, zog ihn hinter sich her, ließ ihn nicht los, und dachte die ganze Zeit über einen unsinnigen Satz nach, den er ihm mitgeben wollte, damit er ihn seinem Herrn Menelaos und dessen Bruder Agamemnon weitersage. Und es stellte sich heraus, daß ein so wendiger und vernünftiger Geist wie der des Odysseus größte Mühe hatte, sich einen Unsinn auszudenken, dem man es nicht gleich ansah, daß er absichtlich ausgeheckt worden war.

»Bitte lassen Sie meinen Arm los«, sagte Talthybios. »Was wollen Sie von mir?«

Da waren sie auch schon am Ende der Allee angelangt. Odysseus blieb stehen, aber anstatt Talthybios' Ärmel loszulassen, faßte er ihn mit der anderen Hand nun obendrein am Kragen. Er riß die Augen auf und sagte ruhig:

»Die Deutlichkeit der Nachricht überspringt den erwarteten Zustand bei weitem und das, obwohl kein geringes Bedürfnis nach Erläuterung vorausging.«

Kein logischer Zusammenhang, kein dialektischer Zickzackkurs, keine noch so gefinkelt versteckte Kausalität hätten solchen Geistesaufwand von ihm verlangt wie dieser Satz. Aber die Wirkung war die erhoffte.

Talthybios starrte ihn an, schüttelte erst leicht den Kopf und sagte dann: »Würden Sie mir das bitte wiederholen?«

Nein, das wäre nicht zu wiederholen gewesen. Diesen Satz hatte Odysseus im selben Moment vergessen, in dem er ihn zu Ende gesprochen hatte.

»Nein«, sagte er.

»Was meinen Sie?«

»Ich meine das so.«

»Aber ich habe Sie nicht verstanden. Was soll ich meinem Herrn sagen?«

Odysseus war sich nicht sicher, was besser sein würde, noch einen ähnlichen Satz zu erfinden oder aber nichts mehr zu sagen und einfach nur umzudrehen und zurück zum Haus zu gehen. Er entschied sich für letzteres. Ein weiterer Satz, so sehr ihn inzwischen die Lust gepackt hatte, noch so einen Unsinn auszukochen, könnte ihn verraten, könnte weniger unsinnig oder aber zu raffiniert unsinnig ausfallen. Er drehte sich um, hob wie zum Gruß die Hand und ging in seinem leicht in den Knien federnden Gang zurück zum Haus. Er lauschte, ob er hinter sich im Kies die Schritte von Talthybios hörte, ob ihm der Bote folgte. Er hörte nichts. Er betrat die Veranda, auf deren Geländer immer noch Phemios saß und seine durchhängenden, sehnsuchtsvollen Klänge aus der Gitarre holte.

»Was macht er«, zischte ihn Odysseus an.

»Nichts«, sagte Phemios.

»Gut«, sagte Odysseus, »dann mach du auch nichts. Wenn er weg ist, komm ins Haus!«

Drei Tage später landeten Menelaos, Nestor und Palamedes in Ithaka. Agamemnon blieb auf dem Schiff zurück. Die anderen drei besuchten das weiße Haus am Ende der Eichenallee.

Odysseus war nicht zu Hause.

»Er ist nicht da«, sagte Penelope.

»Führ uns zu ihm«, sagte Nestor.

»Ich möchte nicht, daß man ihn so sieht«, sagte sie.

»Führ uns trotzdem zu ihm«, sagte Nestor.

Penelope, Telemach auf dem Arm, stieg in den Jeep ein, und sie fuhren den langen Weg hinunter zum Strand.

Odysseus hatte eine Vorstellung vorbereitet. Er hatte seiner Frau keine Instruktionen gegeben, er hatte gesagt: »Ich werde sie empfangen, sorge du dafür, daß sie zum Strand kommen. Tu aber so, als wolltest du nicht. Das ist dein Part.«

»Willst du mir nicht sagen, was das alles soll?« hatte sie gefragt.

»Nein«, hatte er geantwortet.

Dann sah sie ihn, und die anderen sahen ihn auch: Odysseus hatte einen Ochsen und einen Esel vor einen Pflug gespannt und pflügte damit den Sand. Er hatte sich den Ledersack umgehängt, den er sich hatte anfertigen lassen, um darin den kleinen Telemach zu tragen. In den Sack hatte er Salz gefüllt, und dieses Salz säte er nun mit voller Hand in die Furchen. Auf dem Kopf trug er eine Kappe, die aussah wie ein umgedrehtes halbes Ei. Er hielt den Blick geradeaus, vermied es, nach dem Jeep zu schielen, der über die Sandstraße daherkam. Dann stiegen die Männer aus, Penelope blieb beim Jeep stehen. Es waren aber höchstens fünf oder sechs Meter zwischen ihm und dem Jeep. Aus den Augenwinkeln erkannte er Nestor, ihn hatte er bereits bei der Freierfeier am Hof des Tyndareos gesehen, hatte sogar einige Worte mit ihm gewechselt. Der blonde, große, zur Dicklichkeit neigende Mann mit dem weichen Kinn mußte, sagte er sich, Menelaos sein, so war er ihm beschrieben worden. An Palamedes erinnerte er sich nicht. Aber bereits nach einem flüchtigen Seitenblick war ihm klar, daß ihm dieser Mann sein Theater nicht abnehmen würde, und er bereute, die Narrenkappe aufgesetzt zu haben. Für den da, sagte er sich, ist das ein Stück zuviel.

Menelaos allerdings war überwältigt von der Szene, die Odysseus am Strand von Ithaka vorführte.

Er rief dauernd des Odysseus Namen, nannte ihn immer wieder seinen Freund, schluchzte, jammerte, daß die Welt einen so hervorragenden Mann verloren habe. Nestor, der Alte, stand dabei, aus dem Gefalte seines Gesichts ließ sich lesen, was immer man herauslesen wollte – Spott ebenso wie Mitleid, Verlegenheit genauso wie Häme, Hündischkeit nicht weniger als Weisheit. Odysseus aber hatte nur heimliche Augen und Ohren für Palamedes. In diesen Augen, die so blau waren, als hätte sie Pallas Athene persönlich unter die Stirn gepflanzt, lag Schwermut, aber die schien den Mann nicht zur Gutmütigkeit zu bestimmen oder gar zu mitleidendem Verständnis.

»Ja«, sagte er, »was er da tut, ist verrückt. Aber kann man wissen, daß er auch verrückt denkt?«

»Unterstellen Sie etwa meinem Freund betrügerische Absichten?« fuhr ihn Menelaos an.

»Ich stelle lediglich fest«, sagte Palamedes vollkommen ruhig, ja beinahe schläfrig im Ton, »daß man von dem, was ein Mensch tut, nicht zwingend auf das schließen muß, was einer denkt.«

»Das ist Beleidigung genug!« rief Menelaos.

Aber Palamedes ließ sich nicht beeindrucken. Er trat dicht an Odysseus heran, ging neben ihm her – denn Odysseus, den Blick nun in weiter Sternenferne, blieb nicht stehen, sondern betrieb unbeirrt sein Narrengeschäft weiter –, ging neben ihm her und schaute in sein Gesicht, studierte die ausdruckslose Leere darin, und das sah einigermaßen komisch aus, und die Faltung in Nestors Gesicht belebte sich und legte sich neu und nun eindeutiger zurecht, und sogar Menelaos in seiner Aufgebrachtheit mußte kichern.

»Da ist nichts zu holen, gehen wir«, sagte er.

»Nur einen Augenblick«, sagte Palamedes, man solle nichts übereilen. Diesen speziellen Fall von Geistesgestörtheit zu untersuchen, das sei mehr als gerecht, vielleicht könne man ja etwas dagegen tun, vielleicht könne dem armen Odysseus ja geholfen werden, daß er seinen so brillanten Verstand wieder zurückbekomme.

»Man darf lachen, und man darf weinen, wenn einer verrückt geworden ist«, sagte Menelaos, »aber man soll ihn nicht wie einen Schmetterling aufspießen und unter ein Vergrößerungsglas legen.«

Dazu aber müsse erst bewiesen sein, daß einer auch tatsächlich verrückt ist.

»Was soll das heißen?« brauste Menelaos wieder auf. »Was unterstellen Sie meinem liebsten Freund!«

»Ich will ihrem liebsten Freund gar nichts unterstellen«, sagte Palamedes, »aber ich möchte, in Erwägung, daß hier ein Präzedenzfall geschaffen werden könnte, nicht ausschließen, daß die Möglichkeit besteht, daß er uns belügt.«

Dann wandte er sich um, sprach zu Penelope, machte ein paar nachlässige Schritte auf sie zu, sagte, das sei doch sicher auch in ihrem Interesse, daß man den Geisteszustand ihres Mannes genauest untersuche, ihm komme dieses Verhalten seltsam präzise so vor, wie autistisches Verhalten in der Literatur beschrieben werde, anscheinend wisse Odysseus gar nicht, wo er sei, was er tue, wer um ihn herum stehe und so weiter; und plötzlich, mitten aus seiner langsamen, fast schläfrigen Rede heraus, riß er Penelope das Kind aus dem Arm, sprang drei, vier Sätze zu Odysseus, legte das Kind vor den Pflug in den Sand, und es hätte nicht viel gefehlt, und die scharfen Messer des Pfluges hätten das Kind in der Mitte zerteilt. Odysseus riß den Pflug in die Höhe und hob ihn über das Bündel, das vor ihm im Sand lag.

Und Penelope? Ihr Gesicht würde Odysseus noch viele Jahre später immer wieder im Traum vor sich sehen. Und in diesem Gesicht hatte der unglücklichste Augenblick seines Lebens Gestalt angenommen. Es war voll Entsetzen, und auch schon mischte sich langmütige Sorge darunter, der Mittelscheitel ihrer Haare war verweht, zwei tiefe Furchen standen zwischen ihren schwarzen, kräftigen Brauen, die nahe zusammengewachsen waren, und in den Träumen später dachte er immer wieder, warum habe ich sie im Leben nie so genau angesehen wie jetzt im Traum, das war ein Fehler. Ihr Teint hatte einen Glanz, der war königlich und erhaben über alles Welken. Und in den Träumen hoffte er, sie werde zu ihm sprechen. Aber sie sagte nichts, hob nur das Bündel Sohn aus der letzten Furche, die er, ihr ernster Mann, mit dem Pflug in den Sand gezogen hatte, und reichte es ihm hin …

»Nun ja«, sagte Palamedes. Mehr sagte er nicht.

Und Nestor sagte zu Penelope: »Ihr werdet sehen, schöne Klugheit, Euer Mann macht Geschichte, und Geschichten werden über ihn erzählt werden. Ist das etwa nichts? Das ist doch etwas!«

Und so ist es gewesen? – Mit Staunen blicken wir zurück und hören die Sage vom Untergang der Stadt Troja vor dreitausend Jahren, und mit einem Entsetzen, das ins Namenlose sich steigert, folgen unser Auge und unser Sinn der Glutwelle, die von Ilion zu uns herüberrollt. Wer möchte nicht rufen »halt!«, bevor er sich mit verzweifelt idiotischer Hoffnung wünschen muß, die Toten aufzuwecken und das Zerschlagene zusammenzufügen! Ein Sturm weht von Ilion her, und er reißt den Vater mit, den Gatten, wirbelt ihn empor, bis in einer sphärischen Drehung vom Himmlischen ins Irdische, vom Ewigen ins Zeitliche, das Menschliche im Heroischen und das Heroische im Göttlichen sich wiedererkennen. So vergegenwärtigt sich für uns das Sagenhafte, das Vergangene im Mythos …

Odysseus aber, der Gatte, der Vater, der Krieger nun, der König von Ithaka, rief das Volk zur Versammlung, und er befahl, daß sich alle wehrfähigen Männer bei ihm zu melden hätten, und er stellte ein Bataillon zusammen, das sich nach Aulis aufmachte, um sich dort unter das Oberkommando des Agamemnon zu begeben. Odysseus setzte den Helm auf den Kopf und war abgetrennt von der Welt durch die magische Kraft des Visiers. Erst von diesem Tag an, so sagen uns einstimmig alle Interpreten, war in seiner Existenz etwas Beispielhaftes.

»Du«, sagte der blondgelockte Menelaos zu Odysseus, »du besitzt Urteilsvermögen. Deine Meinung interessiert mich. Besonders deine Meinung interessiert mich.«

Er war ein grausamer Krieger, aber auch ein weichherziger Zuhörer von Leid, war ein sentimentaler Jäger, der seine Beute haßte, weil sie ihm Gewissensbisse machte, und sie streichelte und den Blick abwandte, wenn er ihr das Eisen in den Bauch stieß, und dann einfach alles neben sich fallen ließ. Die Hände voller Ringe, die Haut mit Eau de Cologne parfümiert, die Haare mit silbernen Brennscheren onduliert, saure Drops in den Seitentaschen – das war Menelaos. Wie ein Löwe, im Gebirge genährt, seiner Stärke vertrauend, so wirkte er, wenn er stand; wenn er saß, wirkte er nicht so. Er war ein stattlicher Herrenmensch, aber die herrenmenschlichen Züge seines Wesens lagen hinter launiger Leutseligkeit verborgen. Er tat sich nichts auf seine Wohlhabenheit zugute, aber er hielt sich auch nicht zurück, wenn es darum ging, bejahende Meinungen, günstige Gutachten, Lobhudelei, ihm geweihtes Entzücken, Argumente, Reden, scharfe Entgegnungen, Plädoyers, Menschen zu kaufen. Er verwüstete die Seelen seiner Freunde mit unfaßbaren Geschenken. Er sah Fehler ein. Seine schlechten Gefühle seien kurzlebig – das bat er, ihm als Bonus anzurechnen. Er war nicht beckmesserisch. Er rechnete nicht auf. Er schwärzte nicht an. Er war nicht rachsüchtig. Er war nicht nachtragend. Er war aufgebläht von seiner *fortune.*

Er schätzte nicht nur des Odysseus Urteilsvermögen, er liebte ihn. Und er wünschte sich, daß er von Odysseus wiedergeliebt würde. Er vergab ihm, daß er ihn um sein Eidpfand hatte prellen wollen. Schon auf der Fahrt von Ithaka nach Aulis lachte er über die Szene am Strand, sprach über das Geschehnis wie über einen gelungenen Streich, dessen Absicht es doch nur gewesen sein konnte, ihn, Menelaos, auf verschlungene Art zu unterhalten.

Odysseus lachte vorsichtig mit. Es war ihm nicht danach. Die Bevorzugung durch diesen reichen Mann machte ihn verlegen und – korrumpierte ihn …

Das ist ein böses Wort, und wir gebrauchen es, weil es Odysseus sich selbst gegenüber gebrauchte. Bedenkt man, was weiter geschah, so gibt es keinen Grund, ihn in Schutz zu nehmen, weder vor anderen noch vor ihm selbst. Das Wort »korrumpieren« nimmt sich vor der weiteren Geschichte sogar hämisch verharmlosend aus. Aber wir geben zu bedenken: Jede Geschichte entsteht erst im Rückblick, und sie wird gebaut, indem Unwesentliches und Wesentliches zunächst als solche erkannt und dann voneinander geschieden und zuletzt die verbleibenden Teile untereinander verbunden werden. Das bloße rohe Geschehen dagegen häuft sich auf aus blinden Schritten, aus tauben Sekunden, aus dummen Fakten, die, während sie geschehen, jede für sich behaupten dürfen, es war doch nur ein Schritt, es war doch nur eine Sekunde, eine kleine Zustimmung, ein winziges Wegsehen, ein schnelles Hinunterschlucken, ein Schweigen. Jede Sekunde ist kurz, jeder Schritt ist klein, jedes Kopfnicken ist geringfügig, jedes Schweigen kann als nichtssagend interpretiert werden. Man sieht diesen Einzelheiten weder ihr Wesentliches noch ihr Unwesentliches an. Und ohne vorangegangene Lehre kann man ihnen auch die Folgen nicht ansehen. Solche Lehren aber, das sei gesagt, müssen bitter sein, sehr bitter, müssen als ihre besten Argumente Nichtwiedergutzumachendes parat haben, damit sie geglaubt werden. Und auch dann werden sie nur von den wenigsten geglaubt. Es liegt nicht in unseren Wünschen, daß wir mit Odysseus brechen und ihm die Verzeihung verweigern. Deshalb sagen wir: Daß er sich durch des Menelaos Sympathie geschmeichelt fühlte, kann ihm nicht vorgeworfen werden; daß er im Schmeichel die Korruption ahnte, muß man seiner Intelligenz als Plus anrechnen. Daß er allerdings, obwohl er das Gift der Verführung bereits in sich spürte, sich dennoch verführen ließ, muß leider konstatiert werden. Mehr darf nicht auf ihn geladen, mehr darf nicht von ihm genommen werden – jedenfalls zu diesem Zeitpunkt nicht …

Er dachte, nach wenigen Wochen würde er wieder zu Hause sein. Er dachte: Ich schau es mir an. Es war eine nachlässige Neugier – »wenn es schon sein muß, vielleicht gibt's etwas Interessantes zu sehen …« Helena war von dem Troer Paris geraubt worden. Man würde mit den Säbeln rasseln, würde drohen und verhandeln. Wahrscheinlich, so sagte und schmeichelte er sich, hat man mich hauptsächlich deshalb geholt, wahrscheinlich bevorzugt mich Menelaos nur deshalb so deutlich, weil man sich von meiner Zungenfertigkeit, von meiner geflügelten Kunst, eine Lösung des Konflikts erwartet.

Dem war aber nicht so. Menelaos gab ihm offen Bericht: Der Verhandlungsweg sei bereits beschritten worden. Selbstverständlich habe man alles versucht, ehe man die Fürsten an ihr Versprechen erinnert habe. Es sei ja klar, daß die Männer anderes zu tun hätten, als für ihn in einen Krieg zu ziehen. Nein, verhandelt werde nicht mehr. Mit den Troern gewiß nicht mehr. Nein. Jedenfalls nicht mehr direkt.

»Sie sagten, das habe es immer schon gegeben, daß Frauen entführt wurden«, gab Menelaos an Odysseus weiter, was ihm von den Unterhändlern erzählt worden war. Europa zum Beispiel, hätten die Troer gesagt, sei nach Kreta entführt worden und nichts sei geschehen. Medea, hätten sie gesagt, sei nach Jolkos verschleppt worden, und keiner habe sich groß darum geschert. Hesione, ihre eigene Tochter, sei aus der Stadt gerissen und auf ein Schiff gezwungen worden. Wen hat's interessiert? Gut, man habe protestiert, man habe Verhandlungen geführt, aber nichts sei geschehen. Heute sei sie verheiratet mit ihrem Entführer, wahrscheinlich nicht glücklich verheiratet, aber sicher auch nicht unglücklicher als die meisten anderen Frauen. Man habe jedenfalls gehört, es seien inzwischen Kinder da, und die fallen ja auch nicht vom Himmel wie die Geigen, bekanntlich. Weiber zu entführen, so hätten die Troer argumentiert, erzählte Menelaos dem Odysseus, sei zwar unrecht, töricht aber wäre es, deswegen auf Rache zu sinnen. Jedenfalls sei es das Klügste, sich um solche Weiber gar nicht zu kümmern. Denn sicherlich wären sie nicht entführt worden, wenn sie es nicht selber irgendwie gewollt hätten. So leicht sei es nun wieder auch nicht, eine Frau zu entführen. Man werde doch wegen dieses lakedaimonischen Weibes nicht gleich ein Heer aufbieten. So die Rede derer aus Troja.

»Was sagst du dazu?« fragte Menelaos den Odysseus. »Deine Meinung interessiert mich. Besonders deine Meinung interessiert mich.«

Zwei, drei Sekunden tat Odysseus nichts. Menelaos hatte seine Lippen feucht geschürzt, die Zeigefingerspitze berührte den Daumen. Es sah aus, als warte er auf den Einsatz der Musik. Odysseus stieß die Luft durch die Nase und warf die Schultern hoch. Das konnte alles heißen. Es konnte heißen: Das ist eine kapitale Unverschämtheit. Es konnte heißen: Da kann man nichts machen. Es konnte heißen: Ich muß den Troern irgendwie recht geben. Es konnte heißen: Macht, was ihr wollt, mich geht's nichts an. Und noch vieles mehr konnte es heißen.

Aha! Schon wieder also hält er sich die Tore alle offen! Sage keiner, das seien ja nur Lappalien – dieses Schulterhochwerfen und dieses Luft-durch-die-Nase-Stoßen! Nein! Denn wenn Menelaos noch zögerte, wenn er doch noch mit dem Gedanken spielte, es auf nichts weiter als auf eine scharfe Drohung ankommen zu lassen, dann war es womöglich gerade diese aus zwei scheinbar belanglosen Gesten bestehende Mehrdeutbarkeit, die ihn zur endgültigen und festen Entscheidung für den Krieg sich neigen ließ. Das aber hieße, daß Odysseus zehn, in seinem Falle sogar zwanzig Jahre dauerndes Unheil hätte abwenden können, würde er sich in diesem Augenblick zu einer klaren, ablehnenden Stellungnahme entschlossen haben, die ja nur seiner Überzeugung entsprochen hätte. Ja, ja, wird sein Verteidiger einwenden, vielleicht; aber er konnte doch nicht wissen, was in Menelaos vorging. Und der Ankläger? Er wird das Wort des Verteidigers aufnehmen. Natürlich, wird er sagen, natürlich wußte Odysseus nicht, was in Menelaos vorging. Aber erinnern wir uns, wie schnell sein Geist verschiedene Möglichkeiten durchzuspielen in der Lage ist. In zwei Sekunden, in drei Sekunden hätte er sich mindestens zehn mögliche Gedankengänge entwerfen können. Aber eben weil Odysseus nicht abzuschätzen vermochte, welchem dieser Gedankengänge Menelaos den Vorzug geben würde, so wird der Ankläger weiter argumentieren, und weil er befürchtete, sein reicher Förderer könnte ihm a) die angenehmen Privilegien streichen, b) ihm sein Drückebergertum vorhalten, deshalb wählte er als Antwort auf Menelaos' Frage eine solche Mehrdeutigkeit. Und das nennt man, so folgert der Ankläger endlich, das nennt man Opportunismus in Reinkultur!

Abermals müssen wir uns vor Odysseus stellen, und wir versichern gleichzeitig, wäre sein Verhalten wirklich reiner Opportunismus, wir würden es nicht tun. Übernehmen wir also seine Verteidigung:

Zunächst: Wo fand dieses Gespräch statt? Und: Was für Kleidung trug Odysseus bei dieser Gelegenheit? – Das Gespräch fand auf dem Schiff statt, das Menelaos, Nestor, Palamedes und Agamemnon nach Ithaka gebracht hatte. Menelaos hatte Odysseus seine privaten Räume zur Verfügung gestellt. Er selbst zog während der Überfahrt nach Aulis in eine bescheidene Kabine. Die Wahrheit ist: Odysseus erfuhr davon erst nach zwei Tagen. Er hatte sich zwar über den Prunk und den Putz gewundert, der ihn hier umgab. Hatte sich schon gedacht, es wird doch nicht sein, daß in diesem Krieg die Soldaten wie die Luden leben. Das Bett, ein breites Doppelbett, war mit feinstem, schimmerndem Satin überzogen und roch nach Jasmin. Knöcheltief versanken die Füße in den Teppichen. Das Badezimmer war voll allerlei Überflüssigkeiten, rosa, blau, creme. Kriegsferner konnte eine Umgebung nicht sein. Er hatte sich darüber gewundert und auch wieder nicht. Denn das Odeur des Unwirklichen, das diese Umgebung ausströmte, bestätigte nur seine eigene Befindlichkeit in diesen Stunden, die dem schwebend schwirrenden Zustand einer Traumerinnerung gleichkam. Und dann hörte er zufällig, wie sich zwei Matrosen darüber unterhielten, daß Menelaos auf seine Prunkräume zugunsten dieses Mannes aus Ithaka verzichtet habe. Und da wunderte er sich, wunderte sich noch mehr als die beiden Matrosen, und unangenehm war es ihm – aber eben nicht nur unangenehm …

Menelaos bestand darauf, daß Odysseus mit ihm, nur mit ihm, mit ihm allein, die Mahlzeiten einnahm. Seit sie das Schiff betreten hatten, hatte er weder Nestor noch Palamedes wiedergesehen. Agamemnon hatte er überhaupt noch nicht zu Gesicht bekommen.

Beim Essen war Menelaos ein zuvorkommender Gastgeber, der lieber zuhörte, als daß er selber sprach. Es hätte natürlich nahegelegen, ihn nach diesem und jenem zu fragen, wo Agamemnon sei oder wo die anderen seien oder ob dies ein Vergnügungsschiff sei. Nun, ein Vergnügungsschiff war es ganz offensichtlich. Wer das fragte, der mußte ja beschränkt sein. Nach Agamemnon zu fragen verbot ihm die Höflichkeit. Es hätte für Menelaos so klingen können, als sei er mit ihm nicht mehr zufrieden und verlange nach einem Höheren. Und was die anderen betraf – es war ja offensichtlich, daß Menelaos mit ihm allein sein wollte, daß er alles so arrangiert hatte, daß Odysseus nicht mit den anderen zusammentraf. Warum? Zweifellos hätten Nestor und Palamedes dem Odysseus die Bevorzugung geneidet. Menelaos wollte wohl schlechte Stimmung oder eventuelle Szenen vermeiden. Das war alles. So interpretierte Odysseus. Es war vielleicht ungerecht, sagte er sich, aber es war vernünftig, und es war vor allem ihm, Odysseus, gegenüber freundlich. Gleichwie – die Umgebung deutete auf alles andere hin denn auf Krieg. Im Gegenteil, sie hatte so viel Operettenhaftes an sich, so viel Karnevalhaftes, daß auch der nüchternste Geist nicht anders konnte, als sich immer wieder zwischendurch zu fragen: Träum ich oder wach ich?

Wir hatten nach der Kleidung gefragt, die Odysseus trug, als ihn Menelaos nach seiner Meinung betreffs des Verhaltens der Troer fragte. Wir sind immer noch mitten dabei, unseren Helden aus dem ungünstigen Licht zu ziehen, in das er durch eine kleine mehrdeutige Geste geraten war. Und wir meinen, daß die Kleidung neben der Umgebung schuld hatte an dem als opportunistisch mißdeutbaren Schulternhochwerfen und Luftausstoßen durch die Nase. Möge es uns als hartnäckige Sympathie ausgelegt werden, wenn wir in unserem Plädoyer weiter ausholen, zum erhellenden Vergleich eine Anekdote erzählen und dazu einen großen Namen heranziehen:

In dem Film *Der große Diktator* spielt Charlie Chaplin, wie allgemein bekannt, zwei Rollen, nämlich einen jüdischen Friseur und den Diktator Hynkel. Chaplin war ein Vollblutschauspieler, der sich immer ganz von seiner Rolle vereinnahmen ließ. Jeder, der je mit ihm zu tun hatte, bestätigt dies. Er könne nicht, sagte er, an einem Tag den Diktator und am anderen Tag dessen Opfer spielen. Deshalb drehte er zuerst alle Szenen mit dem jüdischen Friseur und anschließend die Szenen mit dem Diktator. Im Film freilich verschränken sich diese Szenen zur Geschichte. Mitarbeiter von Chaplin erzählen, während der Dreharbeiten mit dem jüdischen Friseur sei Chaplin der liebenswerteste Mensch gewesen, der geduldigste Mensch, der warmherzigste. Jedem noch so kleinen Problem habe er sein Ohr geliehen. Nicht selten sei die Arbeit aufgehalten worden, weil sich Chaplin die familiären Sorgen eines Statisten oder den Liebeskummer einer Kameraassistentin angehört habe.

Und dann sei der Tag gekommen, an dem Chaplin im Atelier des Kostümbildners Ted Tetrick die Uniform des Diktators Hynkel anprobiert habe. Er sei vor dem Spiegel gestanden und habe sein Bild betrachtet.

›Ich kann nicht‹, habe er nach einer Weile zu seinem Assistenten James Dan gesagt. ›Sie müssen einen Termin bei Alfred für mich ausmachen.‹ – Alfred Reevers, Sohn eines Löwenbändigers, war der Studioleiter der Chaplin Film Corporation. – ›Sagen Sie ihm, der Film sei gescheitert‹, fuhr Chaplin fort. ›Ich habe einen großen Fehler gemacht.‹

Im Atelier sei es so still gewesen wie in der leeren Sprechkabine eines Aufnahmestudios, erzählte James Dan später.

›Was für einen Fehler haben Sie gemacht, Mister Chaplin?‹ habe Dan schließlich gefragt.

›Ich hätte zuerst die Szenen mit dem Diktator und danach die mit dem Friseur drehen sollen‹, sagte Chaplin. ›Ein Diktator ist nur dann ein guter Diktator, wenn er nicht weiß, was für Leid er den Menschen zufügt. Ich aber weiß es.‹

›Aber Mister Chaplin‹, sagte Dan, ›einen guten Diktator gibt es nicht.‹

›Wie meinen Sie das?‹ fragte Chaplin. Er hatte noch kein einziges Mal während des Gesprächs den Blick von seinem Spiegelbild gelassen.

›Sie sagten das Wort vom guten Diktator‹, antwortete Dan.

›Und warum sollte es keinen guten Diktator geben?‹ fragte Chaplin weiter.

›Ich verstehe Sie nicht‹, sagte Dan.

›Nuschle ich etwa, oder verwende ich komplizierte Fremdwörter?‹ habe ihn Chaplin plötzlich angefahren. ›Ich fragte: Warum sollte es nicht einen guten Diktator geben, Mister Dan?‹

›Ja, aber …‹, stammelte Dan, ›gäbe es so etwas wie einen guten Diktator, Mister Chaplin, dann würden Sie doch nicht einen Film wie diesen machen.‹

Chaplins Mundwinkel hatten sich ein wenig nach unten gezogen, das Kinn hatte sich erhoben, er verschränkte die Hände vor seinem Geschlecht und wiegte seinen zierlichen Körper von der Ferse zu den Fußspitzen.

›Richtig‹, sagte er, und alle Anwesenden gaben später einhellig an, seine Stimme sei verändert gewesen. ›Richtig! Reichen Sie mir das Drehbuch, Dan! Aber flott, wenn ich bitten darf! Ich glaube, da muß einiges zurechtgerückt werden in diesem Machwerk.‹

›Aber Mister Chaplin‹, versuchte James Dan zu protestieren, ›an keinem Buch haben Sie intensiver gearbeitet als an diesem. Sie selbst haben gesagt, es sei Ihr bestes Buch, nicht ein Wort dürfe je daran geändert werden.‹

Da habe sich Chaplin langsam umgedreht. ›Wer hat das gesagt?‹

Und James Dan wußte nicht, was er antworten sollte. Denn, so seine Worte, nicht mehr Charlie Chaplin sei vor ihm gestanden und schon gar nicht der sympathische, geduldige, warmherzige Friseur, sondern Hynkel, Hynkel persönlich, wie aus den Seiten des Drehbuchs gestiegen, der unberechenbare Diktator. Hynkel habe die Hand erhoben und mit dem Finger auf Ted Tetrick, den Kostümbildner, gezeigt.

›Für alles Unwirsche, was von nun an passieren wird‹, habe er mit rauher, das R rollender Stimme gesagt, ›mache ich diesen Mann hier verantwortlich. Bei ihm könnt ihr euch dafür bedanken!‹

Dann habe er im Stechschritt das Atelier verlassen. Die weiteren Dreharbeiten seien ein Alptraum gewesen.

Wir müssen uns entschuldigen. Und wir müssen uns den Vorwurf der Parteilichkeit gefallen lassen. Erzählen da Anekdoten, um Urteile aufzuweichen, um Verständnis einzuschmuggeln! – Das zur Debatte stehende Gespräch zwischen Odysseus und Menelaos fand auf dem Brückendeck dieser hollywoodesken Luxusjacht statt. Manchmal – und wer wollte es ihm in dieser Umgebung verdenken – war Herrn Menelaos danach, den Kapitän zu spielen. Dann stellte er sich in weißer Admiralsuniform ans Ruder und blickte, solange es seine Geduld zuließ, mit finsterem Verantwortungsbewußtsein unter den Brauen und einem Dutzend Spielfilmen im Kopf hinaus auf die glatte See. Dann zog er die Uniform aus, lachte und sagte: »Ich habe mit finsterem Verantwortungsbewußtsein unter den Brauen und einem Dutzend Spielfilmen im Kopf hinaus auf die glatte See geschaut.«

»Ich bitte dich«, hatte er an diesem Nachmittag zu Odysseus gesagt, »stell dich neben mich, und wir spielen Kapitän und Steuermann. Es ist ein läppisches Spiel, ich weiß. Aber es macht mir Freude. Es ist, wie wenn du ein Eis schleckst, das dich an die Kindheit erinnert.«

Was hätte Odysseus daran aussetzen sollen? Hätte er sagen sollen: Das ist lächerlich? Das hatte ja Menelaos selbst schon gesagt.

»Aber«, sagte Menelaos, »du mußt auch eine Uniform anziehen. Sonst geht das nicht. Sonst komme ich mir zu blöd vor. Sag lieber, du willst gar nicht, als daß du die Uniform nicht anziehen willst.«

Es war eine wunderbare, königsblaue Uniform eines Oberleutnants zur See mit weißen Bommeln und Kordeln, einem mit Silberfäden durchwirkten Gürtel, von dem ein zierlicher, perlmuttbesetzter Dolch hing.

»Es wird dich niemand sehen«, sagte Menelaos. »Es ist nur für mich, und ich gebe gern zu, daß ich kindisch bin. Tust du mir den Gefallen?«

Was hätte Odysseus dagegen haben können?

Und dann gefiel er sich. Als er sich im Spiegel sah, wäre es ihm gar nicht unrecht gewesen, wenn ihm jemand zugeschaut hätte. Er fand, er sehe würdig aus. Keine Spur von lächerlich. Keine Spur von kindisch.

»Du siehst würdig aus«, sagte Menelaos. »Ich finde, du siehst im Anzug mehr aus, als hättest du dich verkleidet, als in der Uniform. Keine Spur von lächerlich. Keine Spur von kindisch. Ich vielleicht. Aber du nicht.«

Und da dachte sich Odysseus: Wenn es ohnehin ein Spiel ist, warum soll ich dann nicht auch so tun wie im Spiel? Und er tat so, als fühle er sich würdig. Und er fühlte sich würdig. Sie standen nebeneinander auf der Brücke und blickten mit finsterem Verantwortungsbewußtsein unter den Brauen hinaus auf die glatte See. Und es war kein Dutzend Spielfilme im Kopf mehr nötig.

Und eben bei dieser Gelegenheit erzählte Menelaos von den Verhandlungen mit den Troern. Und zum Schluß fragte er:

»Was sagst du dazu?« Und schmeichelte: »Du besitzt Urteilsvermögen. Deine Meinung interessiert mich. Besonders deine Meinung interessiert mich.«

Und Odysseus stieß die Luft durch die Nase und warf die Schultern hoch, und das konnte alles heißen. Aber es war nicht seine Absicht gewesen, eine mehrdeutige Geste zu machen. Das Schulternhochwerfen und das Luft-durch-die-Nase-Stoßen entsprachen dem gespielt echten oder echt gespielten, finsteren, in weiter Ferne ankernden Verantwortungsbewußtsein seines Blickes.

Wie aber verstand Menelaos die Geste des Odysseus? Er verstand sie nämlich als eindeutig. In Worte übersetzt hieß sie für ihn: Ja, da kann man nun wirklich nichts anderes tun, als sich aufmachen und diesen Troern die Stadt ausrauben und, was übrigbleibt, in Schutt und Asche legen und die Männer umbringen und die Frauen vergewaltigen und die Kinder totmachen.

»Danke, daß du meinen kleinen Spaß mitgemacht hast«, sagte Menelaos, als seine Geduld mit der glatten See zu Ende war. »Schön, daß du dabei bist, Freund, Odysseus!«

Lager in Aulis

In Aulis dann, im Lager, war alles anders. Das Essen war frugal, die Unterkunft reduziert. Ansprache schroff. Mit Ausnahmen. Als Odysseus ankam, waren die meisten schon da. Man hatte sich Zeit gelassen. Man segle einen Urlaubskurs – einen Friedenskurs, einen Vorkriegskurs –, und zwar Odysseus zuliebe, das hatte Menelaos immer wieder durchblicken lassen.

Mit Nestor wechselte er bisweilen ein paar Worte, auffallend: nichts von Bedeutung war dabei. Der Alte quetschte beim Sprechen eine Art Grinsen in den Falten seines schwarz-grauen Gesichts herum, das auf ein verstohlenes Ich-weiß-daß-du-weißt-daß-ich-weiß hinauszulaufen schien. Odysseus amüsierte und ärgerte sich gleichermaßen über ihn. Aber er glaubte nicht, daß von seiner Seite etwas zu befürchten sei. Anders lag die Sache bei Palamedes. Ihn sah er an den Nachmittagen an Deck. Er lag in einem der eleganten Liegestühle aus Kirschholz, die mit weißen Leinenpolstern belegt waren, trug einen weißen Anzug und einen Panamahut, rauchte Zigarre und starrte geradeaus. Wo war an dem etwas Kriegerisches, daß er so auf Krieg aus war? Sie nickten sich einen knappen Gruß zu, sprachen aber nicht miteinander. Gingen sich aus dem Weg.

Agamemnon zeigte sich nicht. Odysseus kundschaftete das Schiff aus, äugte in die Kabinen, wenn sie gereinigt wurden, steckte den Mädchen Geld zu, damit sie ihm sagten, wo denn der General sei. Sie wiesen ihm lächelnd die Kabine des Menelaos. Ihm kam allmählich der Verdacht, Agamemnon sei gar nicht an Bord, Menelaos habe gelogen, oder schwächer: er habe die Anwesenheit seines Bruders behauptet, um Eindruck zu schinden, um seinen Forderungen die nötige Ernsthaftigkeit zu unterlegen, die seiner Person mangelte. Am letzten Tag dann sah Odysseus durch das Bullauge seiner Kabine die beiden Brüder draußen an der Reling miteinander sprechen. Agamemnon war ihm bei der Freiung der Helena begegnet, sie hatten sich die Hand gegeben, er war von Männern umgeben gewesen. Odysseus hatte damals nicht über ihn gewußt, was er inzwischen über ihn wußte. Nun kam er ihm größer vor, größer als in seiner Erinnerung. Er trug einen grauen Uniformmantel, dessen breiter Kragen vom Fahrtwind an einer Seite bis an die Schläfe gehoben wurde. Sein Gesicht konnte er nicht zur Gänze sehen, nur den Ansatz der Wange. Er spürte Aufregung in sich, als er den General, den Generalissimus, durch das trübe, runde Glas des Bullauges neben Menelaos stehen sah, der sich so offensichtlich unterwürfig benahm, daß er nicht umhin konnte, ein wenig herablassend zu lächeln, so als wären durch die beiden Brüder dort draußen die zwei gegensätzlichen Punkte einer Skala der Macht bezeichnet, auf der sich Odysseus dem Absolutpunkt Agamemnon näher glaubte als dem Nullpunkt Menelaos ...

Im Hafen von Aulis gingen sie an Land, und Odysseus hoffte, erwartete eigentlich, spätestens bei dieser Gelegenheit werde er dem General vorgestellt. Aber entweder Agamemnon hatte das Schiff bereits verlassen, war vielleicht von einem Boot abgeholt worden, oder er wollte in seiner Kabine bleiben, bis die anderen Passagiere dieses schmucken Operettenschiffchens in der Stabsbaracke am Kai verschwunden waren. Als Odysseus die Formalitäten erledigt hatte, war das Schiff bereits wieder ausgelaufen, zurück nach Lakedaimon. Mit dieser Jacht, wer hätte das bezweifelt, war Krieg nicht zu führen. – Und Agamemnon? War er überhaupt in Aulis? Oder war er mit dem Schiff seines Bruders nach Lakedaimon zurückgefahren? Sein Oberkommando war doch nicht etwa in Frage gestellt? Wer wußte Antwort? An wen hätte sich Odysseus wenden können, ohne sich zu kompromittieren?

Von nun an kümmerte sich Menelaos nicht mehr um seine Gäste, von nun an war Odysseus nicht mehr Gast. Nun war er Soldat. Ein Soldat kann sich Gerüchte anhören, und er kann Gerüchte weitergeben; aber er kann nicht Fragen stellen wie ein Journalist. – Gerüchte übrigens gab es genug.

Seine Leute aus Ithaka waren schon eine Woche vor ihm in Aulis angekommen. Sie klagten über mangelnde Organisation, und zwar auf allen Gebieten. Die Mannschaftsküchen funktionierten nicht, Besteck fehle, man fresse buchstäblich mit den Händen; zu wenige Waschgelegenheiten waren geboten; nur für mittelgroße Männer waren Uniformen da, Über- und Untergrößen seien nicht geliefert worden. Die Sockenlieferung war gänzlich ausgefallen. Schwere, bittere Schokolade sei versprochen worden, aber dann unterwegs verloren gegangen, angeblich.

Odysseus kam aus dem Staunen nicht mehr heraus. Die beiden Männer, die als Abordnung zu ihm geschickt worden waren, Eurylochos und Perimedes, kannte er aus Ithaka als nüchterne Geschäftstreibende, die keine zwei Wochen zuvor über ähnliche Vorfälle, wenn überhaupt, dann nur im Tonfall kurioser Anekdoten erzählt hätten. Nun waren sie Unteroffiziere. Sie brachten ihren Bericht ohne Ironie, ohne versteckteste Verschmitztheit vor.

Ein Meckerton herrschte vor, aufgeregt und zufrieden in einem. Es war den Leuten anzusehen, wie gut es ihnen tat, endlich für nichts verantwortlich zu sein.

Odysseus sagte, er wolle sich um alles kümmern. Ein gutes Dutzend weiterer Ithakeser kam dazu. Jeder wollte ihm seine Einschätzung der Lage unterbreiten. Bald redeten alle durcheinander, schrien durcheinander, schrien sich an, einer hielt dem anderen die Hände fest, wenn der argumentieren wollte. Odysseus kam fürwahr aus dem Staunen nicht mehr heraus. Da wurde über militärische Strategien gefachsimpelt, über politische Zwickmühlen spekuliert, da gaben sich weiland dröge Gärtnereigehilfen als Falken zu erkennen, ehemalige Tabakhändler verschafften sich mit kühnen taktischen Kombinationen eine Runde Respekt. Und jeder wußte Bescheid, und jeder war zu allem entschlossen, die einen zu radikalem Frieden, die anderen zu radikalem Krieg. Nur das Radikale schien attraktiv zu sein. Odysseus blickte von einem zum anderen und dachte bei sich: Es kann gefährlich werden, wenn ich ihnen die Wahrheit sage, nämlich daß ich über nichts Bescheid weiß, daß ich zu nichts entschlossen bin, daß mir das Radikale von jeher ein wenig lächerlich, weil beschränkt vorkam. Aber es sind meine Männer, dachte er bei sich, sie sind gekommen, weil ich gekommen bin. Und so hörte er sich mit zusammengezogenen Brauen an, was sie palaverten.

Die neueste Meldung, das neueste Gerücht war: Oberst Teuker, bislang der entschiedenste Befürworter des Friedens im Generalstab, der Leiter eben jener Abordnung, die vor der Mobilmachung nach Troja geschickt worden war, um zu verhandeln, im zivilen Leben ein edelmännischer Großgrundbesitzer, den direkte verwandtschaftliche Beziehungen mit dem trojanischen Königsgeschlecht verbanden, Oberst Teuker also habe in der vorigen Woche mehrere Tage auf einem Landgut in der Nähe Trojas verbracht, wo er noch einmal, diesmal auf private Initiative hin, ohne Auftrag, aber mit halber Billigung Agamemnons, eine letzte Unterredung mit dem Feind gehabt habe, und er, der bis dahin nie den Optimismus verloren und stets der Überzeugung Ausdruck verliehen hatte, man könne die Trojaner doch noch, und sei es in letzter Minute, zum Einlenken überreden, sei seit seiner Rückkehr von dort auffallend nervös, auffallend nervös und auffallend ernst. Er habe, wurde kolportiert, alarmierende Berichte erhalten, die Stimmung in Troja betreffend. König Priamos und sein ältester Sohn Hektor, der seit der Kriegserklärung die Obliegenheiten des Außenministers übernommen habe, wollten zwar nach wie vor den Frieden, drängten inzwischen sogar noch mehr zum Einlenken, seit sie gesehen hätten, daß es Menelaos gelungen war, die angedrohte Allianz tatsächlich zu errichten; es seien aber in Troja sehr mächtige und gefährliche Einflüsse an der Arbeit, die immer mehr an Boden gewännen und die vor dem Gedanken nicht zurückscheuten, Troja in einen Krieg zu stürzen, selbst auf die Gefahr hin, einen allgemeinen Weltbrand zu entfesseln. Man müsse sich mit Besorgnis fragen, ob der greise Priamos und sein grüblerischer Sohn diesen Einflüssen gegenüber auf die Dauer die nötige Widerstandskraft finden würden. Aber das allein mache noch nicht die Nervosität von Oberst Teuker aus. Die Stimmung in der trojanischen Führung sei ja gespalten, immerhin, da hielten sich vorläufig noch die Scharfmacher und die Beschwichtiger die Waage; das Volk jedoch, die Straße, wolle den Krieg, eindeutig. Ein regelrechter Kriegsjubel herrsche ...

»Ein Kriegsjubel?« fragte Odysseus.

»Jawohl, Herr Oberstleutnant«, bekam er zur Antwort.

»Ein regelrechter?«

»Jawohl, Herr Oberstleutnant!«

Odysseus kam aus dem Staunen nicht mehr heraus. Ein Lachen kitzelte ihn im Hals, und er wußte, es konnte unverhofft ausbrechen, wenn es nicht rechtzeitig abgedämmt würde. Dieses Moral zersetzende, in drohender Latenz im Halse lauernde Lachen beschäftigte ihn mehr als alles, was da an Neuem auf ihn niedergeredet wurde. Denn dieses Lachen war gefährlich, es konnte bei den Männern seine Glaubwürdigkeit, seine Autorität untergraben. Damit es nicht herausbrach, mußten alle Muskeln des Gesichtes zur Erschlaffung gezwungen werden. Im ersten Stadium des Reizes ließ sich das Lachen auf diese Weise zurückdrängen. Und das erweckte bei seinen Leuten den Eindruck von unbestechlicher Unnahbarkeit, von steinhartem Wissen um das Rechte. Und es wurde ruhig um ihn, und die Leute schauten Odysseus an, und einer sprach es aus: »Gut, daß Sie bei uns sind, Herr Oberstleutnant!«

»Jawohl«, sagten die anderen, »jawohl.«

Und er sagte: »Ihr könnt euch auf mich verlassen.«

»Tun wir«, sagten sie, »tun wir.«

»Ich verspreche euch«, sagte er und hob die Stimme, nur ein wenig, aber immerhin hob er die Stimme, und er hob sie bis knapp unter die Grenze, wo das Melodiehafte beginnt, »ich verspreche euch, ich bringe euch wieder nach Hause zu euren Familien.«

»Das ist nicht so wichtig«, sagten sie.

»Ich weiß«, sagte er und blickte schnell zur Seite, damit keiner in seinen Augen lesen und sehen konnte, wie wichtig es aber ihm war.

Die Mannschaft war in Zeltlagern untergebracht. Odysseus wurde eine der provisorisch errichteten Offiziersbaracken zugeteilt. Die waren unweit des Hafens auf die Klippen gestellt worden. Fenster gab es nur nach einer Seite hin, hinaus aufs Wasser. Der Blick beeindruckte. Der Hafen war von Zivilschiffen leergeräumt. Hier lagen die Schiffe der Führer. Die Mannschaftsschiffe, es mußten an die tausend sein, ankerten in einem weiten Halbmond weit draußen um die Hafeneinfahrt.

Odysseus hatte einen Raum für sich. Der war eng, leer, aber hell. Ein Holztisch stand da, nicht breiter als ein Regal, ein Pritschenbett und ein schmaler, verbeulter Metallspind. In der Baracke waren weitere vier Offiziere untergebracht, man traf sich bisweilen beim Teeaufbrühen in der Küche.

Er schrieb an Penelope einen Brief, gleich am ersten Abend tat er das. Beim Schreiben beschlich ihn ein Gefühl von Peinlichkeit. Die Stimmung hier sei nervös ernst, schrieb er. Schrieb sonst nur Belanglosigkeiten. Das Gefühl von Peinlichkeit verließ ihn auch in den folgenden Tagen nicht. Daß er, der weltverbundene Ehemann, der eine Welt zusammenhaltende Familienvater, der Herr, auf den so viel Arbeit zu Hause wartete, der die kleinen Jahre seines Sohnes mit Sorgfalt formen hatte wollen, daß er sich hier in Aulis zwischen tödlichem Riesenspielzeug und zynischer Nichtsnutzigkeit herumtrieb, daß er auf der Mauer über den salzigen Sandbänken, auf denen Austernschalen und Krabbenköpfe und Hanf und morsches Holz verfaulten, halbe Tage verhockte, ohne zu wissen, was geschehen wird, ohne geschäfteeinfädelndes Gespräch, ohne einen fruchtbringenden Gedanken, das beschämte ihn und machte das Gefühl der Peinlichkeit aus, so als benähme er sich wie ein Bub, der mit Eifer ein blödes Spiel für würdig und wichtig verkaufen will – und zwar an jemanden, der genau weiß, wie blöd, unwürdig und unwichtig der ganze Salat ist. – Er schickte den Brief an Penelope nicht ab ...

Mit Idomeneus unterhielt er sich. Er war einer der vier Offiziere, denen dieselbe Baracke wie ihm zugewiesen worden war. Nach Nestor war er der älteste unter den Freiern um Helena gewesen. Er war hochgewachsen und schlank, färbte sein Haar schwarz nach, auch die Brauen und den Schnurrbart. Ein Mundwinkel hing ein wenig und beteiligte sich nicht an den Sprechbewegungen der Lippen. Vielleicht hatte der Mann einen Schlaganfall gehabt, wahrscheinlich aber war die Lähmung eine Folge jahrzehntelanger, zynisch abschätziger Schiefmäuligkeit.

Idomeneus war ein smarter Kriegsherr, der jung, frisch und auf eine ungewollte Art glücklich aussah und das vor allem dann, wenn er gebadet hatte. Er sprach mit sorgfältig gedämpfter Stimme. Ein schwacher Whisky- und Tabakgeruch strömte von ihm aus. Bis vierzig habe er als blanker Tagedieb im elterlichen Haus gelebt, ließ er leichthin fallen. Er sah einem beim Sprechen nicht in die Augen, tat, als spiele sich weit hinter den Köpfen seiner Zuhörer eine amüsante Szene ab, der seine halbe Aufmerksamkeit und sein schiefes Lächeln gelte. Seit jeher, assoziierte er weiter, habe er sich mit Weibern geschleppt. Allerdings immer sei er gern faul gewesen. Fürs Lesen habe er merkwürdigerweise eine Vorliebe. Aber nur, wenn's schöne Bücher seien. Sogar hierher ins »per-se-Schaurige« habe er die bei Mausberger erschienene Wiener Ausgabe von Schillers Werken mit den Kupferstichen im Stile Fügers mitgebracht.

»Der Tod füllt Himmel und Hölle und macht Raum in der Welt.« – Das war einer seiner Sprüche. Über den bevorstehenden Krieg sprach er nicht. Achtzig Schiffe stellte er, der Sohn des Deukalion, Enkel des Minos, Gebieter unzähliger Mannen, der – und dabei drückte er ein Auge zu – »ehrwürdigen Sache« zur Verfügung. Als schneidiger Barbar wollte er gesehen werden, als ein für den Frieden zu kostspieliger Charakter.

Um an dieser Stelle, die in unserer Geschichte ja eine Rückschau ist, eine Vorausschau zu geben: Auch Idomeneus hatte einen Sohn zu Hause zurückgelassen. Zehn Jahre seines Heranwachsens wird er versäumen. Dann wird er ihn eine ganze Minute lang lebend sehen. Und dann nur noch tot. Und er wird sein Mörder sein. Denn auf der Heimfahrt wird er in einen Sturmwind geraten sein und einen Schwurhandel mit dem Gott des Meeres abgeschlossen haben, daß er das erste Lebendige, das ihm zu Hause vor die Augen komme, töten werde. Es wird sein Sohn sein. Wie hieß er gleich? Orsilochos. Idomeneus wird nach den zehn Jahren seinen Namen nicht ohne Nachdenken aussprechen können ... – Aber das ist noch lange hin. In Aulis war Idomeneus der Gentleman, der genügend Rasierwasser bei sich hatte, um ein Stück Krieg damit auszukommen.

Dann waren da noch zwei Offiziere in der Baracke des Odysseus, die gleich hießen, aber verschiedener kaum sein konnten. Aias, nach seinem Vater der Telamonier geheißen, und Aias, nach seiner Herkunft der Lokrische genannt.

Der Telamonier war ein Riese. Er war der größte Mann, den Odysseus je gesehen hatte. Er selbst reichte ihm nicht weiter als bis zur Brust. Aias strich den ganzen Tag im Lager umher, mit hängendem Kopf, als gehe er durch einen niedrigen Keller, die Stirn angestrengt gerunzelt. Eigenartig waren seine Arme, die waren zu lang. Vielleicht aber kam das einem aber auch so nur vor, weil sie beim Gehen neben ihm herunterhingen und nicht wie sonst üblich im Rhythmus schlenkerten. Ein düsterer und mißtrauischer Mann war der Telamonier. Redete nicht viel. Bevor er einen Satz begann, zog er rasch die Luft durch den offenen Mund ein, dann drückte er das Kinn auf die Brust, zeigte die Zähne des Unterkiefers, und dann sagte er etwas. Man vergaß gleich wieder, was er gesagt hatte. Es war nie etwas von Bedeutung darunter.

Der Lokrische, der kleine, giftige, sagte zu ihm: »So schwerhörig wie du bist, so dämlich bist du auch. Ich gebe zu, ich habe einen leichten Dachschaden, aber du bist völlig verrückt!«

Vom Lokrischen ließ sich das der Telamonische gefallen.

»Individuen von etwas schwächerer Gehirntextur, wie der Große eines darstellt«, sagte Idomeneus, »schließen von einer Gleichheit auf eine andere Gleichheit. Weil der Lokrische ebenfalls Aias heißt, meint der Telamonische, wenn er ihm eine auf die Rübe gibt, tuts ihm selber weh.«

Der Lokrische war an Armen und Hals tätowiert. Blaues Getier drängte sich auf seiner Haut wie in einem Höllenkäfig. Obendrein hatte er einen Hang zu bekennendem Schmuck. An einer Kette um den Hals baumelte ein goldenes Medusenhaupt, Gelenkspangen und Oberarmspangen aus Kupfer stellten abgeschlagene Köpfe an Schlangenleibern dar. Seine infantile Rechthaberei konnte den friedlichsten Simpel zum Wahnsinn treiben. »Nicht ich pfeife verkehrt, sondern der Komponist hat an dieser Stelle einen Schnitzer gemacht!« Den ganzen Tag und überall war sein Geschrei zu hören. Wann es denn endlich losgehe, er sei geil auf Blut und Troerfotzen, und wenn seine Hände nicht endlich etwas anderes zu tun bekämen als Wichsen, dann könne er bald für nichts mehr garantieren.

»Ein Saufhans mit poröser Nase«, war Idomeneus' achselzuckende Kurzbeschreibung. »Aber nimm dich vor ihm in acht, Odysseus! Das Beste, was sich über diesen Kerl sagen läßt, ist, daß er lügt. Er ist die Bananenschale unter dem Fuß der Wahrheit.«

Dieser Kerl, der Mann aus Lokris, der sich wegen kleinster Kleinigkeiten hemmungslos in Schweiß und Erschöpfung reden konnte, er wird ein Feind des Odysseus werden. Aias mit der zerbissenen Unterlippe, der weniger Schlaf benötigte als jeder von ihnen, dessen Augenlider innen rauh waren und die Augäpfel rot scheuerten, er, der sehnige, beinahe dürre Mann, der wieselgesichtige, der ununterbrochen redete und nicht still zu kriegen war, dessen Zähne der Zunge im Weg standen, er war seinem Wesen nach einfach ein Raubtier – er wird töten, allein um seine Schwerthand mit Blut zu wärmen. Wie gehe ich ihm aus dem Weg, dachte Odysseus. Empfindungen wird er nicht eine je für ihn haben, weder Haß noch Neugier, weder Abscheu noch Erstaunen. Er wird sich denken: Dieser gehört vernichtet. Wie man über Unkraut denkt, wird er über ihn denken: ohne es zu hassen, ohne neugierig zu sein, ohne es zu verabscheuen und ohne über es zu staunen. – Der lokrische Aias wird den Krieg überleben und dann ersaufen, fluchend.

Und aus Aias dem Telamonier, dem zu fanatischer Humorlosigkeit neigenden Riesen, von weitem so stattlich und edel, höher denn alles Volk an Haupt und mächtigen Schultern, was wird aus ihm werden, dem Helden mit dem Schild, einem Turm vergleichbar, ehern und aus den Häuten sieben feister Stiere geschaffen? Er wird sich fast zehn Jahre später in sein

Schwert stürzen, und Odysseus wird der Grund dafür gewesen sein …

Einer sei noch erwähnt, der vierte in der Baracke: Diomedes, der jüngste der Helden und einer der klügsten. Ein alter Kopf auf jungen Schultern, so wird er einmal genannt werden. Seine Augen blickten traurig, auch wenn er nicht traurig war, das lag an den hohen Augenlidern. Seine Stirn war glatt und prächtig gewölbt. Er war sanft, auch beim Töten. Manchmal aber verfiel er in Raserei. Dann beschattete sich der Himmel. Er war ein Begabter. Er konnte die Götter sehen. Er wird Aphrodite sehen und Ares, wie sie auf der Seite des Feindes kämpfen. Da wird ihn die himmelbeschattende Raserei packen, und er wird das Unerhörte tun: Die Götter wird er angreifen, wird ihnen die ambrosische Hülle verletzen, daß der nektargenährte Saft herausrinnt. Was wird aus ihm werden, wenn der Krieg vorüber ist? Wir wissen es nicht. Die Seinen werden ihn vertreiben, werden ihn nicht mehr haben wollen. Er wird hierhin ziehen und dorthin, seine Spur wird sich verlieren … – Aber soweit ist es noch nicht. Im Kampf wird er des Odysseus' bester Kamerad sein. Diomedes hielt einen großen Krug mit beiden Händen und trank mit gierigem Wohlbehagen, daß ihm dabei das Wasser in die Augen stieg. Über den Rand des Kruges hinweg sah er Odysseus den Vorhang zur Küche beiseite schieben. Ihre Blicke trafen sich, und sie schlossen ein Einvernehmen, zu dem es in Zukunft von außen nicht Wege noch Zugang geben würde. Er wird der einzige sein, auf den ich mich verlassen kann, dachte Odysseus, und Diomedes dachte das gleiche …

Und dann kam der Tag, an dem Odysseus dem Generalissimus vorgestellt wurde, Agamemnon. Das heißt, Agamemnon stellte sich ihm vor. Er war durchs Lager gegangen, hatte das Offizierscasino betreten und sich neben Odysseus an den Tisch gesetzt. Ohne Begleitung war er gekommen, allein, in der Uniform des Generals. Er benötigte weder einen Herold noch eine Leibwache, brüstete sich weder mit einer lauten Stimme noch mit dem Stolziergang der Macht. Augenblicklich war es still im Casino. Agamemnon schnüffelte. Er zog ein Gesicht, als hätte er etwas Schlechtschmeckendes im Mund.

»Ja, ja«, sagte er.

Agamemnon

Und Odysseus war beeindruckt …

Wir hören das nicht gern. – Rekapitulieren wir, ehe wir weitererzählen: Pallas Athene will unseren Helden aus Kalypsos süßer Ewigkeit reißen, und Hermes, der sich im Seelenfang auskennt wie sonst keiner dort oben in ihrem Ideal über Wolke und Berg, meinte, *cum grano salis* sei nichts der Ewigkeit abträglicher als die Erinnerung. Darum hat sich die Göttin in Mnemosynes Kino begeben – und wir haben uns mitgeschlichen, freilich in der aus frommem Vertrauen gestrickten Einbildungskraft verborgen wie unter der Tarnkappe des Perseus. Wir sahen des Odysseus glücklichsten Augenblick, sahen ihn mit weich entspannter Stirn bei seinen Liebsten, bei Penelope, bei Telemach, und unsere Sympathie begann sich von Kalypso abzuwenden, hin zu Gattin und Kind. Die Neugier packte uns nun, und wir wollten zum glücklichsten auch noch den unglücklichsten Augenblick unseres Helden sehen. Denn wir wollten wissen, was ihn aus seinem Paradies vertrieben hat. Wir erfuhren, daß sich das Unglück nicht in einen Moment bannen läßt, sondern sich erst in seinen Folgen manifestiert, die über eine lange Zeit geschmiert sind wie eine tote Mücke über eine Fensterscheibe. Das Unglück, so ließen wir uns belehren, sei kein kurzer Augenblick, sondern ein langer Film. Man gab uns zu bedenken: Jede Geschichte entstehe erst im Rückblick, und sie werde gebaut, indem Unwesentliches und Wesentliches zunächst als solche erkannt und dann voneinander geschieden, und zuletzt die verbleibenden Teile untereinander verbunden werden. Wir schreckten vor keiner Ausuferung zurück. Denn wir wollten wissen: Wie ist er geworden, was er ist. So wurde ein langer Rückblick daraus, und noch sind wir nicht am Ende. – Ungerecht gegenüber der Nymphe, die immerhin ihren Namen unserer Geschichte lieh? Wir denken nicht. Denn wenn es schon nicht in Kalypsos Sinn ist, die Erinnerung in Odysseus allzu sehr aufleben zu sehen, so kann es doch auch nicht uninteressant für sie sein zu erfahren, mit wem sie es hier zu tun hat, denn vielleicht wird sie es ja eine Ewigkeit lang mit ihm zu tun haben. Die Geschichte von Eos und Tithonos sollte ihr eine Lehre sein.

Mit einem Kriegsherrn hat sie es zu tun, einem Soldaten mit Leib und Seele, mit einem Strategen erster

Rangordnung, mit dem Städtezerstörer. So würden seine Kameraden im Krieg über ihn geurteilt haben. Jedenfalls die meisten. Ohne ihn wäre die Schlacht um Troja nicht geschlagen worden. Man weiß das, das ist aufbewahrt. Auch Kalypso weiß das. Und sie weiß, daß es nicht ratsam ist, in einem Streich die Erinnerung an diese heroische Zeit löschen zu wollen. Wir werden sehen, daß sie versuchte, die Kriegsgeschichten im Märchenhaften zerglitzern zu lassen, wie die Sonnenstrahlen im frisch gefallenen Schnee sich brechen und nur noch hübsch sind und nichts mehr erzählen von dem grauenhaften Feuerball, der sie aus fast 150 Millionen Kilometer Entfernung auf unsere Erde abgeschossen hat.

Was war geschehen, daß aus Odysseus, dem Gatten und Vater, dem Geschäftsmann, der beinahe Herausgeber einer Zeitung geworden wäre, daß aus dem Friedlichen, dem Seßhaften, der nicht gerne reiste, dem Skeptiker, dem es widerstrebte, die Stimme zu erheben, und schon gar bis knapp unter die Grenze, wo das Melodiehafte beginnt, was war geschehen, daß aus ihm ein Soldat von solch schroffer Kontur wurde? Lesen wir aufmerksam das Gedicht, das uns den überlieferten Stoff in Form brachte, fügen wir Andeutung an Andeutung, verknüpfen Hinweis mit Hinweis zu einer Gleichung mit mehreren Unbekannten und lösen endlich eine Antwort daraus, so wird diese lauten: Es war die Begegnung mit Agamemnon, die aus Odysseus einen Mann des Krieges machte, einen Experten auf dem Feld, wo Schlag und Gegenschlag einander folgen und Leiden ruhet auf Leiden.

Odysseus, wir sagten es bereits, hatte den General bis dahin erst einmal gesehen, nämlich in Lakedaimon, als er an den Hof des Tyndareos gekommen war, um das Freiergeschäft für dessen Bruder Menelaos zu führen. Während die anderen und mit ihnen Odysseus, der ja eigentlich nur aus Neugierde gekommen war, unten in der Halle verköstigt wurden, saß Agamemnon am Tisch des Gastgebers. Dennoch war ihm der Mann als bescheiden in Erinnerung, ruhig sprechend, geduldig zuhörend, wenn ihn jemand etwas fragte oder ihm etwas nahebringen wollte. Beinahe schüchtern. Er war nie allein aufgetreten, immer war er umstellt gewesen von Männern, in deren Gesichtern nichts zu lesen war, die durch einen hindurch schauten und nicht reagierten, wenn man sie ansprach. Odysseus hatte es ausprobiert. Er war von ihnen wie Luft behandelt worden. Agamemnon hatte damals Zivilkleider getragen und keinen Hut. Seine glatte, etwas flache Stirn und die schütteren, sandfarbenen Haare darüber ließen eher an einen mittleren Ministerialbeamten als an einen Feldherrn denken, und – sie milderten den grausamen Blick dieses Mannes. Denn dieser Mann hatte einen grausamen Blick.

Agamemnon hatte also einen grausamen Blick. – Was heißt das? Ist das überliefert? – Es ist überliefert. Unter nicht wenigen Geschichtsschreibern begegnen wir der Ansicht, daß bei dem Unternehmen gegen Troja die Furcht vor Agamemnon mächtiger gewirkt habe als der seinem Bruder geleistete Eid. Was aber hieß hier Furcht? Furcht vor seiner militärischen Stärke? Über die verfügte Menelaos genauso. Furcht vor seinem Reichtum und seinem Einfluß? Menelaos war reicher und freigebiger, wenn es darum ging, Menschen zu kaufen. Furcht vor Agamemnons Persönlichkeit also? Was aber meint Persönlichkeit? Sein Auftreten? Seine Stimme? Nun wird aber gerade einhellig darauf hingewiesen, daß der General sowohl mit einer dünnen, ja jämmerlichen Stimme ausgestattet gewesen sei, als auch sonst nur wenig Stattliches oder gar Prächtiges in seiner Erscheinung vorzuweisen hatte. Seine Figur neigte zur Dicklichkeit, in Zivilkleidern wirkte er schwammig. Sein Händedruck war lasch und klebrig. Die Wangen waren schwer und hängend und zogen den Mund in ein weich weinerliches, kindlich verwöhntes Aussehen. Die Unterlippe, so wird berichtet, schob sich etwas vor, wenn er den Mund schloß, was wie beleidigt und trotzig, auf jeden Fall aber schwächlich wirkte. Furcht vor so einer Persönlichkeit? Hier wird eine klägliche Erscheinung beschrieben. Wir erfahren weiter, daß er beim Gespräch die Augen gesenkt hielt, daß er Blickkontakte mied. So sei es des öfteren vorgekommen, daß ein Gegenüber, zum Beispiel ein fremder Diplomat, im Gespräch aufgrund des unvorteilhaften Äußeren des Generals Stärke gewonnen und sich zu dreisten Sprüchen habe hinreißen lassen, um dann – und hier sind wir am Punkt –, wenn der General den Blick erhob, wie vom Schlag getroffen zu verstummen und in blassester Panik die haarsträubendsten Selbstbezichtigungen zu stammeln, als rede er unter einer Droge. Oder unter der Folter. – Es war der Blick des Generals. Es gibt keinen Zweifel. Von diesem Blick, so deuten Zeitgenossen und Augenzeugen, ging eine suggestive Zwangsgewalt auf die Gemüter aus. Er gab Bericht von einer fundamentalen Unfähigkeit, fremdes Recht und fremden Glücksanspruch zu begreifen oder gar zu respektieren. Dieser Blick war der Blick des Unmenschen.

Es waren die Geschichten, die über diesen Mann erzählt wurden – sie hatten Odysseus neugierig gemacht und in einen Traum versponnen, der einem Fiebrigsein nicht unähnlich war. Die meisten dieser Geschichten erfuhr er erst, als die Freiung um Helena längst entschieden und er in eigenen Angelegenheiten am Hofe seines Schwiegervaters in spe Ikarios weilte. Ikarios konnte sich nicht genug tun, ihn vor Agamemnon zu warnen. Er war es, der ihn den »Unmenschen« nannte. Ikarios war noch nicht alt, noch nicht Mitte Vierzig, aber sein Haar war weiß und sein Augenlicht schlecht. Er wirkte wie ein Greis, ein Greis mit merkwürdig glatter Haut. Er schlief am Tag und tat sein Werk in der Nacht, weil das Tageslicht seinen Augen weh tat. Er erzählte. War das sein Werk?

»Mein verrückter Vater«, sagte Penelope manchmal mit einem träumerisch schrägen Blick zur Seite, da waren sie und Odysseus längst in Ithaka und verheiratet.

»Was macht er eigentlich?« fragte Odysseus.

»Er erzählt«, sagte Penelope.

»Und als du ein Kind warst, was hat er damals gemacht?«

»Damals erzählte er auch.«

»Und deine Mutter?«

»Die hat das nicht ausgehalten.«

»Kann er nichts anderes? Nur erzählen? Nichts sonst?«

»Nein, ich glaube nicht«, sagte Penelope und fügte hinzu: »Ich möchte es auch nicht.«

Ikarios hatte es gern gehabt, daß seine Tochter einen Mann nach Hause brachte. Und er hatte Odysseus gern. Er wollte ihn an seinem Hof behalten. Die Nächte hindurch erzählte er. Ja, das war sein Werk. Alles andere lief ohne ihn und in Geleisen, die er nicht vermessen hatte. Gleich nach dem Abendessen begann er zu erzählen. Odysseus lag neben der wundervoll riechenden Penelope auf dem Diwan und lauschte, lauschte der etwas schleppenden Stimme seines zukünftigen Schwiegervaters und lauschte den Variationen, die seine eigene Phantasie zu den Geschichten spann. Denn das war die eigentliche Gabe des Ikarios: Geschichten in Skizzenform zu erzählen, sie aber mit einer Substanz zu versehen, die aus der Phantasie des Zuhörers die fehlenden Teile zog, so daß sich die Erzählung erst im Kopf und im Herzen des Zuhörers vollendete und dort auch verankerte. Wenn Penelope eingeschlafen war und Odysseus den blauen, glänzenden Schal, den er ihr als Geschenk mitgebracht, über sie gelegt hatte, sagte Ikarios:

»Komm mit hinaus trinken, Sohn.«

Draußen auf der Veranda griff er neben die Holzbank, dorthin mußten ihm jeden Tag zwei Flaschen Wein gestellt werden und zwei Zinnbecher, purpurblauen, schweren Wein, der den Menschen heraustreibt, der auch dem Bedachtsamsten befiehlt und ihn ermutigt, mächtig zu singen und zärtlich zu lachen, der ihn zum Tänzer macht und Geschichten aus ihm herauslockt, die er wohl besser nie erzählt hätte. Und diese Geschichten waren nach Ikarios' Meinung nichts für die Ohren seiner Tochter Penelope.

»Also«, sagte er zu Odysseus, »wo waren wir gestern stehengeblieben?« Und meinte damit: stehengeblieben in der Familiengeschichte der Atriden, wie Agamemnon und Menelaos nach ihrem Vater Atreus genannt wurden.

Und diese Geschichten waren phantastisch. Die Erzählungen des Ikarios hatten zudem die Allüre des Allumspannenden, sie verbanden sich auf selbstverständliche Art mit den Sternen, die vor ihren Augen über den Himmel gesät waren und die Odysseus, während er zuhörte, halb in Trance zu Bildern ordnete, die selbst wiederum Embleme erstarrter Geschichten waren – der Jäger Orion mit Gürtel und Schwertgehänge, dessen Diamantenbesatz ein Meer aus Wasserstoff enthält, das größer ist als fünfhundert Sonnen; oder Andromeda, am Gestade dem Meeresungeheuer zur Beute ausgesetzt, und Perseus, das Haupt der Gorgo unter dem Arm, der ihr zur Hilfe eilt; oder Herakles im Löwenfell, bewaffnet mit der Keule, der Göttersohn, der Arbeiter; oder das Prachtschiff der Argonauten, deutlich ausgeführt mit einem Flaggenmast, doppeltem Steuerruder, Schiffsleine, Anlegehaken, einem schimmernden Knauf am Hintersteven, mit sternengeschmückten Heldenschilden an der Bordwand, Athene selbst hatte es an den Himmel gesetzt, damit die Irrenden und Verirrten, die Verwirrten und Verwilderten Mut fassen und sogar im Schiffbruch und Zusammenbruch noch

Vertrauen haben sollen, wenn sie zum Himmel aufblicken –; mit dem Fortissimo der Zikaden verbanden sich die Geschichten des Ikarios, erhoben die grauen, trockenen Tierlein zu ewig alternden Zwitterwesen zwischen Himmel und Erde, verbanden sich mit den fernen Eselsschreien hier am Boden, den gierig hungrigen Blicken der Katzen, die halb verwildert den Hof abschlichen auf der Suche nach Freßbarem. Wenn Ikarios erzählte, tat er es mit erhobenem Gesicht, lange zuckten die Augenlider nicht, dann schlugen sie wie Schmetterlinge um ihr Leben. Odysseus summte und hörte zu und dämmerte und wurde betrunken vom purpurblauen Wein. Und später, als er oben auf dem flachen Dach lag, wieder unter freiem Sternenhimmel, die Große Bärin im letzten Augenaufschlag – Ikarios wollte ihn nämlich noch nicht bei Penelope ruhen lassen –, da träumte er von der Blutsippe der Atriden: vom Urgroßvater, der die Götter zum Essen einlud und ihnen seinen Sohn, zerhackt und gebraten, vorsetzte; vom Großvater, der von den Göttern wieder zusammengesetzt worden war und ein blutiger Betrüger wurde; vom Vater Atreus, der des eigenen Bruders Söhne erschlug und ihr Fleisch dem Vater zu essen gab, der ein Hassender war, als hätte er den Haß erfunden. Im Traum noch mußte sich Odysseus zu strenger Ordnung rufen, denn solche Bilder erlaubte ihm sein aufgeklärter Geist nicht einmal im Schlaf. Im Traum noch sagte er sich: Ich habe diesen Mann ja gesehen, der Agamemnon heißt, er sieht aus wie ein mittlerer Ministerialbeamter, ein wenig hätte die Geschichte seiner Famillie doch ihre Spuren auf seinem Gesicht hinterlassen müssen oder in der Haltung seines Körpers oder in seinem Händedruck. Der Händedruck des Atriden, erinnerte er sich träumend, war lasch und klebrig gewesen, die Hand ohne Form, ein warmes, müdes, bemitleidenswertes Etwas, bei dem man gar nicht wußte, wie man es anfassen sollte …

Agamemnon war verheiratet mit Klytaimnestra, der Schwester der Helena. Er war also des Tyndareos Schwiegersohn, weswegen sich auch keiner der Freier etwas dachte, als er als einziger am Tisch des Hausherrn mitaß. Seit ihrer Heirat, so erzählte Ikarios, habe man Klytaimnestra nie wieder zu Gesicht bekommen. Manche behaupteten, Agamemnon halte sie wie ein wildes Tier in einem Käfig. Andere hechelten, sie habe einen Schwur getan, sie wolle das Schlafzimmer nie wieder verlassen, denn seit sie mit Agamemnon geschlafen habe, habe ihr Leben keinen anderen Sinn mehr, als auf ihn zu warten. Letzteres bezweifelte Ikarios.

Klytaimnestra war vor Agamemnon schon einmal verheiratet gewesen, mit Tantalos, und dieser Tantalos war ein unschöner, aber liebenswürdiger Mann gewesen. Er hatte eine Glatze, und sein Rücken war krumm, und wenn er lächelte, hoben sich die Mundwinkel, und sein Mund sah aus wie ein dunkelrotes V. Aber seine Häßlichkeit störte Klytaimnestra nicht.

»Sie ist die Schwester der Helena«, sagte Ikarios, »das mußt du bedenken, Sohn!«

Schon als Helena noch ein kleines Kind war, eilte ihr der Ruf himmlischer Schönheit voraus. Klytaimnestra sah, daß eine solche Veröffentlichung der Person ein Fluch war für das Kind, und sie dachte sich, es ist gut, daß ich in ihrem Schatten stehe und mich niemand sieht, denn dann kann ich ein Leben führen, wie ich es will. So dachte sie. Niemals war sie neidisch auf Helena, im Gegenteil, sie war es, die das Mädchen tröstete, wenn es traurig war, die Helena zuhörte, wenn ihr etwas aufs Herz drückte.

Klytaimnestra war nicht schön, aber sie war hübsch, sie hatte ein von Sommersprossen gepunktetes Lächeln. Als sie Tantalos kennenlernte und sah, daß auch er einer war, der sich gern im Hintergrund hielt, daß auch er einer war, der nicht gern über seine Familie sprach, da fand sie das sympathisch. Und ohne daß irgend jemand Notiz davon nahm, verliebten sich die beiden und trafen sich. Und schließlich heirateten sie, und wieder nahm keiner Notiz davon. Und auch als Klytaimnestra einen Sohn zur Welt brachte, kam niemand, um sie zu beglückwünschen.

Später, da waren Penelope und Odysseus längst in Ithaka und verheiratet, fragte Odysseus vorsichtig nach.

»Ja«, sagte Penelope, »ich habe Klytaimnestra einmal besucht und ich fand, sie war eine schöne Mutter, und sie hatte einen schönen kleinen Sohn. Tantalos habe ich nie kennengelernt. Aber sie hat nur in liebsten Worten von ihm gesprochen.«

Und bei derselben Gelegenheit sagte Penelope: »Hat dir mein Vater erzählt, daß wir verwandt sind mit ihnen?«

»Mit wem?« fragte Odysseus.

»Mit ihnen eben. Mein Vater ist ein Bruder von Tyndareos. Oder ein Halbbruder. Klytaimnestra ist meine Cousine oder meine Halbcousine.«

»Nein«, sagte Odysseus, »davon hat Ikarios nicht erzählt.«

»Mein verrückter Vater«, sagte sie mit einem träumerisch schrägen Blick zur Seite.

Ja, erzählte Penelope weiter, Klytaimnestra habe nur in liebster Art von ihrem Mann Tantalos gesprochen. Aber sie machte sich auch Sorgen um ihn. War es ihr am Anfang sympathisch gewesen, daß er nie von seiner Familie sprach, so kam es ihr mit der Zeit doch ungewöhnlich, ja in gewisser Weise sogar bockig vor. Schließlich sind wir doch Mann und Frau, sagte sie zu ihm. Warum soll es ein Geheimnis geben zwischen uns? Aber Tantalos entgegnete, er wolle nicht erzählen, seine Kindheit und seine Jugend seien nicht schön gewesen. Mehr wolle er nicht sagen. Aber Klytaimnestra habe gesehen und habe gefühlt, daß Schweres auf der Seele ihres Mannes lastete und daß er eigentlich doch darüber sprechen wollte, und sie fragte weiter. Und schließlich erzählte er. Nicht viel erzählte er, das meiste deutete er lediglich an. Er erzählte mit abgewandtem Gesicht. Seine Kindheit und Jugend seien geprägt gewesen von dem Haß zwischen seinem Vater und dessen Bruder, kein anderes Thema habe es in der Familie gegeben als diesen Haß. Es gebe nichts Gleichförmigeres als so einen Haß, nichts Langweiligeres auch, jedenfalls für den, der einen solcherart Hassenden betrachte. Sein Vater, so erzählte Tantalos, habe sich für nichts anderes auf der Welt interessiert, über nichts Schönes habe er sich freuen, über nichts Häßliches ärgern können, nichts Geheimnisvolles habe es gegeben, das ihm zum Erforschen gereizt hätte. Und dann bat Tantalos, Klytaimnestra solle nicht weiterfragen, und sie respektierte diese Bitte.

»Weißt du, was aus ihm geworden ist«, fragte Odysseus.

»Er ist gestorben«, sagte Penelope.

»Und weißt du, wie er gestorben ist«, fragte Odysseus vorsichtig.

»Nein«, sagte Penelope.

Odysseus aber wußte, wie Tantalos ums Leben gekommen war. Ikarios hatte es ihm erzählt.

Eines Tages, so hatte Ikarios erzählt, habe ein Fest am Hof des Tyndareos in Lakedaimon stattgefunden, er wisse nicht mehr, was der Anlaß zu diesem Fest gewesen sei. Jedenfalls war auch Agamemnon geladen, und er sah Klytaimnestra, und er verliebte sich augenblicklich in sie. Klytaimnestra versuchte ihn wegzuschieben, sagte, sie sei verheiratet, und zwar glücklich, und sie habe einen Sohn, und mehr habe sie sich in ihrem Leben nicht gewünscht, alles sei ihr in Erfüllung gegangen, alles, sie sei der glücklichste Mensch auf der Welt. Da fing Agamemnon zu weinen an, fiel vor ihr auf die Knie, hielt sich an ihren Kleidern fest, und Klytaimnestra wußte nicht, was sie tun sollte. Sie legte ihre Hand auf den sandgelben, schütteren Scheitel des Mannes und bat ihn, er möge sich doch beruhigen. Die Szene fand irgendwo im Hausflur zwischen Halle und Küche statt. Jeden Augenblick hätte einer der Gäste auftauchen können. Klytaimnestra habe sich keinen andern Rat gewußt, als mit der Hand über Agamemnons Kopf zu streicheln und mit sanfter Stimme auf ihn einzureden. Und das wirkte. Agamemnon sei, so erzählte Ikarios, zurück in die Halle gegangen, wo das Fest stattfand. Und Klytaimnestra sei in ihr Gemach geflohen. In der Nacht aber klopfte es an Klytaimnestras Tür. Sie öffnete, meinte es sei ihr Mann, der nicht bis zum Ende des Festes in der Halle bleiben wollte. Aber es war Agamemnon. Er schloß die Tür hinter sich. Und abermals fiel er vor Klytaimnestra auf die Knie. Sie habe ihn zum glücklichsten Mann der Welt gemacht, sagte er. Sie verstehe nicht, sagte Klytaimnestra. Das sei doch ein Zeichen gewesen, daß auch sie ihn liebe, schwärmte er. Was für ein Zeichen, fragte sie. Sie solle das noch einmal tun, nur noch einmal, nur noch einmal, flehte er. Was denn, fragte sie. Die Hand auf seinen Kopf legen, druckste er heraus mit seiner dünnen, jämmerlichen Stimme. Klytaimnestra wich zurück. Er solle sich doch um Himmels willen nicht so vor ihr demütigen, bat sie. Aber Agamemnon rutschte ihr auf den Knien nach. Doch, weinte er, doch, doch, doch, wenn sie es verlange, werde er sich das Gesicht am Fußboden blutig schlagen. Und er schlug seinen Kopf auf die Steinfliesen, daß die Stirn aufplatzte und das Blut Flecken auf den Boden machte. Bitte, rief Klytaimnestra, er solle das sein lassen, und sie beugte sich über ihn, der vor ihr auf dem Boden lag. Man könne doch in Ruhe reden, sagte sie, fuhr mit ihren Armen unter seine Achseln und wollte ihn hochheben.

In diesem Augenblick sei Tantalos hereingekommen, erzählte Ikarios. Tantalos habe seinen kleinen Sohn auf dem Arm getragen, und er konnte gar nichts sagen, so fassungslos war er. Er sah, wie sich seine Frau über einen Mann beugte, der ein blutiges Gesicht hatte, und er erkannte diesen Mann.

»Weißt du, Sohn«, sagte Ikarios, »die beiden kannten sich.«

»Woher kannten sie sich«, fragte Odysseus.

»Willst du mir etwas versprechen, Sohn«, sagte Ikarios.

»Gern«, sagte Odysseus.

»Versprich mir, daß du die Nähe dieses Mannes meidest.«

»Welches Mannes?«

»Daß du Agamemnon aus dem Weg gehst.«

»Ach, was werde ich denn mit dem je zu tun kriegen!« rief Odysseus.

Ikarios erzählte weiter. Lange zuckten seine Augenlider nicht, dann schlugen sie wie Schmetterlinge um ihr Leben. Agamemnon sei vom Boden aufgesprungen, habe Tantalos angestarrt. Das ist Tantalos, sagte Klytaimnestra, mein Mann. Der da soll dein Mann sein, sagte Agamemnon. Klytaimnestra nickte nur. Der da, schrie Agamemnon, ist der Sohn jenes Mannes, den ich mehr hasse als alles andere auf dieser Welt. Sein Vater hat meinem Vater mehr Leid angetan, als sich mit Menschenstimme nennen läßt.

»Nein«, sagte Ikarios, »Klytaimnestra wußte es nicht. Sie wußte nicht, daß ihr Tantalos der Sohn des Thyestes war. Sie wußte nicht, daß Atreus, der Vater des Agamemnon, der Bruder des Thyestes war. Sie wußte nicht, daß Atreus die Söhne des Thyestes getötet und zerhackt und gebraten und sie ihrem Vater zum Mahl gereicht hatte. Weißt du, Sohn«, sagte Ikarios, »der Haß zwischen Atreus und Thyestes sucht in der Welt seinesgleichen. Und wir müssen hoffen, müssen hoffen, verstehst du, wir müssen hoffen, daß er seinesgleichen nicht findet.«

Ikarios erzählte weiter.

Agamemnon tötete Tantalos vor Klytaimnestras Augen, erstach ihn, und auch den kleinen Sohn der beiden tötete Agamemnon. Er zerschlug das Kind auf dem Steinboden.

»Das Blut spritzte hoch empor, nicht anders, als wenn ein brüchiges Bleirohr platzt und aus dem schmalen Spalt zischend das Wassser in langem Strahl herausschießt und im Bogen die Luft zerteilt.«

»Warum sagst du das in so herrlichen Worten«, hatte Odysseus seinen zukünftigen Schwiegervater gefragt.

Ohne darauf zu antworten, war Ikarios in seiner Erzählung fortgefahren: »Klytaimnestra füllte die Wunden ihrer Liebsten mit ihren Tränen und vermischte ihre Zähren mit ihrem Blut. Sie wollte sich in das Eisen stürzen, das vom Mord noch warm war.«

Agamemnon vergewaltigte Klytaimnestra im Blut ihres Mannes und ihres Kindes. Er schleifte sie an den Haaren zu Tyndareos und gestand offen, was er getan hatte. Er bot eine horrende Summe als Wiedergutmachung an. Das Geld, sagte er, werde ihm sein Bruder Menelaos geben, und der lege dieselbe Summe noch obendrauf, wenn Tyndareos einverstanden sei, daß Klytaimnestra als Gattin ihm, Agamemnon, nachfolge.

»Und Tyndareos stimmte zu«, hatte Ikarios erzählt.

»Ich glaube das nicht«, sagte Odysseus später, als er und Penelope längst schon in Ithaka waren und verheiratet.

»Was glaubst du nicht«, fragte Penelope mit träumerisch schrägem Blick zur Seite.

»Ich glaube es schon«, sagte er, »ich glaube es, weil du es sagst. Aber ich kann es mir nicht vorstellen. Ich kann mir einfach nicht vorstellen, daß dieser Tyndareos dein Onkel ist.«

»Er ist so eine Art Onkel«, sagte Penelope. »Warum kannst du das nicht glauben?«

Odysseus gab ihr darauf keine Antwort. Ikarios hatte ihn nämlich nach ihrer letzten Nacht auf der Veranda gebeten, er solle diese Geschichten vor Penelope geheimhalten.

»Willst du mir das versprechen?«

»Wenn es dir wichtig ist«, hatte Odysseus gesagt.

Dann hatte ihm Ikarios die Geschichte zu Ende erzählt: »Agamemnon nahm Klytaimnestra zur Frau. Von da an bestand all ihre Kunst aus Tränen. Das Vieh aber wollte geliebt werden! Ihm genügte nicht, daß er sie besaß, er wollte von ihr geliebt werden! Deinen Körper, sagte er, den habe ich doch ohnehin. Was bedeuten mir Körper! Ich habe zu viele in der Sonne faulen sehen. Glaubst du, ich habe deinen Körper geheiratet? Ich will nicht, daß du mich belügst. Ich will nicht, daß du mir Liebe vortäuschst. Ich will nicht, daß du dich von mir nehmen läßt wie eine Negersklavin, die ich auf einer Auktion kaufen kann. Ich will nicht, daß ich mir in meinen eigenen Augen wie ein lüsternes Tier vorkomme. Dann würde ich mir sauberer vorkommen, wäre ich in ein Bordell gegangen. Dann stünde ich vor meinem Leben ehrenhafter da.«

Das hatte Ikarios erzählt.

»Vier Kinder hat sie ihm zur Welt gebracht«, sagte Penelope, die von all dem nichts wußte, später, als sie bereits Mann und Frau waren, in Ithaka. »Vier Kinder, Iphigenie, Chrysothemis, Elektra und Orest.«

»Ach so«, sagte Odysseus erleichtert. »Ach so. Ach so ... Dein Vater ist wirklich ein bißchen verrückt, nicht wahr?«

»Wie meinst du das?«

»Kinder fallen ja bekanntlich nicht vom Himmel wie die Geigen.«

»Und wie meinst du das?« fragte sie und sah ihm zum erstenmal, seit sie über Klytaimnestra und ihren Mann sprachen, ins Gesicht.

»Dumme Rederei«, sagte er, »vergiß es!«

Ja. Als sich Agamemnon im Offizierscasino in Aulis neben ihn setzte, da war Odysseus beeindruckt. Nein – er war überwältigt. Und mehr noch: Er glaubte den Geschichten, die Ikarios über diesen Mann erzählt hatte. Er sah dem General ins Gesicht und wußte: Diese Geschichten sind wahr. Aber so grauenhaft diese Geschichten waren, sie bewirkten nicht, daß er den Blick von diesem Mann abwandte, im Gegenteil: Es drängte ihn danach, in seiner Nähe zu sein.

Wir hören das nicht gern. – Was würde er gesagt haben, hätten wir ihn damals zur Rede gestellt? Er wäre aufgebraust, hätte wie im Schritt einen Fuß vor den anderen gesetzt, hätte den Nacken vorgeschoben und mit dem Zeigefinger auf uns gezielt und hätte mit gestochener Stimme gesagt, wir bauen uns eine Weltsicht aus Gerüchten und halten jeden, der die Grundfesten dieses Gebäudes erst sehen und mit eigenen Händen prüfen wolle, bevor er über seine Stabilität urteile, für einen Verbrecher. So hätte er geredet, denn wenn er in Bedrängnis war, redete er gern in Bildern. So hätte er argumentiert und hätte sich unsere Fragen erst gar nicht angehört. Wir hätten ihm nachgerufen: Du hast dich vernarrt in eine Kanaille! Wir hätten dafür gesorgt, daß er sich verrucht vorgekommen wäre. Aber das Verruchte würde ihm womöglich gefallen haben. Je größer der Haufen angewachsen wäre, zu dem wir Agamemnons Schlechtigkeit aufgeflucht hätten, desto mehr hätte sich Odysseus geschmeichelt gefühlt, daß dieser Ausbund, dieser Höllenhund, diese Kanaille, dieses Vieh, daß der Unmensch zu Fuß durch das ganze Lager gegangen, über Soldatendreck gestiegen war, weder einen Herold vorausgeschickt hatte, noch eine Leibwache an seiner Seite hielt, und das alles, nur um sich im Offizierscasino an einen schmierigen Tisch zu setzen – neben ihn, Odysseus.

Die Wahrheit lautet: Odysseus war fasziniert von Agamemnon. – Das hören wir nicht gern. Und es fällt uns schwer, für diese Faszination Gründe zu nennen, die sie uns verständlich machen, das heißt nachvollziehbar, das heißt entschuldbar, das heißt verzeihlich. Wieviel Aufwand haben wir getrieben, um Lappalien wie Schulterhochwerfen und Luft-durch-die-Nase-Stoßen zu exkulpieren! Faszination für einen Mörder, für ein Vieh wie Agamemnon ist nicht mehr tolerabel.

Allein, es wird nicht dabei bleiben. Es wird nicht bei der Faszination für einen Mörder bleiben. Odysseus selbst hat davon gesprochen – von wenigstens drei Verbrechen, die auf seine Rechnung gehen. Erinnern wir uns: Sie waren auf dem Weg zum Strand, Kalypso stützte ihn, sie wollte ihm zeigen, wo sie ihn gefunden hatte, er war rekonvaleszent, aber noch verwirrt genug, um über Dinge zu sprechen, über die er bei nüchternem Bewußtsein nie gesprochen hätte. Er redete ungereimt, daß sich »eine Liste erstellen ließe«, sagte er in die Luft hinein, ohne darauf zu achten, ob Kalypso ihn verstehe oder nicht, »eine Liste der unverzeihlichsten Untaten, die einer begangen hat«.

»Drei Verbrechen habe ich in meinem Leben begangen, exakt drei.« So – wörtlich – drückte er sich aus.

Und du hast ihn nicht danach gefragt, Kalypso. Warum nicht? – Erzählen wir die Geschichte weiter, vielleicht tauchen neue Aspekte auf, die uns nachsichtiger, barmherziger stimmen, so daß wir Odysseus nicht ganz aus unserer Zuneigung entlassen.

Die Uniform, ganz in Schwarz gehalten, formte den dicken Körper zu gespannter Stattlichkeit, zu staatstragender Gesetztheit, zu Reife. Auf dem Kopf thronte die Generalsmütze, mit goldenen Borten geschmückt, das Schild leuchtend schwarz poliert. Die Grausamkeit des Auges gab nun dem ganzen Mann das Gepräge. Der Mund klemmte in ironischer Schiefheit darunter, was dem Gesicht zudem den Eindruck königlicher Arroganz verlieh. Allen war er voran, der Feldherr, das sprach seine Erscheinung. Er war einer, der seinem Schöpfer dafür dankt, daß er nicht weiß, was Gerechtigkeit ist.

Allen ist er voran, der Held Agamemnon, der göttliche, an Machtwillen dem donnerfrohen Zeus gleich, mit dem Blutappetit des Ares gesegnet, wütend eigensüchtig wie Poseidon, wie Dionysos gleichermaßen dem Phlegma und dem Größenwahn verfallen. Sänger werden ungebeten ihn anjubeln: Gewaltig bist du wie der Stier in der Herde und kraftvoll! Du bist der, der den Jammer des Krieges in Jubel verwandelt! Der Hirte der Völker, das bist du!

»Dieses Leben«, hatte Ikarios gesagt, »gehört auf den Jahrmarkt, gehört reduziert auf die lächerliche Unsäglichkeit einer schmutzigen, ordinären und blutigen Moritat.«

Agamemnon zeichnete Odysseus vor allen anderen aus. Er bat ihn zu sich in sein Zelt, zu einem Gespräch unter vier Augen. Als sich Odysseus vom Tisch im Casino erhob, um dem General zu folgen, sah er in den Gesichtern der Offiziere um ihn herum, daß ihre Sorge größer war als ihr Neid.

»Was hältst du von unserem Erfinder?« fragte Agamemnon, als sie allein waren.

»Wen meinst du«, fragte Odysseus zurück.

»Palamedes mit der marmorweißen Stirn.«

Odysseus fühlte eisigen Hauch im Rücken. Das Herz pochte und wollte die Brust verlassen und in die weite, offene Welt hüpfen wie ein feiger Hase. Es war Odysseus, als würde er aus sich selbst herausgestoßen. Er fühlte, wie eine nie gekannte Empfindung in ihm hochstieg, eine Sehnsucht, weinerlich und tyrannisch zugleich, Selbstaufgabe fordernd und nach Anlehnung winselnd, und sein Verstand sagte: Laß es aufkommen, laß es, es sichert dein Überleben! In diesem Augenblick wünschte er, zugleich unter den Verführern und den Verführten, den Tretern und den Getretenen, den Belohnten und den Getadelten, den Zauberern und den Verzauberten zu sein – Hingabe.

»Willst du mir nicht Antwort geben«, fragte Agamemnon mit der Stimme eines Beichtvaters.

»Palamedes kann nützlich sein«, sagte Odysseus.

»Das meine ich auch«, sagte der General. Dann ließ er eine Minute Pause, ehe er in seiner beiläufigen Art zu fragen fortfuhr: »Kommt er dir verschlagen vor? Mir kommt er nämlich verschlagen vor. Ein Gesicht wie ein nobler Grabstein, kein ehrlicher Mann hat das. Was meinst du?«

»Ich bin nicht der Rechte, darauf zu antworten«, sagte Odysseus leise.

»Weil du Partei bist?«

»Ja.«

Eine lange Pause entstand. Angst, wie er sie noch nie bisher verspürt hatte, lähmte jeden Gedankengang.

Schließlich sagte Agamemnon ohne deutbare Betonung: »Ich kenne die Geschichte. Ich weiß, daß du dich drücken wolltest.« Einen Augenblick ließ er den Satz wirken. Dann sagte er: »Jeder, der seine fünf Sinne beisammen hat, würde sich zunächst vor so einem Krieg drücken wollen. Ich wollte es auch.«

»Du?« sagte Odysseus mit flachem Atem.

»Ich auch, ja. Ich habe ja meine fünf Sinne beisammen. Oder glaubst du nicht?«

»Natürlich.«

»Eben. Darum versteht es sich von selbst, daß ich zuerst versuchte mich zu drücken. Denkst du, ich rede Unsinn?«

»Nein, natürlich nicht.«

»Ich meine, daß ich absichtlich Unsinn rede. Ich meine nicht, daß ich Unsinn rede, weil ich vielleicht dumm bin. Das meine ich nicht, und das meinst du doch auch nicht.«

»Nein, nein, natürlich nicht!«

»Es gilt ja als Zeichen von Intelligenz, wenn einer ab und zu absichtlich Unsinn redet.«

»Kann sein, ja«, sagte Odysseus.

»Also ich meine, so wie die Leute über dich reden, kann ich mir vorstellen, daß du auch ab und zu absichtlich Unsinn redest, oder nicht?«

»Doch, ab und zu schon, ja ...«

»Siehst du. Ich auch.«

»Ja.«

»Aber in diesem Fall nicht. In diesem Fall rede ich nicht absichtlich Unsinn, oder? Was meinst du?«

»Nein.« Es war wie Roulette, nein – Schwarz, ja – Rot. Odysseus setzte auf Schwarz. »Nein, in diesem Fall redest du nicht absichtlich Unsinn.«

»Und woher willst du das wissen?«

»Meine Menschenkenntnis sagt es mir.«

»Sehr gut. Dann hätten wir auch das geklärt. Ich war also gegen den Krieg. Ich drängte auf Verhandlungen. Mein Bruder wollte ohne Verhandlungen losziehen. Ich sagte: Holt mir erst diesen Odysseus! Er soll verhandeln. Er ist ein Kopf, so ein Kopf ist er! Sagte ich. Ein Genie ist er. Sagte ich. Das habe ich gesagt. Den mußt du holen, habe ich zu Menelaos gesagt. Den mußt du bitten, höflich. Mit Verbeugung. Der redet dir deine Frau heraus, da merken die Troer gar nicht, daß sie nicht mehr da ist. Das war meine Rede. Auf nach Ithaka! Nicht Krieg! Krieg ist Quatsch! Mein Bruder aber hatte es eilig. Ich fragte ihn: Warum hast du es so eilig? Glaubst du, du kannst verhindern, daß Paris den Seinen in die Deine hineinsteckt? Was willst du wetten? Sagte ich zu meinem Bruder. Ich behaupte, der hat ihn schon drinnen gehabt, da waren die beiden noch gar nicht auf dem Schiff. Was meinst du, Odysseus?«

»Ich weiß es nicht.«

»Wissen tue ich es auch nicht. Aber ein Mann hat auch eine Meinung.« Und plötzlich wurde Agamemnon heftig. »Oh, ich werde es diesen Räubern zeigen! Ihre Mütter und Frauen will ich weinen machen! Ihre Schwänze in unsere Weiber zu stecken, elend verrecktes Pack! Ich weiß, daß du es nicht wissen kannst, Odysseus. Warst du dabei? Nein. Kennst du jemanden, der dabei war? Nein. Also: Woher sollst du es wissen? Darum habe ich ja auch nicht gefragt, ob du es weißt.«

»Ich meine dasselbe«, beeilte sich Odysseus zu versichern.

»Natürlich. Also deswegen führt man keinen Krieg. Dazu ist ein Krieg etwas viel zu Großes. Was meinst du?«

»Ich meine dasselbe.«

»Nur ein Narr zieht in den Krieg, ohne vorher versucht zu haben, ihn zu vermeiden. Der Mensch an sich ist friedlich. Nur Narren sind nicht friedlich. Was meinst du?«

»Ich meine dasselbe.«

»Weißt du, was ich denke, Odysseus? Ich denke, du bist der einzige Soldat im ganzen Heer, auf den ich mich verlassen kann. Eben deshalb, weil du dich drücken wolltest. Du wolltest dich drücken, stimmt's?«

»Das Wort drücken würde ich nicht ...«

»Ich schon«, schnitt ihm Agamemnon das Wort ab. »Und darum mißtraue ich Palamedes. Verstehst du das?«

»Nein«, sagte Odysseus.

»Nein? Was will er? Weißt du, was dieser Palamedes will?«

»Was meinst du damit?«

»Spreche ich undeutlich? Mir scheint fast. Immer fragst du nach. Mache ich den Mund nicht richtig auf? Das möchte ich gleich sagen: Wenn ich den Mund nicht richtig aufmache beim Sprechen, dann bin ich dir dankbar, wenn du es mir sagst. Ich weiß, du gehörst nicht zu denen, die einem nicht sagen, daß man den Mund nicht richtig aufmacht beim Sprechen, und dann hinter dem Rücken Bemerkungen machen, daß man den Mund nicht richtig aufmacht beim Sprechen.«

»Nein, du machst den Mund richtig auf beim Sprechen.«

»Aha.«

»Ich habe die Frage nicht richtig verstanden. War meine Schuld.«

»Welche Frage?«

»Ob ich weiß, was Palamedes will.«

»Ist das eine komplizierte Frage?«

»Nein, das nicht.«

»Warum er dich hat auffliegen lassen, das meine ich. Ob du weißt, was er damit will. Ob du eine Meinung dazu hast. Jeder, der seine Tassen im Schrank hat, denke ich mir, hätte sein Maul gehalten und deine List nicht durchkreuzt. Jeder, der seine Tassen im Schrank hat, hätte sich gedacht, der macht es richtig, der will sich drücken, der ist kein Narr, der ist friedlich, der will keinen Krieg. Hat Palamedes seine Tassen nicht im Schrank?«

»Ich denke, Palamedes hat seine Tassen im Schrank.«

»Hat sie im Schrank?«

»Ich denke, ja.«

»Hat vielleicht sogar noch mehr Tassen im Schrank als die meisten hier?«

»Ich denke, ja. Ja.«

»Mehr als du vielleicht sogar?«

»Das kann ich nicht sagen.«

»Was ist deine Meinung? Deine Meinung, Odysseus, deine Meinung!«

»Ich weiß es nicht.«

»Du bist Partei, ich verstehe. Ich respektiere deine Vornehmheit. Vornehmheit ist ein Gut. Ich respektiere das. Ich kann es mir nicht vorstellen, weißt du. Ich kann nicht glauben, daß Palamedes mehr Tassen im Schrank hat als du. Mach dich nicht kleiner, als du bist, Odysseus! Was will dieser Palamedes? Glaubst du, er liebt die Menschen? Sag bitte nicht, daß du es nicht weißt. Ich weiß, daß du es nicht weißt. Ich will deine Meinung hören.«

»Ich glaube nicht, daß Palamedes die Menschen liebt«, sagte Odysseus.

»Weil er dich nicht liebt, meinst du, er liebt gleich die ganze Menschheit nicht?«

»Ich gebe zu«, sagte Odysseus, »ich schließe von mir auf alle.«

»Gut. Mach ich auch immer. Ist das Beste. Eindeutig. Siehst du, Odysseus, ich glaube auch nicht, daß Palamedes die Menschen liebt. Ich glaube es einfach nicht. Glaubst du, er liebt wenigstens die Welt?«

»Die Welt?«

»Ja, die Welt. Die Menschen liebt er nicht, das haben wir festgestellt. Jetzt bleibt nur noch die Welt. Frage: Liebt er die Welt?«

»Ich glaube«, sagte Odysseus und machte ein Gesicht, als denke er tief, tief nach, und machte ein Gesicht, als sei er durch die Anwesenheit des Generals erst zu diesem tiefen, tiefen Nachdenken gelangt: »Ich glaube ... ja, ja, ich glaube ... es ist meine Meinung, er liebt die Welt nicht, weil ... er leidet nicht an ihr ...«

Agamemnon schaute ihn mit offenem Mund an. »Er leidet nicht an ihr«, wiederholte er. »Großartig! Palamedes leidet nicht an der Welt. Du hast soeben mit Worten einen Mann aus Nauplia erschaffen, weißt du das?«

»Er will die Welt lediglich vermessen«, legte Odysseus nach, »und vielleicht einiges an ihr umstellen.«

»Einiges an ihr umstellen ... Lediglich vermessen ... Das ist gut gedacht. Das hätte niemand besser sagen können als unser Odysseus. Dem ist nichts hinzuzufügen. Palamedes will die Welt vermessen und vielleicht einiges an ihr umstellen ... Ja ... Das ist ein Dossier. Ich behalte ihn im Auge. Das wollte ich dir mitteilen. Darum habe ich dich zu mir gebeten. Das war Punkt eins. Und nun bitte ich dich noch um einen Rat. Es liegt nämlich noch ein Fall von Schwurverweigerung vor«, dabei starrte er Odysseus ins Gesicht. »Ich werde dir die Sache zeigen. Komm mit!«

Agamemnon führte ihn aus dem Zelt, winkte einen Soldaten herbei und befahl ihm, er solle Odysseus, er wisse schon wohin, führen, und zu Odysseus sagte, er komme gleich nach. Und setzte noch an: »Übrigens auf diesen Fall hat der saubere Palamedes nicht reagiert. Gar nicht. Ich muß dir nämlich gestehen, daß ich ihn schon vor dir zu einem kleinen Gespräch unter vier Augen geladen habe.«

Der Soldat führte Odysseus in eine Holzbaracke. Hier war kein Fenster, erst allmählich gewöhnten sich seine Augen an die Finsternis, und er konnte in dem schwachen Licht, das durch die Ritzen in Wänden und Dach fiel, sehen, daß der Raum bis oben hin mit allerlei Dingen vollgestopft war. Der Soldat blieb neben ihm stehen, als habe er Befehl, ihn zu bewachen.

»Was geschieht jetzt«, fragte Odysseus.

Er bekam keine Antwort.

Da fiel Angst in des Helden Herz ein wie ein tollwütiger Amokläufer am hellichten Nachmittag in eine

Autobahnraststätte, und er bangte um das liebe Leben im Sonnenlicht. Und er sah, daß er nichts aufzubieten hatte. Keine List konnte ihm etwas nützen. Kein scharfer Verstand fand einen ehrenhaften Ausweg. Das brennende Gefühl, gedemütigt worden zu sein, nahm ihm den letzten Mut.

Aber worin, fragen wir, lag die Demütigung? War er beschimpft worden? Nein. War ihm etwas weggenommen worden? Nein. Ein Spiel war mit ihm gespielt worden. Ein durchsichtiges Spiel. Nicht zu sagen, was man denkt, oder etwas anderes zu sagen, als man denkt, das sind Verstellung und Lüge, alltägliche Dinge, Lebenswerkzeuge, um geschmeidiger durchs Leben zu kommen, man baut ja nicht sein ganzes Leben darauf; sich zu verstellen und zu lügen, jedoch dabei zu wissen, daß der andere weiß, daß man sich verstellt, daß man lügt, darin bestand das Spiel, das ihm Agamemnon aufzwang. Es war ein demütigendes Spiel, jedenfalls für den, der in diesem Spiel Figur war. Und es beschlich ihn die Ahnung, und sie war ekelerregend, daß dieses Spiel in Zukunft nicht nur zur alltäglichen Sache werden, sondern daß sich darauf tatsächlich sein ganzes Leben aufbauen würde. Und noch eine Ahnung kam ihm, und die war nicht weniger ekelerregend, nämlich daß seine Existenz in Hinkunft eine geliehene sein würde, daß sie stattfinden würde unter dem unmenschlichen Blick dieses Mannes, daß sie geduldet sein würde unter seiner Faust, aber nur solange sich diese Existenz als nützlich erweise. Daß seine Vernichtung eingeplant war wie der voraussehbare Austausch eines Verschleißteils in einem Motor.

Diese Gedanken machten seine Angst aus, als er in dem dunklen Schuppen stand und wartete und bewacht wurde von einem Soldaten, dessen Gesicht er in der Dunkelheit nicht sehen konnte, der ihn offensichtlich als so machtlos einstufte, so klein, so unbedeutend, so ganz in der Hand seines Vorgesetzten, daß er sich erlauben zu können glaubte, ihm keine Antwort zu geben.

Als ein Niemand – *Utis* –, so wartete Odysseus auf seinen Peiniger, mit allem rechnend. Denn sein Peiniger war der Unberechenbare. Und da begann er ihn verzweifelt zu lieben. Ließ in Verzweiflung das Bild seines Peinigers ins Glorreiche wachsen. Sah in Verzweiflung das große Werk des Peinigers ein und beugte sich davor. Sah sich in einer Vision, den Schreibtisch dieses Mannes aufräumen, heimlich mitten in der Nacht, wie ein Heinzelmännchen, sah den Mann am nächsten Morgen staunen und fragen, wer denn sein Wohltäter sei, sah sich selber schweigen, nicht aus Bescheidenheit, sondern aus Rücksicht auf den Mann, der so vieles zu tragen hatte und nun nicht auch noch mit öffentlich gemachten Liebesbezeugungen zu Dank gezwungen werden durfte; er sah sich in einer Vision den Kritikern Agamemnons entgegentreten und ihnen zurufen: Seid ihr von Sinnen! Nicht ziemt es euren Mäulern den Namen des Königs vor der Versammlung auszusprechen! Wahrlich, ich sage euch: Finde ich euch noch einmal das Wort erheben gegen ihn, dann soll des Odysseus Haupt nicht länger mehr auf seinen Schultern stehen, dann soll mich hinfort keiner Vater des Telemach nennen: Wenn ich nicht Hand an euch lege und euch die Kleider vom Leib reiße, den Mantel und den Rock und was die Scham euch verhüllt, und euch aus der Versammlung jage mit Tritten und Hieben; sah sich in einer Vision als Agamemnons geschickter Unterhändler, in seiner absoluten Selbstaufgabe gefährlich wie eine Maschine, getrieben vom Machtrausch des absolut Entmutigten; sah seine geflügelte Kunst im Dienst des Unmenschen, hörte sich den logischen Nachweis erbringen für die Aura des von der menschlichen Schwäche des Irrtums verschonten Führers; Odysseus, dessen tiefe Stimme aus der Brust hervordrang, diese Stimme, von der die ihm nicht Wohlgesonnenen sagten, sie sei ihnen eine Spur zu cremig, die ihm Wohlgesonnenen aber schwärmten, sie sei sonor, dessen Worte wie Schneeflocken zur Winterzeit sich drängen, Odysseus, der Redner, Odysseus, der Feuerdenker, Odysseus, der Erzähler, er sah sich als prima glücklichen Knecht, nannte sich selbst in reinsten und vollsten Herzenstönen einen prima glücklichen Knecht, hoffend, sein Peiniger werde, bevor er zum vernichtenden Schlag gegen ihn ausholte, dieses Glück in seinem Gesicht erkennen und verstehen und ihn dann vielleicht, vielleicht verschonen ...

Welch ein Schauspiel, tragisch und komisch und das gleichzeitig und in einem! Wir blicken auf Odysseus herab, als wäre er bloß Ingredienz einer Versuchsanordnung, als wäre er einer, der sich stellvertretend krümmt. Solche Schauspiele gehen aufs Oberste und Ganze. Darum war's ja auch von Anfang an ein göttliches Schauspiel. Himmlische Regie ist geführt worden von Anfang an ...

Aber was sind das für Durchtriebenheiten! Sind wir Götter? Dem Menschen soll das Mitleid kommen, er soll ausrufen wollen: »Halt! Aus! Schluß!«; auch wenn die Gefahr besteht, durch Sentimentalität die Dramaturgie dieses göttlichen Charakterstücks zu zerstören.

Uns bleibt nichts anderes übrig, als weiter um Zuneigung für Odysseus zu werben ...

Er wartete fast eine Stunde. Stand an der Wand, ein Bild trotziger Vereinsamung, kein Blick, kein Wort von dem Soldaten ihm gegenüber. Dann kam Agamemnon zurück. Er brachte Palamedes mit. Der Erfinder griff hinter die Tür und holte eine Lampe hervor. Er zündete sie an und leuchtete Odysseus ins Gesicht.

»Was! Du bist die ganze Zeit hier im Dunkeln gestanden?« fragte Agamemnon.

»Könnte man die Lampe etwas tiefer halten«, sagte Odysseus. »Ihr Schein blendet mich.«

»Was sagst du dazu«, sagte Agamemnon und zeigte auf einige Dinge, die hier gestapelt waren.

Odysseus trat an die Regale heran. »Es sind kleine Schiffe«, sagte er.

Sauber nebeneinander aufgereiht standen hier kleine, braune Schiffchen, jedes ungefähr in der Länge eines Regenschirms. Odysseus faßte mit der Hand nach einem. Es war aus Ton, aus gebranntem Ton. Eines glich dem anderen, aber sie wiesen genügend Unterschiede auf, so daß man davon ausgehen konnte, daß sie zwar alle nach einem Modell, aber doch nicht mit einer Maschine, sondern mit der Hand gefertigt worden waren.

»Gute Arbeit, nicht wahr«, sagte Agamemnon. Seine Stimme war in einen schrillen, seltsam fistelnden Diskant geschnellt.

»Und wozu sollen sie gut sein«, fragte Odysseus.

»Sie stellen die Flotte von Kinyras dar«, sagte Palamedes leichthin. In seinem schmalen, gepflegten Gesicht lag ein Hauch von Amüsement.

»Es sind Kriegsschiffe«, ergänzte Agamemnon.

Wieder hatte Odysseus das Gefühl, er werde geprüft und sein Versagen stehe von Anfang an fest. »Ich verstehe nicht«, sagte er.

»Wir auch nicht«, sagte Palamedes.

»Wir eben auch nicht«, wiederholte Agamemnon. »Erinnerst du dich an Kinyras?«

»Nein«, sagte Odysseus.

»Wie soll ich den Mann beschreiben? Bitte, Palamedes sei so gut und beschreibe ihn unserem Freund.«

»Er ist bunt«, sagte Palamedes prompt.

»Bunt?« fragte Odysseus, bemühte sich um einen Ausdruck kalter Zurückhaltung. Wie kann ein Mensch als bunt bezeichnet werden, dachte er. Schnell blickte er zu Agamemnon hinüber. Aber in seinem Gesicht war nichts Lauerndes zu lesen, kein Reflex einer Falschheit oder einer Gemeinheit. Was wollen sie von mir, dachte Odysseus. Sie wollen sich doch nicht mit mir über dieses Spielzeug unterhalten.

»Ja«, sagte Agamemnon, »Kinyras ist bunt. Sein Gesicht ist fleckig, seine Kleidung schmutzig, seine Hände haben Wunden. Er ist bunt. Palamedes hat ihn genial beschrieben. Palamedes ist in der Lage, meine

Meinung auszusprechen, bevor ich ihr Worte geben kann. Palamedes, du bist ein Genie!«

Palamedes verneigte sich leicht, aber nicht in Agamemnons Richtung, sondern nur so vor sich hin. Er nahm eines der Schiffe vom Regal, wog es in der Hand und stellte es wieder zurück.

»Um es kurz zu machen«, sagte Agamemnon, »Kinyras hatte uns fünfzig Schiffe versprochen. Gestern kam ein Schiff von ihm an, ein kleines Schiff, verdient kaum diesen Namen. Nur ein Mann war an Bord. Der sagte, er habe mit der Fracht nichts zu tun und auch mit dem Auftraggeber habe er nichts zu tun, er habe lediglich gegen Geld eine Arbeit verrichtet, und die Arbeit bestehe darin das Schiff, hierher zu fahren. Einen Brief hatte er bei sich, einen Brief von Kinyras. In ihm stand: Hier nun meine fünfzig versprochenen Schiffe. Zähl nach, Odysseus! Wie viele Tonschiffchen stehen hier?«

Es waren neunundvierzig.

»Mit dem Transportschiff, das kaum diesen Namen verdient, sind es exakt fünfzig Schiffe. Was sagst du dazu?« Er hob den Blick zu Odysseus, in Erwartung seines loyalen Beifalls, interpretierte Odysseus. »Was hältst du davon?« fragte er noch einmal.

»Es ist eine Unverschämtheit«, sagte Odysseus mit kalter Beflissenheit. Und als er, um den schneidenden Ton abzuschwächen, anhängte: »Also, ich jedenfalls finde es eine Unverschämtheit«, da klang das nicht weniger diensteifrig.

»Ja, das ist es wohl«, sagte Agamemnon. »Das ist keine originelle Antwort, Odysseus, und auch keine sehr hilfreiche Antwort. Übrigens Palamedes hat dazu überhaupt keine Meinung.«

Palamedes nahm ein zweites Schiffchen vom Regal, wog auch dieses in seinen Händen und stellte es zurück. Er tat es mit ruhiger Hand und ohne Eile, so als würde nicht gerade über ihn gesprochen.

»Was sollen wir mit Kinyras machen, Odysseus?« fragte Agamemnon. »Deine Meinung interessiert mich. Denn Palamedes hat dazu keine Meinung.«

»Ich eigentlich auch nicht«, sagte Odysseus.

Agamemnon fuhr fort, als hätte Odysseus nichts gesagt: »Palamedes sagt, er habe dazu keine Meinung, denn der Fall müsse vor ein Kriegsgericht, und es sei falsch, daß man seine Meinung äußere, bevor ein Gericht ein Urteil gesprochen habe.«

»Ich bin seiner Meinung«, sagte Odysseus.

»Palamedes vertraut nämlich auf die Gerechtigkeit der Justiz.«

»Ich auch«, sagte Odysseus.

»Wir sind im Krieg«, sagte Agamemnon. »In deinem Fall, Odysseus, von dem wir hier nicht sprechen wollen, lag die Sache anders, da war die Kriegserklärung noch nicht unterzeichnet. Damals waren wir – zu deinem Glück – noch nicht im Krieg. Damals wäre so ein Verhalten wie das des Kinyras ein Beweis gewesen, daß er alle seine Tassen im Schrank hat. Aber jetzt ... Wenn Kinyras jetzt vor ein Kriegsgericht gestellt wird, dann wird er zum Tode verurteilt.« Und nun wandte er sich an Palamedes: »Kann man davon ausgehen?«

»Davon kann man ausgehen«, sagte Palamedes.

»Das ist richtig«, sagte Odysseus.

»Was seid ihr beide für hartgesottene Burschen«, rief Agamemnon aus. »Unbedingt wollt ihr Blut sehen, was? Rein logisch hat Kinyras ja seine Verpflichtung erfüllt. Ich werde dir sagen, Odysseus, was ich getan habe.« Er winkte Odysseus zu sich, und nahe bei seinem Ohr, aber in normaler Lautstärke, so daß es auch Palamedes hören konnte, sagte er: »Ich habe zu den Göttern gebetet, daß sie aus den Töchtern des Kinyras Vögel machen. Verstehst du. Soll ich dir sagen, wie viele Töchter Kinyras hat? Er hat fünfzig Töchter. Und jetzt hat er fünfzig Vögel im Haus. Wenn sie ihm nicht schon auf und davon geflogen sind.«

Erinnern wir uns an den gehegten Lieblingsfluch des Agamemnon? – »Ich werde eure Frauen und Mütter weinen machen!« – Überwältigt lag die Nächstenliebe am Boden. Es flohen Scham, Barmherzigkeit, Wahrheit und Treue vor Betrug, Hinterlist, Heimtücke, kataklystischer Gewalt und heilloser Habsucht. Gewaltig wurde für den Tod Reklame gemacht ...

VIERTER TEIL LESMOSYNES HÖHLE

Abschied von der Schönheit ohne Menschen

Wenn wir lieben, geben wir die Seßhaftigkeit in uns auf. Und wenn sich einer mit der Liebe zu einer Frau brüstet und sagt, bei uns beiden ist es mehr als bloß Ficken, dann ist es wahrscheinlich weniger.

Kalypso geht aus. Die Haustür steht offen, sie schwingt im Wind. Jeder Tag ist wie ein Song, voll Glorie, von einer weichen Stimme gesungen, von einer leichten Gitarre getragen, im Zügel gehalten von einem leichten Refrain – die Haustür steht offen, sie schwingt im Wind, die Haustür steht offen, sie schwingt im Wind ... Und Kalypso zieht durch die Stadt und läßt ihrer Schönheit in übermütiger Berechnung die Zügel schießen.

Beim ersten Mal war es so: Sie wollte ins Kino gehen. Sie wollte, aber sie tat es nicht. Wir erinnern uns: Sie erzählte Odysseus am nächsten Tag, sie sei im Kino gewesen. Aber sie war nicht. Er glaubte ihr. Und auch wir haben ihr geglaubt. Wir haben sogar mit akademischer Aufgeblasenheit festgestellt, nur eine Welt der ewigen Wiederholung – präzisierten süffisant: der ewigen Wiederholbarkeit – könne die ihre sein. Ihre Ewigkeit nämlich sei ewige Wiederkehr des Immer-Gleichen, was mit vollem grammatikalischen Recht auch das Ewig-Selbe genannt werden dürfe. So, sagten wir, so und nicht anders sehe Kalypsos Ewigkeit aus, dort hinüber wolle das herrliche Mädchen Odysseus ziehen, so daß er zuletzt im Strauchelsturz aus Raum und Zeit falle – aus unserem Raum und unserer Zeit.

Weiterhin – nun geben wir es zu – waren wir begeistert von der Idee, Kalypso, die göttliche, besuche vielleicht ebenso wie Athene, die göttliche, Mnemosynes Kino, wie wir in eitler Selbst- und Gedankenverliebtheit eines jeden Menschen Fundus der Erinnerung nannten; meinten in nachgerade saublöder Präpotenz und Hybris zu wissen, was dieser Göttinnen Wille und Interesse und was ihre Waffen seien, dieselben durchzusetzen: nämlich daß sie die glücklichsten und unglücklichsten Augenblicke in des Odysseus Leben erfahren, um sie für ihre Zwecke nutzbar zu machen.

Nichts da! Kalypso jedenfalls war nicht im Kino! Gelogen und vorgespielt. Daß es ihr damals, als sie und Odysseus sich im Moos unter den schattigen Bäumen liebten, in nie bisher erfahrener Gewaltigkeit kam, das allerdings war weder gelogen noch vorgespielt, und hatte seinen Grund auch nicht in der Geschichte von Demeter und Iasion, von der ihr Odysseus, während er sich mit dem Gemüse beschäftigte, in einer für ihn gar nicht typischen, nachlässigen Art Stück für Stück berichtet hatte ...

Wollen wir erzählen, wie es war, behutsam und auf Genauigkeit bedacht, denn von großer Umformung ist die Rede:

Kalypso war also nicht im Kino gewesen. Sie hatte es sich vorgenommen, war durch die schüttere Platanenallee auf das Kino zugegangen, das ja. Sie hatte ein fröhlich im Schritt aufflatterndes Kleidchen mit kurzen Ärmeln an, das altmodisch gewirkt hätte, würde sie es nicht mit solchem Esprit getragen haben. Sie war viel zu früh dran, der Film begann erst in einer Dreiviertelstunde. Sie besah sich die Plakate in den Schaukästen. Der Platz vor dem Kino war geteert und noch warm vom Tag, der sich nun mit schrägem Licht zum Abend hin neigte. Kalypso, die mit göttlichen Sinnen begabte, lauschte auf die Stadt. Die Bürger saßen beim Abendessen, ihr Geld werkte auf der Bank und warf ab und schlug Zins und Zinseszins im stillen, Ruhe war in der Stadt. Aufgewärmtes wurde serviert, weil die Männer über Mittag im Geschäft geblieben waren, aber sie mochten Aufgewärmtes ja viel lieber als Frisches, Klöße von gestern zum Beispiel, in Scheiben geschnitten, in Butter geschwenkt und angebraten; oder Gulasch von vorgestern mit Semmel; oder am besten: Reis mit der aufgetauten, roten Sauce aus dem Tiefkühlfach vermischt... Unangefochten herrschte die despotische Ordnung des Alltags, in Zweifellosigkeit gewiegt von stummer, dienstlicher, ehelicher Befriedigung. Aus reiner Selbstachtung wurde viel gegessen.

Kalypso schlenderte an der Hauswand des Kinos entlang, mit dem Zeigefinger glitt sie über den rauen Putz. Vor den Plakaten blieb sie stehen. Ein Innehalten war es. Und es geschah eine Sensation. Die Ameisen, die zu ihren Füßen wanderten, hielten inne. Und die Amsel, die oben auf dem Dach des Kinos jubilierte, hielt inne. So still und finster blickte sie auf einmal, die Göttin, die sonst die Lieblichkeit selbst war, daß die Kreatur zu ihren Füßen und zu ihren

Häupten bangte. Und den Hunden, die bei einem Haus in der Nähe in einen Zwinger gesperrt waren, blieb das Anschlagen in den Gurgeln stecken, und es war, als wären sie zur Photographie erstarrt, der Rüde hielt eine Pfote in der Luft, denn er hatte eben ans Gitter springen wollen – und dann Stille ... Im hohen Gras, das hinter dem Kino zwischen den Grundmauern eines abgerissenen Hauses wuchs, verstummten die Grillen, die Schmetterlinge verharrten im Schlag. Der Abend schwoll zu träger, später Wärme an. Nur ein Wind, der sanft war wie der Atem der Göttin, machte, daß sich das Nichtsteinerne vom Steinernen unterschied.

Für einen göttlich abendlichen Moment war jedes Ding, jedes Element, jede Menge eins mit sich, ohne Sinn und ohne Verknüpfung untereinander; die Entelechie von Kalypsos Wesen, die sich im Stoff verwirklichende Form des Schönen durchdrang alles, was um sie herum war. Diese Schönheit ohne Menschen, diese Schönheit an sich, diese Unbeflecktheit kam zu sich selbst, ein letztes Mal – und dann war sie dahin. Dann schwoll die Unterlippe ein wenig auf, die Blütenblätter des Mundes begannen in den Winkeln um ein winziges zu welken, und die Lippen waren, nun konnte man es deutlich sehen, ein Millimeterchen über den Mund hinaus mit Rot bemalt. Die Augen, die Blicke ausgesandt hatten, die es nicht gewohnt waren, auf Menschen zu ruhen, Blicke, die weder Scham noch Verlegenheit, weder Mißtrauen noch Abschätzigkeit, weder Taxierung noch Geilheit, weder Unterwerfung noch Herrschsucht kannten –, nun schlug sie die Augen auf, und da war unter einem

Hauch hungrigen Grüns alles enthalten; eng gestapelt wie in einem Supermarkt war in ihrem Blick das volle Angebot des Menschlichen. – Die Hunde bellten wieder, die Ameisen wanderten wieder, die Amsel jubilierte, die Grillen zirpten.

Eine gedankenschwere und zugleich gedankenferne Zähigkeit befiel Kalypso. Die Bürde des Menschlichen mit all den darin eingeschnürten trostlosen Dummheiten und durchtriebenen Klugheiten hatte sich auf sie herabgesenkt. Sie blickte auf die Kinoplakate, aber sie erfaßte ihren Sinn nicht, sie drang nicht zu den Geschichten vor, die auf dem bedruckten Papier erzählt wurden. Vor bunten, bisweilen brennenden Hintergründen hatten sich auf diesen Wänden Männer und Frauen zusammengefunden, um hier eine neue Welt zu gründen, die auf ihre Art nicht weniger lebhaft war als die Welt der Stadt in Kalypsos Rücken. Da traf ein großer, wohlfrisierter Herrenkopf ohne Körper auf eine Dame mit Trauernetz vor dem Gesicht; ein anderer Mann und eine andere Frau im Schaukasten daneben winkten mit braungebrannten Oberarmen von einem Motorrad in die Unendlichkeit hinein; eine dritte Frau, die Augen zu Schlitzen verengt, den Mund in wohlig schmerzlicher Hingabe verzerrt, wartete, wartete und würde warten müssen, bis ein gnädiger, gleichgültiger Kinobesitzer sie erlöste von ihrer süchtigen Sehnsucht und ein anderes Plakat in den Kasten hängte …

Als sich Kalypso umdrehte, stand hinter ihr ein Mann. Was war das für einer? Weil sie gegen das Licht in den Schatten blickte, wirkte sein Gesicht wie eine Schwarzweißphotographie. Gestochen scharf. Jedes Fältchen herausgearbeitet. Viele Fältchen um die Augen. Unrasiert, chic unrasiert. Trug eine graugrüne Militärhose, der Mann. Sonst war nichts Militärisches an ihm. T-Shirt, weiß. Turnschuhe, weiß. Armbanduhr. Ring. Goldzahn, unten, hinten, rechts.

»Guten Abend«, sagte er.

Kalypso sagte nichts. Sie blieb im letzten Licht des Tages. Der Mann drehte den Kopf von ihr weg, zwinkerte verlegen in die Sonne, bewegte sich auf den Eingang des Kinos zu, setzte sich auf die Stufen. Die Knie hochgezogen, breit. Das Haar flockig schütter. Das Kino war überdacht von einem breiten Betonschwung, der sich auf zwei schmale, schräge Säulen stützte, eigentlich waren es Stäbe, die aussahen wie Zeltstangen. Die hatten oben, wo sie den Betonschwung durchstießen, jede eine goldene Kugel.

»Warten Sie, bis das Kino öffnet?« fragte der Mann in beiläufigem Ton ohne einen Blick zu Kalypso. Zu seinen Schuhen hinunter sprach er, zu seinen Turnschuhen, den weißen.

Kalypso sah ihn an. Legte den Kopf schief, verschränkte die Arme hoch vor der Brust. Und das Schwarzweiße in seinem Gesicht bekam Farbe. Ein

Lächeln entsprang in seinen Augen, setzte sich über die Wangen fort zum Schwung seiner Lippen. Dann erst erwischten sie einander mit den Augen. Und da kam er ihr nicht mehr roh vor, nicht mehr grob. So war er ihr in der Schwarzweißfassung nämlich vorgekommen. Sie wollte ihm antworten, aber ihr fiel nichts ein. Hinter ihr rauschte es in den Blättern, und es war, als käme das Rauschen von ihrem zerzausten Haar.

Dann fiel ihr etwas ein. Sie sagte: »Ich habe ein wenig Durst, nicht viel, aber doch ein wenig.«

»Das Kino wird in zehn Minuten oder fünf Minuten öffnen«, sagte der Mann. »Dann können Sie etwas trinken. Man verkauft Coca Cola und Bier und Wasser und Weißwein und Limonade und Orangeade …«

»Das ist viel«, sagte sie und wandte den Blick ab von ihm. Bedächtig und voll Erwartung, was in ihrem Rücken geschehen würde, schritt sie auf die Platanenallee zu, die das Kino mit der Straße verband.

Der Mann folgte ihr. »Wir haben noch ein wenig Zeit«, sagte er, hielt sich einen halben Meter hinter ihr. »Wir können leicht noch drei- oder viermal die Allee entlang gehen, hinauf und hinunter. Sich unterhalten nimmt vielleicht den Durst.«

»Das ist ein Blödsinn, was Sie da reden«, lachte Kalypso. »Und Sie wissen es auch.« Das Gesicht erhoben, die Augen nur Schlitze, der Mund ein wenig geöffnet – wie auf einem Filmplakat sah sie aus. Ihr Haar, das sie aufgebunden am Hinterkopf trug, diese in Liedern besungene Flechtenpracht, wippte bei jedem Schritt – eine Urwaldkönigin, eine Sonderagentin, eine Spionin, eine Meisterdiebin, eine Frau zwischen zwei Männern, eine Rätselhafte …

»Ich mag nicht mehr ins Kino gehen«, sagte der Mann. »Ich möchte Sie gern einladen, weil Sie ja Durst haben.«

So gingen sie nicht mehr zurück zum Kino, als sie am Ende der Allee angekommen waren, sondern bogen nach links ab, da begann eine Fußgängerzone, und dort setzten sie sich in ein Straßencafé. Unter den Sonnenschirmen wehte der Duft einer Zigarre zu ihnen herüber. Im Aschenbecher lagen zwei zerknickte Aludeckel von Bärenmarke. Dazwischen kam in Wellen süßer Geruch, Vanille und künstliches Erdbeeraroma.

Kalypso trank eine Limonade, der Mann ein Sodawasser. Er holte aus einer der Schenkeltaschen seiner Militärhose eine Geldbörse und legte sie vor sich auf den Tisch.

»Das Kino ist ein dummes Haus«, sagte der Mann und dabei wippte eine kalte Zigarette zwischen seinen Lippen, »und es wird von einem dummen Mann geleitet. Ach, ich ärgere mich über ihn!« Er zündete die Zigarette an und blies den Rauch seitlich neben sich nieder. »Er hat mich gefragt, ob ich für ihn eine Idee habe. Verstehen Sie das?«

»Nein«, sagte Kalypso. »Was meint er damit? Was kann er nur damit meinen? Was nur kann er damit meinen!«

»Sie nehmen mich auf den Arm. Stimmt's?«

»Ja.«

»Sie nehmen mich schon zum zweitenmal auf den Arm. Vorhin, als ich die Getränke aufzählte, die es im

Kino gibt, da haben Sie mich zum erstenmal auf den Arm genommen. Sie haben gesagt: Das ist viel.«

»Wollen Sie mir eine Geschichte erzählen«, fragte sie.

»Das weiß ich noch nicht«, sagte der Mann. Weit hinten klang Jammer in seiner Stimme. Die Augen waren rund geworden, und die Zunge leckte über die Unterlippe, als wollte er zu einer vorbereiteten Rechtfertigung ansetzen. »Ich weiß ja nicht, ob Sie das mögen, wenn einer eine Geschichte erzählt. Nur weil ich Sie zu einer Limonade eingeladen habe, heißt das ja noch nicht, daß Sie sich auch meine Geschichten anhören wollen ...«

»Ich«, sagte sie, »wenn ich etwas erzählen will, dann erzähle ich es, und wenn ich etwas nicht erzählen will, dann erzähle ich es nicht. Wenn ich es erzählen will, dann warte ich nicht ab, bis einer danach fragt. Wenn ich es aber nicht erzählen will, dann tue ich es auch nicht, wenn einer danach fragt. Und ich denke, alle Menschen sind ungefähr ähnlich, also ungefähr so wie ich. Wie heißen Sie?« fragte sie.

Mit einer Handbewegung und einem Brauenheben, die beide einer Kapitulation gleichkamen, sagte er: »Mink.« Und fragte: »Zu welchem Ende wollen wir das bringen?«

»Ich ficke gern«, sagte Kalypso.

Da mußte Mink erst Luft holen. Dann sagte er: »Aha.« Und dann sagte er: »Ich kenne ein Hotel.«

»Ich zahle das Taxi, du das Zimmer«, sagte Kalypso.

»Das Hotel heißt Orient«, sagte er.

»Ist mir recht«, sagte sie.

Es war ein Stundenhotel und lag in einer Gasse, die hieß Tiefer Graben.

Mink zahlte bei der kleinen Rezeption und wurde erinnert, daß das Zimmer zu diesem ungewürzten Preis nur für drei Stunden vermietet werden könne. Kalypso wartete auf der Treppe, saß auf den Stufen, stellte die Füße vor sich auf den Absatz des Geländers, den rechten etwas höher als den linken. Den Kopf hatte sie erhoben, blickte ins Leere, blickte hinaus aus allem, blickte in das Ideal über Wolke und Berg.

Als Mink zur Treppe kam, fühlte sie, daß er sie voll Bewunderung ansah, und sie ahnte, daß ein wenig Furcht in seinem Auge war. Gut so, dachte sie, mein Mink, mein Mink …

Das Zimmer war klein, es hieß Mona Lisa, an der Tür war ein in ein Oval gefaßtes Bild des berühmten Gemäldes. Und im Zimmer über dem breiten, an den Ecken abgerundeten Bett hing eine mit Ölspachtel verfertigte Kopie. Das Bad war doppelt so groß wie das Zimmer. In seiner Mitte stand eine breite Wanne, über der an der Decke ein Spiegel hing.

»Wollen wir uns vorher frisch machen?« fragte Mink.

Kalypso zog ihn an sich heran und preßte ihr Gesicht auf das seine und öffnete seinen Mund mit ihrer Zunge. Sie schlüpfte aus ihrem Federkleidchen, streifte die Schuhe ab und legte sich auf das Bett. Nun war sie nur mit einem weißen, ärmellosen Body bekleidet, der vorne an der Brust gerippt war wie der Wüstenboden.

Mink fuhr aus seinen Kleidern und legte sich zu ihr und küßte ihr Ohr. Und dann stieg Kalypso auf ihn und zeigte ihm, wie eine Göttin liebt, bewies ihm, daß es gewaltig ist, wenn eine Göttin sich anschickt zu kommen, sie machte ihn naß, überschwemmte ihn.

»Kratz mir den Rücken!« schrie sie. »Tu es, tu es!«

Und da geschah, was nicht geschehen darf. Sie blickte nach oben, aus der Geschichte heraus, blickte über Wolke und Berg hinweg und blickte gerade in das Auge des Erzählers.

»Schau mich an!« sagt sie zum Erzähler, während sie auf dem Mann hockt, der in unserer Geschichte nur zufällg einen Namen bekommen hat, weil sie ihn zufällig nach seinem Namen gefragt hat. »Schau mich genau an!« sagt sie und bewahrt dabei den finsteren Ernst der Erregung. »Bin ich noch die Phantasie für alle Maße, die je an Frauen gelegt werden? Sind meine Lippen noch voll, aber nicht zu voll, sind sie noch von schwerer, roter Farbe, die aber an keiner Stelle ins Bläuliche oder Bräunliche übergeht, wie es oft der Fall ist bei schwerroten Lippen? Endet meine Nase noch in leicht geblähten Nüstern, die sich zu zarten Öffnungen wölben, in der Form Abdrücken winziger Birnen gleich, eben nicht kreisrund, und somit dem Wort Nasenlöcher ganz und gar entgegen? Sind meine Augenbrauen noch geschwungen wie die Linie der geschlossenen Flügel eines Schwans?

Nein, so ist es nicht mehr. Die Unterlippe ist geschwollen und wirft einen Schatten, der gerade jetzt wie ein Schmutzfleck aussieht. Die Nasenflügel blähen sich zu runden Löchern, weil ich geil bin. Die Augenbrauen sind gerunzelt. Schau meine Brüste an, deren Warzen nun ein wenig breiter sind, als man sich

Brustwarzen wünscht. Schau meine Schenkel an, die sich ein wenig wolken dort, wo sie gepreßt werden. Schau meinen Arsch an, der an den Flanken gemuldet ist, was nicht ideal sein kann. Schau mein Arschloch an, das eselsgrau ist und lieblich gekraust wie ein Mund, der ein Lied pfeift. Sag, wer würde für einen Fick mit mir nicht zu Stein werden wollen? Und nun«, sprach sie weiter, »nun schau dir seinen Schwanz an, er zieht ihn gerade heraus aus mir. Gefällt er dir? Er muß dir gefallen. Er ist schön gerade, er ist dick und lang. Gefällt er dir? Die Eichel, jetzt kannst du sie sehen, es ist keine breite, hammerartige oder keulenartige Eichel, was unschön wäre, nein, die Eichel seines Schwanzes verengt sich ein wenig, die breiteste Stelle des Schwanzes ist in seiner Mitte, und das hat etwas Elegantes, das kann nicht abgestritten werden. Mein Mink kann sich sehen lassen! Der Schwanz des Odysseus, der ist nicht elegant, er ist nicht so lang und nicht so dick wie dieser, und er ist krumm und adrig und an manchen Stellen braun pigmentiert, was roh und verludert wirkt. Aber er gefällt mir besser. Ihn will ich behalten. Nur ihn will ich behalten, immer und immer.« – So spricht Kalypso zum Erzähler, während sie auf dem Mann hockt. Und dann sagt sie: »Dieser hier, der ganze Mann, der ganze Mink, wenn er mir nicht standhält, soll zu Stein werden!«

Und da brach der See aus ihr heraus, und sie schrie und warf sich nach vorne auf den Mann, der an diesem Abend nichts weiter wollte, als seinem Freund helfen, einen Weg zu finden, heraus aus dem Schmerz über die Unfähigkeit, ein Kino zu führen.

Und hier hat der Abend geendet, im Hotel Orient, und Kalypso schrie, und Mink meinte, sie höre nie mehr auf, und er dachte sich noch: Ich weiß nicht, ich weiß nicht, ob das meine Sache war, ob das mein Verdienst war, so ist noch nie eine Frau bei mir gekommen, also ehrlich nicht, aber vielleicht war ich diesmal ja besonders gut, ganz unbewußt, ohne daß ich mich besonders angestrengt hätte, im Bett dreht es sich ja weniger darum, ob einer etwas kann, als vielmehr darum, ob einer etwas ist, und vielleicht bin ich ja etwas, ja, womöglich bin ich wirklich etwas! Oh, dieses Weib hat meine behagliche Ruhe in die Luft gesprengt!

Aber nicht jeder Stoff ist explosiv: Als Kalypsos gewaltiger Schrei zu Ende war, war Mink zu Stein geworden.

Mink hat nämlich nicht standgehalten. Steckengeblieben ist er in der Ausgesuchtheit seiner Gebärden. Jetzt erst erfahren wir, was für einer er tatsächlich war: daß er sowohl seine sprechenden Handbewegungen als auch sein aussagekräftiges Brauenspiel eingeübt hat, vor Jahren schon, vor Spiegeln, sogar einmal vor Video, daß er deswegen schon Kräche hatte mit seiner Frau, daß er seine Augenbrauen schon in früher Jugend durch Stutzen aufgebuscht hat. Und das Ganze, weil er meinte, er müsse von sich aus etwas beitragen. Beitragen wozu? Zu allem. Weil er meinte, ihm sei von Haus aus nichts gegeben. Ich warte auf die Gelegenheit, hatte er sich immer gesagt, dann helfe ich nach und zeige mich ganz, dann muß mir alles gelingen. Es ist die Denkweise des Betörten.

Mink hat nicht standgehalten. Er hat sich zum Klumpen geballt. Das war seins. Er ist etwas, aber nicht jemand. Wir merken uns seinen Namen und seine Geschichte nur aus dem einen Grunde, weil er der erste war, den sich Kalypso neben Odysseus nahm. Nun ist Mink eine Statue, die sagt: Ich bin gefickt worden und habe meine Mannheit zu hoch veranschlagt. Liegt auf dem Rücken. Arm mit Armbanduhr ausgestreckt. Mund offen, Goldzahn unten, hinten, rechts akribisch angedeutet. Beine gewalzt flach, V-förmig gespreizt. Kopf seitlich geneigt, Blick verwundert, Augenbrauen gehoben – »so ist noch nie eine Frau bei mir gekommen, also ehrlich nicht, also ehrlich nicht …« –, alles in allem und zu guter Letzt doch noch eine würdige Fasson des Menschlichen.

Mit dem letzten Bus fuhr Kalypso nach Hause. Und am nächsten Tag sagte sie zu Odysseus, sie sei im Kino gewesen, und er erzählte ihr die Geschichte von Demeter und Iasion, und daß Zeus den sterblichen Liebhaber seiner Schwester wie ein Minzeblatt zwischen den Fingern zerrieben habe. Und dann schliefen sie miteinander im Moos unter den schattigen Bäumen, und es kam ihr so gewaltig wie nie zuvor. Aber Odysseus hielt stand. Er hielt stand.

»War das nicht unser bester Fick?« fragte sie hinterher.

»Das war er«, sagte er. »Verdammt, das war er.«

»Verdammt, das war er«, sagte sie.

»Scheiße ja«, sagte er, und es war ihm, als würde ihm der ganze Vorstellungschatz der Liebe in der sylphidischen Gestalt seiner Geliebten gezeigt. Er küßte sie. Er küßte sie mit einem leichtem Antupfen seines Mundes an die Unterlippe, an die Achsel.

Aus der tönenden Leere von Calvin und Hobbes sprach Athene zu Hermes hinüber: »Hast du sie bei dieser Handlung schon einmal beobachtet?«

»Ja«, sagt Hermes.

»Und?«

»Es war tatsächlich anders diesmal. Er ist verrückt nach ihr.«

Odysseus erhob sich, zog sich an, stritt mit Kalypso und ging dann zum Strand.

»Er geht allein«, sagt Athene.

»Ja, er geht allein«, sagt Hermes.

»Hat das etwas zu bedeuten?« fragt sie.

»Ich weiß es nicht«, sagt er.

Heimweh und andere Gespenster

Er ging also zum Strand, allein …

Er wußte nicht, in welcher Himmelsrichtung Ithaka lag, aber es war gewiß: Das Meer war dazwischen. Sein Branden rauschte wie der wogende Mais, der zu Hause über den sanften Hügeln lag, die erste Musik des Tages, wenn man frühmorgens barfuß auf den Verandabrettern stand … Das Heimweh, das erst so zaghaft wie unberechenbar nach ihm gegriffen hatte, wird ihn – wir sagen es voraus – in sieben Jahren nicht mehr verlassen. Es zehrte zuletzt nur noch von wenigen Bildern – Penelopes Ohrläppchen, von denen er wußte, daß sie voll und weich und weit ausholend waren; die kieselkleinen, nach innen gezogenen Zehen seines Sohnes; die Haut, die so köstlich an den Schläfen des Kindes pulste, wenn es an der Brust seiner Mutter trank …

Aus diesen verwehten Bildern zog Mnemosyne ihre schmerzgebende Kraft. Frau und Kind werden tot sein, sagte sich der Mann, um sie vor dem Angebot an unbändigem Leid zu schützen, das seine Phantasie vor ihm ausbreitete. Zur Illustrierung des Leides standen ihm nämlich genügend Bilder zur Verfügung; und auch diese Bilder drängten nun wieder in den Vordergrund, durchstießen an manchen Stellen die Hornhaut seiner Seele, waren nachts da, auch am Tag manchmal, nachdem er sie jahrelang nicht mehr vor sich gesehen hatte – das abfallübersäte Lager grüngrauer Ungeheuer, die ohne Kummer die ganze Menschheit entehrten, wenn es ihnen nur mit schneidigem Zack befohlen wurde; die verfallenen Gesichter der Überlebenden, deren Vernünftigkeit und Hilfsbereitschaft, als es um die Organisierung ihrer endgültigen Auslöschung ging, entsetzlicher zu ertragen waren als schließlich ihr Untergang; und neben diese Bilder schoben sich bald auch die alten abstrakten Geistesgerüste: was einer alles in Logik mänteln konnte und dabei doch auf hinterhältigsten, feigsten Mord aus war; dazu die hartnäckig im stillen vor sich hin geleierte, durch dialektische Umständlichkeit glaubwürdiger wirken wollende Trostphilosophie, daß der Mensch – der Mensch! – eine armselige Marionette an einem Faden sei, den die Notwendigkeit in Händen halte, und daß es kaum noch komisch wirke, wenn er sich dabei einzureden versuche, er handle aus freiem Willen …

Wir wollen uns bei diesem gefährlichen Thema vorerst auf Andeutungen beschränken und unseren Helden nicht dadurch kompromittieren, daß wir jetzt schon von Begebenheiten berichten, die Mnemosyne, gewohnt, ihr Geschäft behutsam zu betreiben, ebenfalls nur in Andeutungen in ihm aufflattern ließ, weil er das volle Gewicht dieser Begebenheiten zu diesem Zeitpunkt noch nicht tragen, sich der Schuld noch nicht stellen konnte.

Odysseus hatte Heimweh. Was Hermes, der schlaue Analytiker, als eine besondere Form des schlechten Gewissens bezeichnete, nämlich daß der Mensch versäumtem Glück nachtrauere, diese Empfindung nennen wir, die wir Worte nicht wie Marsgestein abzuwägen brauchen, Heimweh. Über Heimweh soll in diesem Kapitel gesprochen werden, eingeschränkt: über das Heimweh im Paradies, welches ein paradoxes, eigentlich skandalöses Gefühl ist.

Wir haben gleich zu Beginn unserer Geschichte von Odysseus' Besuch in der Unterwelt erzählt – und zwar deshalb, damit man wisse: Er hat gesehen, der Zustand, in den der Mensch nach dem Tod versetzt wird, kann ihn nicht über den Tod hinwegtrösten. Selbst für ihn, der – wie es gleich in den ersten Versen des Gedichtes heißt – auf dem Meere so viel unnennbare Leiden erduldet hat, um seine Seele zu retten, ja, selbst für das jämmerlichste Erdenleben, dessen war er sich gewiß, als er den Toren des Hades den Rücken kehrte, selbst für die reduzierteste Existenz im Diesseits bietet das Jenseits keine Hoffnung, und lieber möchte einer dem ärmsten Bauern, der nur kümmerlich lebt, als Taglöhner das Feld bestellen, als die ganze Schar vermoderter Toten beherrschen. Mißtöne, Mißtöne zerschrien die Schatten in dem reibenden Gedränge dieser untergegangenen Welten ...

Was also kann sich Odysseus mehr wünschen als die Ewigkeit in Ogygias luftigem, lichtdurchflutetem Paradies? Soll ihm Heimweh nun diese Ewigkeit verderben? Es war – er konnte es selbst doch auch nicht anders sehen! – eine Waage mit schreiend ungleich verteilten Gewichten: zur Linken Kalypsos großes Versprechen – ihn ewig zu machen bei gleicher Kraft und gleichem Geist und gleicher Schönheit und gleicher Lust; zur Rechten eine verschämte, doch eigentlich unglaubwürdige, weil sich so spät erst meldende, recht launenhaft anmutende Sehnsucht nach denen zu Hause. Was weiß er denn über Penelope, die ferne Gattin, was über Telemach, den fernen Sohn? Es kann sein, sie sind tot – er weiß es nicht. Es kann sein, Penelope hat längst einen anderen Mann. Er weiß es nicht. Liebt sie ihren Odysseus noch? Ist das wahrscheinlich nach so vielen Jahren? Wenn ja: Ist der, den sie liebt, noch er? Hat sie sich inzwischen nicht ein Bild gemacht, das mehr ihr selbst als ihm gleicht?

Und er? Wird er sie lieben, wenn er sie wiedersieht? Er weiß es nicht. Er kann es nicht wissen. Er hat nicht einmal ein ernst zu nehmendes Bild von ihr in sich – Ohrläppchen und Augenbrauen und einiges anderes kleines, weit entferntes, traumartig Verschwommenes, mehr ist da nicht mehr übrig. Oder hat sie bereits ihr Leben aufgebraucht? Wenn ja, auf welche Art und Weise? Und Telemach? Wie wird er aussehen? Wie wird sein Charakter sein? Würde er ihn, wenn er ihm zufällig begegnete, sympathisch finden? Würde er sich sagen: So einen Sohn habe ich mir gewünscht? Was weiß dieser Telemach von seinem Vater? Nichts weiß er. Er kann nichts wissen. Wer hat ihm von seinem Vater erzählt? Vor seiner Abfahrt hatte er Mentor beauftragt, Telemachs Lehrer zu sein. Wer weiß, ob Mentor noch lebt. Was wird Telemach denken, wenn er ihn zum erstenmal sieht, wenn er geraden Auges in das Gesicht schaut, von dem er abstammt? Wer weiß, was er über den Vater erzählt bekommen hat. Wo sind die Treuen, die Lieben? Wer weiß, ob Eumaios, der Verwalter, noch lebt. Wer weiß, ob Eurykleia, die Magd, noch lebt. Wer weiß, ob das Haus mit der Eichenallee davor nicht längst verkauft ist. Wer weiß, ob es überhaupt noch steht. Wer weiß, ob überhaupt irgendeiner in Ithaka den Mann, den Namen Odysseus noch kennt ...

Ja, es war eine Waage mit ungleich verteilten Gewichten. Jede Frage verdoppelte den Druck auf der linken Seite und halbierte den Druck auf der rechten. Hie prangte das Gewicht vollkommen schöner Ewigkeit, die Ungeheuerlichkeit einer Sexualität, die den, der ihr standhielt – und Odysseus hielt stand – über alle wahnhaft erträumten Höhen hinaushob; dort lag ein schmächtig bläßliches Eventuell, das nur der Form halber dorthin gelegt worden zu sein schien, das kaum von dem, der es dorthin gelegt hatte, ernst genommen wurde.

Warum zögerte er also? Warum nahm er Kalypsos Angebot nicht an?

Er tändelte, überließ sich seiner Müdigkeit, resignierte vor dem Gemenge der Empfindungen, das seinem schweren Blick längst nicht durchsichtig war.

Er bemühte sich, um seine Liebsten zu trauern. Er suchte den Trost in sich selbst, und er ging dabei systematisch vor, wie wenn man nach einem verlegten Paß sucht, und als er meinte, den Trost gefunden zu haben, gab er ihm die Namen seiner fernen Frau und seines fernen Sohnes. Solches Bemühen war unernste Arbeit und auch rachsüchtiger Trotz gegen eine göttlich gewährte Gnade – und es vertrieb ihm die Zeit. Im Grunde war diese Trauer theoretisch, ein bloßes Gedankenspiel, ein Hobby. Er sagte sich: Es war Krieg, und ich habe ihn nicht gewollt, ich wollte zu Hause bleiben bei meiner Frau und bei meinem Sohn, ich habe Schmach und Tod sogar riskiert, um nicht in den Krieg ziehen zu müssen, diesen Männerunsinn, ich habe mich nie nach militärischem Ruhm gesehnt; und der Gedanke an Unendlichkeit wäre mir mein Lebtag nie gekommen. An manchen Tagen, gerade wie das Wetter war, versuchte er es mit Verbissenheit, sagte sich: Sie waren und sind meine Liebsten, basta! Diese beiden, diese beiden, diese beiden, Penelope und Telemach, diese beiden, diese beiden, diese beiden, und schlug sich an die Brust: Ich bin in die Irre gegangen, ich bin in die Irre gegangen, ich bin in die Irre gegangen! Und sagte sich: Wie kann man in die Irre gehen, wenn es einen richtigen Weg gar nicht gibt?

Im Gedicht heißt es, er sei weinend am Ufer gesessen und habe durch Tränen auf die große Wüste des Meeres geschaut und sich das Herz zerquält …

Unvergleichliche Worte. Unvergleichliches Bild: ein Mann, der Ausschau hält nach einem verlorenen Land, nach einer verlorenen Frau …

Sehen wir ihn uns näher an:

Sitzt am Strand, das Gesicht zwischen den Knien. Rotblonder Schädel. Erhebt sich nun. Gedrungene Stämmigkeit. Leicht vorgeschobener Nacken. Ein Schlendern ist sein Gehen nicht, zügig kann es auch nicht genannt werden. Es ist ein zielloses Vorwärtsstreben, dem noch eine inzwischen freilich wohl sinnlos gewordene Entschlossenheit anhaftet als ein letzter Rest vegetativer Erinnerung an die Zeit in der Endlichkeit. Er ist barfuß, trägt gebleichte Sachen, eine weite, über die Knöchel reichende Hose, die von einem Stück Strick in den Hüften gehalten wird, darüber ein kragenloses Hemd ohne Knöpfe oder Schlingen. Brust und Arme sind frei. Er legt eine kurze Strecke zurück, dann bleibt er wieder stehen und kehrt den Blick dem Wasser zu. Der Leuchtturm auf der Felskuppe im Osten steht im Dunst. Es ist Morgen. So gegen halb neun. Noch kann der Mann, ohne die Augen mit der Hand beschatten zu müssen, die ferne, leere Weite des Meeres absuchen. Wonach sucht er denn? Breitbeinig steht er. Seine Haltung hat etwas Herausforderndes an sich, und das wirkt komisch, denn es ist niemand da, der ihn herausforderte. Die Handflächen sind nach vorne gekehrt. So sieht einer aus, der fürchtet, er könne sogar im Paradies noch zu kurz kommen und müsse gefaßt sein auf was auch immer.

Sehen wir uns sein Gesicht an: Hat er am Anfang der Ewigkeit nicht geweint? Weint er jetzt? Wir bemerken nichts davon. Hat er am Anfang sein Herz nicht zerquält mit Seufzen und Jammern? Zerquält er es jetzt? Sind irgendwelche Spuren davon zu sehen in seinem Gesicht? Die Mundwinkel sind nach unten gezogen, das ja. Ein klein wenig mehr als vor zwei, drei, vier Jahren. Wirkt er grimmig? Ja, schon, ein Zug von der Falte zwischen den Augen herunter zu den Nasenflügeln. Aber das hat nicht unbedingt etwas zu bedeuten. Wir vermuten, daß dieser Zug lediglich aussieht wie Grimmigkeit, in Wirklichkeit aber ein mimischer Abdruck des Sichgehenlassens ist, eben nichts weiter als die Ruhestellung dieses Gesichts, die Müdigkeit dieses Gesichts, zuletzt eben auch der Tribut, den die Gesichtsmuskeln nach gut vierzigjährigem Einsatz an die Schwerkraft unserer Erde entrichten mußten; außerdem haben wir gesehen, daß sich dieser Zug von Bitterkeit in Gesellschaft – namentlich in Gesellschaft von Frauen – flugs in Heiterkeit verwandeln kann, in eine melancholisch fatalistische Heiterkeit, die durchaus bewußt eingesetzt, ziemlich sicher sogar einstudiert ist, berechnet auf den Charme einer Widersprüchlichkeit, nämlich der Unvereinbarkeit von lebhaftestem Interesse an der ganzen Welt auf der einen Seite und beinahe schlafwandlerischer Gleichgültigkeit ebenfalls gegenüber der ganzen Welt auf der anderen Seite – wahrhaftig ein charakterliches Feuer-Wasser-Gemisch. Dazu kommt, daß wir es hier ja mit einem Mann zu tun haben, der es gewohnt war, seinen Charakter nach Propagandamoral umzumodeln, und es deshalb schon bald für notwendig erachtete, der naiv und unkontrollierbar wild wuchernden, letztendlich eben doch naturhaft wachsenden Persönlichkeit die Zweckmaske seines Willens vorzuhängen, und das so viele Jahre hindurch tat, daß er am Ende zwischen dem, was er war, und dem, was er vorgab zu sein, selbst kaum noch unterscheiden konnte. – Ja, dies alles müssen wir, um der Wahrheit willen, ergänzend dazuphantasieren, wenn es im Gedicht heißt, er habe geweint ...

Wo ist er?

Während wir über sein Gesicht Mutmaßungen anstellten, ist er zu den Dünen gegangen. Ballt die Fäuste, flucht vor sich hin:

»Nur noch dieses eine Mal!« Dieser Satz, sagte er sich mit bitterem Selbstspott, markiere den Übergang von Lebensordnung zu bloßer Chemie. »Nur noch dieses eine Mal! Nur noch dieses eine Mal!«

Und beeilt sich. Kalypso wartet. Kriecht zu ihr wie jeden Tag, in ihre Höhle, unter ihre Felle, wie jeden Tag, reißt sie an sich und schlägt sich in sie hinein mit seinem unersättlichen Teil. Und sie, in ihrer verführerischen, ihrer süchtig machenden, grandiosen Unfähigkeit, den Ernst eines fremden Lebens je zu erfassen, erneuert ihr Versprechen, wie an jedem Tag, den Eos angekündigt, die Frühgeborene, die ihr eine Schicksalsverwandte ist: Wenn er bei ihr bliebe, sagt die gewaltige, große, Ehrfurcht gebietende, ehrwürdige, erhabene, furchtbare, schreckliche, gefährliche Nymphe, die ihm das Feuer in Mark und Bein jagt und ihn so elend geil macht – wenn er bei ihr bliebe, würde er ewig derselbe sein.

Und das – so lautet der Refrain – ist fürwahr das größte Versprechen, das die Liebe geben kann, denn das Leben im Sonnenlicht ist endlich gemacht worden, und in jedem Augenblick kehrt es sich gegen sich selbst, und es ist dahin mit dem Tod, und was man hienieden nicht getrieben hat, drüben läßt's sich nicht mehr treiben.

Dann war Nachmittag, und sie lagen im kühlen Haus auf dem Fußboden, denn in Erinnerung an das erste Mal trieb er es gern mit ihr auf dem Fußboden, und sie hatten es gerade miteinander getrieben.

Kalypso erhob sich und zog sich an.

»Wohin gehst du?« fragte er.

Er wußte, wohin sie ging, und sie wußte, daß er es wußte.

»In die Stadt«, sagte sie.

Sie ging allein.

Aus leeren Comic-Augen blicken ihr zwei Götter nach.

»Sie geht allein«, sagt Athene.

»Ja, sie geht allein«, sagt Hermes.

»Hat das etwas zu bedeuten?« fragt sie.

»Ich weiß es nicht«, sagt er.

Ficken

Das göttlich flatternde Mädchen ging aus, klapperte singend die Treppe hinunter, verließ mit großen Schritten das Haus, streifte mit dem schwingenden Kleid die spinnwebübersponnenen Berberitzen, eilte der Stadt zu, war voll Wille und Gier zu ficken und gefickt zu werden, war stolz auf ihr Ficken. War stolz, wenn ihr Mann, der rotblonde, der oben auf dem Teppich lag, zu ihr sagte, es sei gewaltig, wie es ihr komme.

»Es ist gewaltig, wie es dir kommt! Was hat sich verändert?«

»Nichts hat sich verändert«, sagte sie.

»Du willst, daß ich nie mehr mit einer anderen Frau schlafe«, sagte er.

»Daß du immer bei mir bleibst, das will ich«, sagte sie, die spendend und verschwendend ist. »Wenn du bei mir bleibst, wirst du nicht sterben, und niemand wird dich zwischen den Fingern zerreiben wie ein Minzeblatt, und du wirst nicht endlos altern wie der arme Tithonos.«

»Aber ich vermisse meine Frau zu Hause in Ithaka«, sagte er. »Ich will zu ihr, zu ihr will ich und zu meinem Sohn.«

»Ist sie schöner als ich?«

»Nein.«

»Kommt es ihr besser als mir?«

»Nein.«

»Warum willst du dann zu ihr?«

»Ich vermisse sie. Und ich vermisse meinen Sohn. Wir waren eine Familie. Die Familie war der glücklichste Augenblick meines Lebens.« – Den Blick der Gattin an der Schläfe, so lag Odysseus, Odysseus neben Penelope … Daran erinnerte er sich. Neben ihnen in der Wiege hatte Telemach geschlafen, ihr Sohn. Daran erinnerte er sich. Und er, der Vater, der Gatte, er hatte geredet und geredet und geredet. Ein großes Wunder und ein großes Glück waren nämlich in seiner Seele gewesen, und er hatte Worte machen müssen, denn nichts anderes konnte er, und die Worte strömten ihm zu, wie kleine Baggerschaufeln waren seine Worte, von aller Erde, die sie überflogen, nahmen sie mit. Eine Stunde, zwei Stunden, drei Stunden hatte er geredet. Immer wieder hatte er dasselbe gesagt. Bratäpfel mit Vanillesauce hatten sie gegessen, Rotwein getrunken. Der Abend war wie ein Augenblick gewesen, wie ein langer, an die Ewigkeit angrenzender Augenblick, der zu nichts führte und zu nichts nützte und vergoldet war. Und deshalb hatte auch immer wieder dasselbe gesagt werden müssen und immer wieder dieselben Blicke zugeworfen werden müssen, immer wieder mit der Hand über die Wange gestreichelt werden müssen ... »Daß ich die Familie verlassen habe«, sagte Odysseus zu Kalypso, »war mein größtes Unglück. Ich will sie wiedersehen. Ich will sie wiedersehen! Meinen Sohn will ich wiedersehen. Verdammte Scheiße! Und meine Frau will ich wiedersehen.«

Sagte er mit Trotz in der Stimme. Mit brutaler Laune. Nicht laut. Aus dem Mundwinkel geflucht. Tränen stiegen nämlich auf, und der Mann mußte starres Gesicht bewahren, um sie nicht zu vergießen, und zu steinernem Gemüt mußte er sich zwingen, damit sie nicht von Stunde zu Stunde wiederkamen.

»Ich halte dich nicht«, sagte Kalypso. »Wenn du gehen willst, geh.«

»Du hältst mich«, sagte er.

»Ich ficke mit dir«, sagte sie, »sonst nichts.«

Und dann wollte er noch einmal. So war das. So war das in diesen Tagen. Und dann, dann dachte sich Kalypso etwas aus. Etwas Besonderes. So war das in diesen Tagen der Glorie.

»Leg dich auf den Bauch«, sagte sie zum Beispiel. »Leg dich auf den Bauch, ich lege mich über dich, und dann bitte fick mich mit deinen Fingern.«

»Du machst meinen Arsch naß«, sagte er. »Aus mir sollte so viel herauskommen, aus mir, dem Mann, aber es kommt aus dir heraus.«

»Fick mich bitte mit deinen Fingern«, sagte sie, »dann mach ich deinen Arsch naß«, und drückte seinen Kopf mit ihrer Wange auf den Teppich nieder und preßte ihre Hände an seine Flanken und gab den Rhythmus vor.

Und so machten sie es. Er, Odysseus, nur nackt in diesen Tagen, breit und nackt, verschränkte die Hände auf seinem Rücken, verkrallte die Finger unter ihrem Schoß, daß sie wie ein Rechen waren, der in den Himmel schaute. Tat nichts und ließ mit sich tun. Ein Stein, so lag sein Körper unter ihr. Denn sie ist die tiefe Zauberin, die seit indogermanischer Ferne ihren Kopf schief hält und ihren Blick nach Gestrandeten ausschickt. Frau Holle ist sie, die es unter der Erde schneien läßt. Nehalennia, die Totenfresserin, deren Gesicht von seinem Nacken verdunkelt ist. Voll gefickter Würde ist ihr Gesicht. Etwas Zehrendes lauert in ihrem Blick, etwas Süchtiges – bemerkte er es denn immer noch nicht? War es, weil er den Kopf in den Boden versteinert hielt? Erfaßte er deshalb nicht das Unbedingte, zum Letzten Bereite, das selbst mit dem Ganzen noch Unzufriedene, das Schwarzweiße, das absolut Asoziale, absolut Amoralische, das hingebungsvoll Zerstörung und Selbstzerstörung

Feiernde, das in Kalypso nun aufgeblüht war und unter ihrem tiefen Stöhnen weiter aufblühte und an den Rändern feine Spuren von Häßlichkeit einätzte, die wahnsinnig machten und anzogen und die Männer zu ihr hintrieben wie von einer Hundemeute gehetzt? Nicht mehr war sie die Schönheit selbst, die Schönheit ohne Menschen. Vieles war übertrieben und vieles fehlte. Wer sie anschaute, durfte sich großzügig geben und nachsichtig sein, durfte sich ein bißchen groß vorkommen, wenn er ein Auge zudrückte. Die Schönheit war durcheinandergeraten. Lücken waren entstanden. Die wahnsinnig machen konnten vor Begierde. Unterhalb der schwellenden Unterlippe war zum Beispiel ein Schatten der manchmal wie ein Schmutzfleck aussah. Und wenn sie widerstandslos unter Odysseus lag wie ein Schlachttier, die Beine wie tiefsitzende Flügel ausgebreitet, ein abgeschossener Schwan, und er mit den Hüften auf sie einschlug, die Arme neben ihrem Kopf wie breite Gitterstäbe aufgestützt, dann schien ihm ihr Hals zu lang und sehnig gezogen, und ihr aufgerecktes Kinn war wie ein kahler Schnabel. Und wenn es ihr kam, waren in ihrem Stöhnen auch raspelnde Schnarchlaute. Und wenn sie seinen Schwanz in den Mund nahm und er den Rücken hob, um ihr dabei zuzusehen, dann war ihm schon vorgekommen, daß ihr Gesicht zu konzentriert war, wie das Gesicht eines Uhrmachers, war ihm eingefallen. Und daß ihr Kopf, als sie wenig später auf ihm saß und mit den Armen ruderte, im Lichtspiel der Nachttischlampe breit wie eine grobe Bauernschnitzerei aussah, war ihm eingefallen. Und daß ihr Blick, bevor es ihr zum zweitenmal kam, jammervoll gehetzt und sogar etwas quelläugig war. Und nach dem Ficken klang ihre Stimme bisweilen dick, verstopft, rauh. Und ihre Achselhöhlen waren pudrig. – Ein bißchen weniger Paradies war sie. Das machte Lust. Das machte Odysseus verrückt. Er schob seinen Arm unter ihr hindurch, als wollte er den Oberkörper vom Unterkörper trennen. Das machte alle verrückt. Das wußte sie inzwischen.

Kalypso hatte nur einen Gedanken in diesen Tagen der Glorie, nämlich zu ficken und gefickt zu werden. Und Odysseus, der Mann, dessen Lust inzwischen ein lichtloses Labyrinth geworden war, eine Idylle der Hoffnungslosigkeit, er fickte sie, und ließ sich von ihr ficken, und entweder sie hatten nur dieses eine Wort dafür, oder sie erlaubten sich kein anderes. Kalypso sprach es bei jeder Gelegenheit aus. Aber das alles genügte ihr nicht. Und seinen Schwanz, der wie ein harter Stein war, den liebte sie und wollte ihn ewig haben, aber er genügte ihr nicht. Manchmal saß sie im Schneidersitz vor ihm, beugte sich über ihn wie über ein Geschicklichkeitsspiel und rieb ihn mit einer komischen Hurtigkeit, als wollte sie sich auf diese Weise bei ihm bedanken. Aber er genügte ihr nicht. Sie hatte einen See in sich, und der wollte sich ergießen, warm und sämig und feine Fädchen ziehend.

So kam es, daß sie ihre Welt in ein Märchen verwandelte. Es war einmal – was war einmal, was gibt es zu erinnern? Daß sie einst in indogermanischem Ur ein Flüßchen gewesen und auf diese Insel gegossen worden war? Daß sie eine Verbergerin ist, die Fallende in ihre Höhle einsaugt, die Gefallene in dunkle, warme Nichtse vergräbt, was Tod heißt, aber nicht Tod ist? Daß ihr Name aus *kolythros* sich ableitet, was ein Schmetterling mit gewaltigem Flügelschlag bedeutet?

Ja. Kalypso ging aus. Lief mit fliegendem Kleidchen über die Treppe nach unten, rief einen Gruß hinauf zu ihrem Mann mit dem starren Gesicht und dem steinernen Gemüt. Der hörte sie nicht, denn er schlief, lag ausgestreckt auf dem Teppich. Gesicht nach unten, Hände noch immer im Rücken verschränkt. Tief in ihrem Bauch saß noch seine Lust, und die machte, daß sie den Kopf schief hielt und ihr Slip naß war den ganzen Tag lang.

Kalypso ging aus, der Sog des strahlenden Lebens hatte sie eingefangen. Das Angebot ihrer Augen war vielfältig. Eine Aura von Schlaflosigkeit umgab sie. Lebenshingabe. Nachtwachheit. Sucht. Selbstvergessenheit. Etwas, das den Tod in Kauf nahm. Die Gespräche verstummten nicht mehr, wenn sie eine Bar betrat. In den Restaurants rissen sich die Kellner immer noch darum, sie zu bedienen, aber sie bedienten sie auch. Wenn sie mit schimmernden Strümpfen zwischen den Containern hindurchstolzierte, wo die Männer saßen und lehnten, wenn sie hochhackig über hartgewordene Zementbrocken und staubige Papiersäcke stieg, dann riefen und pfiffen ihr die Männer nach, und es konnte vorkommen, daß sie ihnen die Zunge herausstreckte. Dann johlten die Männer, waren bereit, einen Monatslohn hinzulegen …

Ihr Vater, der Titan Atlas, der den Himmel trägt, hat ihr, bevor er zu Stein wurde, weil ihm Perseus das Haupt der Medusa vor die Augen hielt, eine Kunst gegeben, nämlich: daß sie fliegen kann. Sie wußte nicht, was das war. »Was heißt das?« schrie sie ihren Vater an. Aber der war schon stumm gemacht von einem Weiberkopf, aus dessen Halsstumpf wie aus einer Menstruationshöhle das Blut tropfte. Das himmelragende, himmeltragende Gebirge konnte der Nymphe nicht sagen, was fliegen heißt. Dann hatte das Meer diesen Mann an ihr Gestade gespuckt, als wäre er ein Ekel für Krebse und Fische, Odysseus, und sie hatte ihn zurechtgepflegt, hatte ihn gepäppelt , und er hat sie genommen, und da wußte sie es dann. Es war ficken. Ficken war ihr Fliegen.

Dieses Mädchen, das voll Sehnsucht ist nach einem heißpochenden Herzen, es steht zwischen dem Himmel, in dem ein Steinberg schwebt, und der grausen Hölle, und ihre Beine sind gespreizt. Sie blickt zum Fenster hinaus und sagt: »Ich ficke.« Sie räumt die Sachen von der Spülmaschine und sagt: »Ich ficke.« Sie schneidet Bilder aus Illustrierten und klebt sie zu neuem Leben zusammen, so daß sie aussehen wie Kinoplakate, und sagt: »Ich ficke.« Dann wartet sie bei der Bushaltestelle und sagt: »Ich ficke.«

Wofür sich das ewige Leben lohnt

Odysseus und Kalypso schliefen inzwischen nicht mehr im selben Bett. Die Nächte verbrachte er allein in einem anderen Raum. Wenn er im Schlaf mit der Hand seinen eigenen Schenkel berührte, wachte er auf. Er entwickelte eine komplizierte Faltung der Tücher, um sich zuzudecken, und wurde abhängig davon. Neben seinem Bett mußte eine Flasche mit Wasser stehen. Ohne Wachs in den Ohren konnte er nicht mehr einschlafen. Sobald er zu Bett gegangen war, durfte sie sich nicht mehr durchs Haus bewegen. Es kam vor, daß er außer sich geriet. Dann fluchte er offen gegen sie. Aber es tat ihr nicht weh, solange er immer wieder zu ihr zurückkehrte. Und er kehrte zu ihr zurück.

»Warum erzählst du mir keine Geschichten mehr?« fragte sie ihn – gestern abend erst hatte sie das gefragt.

Und er hatte gesagt: »Was für Geschichten denn?«

»Früher«, sagte sie, »früher hast du mir vorher und vor allem nachher Geschichten erzählt.«

»Was hast du davon?« sagte er.

Antworte ihm nicht, Kalypso! Er könnte dir bitter erwidern. Du hast deine Wurzeln ausgedehnt und in seine Existenz eingegriffen. Kalypso, Kalypso, Kalypso – du hast uns einen Blick geschickt, hinaus über Wolke und Berg, und deine Stimme hat sich erhoben, und wir haben dich gehört. Woher seine Bitterkeit rührt, willst du wissen? Von einer Frage. Die stellt er sich immer.

»Wofür lohnt es sich, ewig zu leben?«

Du, eine Unsterbliche, wie willst du seine Frage beantworten? Wofür, sage es uns, ja sage es uns, wofür lohnt es sich? – Für eine Ewigkeit, die nicht anders ist als fünf oder sechs irdische Stunden? Eine Ewigkeit, in der du dem Geliebten gegenübersitzt, die Beine auf dem Bett verschränkt …

Hör zu, Kalypso, wir wollen dir von dieser Ewigkeit erzählen. Wo findet sie statt? Sagen wir zum Beispiel in jenem Hotel, im Hotel Orient. Sagen wir zum Beispiel in dem Zimmer mit dem grob gespachtelten Bild der Mona Lisa über dem Bett. Warum hast du nie deinen Mann, den Odysseus, in dieses Hotel mitgenommen, in diese parfümierte Satanshöhle? Verdient er solche Ewigkeit nicht? Du sitzt auf dem Bett, er sitzt dir gegenüber. Er hält dich an den Oberarmen, preßt sie gegen deinen Torso. Ja, wie eine Statue bist du. Hältst dich gerade, bist wie eine Blüte, die aus einem zweiblättrigen Kelch wächst, und die beiden Blätter sind deine verschränkten Beine. So fest preßt er dich, daß du die Schultern hochziehst. Er bewegt deine Arme, so daß du deine eigenen Rippen spürst. Du bist in seinen Händen. Du würdest ihm gern liebe Worte sagen. Aber er hat dich gebeten, ganz ruhig zu sein. Er sagt: erst möchte ich. Wir haben Zeit. Wir dürfen langsam sein, denn wir haben eine Ewigkeit zur Verfügung. Und während er dich streichelt, über die Sehnen deines Halses streicht, über die Knöchelchen hinter deinen Ohren, über den weichen äußeren Rand deiner Ohrmuscheln, über die Gelenke deines Kinns, über deine Kehle hinunter in die weiche Mulde zwischen deinen Schlüsselbeinen – während er dies tut, spricht er mit dir. Sagt: Ewigkeit, Ewigkeit, was soll das heißen, Ewigkeit? Ist das gut oder ist das schlecht, ha? Wenn ich immer dasselbe tun muß, dann ist es doch wohl schlecht. Wenn ich immer dasselbe tun darf, dann ist es gut. Verhält es sich so mit deiner Ewigkeit? So redet er. Du willst darauf antworten, er aber sagt: Du sollst dich nicht bewegen, auch den Mund sollst du nicht bewegen. Er werde für dich antworten, sagt er. Weiß schon, sagt er, das kannst du mir auf Anhieb nicht auseinandersetzen, wie es sich mit deiner Ewigkeit verhält. Du bist ja selbst ein Teil dieser Ewigkeit. Aber dann, sagt er, denkst du nach, und schließlich mußt du zugeben, daß ich recht habe. Der Unterschied zwischen einer guten und einer schlechten Ewigkeit ist der zwischen dürfen und müssen. So redet er und streichelt dich dabei. Und zuletzt führt er seine Zeigefinger zum Mund, macht ihre Spitzen feucht und berührt deine Ohren, das Innere deiner Ohrmuscheln benetzt er. Und du denkst, wie angenehm das ist und wie aufregend, und du denkst: Woher weiß er das? Hat er das irgendwo gelesen? Wo könnte er das gelesen haben? Du gehst in Gedanken verschiedene amerikanische Romane durch. Vielleicht ist das in einem Roman beschrieben, denkst du. Bei Updike? Bei Roth? Bei Faulkner? Bei Hemingway? Bei Willa Cather? Bei Dos Passos? Vielleicht ist es ja auch seine eigene Entdeckung. Er weiß es eben. Auf alles kommt man drauf in einer Ewigkeit. Irgendwann einmal kommt man drauf, mit Sicherheit, in der Ewigkeit ist ja Platz genug, um alles auszuprobieren. Und dabei spricht er weiter. Der Unterschied zwischen einer guten und einer schlechten Ewigkeit, sagt er, ist also der gleiche wie zwischen schlechter und guter Laune. Du fragst ihn, ob du dich nun bewegen darfst. Er sagt, nein, noch nicht, noch sollst du warten. Du drehst deinen Kopf so, daß er dir gerade ins Gesicht sieht. Du streckst die Arme nach ihm aus, berührst ihn aber nicht, sondern faltest neben seinem Kopf die Hände, drehst sie nach außen und knackst mit den Fingern. Du schiebst dein Kinn vor, deine Zähne schimmern, und sie sehen ein wenig auch gefährlich aus. Aber nicht gefährlich in dem Sinn, daß du ihn damit verletzen wolltest. Eine Verführung geht von deinen Zähnen aus. Darin liegt die Gefahr. Seine ganze Aufmerksamkeit ist nun auf deinen Mund gerichtet. Deine Zähne sind wie starre Fähnchen, die ihn willkommen heißen. Da lenkt ihn etwas von deinem Gesicht ab. Er sieht hinter dir den Tod über den Bettrand heraufsteigen, Thanatos, der die Frauen und Mütter weinen macht. Aber er, dein Liebhaber, erschrickt nicht über ihn. Er wundert sich nicht einmal über ihn. Er wartet eine Minute, vielleicht eineinhalb Minuten. Was bedeutet diese Zeitspanne in der Ewigkeit? Nichts doch wohl. Und dann ist sein Blick wieder bei dir. Der Tod ist nämlich wieder abgestiegen in sein Nest unter dem Bett. Er konnte deinem Liebsten nichts antun. Er stand ja unter deinem Schutz. Du bist schließlich eine Frau, die ewig liebt, ewig. Du bist ja nicht eine verkörperte Vorahnung, bist ja nicht ein Weihebild eines erahnten Untergangs. Ich bin keine Statue, sagst du. Ich will mich bewegen dürfen. Er knöpft dir die Bluse auf, schiebt sie dir über die Schultern, du hilfst ihm dabei, indem du die Achseln hebst und senkst. Ach, du hast wieder den weißen Body darunter an, dessen Bauchseite sich kräuselt wie die Wüste, der so umständlich zu öffnen ist. Warum hast du nicht daran gedacht, dich etwas praktischer zu kleiden? Aber nein, hast schon recht! Es herrscht ja Ewigkeit, da spielt es doch keine Rolle, wie lange es dauert, bis er dir aus deinem Body geholfen hat. Sieh doch, er greift zwischen deine Beine, mit dem Zeigefingernagel öffnet er nacheinander die drei Druckknöpfe. Dann hebt er vorne den Stoff hoch, legt eine Hand auf dein Schamhaar. Und dabei redet er. Du sagst: Ich habe es gern, wenn du mir vor dem Ficken eine Geschichte erzählst. Ja, sagt er, was soll ich erzählen? Eine Geschichte bitte, sagst du, eine Geschichte, in der eine Frau vorkommt, die mit einem Mann schläft, so etwas möchte ich hören. Aber, sagt er, wäre es nicht besser, ich würde etwas anderes erzählen. Du bist selbst eine Frau, und du wirst gleich mit einem Mann schlafen, nämlich mit mir. Nehme ich da nicht etwas vorweg? Ich will ja nicht, daß ich mir selber mit meiner eigenen Geschichte Konkurrenz mache. Ah, das glaube ich nicht, sagst du. Nun stützt du dich mit den Händen vom Bett ab, damit er den Body unter dir hervorziehen kann. Und weil er wieder zögert, überkreuzt du die Arme, und in einem entschlossenen Ruck ziehst du dir den Body über den Kopf. Was würdest denn du für eine Geschichte erzählen wollen, fragst du und schüttelst dir die Haare zurecht. Eine, die das Gegenteil ist von dem, was wir hier machen, sagte er, keine Fickgeschichte auf jeden Fall. Schade, sagst du, schade ...

Wo waren wir stehengeblieben, bevor uns der Tagtraum von der Ewigkeit aus unserer Geschichte gelockt hat?

Sie fragte: »Warum erzählst du mir keine Geschichten mehr? Früher hast du mir vorher und nachher Geschichten erzählt.«

Er sagte: »Was hast du davon? Wir ficken. Was hat das mit Geschichtenerzählen zu tun?«

»Früher dachte ich, die beiden gehören zusammen«, sagte sie und war traurig.

»Sie gehören nicht zusammen«, sagte er, »jedenfalls nicht daß ich wüßte«, und legte sich auf sie. Und als sie sich geliebt hatten, wollte er gleich aufstehen. Aber diesmal hielt sie ihn fest, zog ihn zu sich nieder.

»Bleib«, sagte sie, »bleib und erzähl mir eine Geschichte. Bitte! Leg dich neben mich, deck dich nicht zu. Ich will mich in das Leintuch wickeln, das magst du doch so gern. Ich will dir mein Gesicht zuwenden und den Rücken ein wenig krumm machen. Ich will die Beine anziehen und meine Hand in das Haar über deinem Geschlecht geben.«

So bezirzte sie ihn. Und es gefiel ihm.

»Du willst heute nacht nicht in die Stadt gehen?« fragte er.

»Nein, nein«, sagte sie.

Die Leintücher hoben und senkten sich über ihrem Atem. Sie legte sich auf ihn, er legte sich auf sie, aber mehr machten sie nicht. Ihr Brautschweiß mischte sich. Draußen war der Wind, sie hörten die Äste der breiten Pappel am Dach scheuern. Über ihnen hing eine staubig milchige Fünfzigwatt-Träne, Odysseus hatte schon lange versprochen, den Lampenschirm zu reparieren, er lag im Keller beim Werkzeug.

»Nun«, sagte sie, »erzähl!«

Alles war wie am Anfang, als sie in seine Geschichten eingetaucht war wie in seine Umarmungen, und in den dramatischen Bewegungen seiner Erzählungen schwankte wie Seetang in den Wellen, als ihm jedes seiner Worte so rund und appetitlich vom Mund sprang – gleichwohl manche seiner Worte verschwommen waren und voll Zwielicht –, mehr Rederei als Rede, mehr Musik als sinntragender Inhalt.

»Was soll ich denn erzählen?« fragte er, der glückliche Löwe.

»Erzähl von eurem Krieg zum Beispiel.«

»Warum soll ich vom Krieg erzählen?«

»Ich denke mir, du denkst daran«, sagte sie. »Und ich denke mir, es ist besser, du sprichst davon, als du denkst nur daran.«

»Ich denke aber nicht daran«, log er.

»Dann erzähl trotzdem.«

»Ich habe alles vergessen«, log er.

»Du lügst«, sagte sie.

»Ich lüge, ja.«

»Denkst du an den Krieg?«

»Manchmal.«

»Gibt es eine Geschichte aus eurem Krieg, in der eine Frau vorkommt?«

»Warum?«

»Weil ich nämlich Geschichten nicht mag ...«

»Warum?«

»Laß mich ausreden!«

»Warum soll ich dich ausreden lassen?«

»Wenn du mir etwas erzählst, brauche ich nicht auszureden. Dann sollst nur du reden. Ich möchte nur, daß du etwas erzählst.«

»Dann red aus! Sag, was du sagen willst!«

»Was wollte ich sagen?«

»Daß du Geschichten nicht magst.«

»Das wollte ich ganz bestimmt nicht sagen. Ich wollte sagen, daß ich Geschichten nicht mag, in denen keine Frauen vorkommen. Das wollte ich sagen.«

»Aha, das wolltest du sagen.«

»Solche mag ich nicht, solche Geschichten. Ja.«

»Aha, solche magst du nicht.«

»Richtig. Eine vielleicht. Oder zwei. Aber dann werde ich müde.«

»Dann wirst du müde.«

»Ja.«

»Und wenn ich dir sage, daß ich es gern habe, wenn du müde bist?«

»Ich mag es auch gern, wenn du müde bist.«

»Das magst du gerne? Das magst du gern, wenn ich müde bin?«

»Ja. Das mag ich gern. Ich mag es gern, wenn wir beide müde sind.«

»Das mag ich auch gern. Siehst du, das mag ich eben auch gern.«

»Gibt es eine Geschichte, die in eurem Krieg spielt, in der vielleicht doch eine Frau vorkommt? Gibt es eine?«

»Ja, schon. Gibt es schon. Hast du mir Zigaretten mitgebracht?«

»Hinter deinem Kopf liegen sie. Du hast sie ja schon aufgemacht. Du hast ja schon eine geraucht. Warum fragst du, ob ich dir welche mitgebracht habe, wenn du schon eine geraucht hast? Ich bringe dir immer welche mit.«

»Ja, ja … Gib mir eine! Zünde sie an!«
»Dein Arm ist genauso lang. Ich liege so bequem.«
»Gib mir eine! Komm schon! Ich muß mich auf die Geschichte konzentrieren.«
»Dann gibt es eine? Gibt es eine Geschichte?«
»Ja, ja. Du klemmst meinen Arm ein. Ich möchte etwas trinken. Es gibt eine Geschichte.«
»Es gibt sicher mehr als eine. Aber erzähl eine!«
»Ja, es gibt mehr als eine.«
»Dann erzähl! Erzähl eine. Irgendeine.«

Von der Frau im Lodenkostüm

Da bedachte sich Odysseus, welche von seinen vielen Geschichten – denn er kannte sehr viele Geschichten, die im Krieg spielen und in denen Frauen vorkamen – er erzählen wollte. Und er war im Zweifel, ob er über dich berichten soll, die du von allen nur die Frau im Lodenkostüm genannt wurdest, weil niemand deinen Namen nennen mochte, denn du trugst ja damals denselben Namen wie der Mann, an den sie alle nicht erinnert werden wollten. – Es war im achten Jahr des Krieges …

Hier die offizielle Version: Ein hoher Offizier, Generalleutnant, hatte sich auf der Latrine die Handgranate an den Magen gehalten und abgezogen, den Grund dafür wußte keiner, und es war just jener Mann gewesen, den zwei Tage später – wer oder was von ihm übriggeblieben war, lag bereits unter der Erde – seine Frau im Lager hatte besuchen wollen. Begleitet von einem kleinen Gefolge zog sie ein, präsentierte sich der Mannschaft mit in die Hüften gestemmten Fäusten, war gekleidet wie für eine rustikale Sportveranstaltung, versank mit ihren hohen Absätzen im Dreck und sang ein Marschierlied.

»Was seid ihr für ein lahmer Haufen!« rief sie. »Ich dachte beim Kriegführen steht man oder geht man. Ihr aber sitzt ja nur im Schatten! Einmal so gesagt.«

Sie verwechselte das peinliche Berührtsein in den Gesichtern der Soldaten mit Kampfesmüdigkeit. Sie wollte ihren Frischgeehelichten, der ein Gesicht gehabt hatte wie ein glatter nobler Grabstein, ihn wollte sie überraschen.

»Wo ist er denn? Ah, dachte ich es mir doch: Er ist einer von denen, die es unter dem gemütlichen Zeltdach nicht aushalten!«

Erntete dafür blödes Grinsen und gegenseitiges Sich-in-die-Rippen-Stoßen. Was sie wieder falsch interpretierte. Scharmutzierte herrinnenmäßig.

Jedenfalls er, Odysseus, war gebeten worden, der Frau, die die Tochter eines saureichen, der Sache des Krieges zugetanen Mannes war, die Tragödie beizubringen. Sie mache zwar den Eindruck einer tönenden Vollnatur, die sich nicht so ohne weiteres würde umhauen lassen, aber sie werde, damit müsse man rechnen, sie werde schreien. Solche wie die schreien. Und das könne die Truppe anstecken. Odysseus möge also so gut sein und sie am Strand spazierenführen oder besser in der Nähe des Strandes, die

Nachricht solle sie nicht angesichts des Meeres treffen, das ja bekanntlich bis hinüber zur Heimat das gleiche sei.

Der Generalissimus höchstpersönlich führte ihn zu ihr.

»Dieser Mann«, sagte Agamemnon und ließ dabei seine Hand auf des Odysseus Schulter liegen, »dieser Mann ist einer unserer verdienstvollsten Offiziere. Er weiß alles und kann alles, und sollte er etwas nicht wissen oder nicht können, dann kann er immer noch darüber reden. Er wird Sie zu Ihrem Gatten führen.«

Das machte eine gute Stimmung. Die Frau lachte. Es war ein schneidiges, unfröhliches Stakkato, das sich von ihrer hämmernden Sprechweise nur dadurch unterschied, daß die Laute keinen Sinn hatten. – Die Mannschaft bekam Befehl, das Lager bis auf weiteres nicht zu verlassen.

Er nahm ihr die Jacke ab. Es war heiß. Auf ihr Haar, ihr Gesicht, ihren Mund achtete er wenig, nicht einmal auf ihre Beine. Sie trug einen engen Rock aus Loden, und es war ihren Bewegungen anzumerken, daß sie noch nie in ihrem bisherigen Leben ein solches Kleidungsstück getragen hatte. Ihr ganzer Aufzug paßte nicht zu der modernen Schnittigkeit, der sie sich in Wort und Bewegung verpflichtet zu fühlen schien. Seine Phantasie, die sich nach den langen Männerjahren von ihrer früheren Raffinesse zu primitiver Abgekürztheit gewandelt und dabei gefährlich geschärft hatte, trieb in seinem Kopf unablässig das Bild eines prall mit Satin bespannten Arsches auf, während er neben der Frau unter den dürren Nadelbäumen ging, die aus dem steinigen Sandboden wuchsen.

Sie war fast einen Kopf größer als er und redete viel. Er redete nichts, und nichts behielt er von dem, was sie sagte. Wie weit es noch sei, fragte sie. Nur noch bis zu der Düne dort vorn, sagte er. Sie solle vorausgehen, sagte er mit heiserer Stimme. Nur damit sie vor ihm herginge, hatte er das gesagt, damit er ihren Hintern anschauen konnte, nichts war in seinen Männerjahren dazugewonnen, er war ungeschickt und aufgeregt wie ein kleiner Junge vor einer Lehrerin, in die er vernarrt ist.

»Gehen Sie voraus«, wiederholte er schroff, hoffte, sie werde ihn nicht nach dem Grund fragen.

Sie ging und redete dabei in einem fort weiter. Er folgte ihr in einigem Abstand, den Blick unablässig auf den hart gespannten Lodenstoff gerichtet, dabei nüchtern kalkulierend, daß ihn kein Anstand, keine Würde, keine Pietät, kein Rest an Barmherzigkeit aus seiner augenblicklichen Gier würde erlösen können. Dann fragte sie ihn, warum er eigentlich nichts rede, da sei er ihr als ein Zungengenie angepriesen worden, und jetzt stelle sich die ganze Pracht doch als recht dürftige Kurzangebundenheit heraus, einmal so gesagt. Ob das Lakonie sei. Sei ja auch ein rhetorischer Kniff, habe sie gehört.

Er gab keine Antwort. Aber er blickte ihr gerade in die Augen. Da sah er, daß ihr die Farbe aus den Lippen wich. Er aber war toll nach seiner Phantasie, fragte sich, ob sie unter dem groben, schlecht geschnittenen Loden einen Unterrock trage, einen aus Satin vielleicht, und schwor, daß er seinen Verstand geben wolle für einen Augenblick Genuß mit dieser Frau – bevor er ihr die schlechte Nachricht überbrachte oder danach, das war ihm einerlei.

»Wir sind unglaublich primitive Menschen geworden hier draußen«, sagte er, »roh wie die Schweine sind wir, wir haben keinen Charme mehr, wenn wir überhaupt je welchen hatten, wir haben keine Geduld mehr, wenn wir überhaupt je welche hatten, und wir kennen keine umschreibenden Worte mehr. Was wollen Sie zuerst hören, das Harmlose oder das Bittere?«

»Bitte, das Harmlose«, sagte sie.

»Ich nehme an«, sagte er, »Sie wollen nur das Harmlose hören.«

»Nur das Harmlose«, sagte sie.

Da sagte er ihr, daß er es, und zwar auf der Stelle, mit ihr treiben wolle und daß sie sehr froh sein müsse, daß ausgerechnet er ausgesucht worden sei, sie zu begleiten, denn jeder andere hätte keine Worte gemacht, sondern sie längst schon niedergelegt. Er dagegen wolle es nicht billig haben. Er habe leise bei sich seinen Verstand dafür geboten, und er habe davon viel. Diesen ganzen Verstand für ihre Haut!

Sie hatte ihn gelassen. An einen Baum gelehnt und etwas in der Hocke. Das Becken vorgeschoben, die Arschbacken zusammengepreßt. Umständlich.

Dann meldete er ihr, daß sich ihr Frischgeehelichter vor zwei Tagen das Leben genommen habe.

Sie schrie. Schrie. Erst waren es nur Laute, die wie ihr Lachen keinen Sinn hatten. Einfach in die Luft hinausgeschrien. Kurzrhythmisch. Dann schrie sie ihn an, und da waren es Worte.

Du schriest ihn an, die du von allen die Frau im Lodenkostüm genannt wurdest, weil sie deinen Namen nicht aussprechen wollten, denn sie ekelten sich davor, meinten, sie seien dann zu nahe bei dir. Und du meintest, es seien Feiglinge, hieltest ihnen Reden, Frau im Lodenkostüm. Riefst ihnen zu, sie sollen den Tod nicht fürchten. Aber sie fürchteten den Tod ja gar nicht! Alles hast du falsch von ihren Gesichtern gelesen. Du glaubtest, sie drängten sich voll Angst aneinander, die Angst, dachtest du, grenzt sie ein, macht sie unbeweglich für jede Heldentat. Du irrtest dich, Frau im Lodenkostüm. Sie waren entgrenzte Menschen, die den Tod nicht mehr fürchteten oder vielleicht treffender gesagt, die den Tod so absolut fürchteten, daß ihr ganzes Leben eine einzige Todesfurcht war, jeder Atemzug Todesgottesdienst, daß ihr Lebenswerk war, in beispielloser Kaltsinnigkeit der Todesgottheit einen Berg von Leichen aufzutürmen, um sie durch die Magie endlosen Mordens zu besänftigen.

Und du schriest, Frau im Lodenkostüm, und verfluchtest den Odysseus. Und ihm bellte das Herz in seinem Inneren.

»Alles«, so schrie die Frau, »alles soll sich dir auf den Kopf stellen in Zukunft, das Unterste soll das Oberste werden, das Häßlichste das Schönste, das Schönste das Häßlichste, das Klügste das Dümmste, das Kürzeste das Längste, das Edelste das Schändlichste, das Gütige das Bösartige, das Feine das Grobe ...« Am Schluß fielen ihr keine Adjektive und Gegenteile mehr ein.

»Keine solchen Geschichten mehr«, sagte Kalypso.

Odysseus ging hinüber in sein Zimmer, stopfte sich Wachs in die Ohren, rollte sich in seine Decken.

Kalypso schlief auf dem Rücken, träumte von Frauen und Müttern, die weinen gemacht worden waren. Wachte früh auf, verließ das Haus, ohne den Mann gesehen zu haben.

Überraschende Begegnung in der U-Bahn

Die gierig Liebende gab jeden Tag neu ihre Seßhaftigkeit auf, ging aus, mischte sich hastend unter die Hastenden, ließ sich durch die Bahnhofshalle ziehen, tauchte mit ihnen auf einer Rolltreppe in eine Straßenunterführung, wo großkelchige Blumen bei elektrischem Licht angeboten wurden. Und hielt Umschau. Denn täglich lud sie sich auf mit Begehrenswürdigkeit, zog das heiße, weiche Leben, das letzte Zarte, den Rest von Anschmiegendem, warm Hauchendem, Umarmungswilligem, Geilem aus ihren Opfern. Und in der Nacht gab sie es weiter an ihren tändelnden Mann, der so still geworden war.

Da war ein Student der Biologie, vierundzwanzig, dem leuchteten die Augen, denn er kam gerade von einer Studentin der Biologie, seiner Geliebten nämlich, und ihre Liebe war noch neu und frisch, und er hatte ein mächtiges Ziehen in den Lenden, denn er hatte eine mächtige Liebesnacht hinter sich und wollte nach Hause in sein Zimmer, das unaufgeräumt war und nach kaltem Zigarettenrauch stank, aufs Bett wollte er fallen und schlafen, ohne zu denken, wie sehe ich aus, wenn ich so daliege. Aber dann erwischte ihn Kalypsos Blick durch seine Haare hindurch, die ihm blond und wirr und seit achtunddreißig Stunden zerwühlt und ungekämmt über die Stirn hingen. Und in dem Blick dieser fremden Frau, die ihr Haar zu einem schweren Kragen um ihren Hals gewunden hatte, erkannte der Student, der in der Liebe erst wenig Erfahrung hatte, das Sehnen und Drängen, die Gier und die Befreiung und die Flügel der vergangenen Nacht. Und diesem Blick konnte er nicht standhalten.

Er folgte ihr. Den Bahnsteig entlang ging Kalypso, der Student dachte, sie wolle über die letzte Treppe nach oben gehen. Aber Kalypso ging weiter, in den Schacht des U-Bahn-Tunnels hinein. Und der Student folgte ihr. Keine zehn Schritte im Innern des Tunnels war eine Nische, in der Werkzeug lagerte. Dort wartete sie auf ihn.

»Kennen wir uns?« fragte er und seine Stimme schwankte, schaukelte und blieb stecken, so war das letzte Wörtchen, das ja sie beide meinte, nur noch aus Luft.

»Nein«, sagte Kalypso, »wir kennen uns nicht.«

»Wollen Sie etwas von mir?«

»Ja«, sagte sie. »Und Sie, wollen Sie etwas von mir?«

»Sagen Sie erst, was Sie wollen.«

»So wenig wissen Sie?«

»Was sollte ich denn wissen?« fragte der Student, und er war tatsächlich arglos.

Sie öffnete ihm mit der Zunge den Mund. Sie machten es im Stehen. Über ihnen war ein schmaler Spalt, und durch diesen Spalt fiel ein schmaler Schein Morgensonne, und der traf die Schläfe des jungen Mannes und warf einen Schatten auf die Wangen, die eingefallen waren, weil er den Mund keuchend geöffnet hatte.

Der Student hielt der Nymphe nicht stand. Und war aus Stein.

Als Kalypso aus dem Tunnel trat, wartete ein Mädchen auf sie. Es streckte ihr eine wüstenhafte, speckig schwarzverdreckte Hand entgegen, die Finger kraulten gierig.

»Gib mir die Münzen«, sagte sie. Der Stimmfarbe nach war das Mädchen noch sehr jung, sein Mund war wie mit Sand überzogen und schön geschwungen, die Unterlippe in der Mitte zu einer senkrechten Wunde aufgeplatzt. »Die sind dir eh nur schwer.«

»Kennen wir uns?« fragte Kalypso.

»Ja«, sagte das Mädchen. »Du hast mir schon einmal deine Münzen gegeben.«

Kalypso gab dem Mädchen, was es wollte.

»Ich habe alles gesehen«, sagte das Mädchen.

»Und was ist dabei«, sagte Kalypso.

»Nichts«, sagte das Mädchen. »Aber es wird dir nichts nützen.«

»Was meinst du damit?«

»Ich meine damit: Es wird dir nichts nützen, dich aufzuladen mit heißem, weichem Leben, mit dem letzten Zarten, dem Rest von Anschmiegendem, warm Hauchendem, Umarmungswilligem und Geilem. Es wird dir nichts nützen, wenn du die Stadt in einen Friedhof der steinernen Helden verwandelst. Odysseus wird dein Angebot nicht annehmen. Er wird nicht bei dir bleiben in Ewigkeit. Sie werden ihn nämlich aus deinen Armen hetzen.«

Wer – unterbrechen wir hier ihre Rede, denn ihre Rede geht noch weiter, und wir werden sie gleich vollständig wiedergeben –, wer ist dieses Mädchen, das so jämmerlich aussieht, so heruntergekommen, so verwahrlost? Woher weiß sie, was sie weiß? Von wem spricht sie? Wer wird Odysseus aus den Armen der Kalypso reißen?

»Ich weiß nun, wer du bist«, sagte Kalypso.

Sie weiß es? – Ja, sie wußte es. Denn die unsterblichen Götter erkennen einander, mag einer weit entfernt auch wohnen im eigenen Palaste.

Eos war es, die Morgenröte, die traurige, die von den Göttern Betrogene, die Safrangewandete, die Rosenfingrige.

»Zäh sind die Götter«, sagt sie mit Bitternis in der Stimme, »und Eifersucht quält sie mehr als die anderen. Sie tun verwundert, wenn offen und frei eine Göttin, wie du, Kalypso, sich zu einem Mann schlafen legt, wenn eine sich einen zum liebenden Freund macht. Als ich mir den Orion wählte, standen sie lange verwundert, die leichthin lebenden Götter, bis schließlich Artemis zu ihm trat, um ihn mit ihrem sanften Geschoß zu töten. Und als sich einst Demeter, die weizenblonde, zu Iasion gesellte, als ihr Gemüt sie drängte, sich an ihn zu schmiegen auf dreimal umbrochenem Feld, da übte Zeus nicht lange Nachsicht, und er zerrieb den Mann wie ein Minzeblatt zwischen seinen Fingern. So schauen sie jetzt auch verwundert auf dich, Kalypso, weil ein Sterblicher bei dir ist. Du hast ihn dir errettet, du! Er lag elend verrenkt am Strand, vom Meer ans Gestade gespuckt, als wäre er ein Ekel für Krebse und Fische. Alle Gefährten waren ihm zugrunde gegangen. Ihn aber hatten der Wind und die Woge an deinen Strand gebracht. Lieb hast du ihn gewonnen und hegtest ihn und sagtest ihm oftmals, wenn er bei dir bliebe, würde er ewig derselbe sein bei gleicher Kraft und gleichem Geist und gleicher Schönheit und gleicher Lust. Und als er skeptisch war und mit ein bißchen Schadenfreude, die mir weh tat, die Geschichte von meinem armen Mann Tithonos erzählte, für den ich bei Zeus Unsterblichkeit erbeten, jedoch zugleich auch ewige Jugend in die Bitte miteinzuschließen vergessen hatte, da hieltest du ihm tröstend die Hand aufs Geschlecht und versprachst, du würdest nicht so dumm sein. Nein, nein, zieh nur nicht die Stirn kraus, ich habe alles gesehen. Es war ja früher Morgen. Aber ich bin dir nicht böse. Wie sollte ich auch. Ich bin auf deiner Seite. Darum will ich dich ja warnen. Ich wollte dich schon vor ein paar Jahren warnen, aber damals hattest du es so eilig. Du hast mir deine Münzen gegeben und bist gleich wieder davon.«

»Und warum bist du so jämmerlich, so heruntergekommen, so verwahrlost?« fragt Kalypso.

»Ach ja, bin ich das?« sagt Eos schwach. »Aber du hast recht. Mit mir ist nichts mehr. Gerade daß ich noch meinen Dienst abfertige. Das ist auch schon alles. Lade mich ein auf einen Kaffee und einen Asbach! Ich werde dir erzählen, was sie mir noch angetan haben die Götter, dieser elende Verein über Wolke und Berg.«

Sie krallte sich mit ihrer Hand in Kalypsos Ärmel und zog sie über die Rolltreppe hinauf, zog sie durch die Bahnhofshalle und zur Straße hinaus und die Straße hinunter in ein Bistro. Und dort erzählte die Göttin der Göttin, Eos der Kalypso.

Von Eos und Memnon

Im neunten Jahr des Krieges war Memnon, der Sohn von Eos und Tithonos, an der Spitze eines Heeres von Äthiopien gekommen, um an der Seite Trojas zu kämpfen. Er war schwarz wie ein sternenloses Stück Nachthimmel, denn in seiner Kindheit war er auf dem Sonnenwagen des Helios, seines Oheims, über die Welt gefahren, und er war so schön von Gestalt wie seine Mutter, ging mit erhobenem Haupt, den Blick wie sie dem All zugewandt. Eine Schar von jungen Frauen begleitete ihn, und sie wetteiferten im stillen untereinander, welche näher bei ihm gehen und stehen und liegen durfte. Die Trojaner machten ihm freiwillig Platz in ihren vordersten Reihen, und noch ehe er sich im Kampf gestellt hatte, hielten Odysseus und die Seinen besorgten Rat, was gegen einen wie diesen zu unternehmen sei.

Wer mit Memnon sprechen wollte, der mußte sich anmelden, und viele bekamen eine abschlägige Antwort. Er war stolz wie ein Löwe und arrogant wie eine

Giraffe, und die jungen Frauen kreischten, wenn er vor sie hintrat, um sich einen Schatz für sein Lager zu wählen, und die eine oder andere verdrehte die Augen und sank in Ohnmacht und schied so von selbst aus.

Er hatte noch an keinem der Kämpfe teilgenommen, aber schon wurden Vorbereitungen getroffen für die Feiern der Etappensiege, die er in Bälde erringen würde. Aber dann, bereits in der ersten Konfrontation des Tages, vor dem Angesicht seiner rosenfingrigen Mutter, noch standen sich Mann und Mann auf Phrygiens Feldern nicht näher als zwanzig Schritte gegenüber, wurde Memnons Herz von der durchaus nachlässig geworfenen Lanze des Achill durchbohrt, und die finstere Nacht verhüllte seine Augen. Er war kaum gezeichnet, und doch war er tot. Seine Seele zog sich heraus aus seinen Gliedern und schwebte zum Haus des Hades. Eine Stunde lang blieb er mitten auf dem Feld liegen. Die Lippen verkürzten sich und entblößten die Zähne, die nun, so nutzlos, wie gelbe Kammzinken aussahen. Käfer naschten am Saft der Augen. Jetzt, da ihn die Zügel des Lebens nicht mehr hielten, war nichts Schönes, nichts Erhabenes, nichts Furchteinflößendes, nichts Respektables mehr an ihm. Die hüben wie die drüben wußten nicht, ob sie lachen oder heulen sollten. Mit schuldbewußter Eile holten ihn die Seinen vom Feld.

Der Morgenhimmel erbleichte, und Eos' Tränen benetzten die Erde mit Tautropfen. Die Safrangewandete verhüllte ihr Angesicht mit gelben Gewitterwolken, und nie wieder wollte sie der Erde leuchten. Hinabsteigen wollte sie in die Unterwelt, um denen dort unten ihr weiches Licht und ihre laue Wärme zu bringen. Und das hätte unabsehbare Folgen gehabt, denn Helios, ihr Bruder, weigerte sich, auf ungebahntem Weg seine Tagesreise zu beginnen; die Erde wäre in Nacht und Kälte gefallen.

Im Rund der obersten Götter wurde beraten, und Zeus selbst bestand darauf, mit der Morgenröte zu verhandeln.

»Schon einmal habe ich dir einen Wunsch erfüllt«, sagte er. »Jetzt bist du dran.«

Eos forderte ihren Sohn zurück und forderte Unsterblichkeit für ihn.

Das sei ausgeschlossen, ein zweites Mal, so argumentierte der Göttervater, würden die Moiren, die den Lebensfaden spinnen, einen solchen Wunsch nicht erfüllen. Eos habe ja bereits einen unsterblich Gemachten in der Familie. Das müsse genügen.

Wenn ihr Wille nicht geschehe, werde es kein Licht mehr geben auf Erden, beharrte Eos.

Da drohte Zeus der Verstockten, er werde ihren Sohn in der untersten Hölle, im Tartaros, in Geiselhaft nehmen, werde ihm einen Ring durch die Nase ziehen und ihn eine Handbreit über dem Boden anketten und ihm Stechmücken auf den Buckel hetzen, daß er sich kratzen wollen würde, aber nicht könnte. Das werde er tun, donnerte er, wenn sich Eos weiter weigere, den Tag mit ihrem lieblichen Dunst zu wecken.

Aber dann rührten und reizten ihn doch die Tränen, die über ihr Gesicht zur Erde niederrannen, und er schlug der Bekümmerten einen Kompromiß vor, nämlich: ein ewig sich wiederholendes Ehrenritual für ihren toten Sohn. Vorausgesetzt, sie verbreite weiterhin ihre Gaben über die Erde.

Eos gab nach. Aber das Weinen ließ sie sich nicht nehmen. Als am dritten Tag nach dem Hinschlachten ihres Sohnes der Morgen wieder in ihrem Rosenschimmer erstrahlte, funkelten ihre Tränen als Tautropfen auf den Gräsern des Schlachtfeldes.

Ein Scheiterhaufen wurde errichtet, auf dem der Leichnam des Memnon verbrannt werden sollte. Die Kriegshandlungen wurden für die Dauer der Bestattung unterbrochen. König Priamos persönlich warf die Brandfackel. Die jungen Frauen, die mit Memnon nach Troja gekommen waren, drängten sich um das Feuer, und als der Haufe in sich zusammenbrach, wurden sie von Glut und Qualm ergriffen und hochgehoben, und Zeus verwandelte ihre um Hilfe schlagenden Arme in Flügel und machte die Frauen zu Vögeln, und die hatten nun keine menschlichen Hemmungen mehr, und über dem Aschengrab des Memnon brach sich ihre Eifersucht bahn. Sie hackten sich gegenseitig die Brust auf. Das Blut löschte die Flammen, und die Vögel fielen vom Himmel und verkohlten in der letzten Glut, und die Tautropfen des Morgens weichten die Asche auf, und die Erde verschluckte alles und spie im folgenden Jahr mit Feuer und Glut neue Vögel aus, die sich wieder die Brust zerhackten und wieder mit ihrem Blut die Flammen löschten und niederfielen und auf der Glut zu Asche verbrannten – und so weiter bis in Ewigkeit. Ewig sollte das Ritual an Memnon erinnern.

Eos aber, des Memnon Mutter, die mit den weißen Augenlidern, die Goldfarbene, war von nun an gleichgültig gegen alle Kreatur auf Erden. Das Leid der Menschen rührte sie nicht mehr, und auch auf das größte Grauen legte sie ihr zartes Rosa. Ohne einen Blick zur Erde tat sie von nun an ihr Werk, und wenn es getan war, kehrte sie in ihre Wohnung zurück, die auf der Scheide zwischen Tag und Nacht gebaut war, pflegte den unglückselig zu ewigem Leben verwunschenen Tithonos, überhörte geduldig und mild sein Gekeife, säuberte sein Bettchen in der Streichholzschachtel, atzte ihn und liebte ihn, weil er der Vater ihres Sohnes war.

Den Trost aber, den die frühe Morgenstunde bisher gegeben, den mußten die Menschen nun aus sich selbst erwecken, und wem dies nicht gelang, der blieb ohne Trost. Jene aber, die Trost in sich selbst fanden, die durften ihm jeden Namen geben, der ihnen paßte – die Namen von fernen Ehefrauen, die Namen von fernen Söhnen; denn der Trost war kein göttliches Geschenk mehr, sondern schweißtreibendes, menschliches Werk.

Erzählte Eos der Kalypso bei einer Tasse Kaffee und drei Asbach.

»Sie werden ihn dir nehmen«, sagte sie.

»Aber wenn er doch bleiben will«, bangte Kalypso. »Werden sie ihn zwingen?«

»Das wird nicht nötig sein«, sagte Eos, und ihr Gesicht bekam den wilden Ausdruck eines böse entschlossenen Kindes. »Sie kennen Tricks und haben Verbindungen. Sie verfügen über alle Möglichkeiten der Recherche. Alles machen sie gründlich. Und was sie anstellen, bleibt endgültig.«

»Was soll ich nur tun?« seufzte die Nymphe.

»Paß auf dich auf, Kalypso,« sagte die Safrangewandete, die heruntergekommen war, und sie schloß ihre Hände um die Pulse ihrer Freundin, und es umfing sie die finstere Wolke der Trauer. »Gib acht auf dich, Kalypso! Ich habe Sorge um dich. Der Mensch ist so, daß er die Ruhe, die er in sich nicht findet, dem anderen nicht gönnen kann. Und wenn es in seinem Herzen keinen schönen Frühling gibt, dann wird es auch in deinem keinen mehr geben. Leg deinen Kopf auf meine Schulter, Schwester, schnupf dich aus, schnupf dich ruhig aus …«

»Es wird trotzdem schwierig werden«, sagt Hermes. »Der Schein trügt. Jetzt sitzt sie hier und heult. Weil ihr die Morgenröte mit ihren Geschichten angst macht. Aber Kalypso ist mächtiger als Eos. Gleich wird sich Kalypso erheben und mit dem nächsten Bus nach Hause fahren. Sie wird Odysseus treffen, wenn er gerade vom Strand zurückkommt. Sein Herz wird schwer sein von Heimweh nach Ithaka, nach Penelope und Telemach. Aber dann wird sie ihn am hellichten Nachmittag in ihr Bett ziehen, und hinterher werden sie nebeneinanderliegen und schlafen, und kein Schmerz wird in seinen Schlaf dringen. Was ihm in der Nacht an Ruhe fehlt, das wird er am Nachmittag neben der Nymphe finden. Nein, noch würde ich keinen hohen Einsatz auf des Odysseus Sterblichkeit wagen. Gegen die Macht ihrer Lust kann die Macht seines Heimwehs nicht an.«

»Noch nicht«, sagt Athene wütend. »Findest du es übrigens bequem hier«, hängt sie im selben Ton an, und mit bequem meint sie, ob es Hermes anregend findet, geistig, meint sie, und sie wartet seine Antwort nicht ab. »Mir gefällt es hier nämlich überhaupt nicht.«

Weil, wie wir wissen, die Unsterblichen sich untereinander erkennen, mag einer weit entfernt auch wohnen im eigenen Palaste, und der Seelenführer und die Blauäugige unbedingt verhindern mußten, von Kalypso entlarvt zu werden, hier in dieser Kneipe jedoch keine Comics lagen, die, weil sie von Menschenhand gezeichnet worden sind, ein sicheres Versteck böten, hatte Hermes geraten, in die Bebilderungen auf den Etiketten der Spirituosen zu steigen. Er selbst schlüpfte in ein kleines Männchen in Reithosen, Zylinder, Schoßrock und Reitstiefeln, das ewig im Begriff ist, auf einem Schriftband, auf dem »Established 1820« steht, einen Schritt zu tun, und dabei das Wort »Johnnie« vor sich herschiebt und das Wort »Walker« hinter sich nachzieht. Pallas Athene hingegen rutschte ein Regal tiefer, sie hat sich in das Etikett auf einer Mandelsirupflasche der Firma Monin geflüchtet, auf dem neben einem knickerbockerbehosten Mann eine bauschig weiß bekleidete Frau steht, die mit der einen Hand die Lenkstange ihres Fahrrads, mit der anderen ein Glas hält und in die Dreidimensionalität hinausprostet. Diese Frau hat ihre Augen weit genug geöffnet, um der Göttin freien Blick zu gewähren.

»Kalypso sieht ihre Sache pessimistischer, als sie tatsächlich ist«, sagt Hermes.

»Ja«, sagt Athene.

»Wir müssen einen Plan fassen«, sagt Hermes, »willst du weiter auf deinem Willen beharren.«

»Ich kann hier nicht nachdenken«, sagt Athene.

Göttlicher Diskurs über das gute Gewissen

»Wohin sollen wir uns begeben«, fragt Hermes, »befiel, ich werde mich fügen«, die Augenlider gesenkt, denn sogar er fürchtet sich vor dem Unmut seiner Halbschwester.

Athene will nachdenken. In Whiskyetikettenbildmännchen und Mandelsirupetikettenbildweibchen sei das nicht möglich. Ihr jedenfalls nicht.

»Mir jedenfalls nicht!«

Weder daß sie in den einen nachdenken, noch daß sie mit dem anderen einen anständigen Diskurs führen könne.

Nun stehen sie in der Nähe des Bahnhofs, im göttlichen Ohr das kratzend rhythmische Geräusch einer defekten Rolltreppe.

»Möchtest du vielleicht am Fluß entlangspazieren?« fragt Hermes. »Viele Philosophen haben an Flüssen entlang gehend nachgedacht.«

Athene holt sich den Fluß und seine Promenade ans Auge heran. Sieht eine Frau mit geringem Kinn, die in der Nase bohrt; sieht einen breiten Mann, der, die Lippen fest an die Zähne gezogen, sich auf einer Bank von seinen lebenslangen verschwitzten Verdiensten erholt; sieht ein Paar, er von weitem galant, sie von weitem frech, von nahem er begriffsstutzig, sie hysterisch.

»Menschen«, faucht sie.

»Nun ja«, sagt Hermes.

»Calvin«, sagt sie. »Dort war es bequem.«

Nun, das war ihm ein Leichtes; Hermes fand im Handumdrehen den Buchladen, in dem die Frau mit den hennaroten Haaren arbeitete, die mit dem spitzen Kinn und dem fröhlich schiefen Mund, die so klein und zart war und auf einem Auge ein wenig nach außen schielte, was hübsch aussah. Und Gott und Göttin, ohne daß sich eine Buchseite bewegt hätte, huschten in den Laden und durch den Laden auf den Drehständer zu, in dem die Calvin-und-Hobbes-Hefte standen, und tauchten hinein in die großäugigen und großmäuligen Helden auf dem Titelblatt, Hermes in seinen Hobbes, Athene in ihren Calvin.

»Hier läßt sich denken«, seufzt Athene. Und ihr Geist, der es sonst so sehr liebt, in der offenen Welt zu leuchten, breitet sich aus wie quellender Nebel im Gebirge, wenn der Herbst das noch Warme mit dem schon Kalten mischt. »Große glatte Höhlen«, sagt sie, »sind die rechten Gefäße für den Geist.«

»Ja«, sagt Hermes, »aber, Athena, stelle dir eine andere Höhle vor.«

»In dieser Atmosphäre«, sagt Athene, »kann ich mir alles vorstellen. Hier fühle ich mich wohl, Hermes. Sag, was soll ich mir für eine Höhle vorstellen?«

»Eine niedere Höhle, nicht glatt, eine unterirdische Höhle, und es leben Wesen in dieser Höhle, aus der ein langer Gang zum Licht emporführt. Stell dir weiter vor, sie sind gefesselt an Hals und Schenkeln und können sich nicht rühren. Licht bekommen sie von einem Feuer, das fern oben hinter ihnen brennt. Zwischen dem Feuer und den Gefangenen läuft ein Weg, und auf diesem Weg bewegen sich die Geschehnisse. Was meinst du wohl, sehen diese Gefangenen von den Geschehnissen anderes als einen Schatten?«

»Nichts anderes sehen sie«, entgegnet Pallas Athene, die in Dialektik geschulte. »Aber sag, Hermes«, fügt sie hinzu, »gleicht diese Höhle nicht Mnemosynes Kino?«

»Das ist richtig«, sagt Hermes. »Nun überlege dir, Athena, wie es einem dieser Wesen erginge, wenn es von seinen Fesseln befreit und von seiner Unwissenheit geheilt würde. Stelle dir vor, es wendete den Hals um und blickte gerade ins Licht hinein.«

»Es täte ihm weh.«

»Ja, es täte ihm weh, und es wäre wegen des Flimmerns nicht imstande, die Geschehnisse zu sehen, deren Schatten es vorher nur vor Augen gehabt hatte. Was glaubst du, daß dieses Wesen sagen würde, wenn man ihm versicherte, vorher habe es lauter Nichtigkeiten gesehen, jetzt aber sei es der Wahrheit näher, jetzt erst blicke es unverstellt auf das, was war?«

»Es würde fliehen und in seine Höhle zurückkehren und sich die Fesseln wieder anlegen und weiter auf die Schatten schauen wollen. Seine Seele würde verlangen, für immer in der Höhle zu verweilen. Ist es so?«

»So ist es«, sagt Hermes, der sanfte Führer der Seelen.

»Aber von welchen Wesen sprichst du«, fragt Athene, »und von was für einer Höhle?«

»Es ist die Höhle der Lesmosyne«, sagt Hermes, »der sauer Riechenden, die im selben Maße wie ihre Schwester mit der Erinnerung heiligt und heilt, mit dem Vergessen dasselbe tut. Mnemosyne heilt mit Buntheit und Lust, sie gießt Farbe in das vergangene Leben, sie ist die Erfinderin der Sehnsucht. Lesmosyne ist die Schwarzweißausführung ihrer Schwester, sie ist die Bangigkeit, sie schließt die Augen noch in der Dunkelheit. In ihrer Höhle versteckt sie, was vergessen werden soll. Denn die Menschen sind mit Geschichten des Lebens beladen. Und manche Geschichten wiegen schwer und schneiden ein, es sind Wesen, die alle böse Namen haben. Die versteckt Lesmosyne in ihrer Höhle, läßt sie nicht ans Licht. Damit schafft sie das gute Gewissen.«

»Das gute?«

»Ja, das gute.«

Athene wendet den Kopf ab und wieder formt sie mit den Lippen schweigend die Worte nach. Denn das macht sie, wenn sie lernt. Dann blickt sie Hermes gerade an: »Was tut das gute Gewissen?« fragt sie.

»Es blickt nicht in die Vergangenheit«, antwortet er, der auch der Segenbemessende gerufen wird und der Verwirrer der Träume und der Irreführende in der Nacht und der die falschen Pforten weist.

»Und, Bruder«, sagt Athene, »wenn es so ist, daß das schlechte Gewissen der Ewigkeit entgegen ist, wie du mich gelehrt hast, liege ich dann falsch, wenn ich vermute, daß das gute Gewissen die Ewigkeit liebt?«

»Da liegst du keineswegs falsch«, sagt Hermes.

»Und woran, sag mir, erkennt man das gute Gewissen?«

»Man erkennt es am guten Schlaf.«

»Ist das gesichert?«

»Es ist zumindest sprichwörtlich.«

»Und woran erkennen wir, die wir ganz anders schlafen als die Sterblichen, daß ihr Schlaf gut ist?«

»Zunächst daran, wie sie einschlafen. Der gute Schläfer trifft keine Vorkehrungen. Er ist voller Vertrauen. Weder geht er vorher zur Toilette, um vorsorglich sein Wasser zu lassen, damit er nicht in der Nacht aufwache, noch rollt er das Kopfkissen zur Bettwurst, damit er in der Seitenlage die Schulter nicht allzusehr belaste. Er richtet sich keine Flasche mit Wasser neben das Bett, denn er kennt nicht den schlafraubenden nächtlichen Durst. Auch ist er nicht darauf bedacht, möglichst nicht auf der linken Seite einzuschlafen, denn ihm kommt gar nicht der Gedanke, er könne sein Herz quetschen. Er denkt nicht einmal daran, das Fenster zu öffnen, um frische Luft einzulassen, denn weder miefer Geruch noch Stickigkeit oder Überwärme haben bisher seinen Schlaf gestört. Er achtet auch nicht darauf, ob die Tür zu seinem Schlafraum geschlossen ist, noch ob das Licht im Gang gelöscht ist. Es ist ihm wurscht, wenn im Nebenraum gesprochen, gelacht, Karten gespielt, gestritten, gevögelt oder getanzt wird. Wenn der Gummizug der Schlafanzughose zu eng ist, so kann ihn das in seiner Ruhe nicht beeinträchtigen. Er legt sich auf sein Lager, schließt die Augen, höchstens, daß es ihn in der Gegend des Ohrläppchens einmal juckt. Ehe er drei Atemzüge getan hat, wiegt ihn bereits der sanfte Schlaf in den Armen. Der Kiefer sinkt seitlich nach unten, das Gesicht wird länglich und blöd, und ein wenig Speichel rinnt auf das Leintuch. So schläft das gute Gewissen acht bis neun bis zehn Stunden. Wenn es aufwacht, ist es sogleich mitten im Leben. Es weiß, daß es geträumt hat, erinnert sich aber an keine Einzelheit, denn die Träume des guten Gewissens haben kein Gewicht, mit dem sie auf die Seele drücken oder in sie einschneiden könnten.«

So sprach zu Pallas Athene Hermes, jener aus ihrer Welt, der sich im Seelenfang auskennt.

»Merkwürdig«, sagt Athene.

»Ja«, sagt Hermes. »Schon merkwürdig. Der Mensch ist ein krankes Tier.«

»Ein Schmerz ist er in meinen Augen«, sagt sie und fliegt davon, weithin nach Westen, schwebt eilig entlang den Pfaden im dämmrigen Düster, vorbei an Okeanos' Strömung, vorbei am Felsen Leukas. Nahe bei den Kimmeriern erhebt sich ein Berg, der birgt eine unermeßliche Grotte. Dort landet sie sanft, daß kein Sandkorn verrutscht, das ist nahe beim Eingang zum Totenreich, und im hohlen Berg ist der Palast des untätigen Schlafgottes, Hypnos, wo er wohnt mit seinen tausend Söhnen, den Träumen. Still ist dort alles und stumm. Nicht einmal Helios vermag mit seinen Strahlen die Nebel zu durchdringen, die aus der Erde steigen und sich zu Schleiern von Zwielicht und Dämmer vermischen. Und Eos meidet diesen Ort, denn sie haßt Hypnos seines Zwillingsbruders Thanatos wegen, sie verzeiht dem Schlaf nicht, daß er der Bruder des Todes ist, und sie verzeiht den beiden nicht, daß sie ihren Sohn Memnon so unerträglich träg und gar nicht feierlich auf den Scheiterhaufen gehoben haben und gleich verschwanden, als die ersten Flammenhörner auf den geliebten Körper zielten. So ist die Heimat der beiden ohne Morgenrot und Morgengold. Um den Eingang zur Grotte blüht überreich in sehnsüchtigem Rot der Mohn. Türen fehlen im Palast, und Wächter gibt es keine. Demütig, wie sie selbst vor Zeus nicht hinträte, betritt Pallas Athene die Höhle und nähert sich dem Jüngling, der da schläft. Ihr Glanz erhellt den Raum, und Hypnos öffnet die schweren Lider. Er will sich aufrichten, aber er sinkt immer wieder zurück, das Kinn sinkt ihm auf die Brust. Endlich entreißt er sich aus sich selbst und stützt sich auf die Ellbogen.

»Was willst du?« fragt er die Göttin.

»Weißt du, wer ich bin?« fragt sie zurück.

»Natürlich weiß ich es«, sagt er und meint damit, es liege in der Natur der Götter, daß sie sich gegenseitig erkennen, ganz gleich, welchen Rang sie einnehmen, ob sie nun zur ersten Riege gehören oder nicht. »Also, was willst du von mir. Du siehst, ich bin müde. Du stehst über mir und genießt große Verehrung. Du thronst oben in einem Ideal über Wolke und Berg. Aber vergiß nicht, wenn es um die Belange der Menschen geht, dann bin ich mächtiger als du. Ohne mich werden sie wahnsinnig. Was werden sie ohne dich?«

»Wie soll ich ihn anreden?« hatte Athene Hermes gefragt. Der hatte ihr geantwortet: »Nenne ihn Labsal aller Wesen und Herzensberuhiger, vor dem die Sorge flieht. Nenne ihn den, der die vom harten Tagwerk ermatteten Glieder erquickt und sie zu neuer Arbeit stärkt.« – »Es ist nicht meine Art, so zu sprechen«, hatte Athene gesagt.

»Schlaf«, sagt sie nun schlicht, »Schlaf, borge mir einen deiner Söhne!«

»Was soll er können?«

»Kräftige Bilder soll er in ein schlafendes Gehirn zeichnen.«

Hypnos nickt, und der Kopf droht ihm auf die Brust zu sinken. Die Ellbogen knicken ihm ein. Er hebt die Hand zu einer matten Geste, und gleich fällt ihm die Hand schwer auf den Schenkel. Da nähern sich aus dem Nichts drei durchsichtig Flimmernde.

»Ich bin Ikelos«, sagt der erste, »ich forme mich zu jedem beliebigen Ungeheuer. Ich fülle, wenn es sein muß, den Horizont, bin weit hinten und ganz vorne gleichzeitig. Ich bin ein Fiebertraum.«

»Nein, du nicht«, sagt Athene. »Der nächste!«

»Ich bin Phantasos«, sagt der zweite, »ich lasse Dinge erleben, die unausdenklich sind. Ich zeige fremde Länder und strahlende Seen. Ich kann ein Glückstraum sein.«

»Du auch nicht«, sagt Athene. »Der nächste.«

»Ich bin Morpheus«, sagt der dritte. »Ich erfinde nichts. Aber ich finde. Ich finde, was weh tut. Ich finde, was vergessen sein will. Und ich verwandle mich in das, was vergessen sein will. Ich bin der Alptraum.«

»Dich will ich«, sagt Athene.

Und im zeitlosen Flug führt sie ihn in Lesmosynes Höhle. Da sitzen nebeneinander Kakobulos, der böse Rat, Alastor, der Rachsüchtige, Thanasimos, der Todrichtige, und sie haben das Gesicht in den Händen vergraben, als wollten sie sich zu der Nacht, die sie umgibt, noch eigene Nächte schaffen.

»Diese da«, sagt Athene und zeigt auf sie, »in diese drei sollst du dich verwandeln. Diese drei werden dir von drei Verbrechen erzählen. Sie sollen dir ein Wegweiser sein durch den Abgrund. Dort seien Dinge geschehen, die kommen nicht einmal in Alpträumen vor. Beweise mir, daß sie in Alpträumen vorkommen!«

Morpheus nimmt ihnen nacheinander die Hände von den Augen und blickt in ihre dunklen Gesichter. »Das ist leicht«, sagt er und verwandelt sich in die drei. »Ich werde es dir beweisen.«

In zeitlosem Flug führt ihn Athene aus Lesmosynes Höhle, führt ihn nach Ogygia ins Haus der Nymphe und an das Bett, in dem Odysseus neben Kalypso liegt.

»Dieser hier«, sagt sie. »Bei diesem mach deine Arbeit!«

»Warum liegen sie am Nachmittag im Bett«, fragt Morpheus. »Arbeiten sie in der Nacht?«

»Sieh sie dir an!«

»Besser wäre, er schliefe allein«, sagt Morpheus.

»In der Nacht schläft er allein«, sagt Athene.

Morpheus hebt die Decke und sieht, daß ihrer beider Hände jeweils am Geschlecht des anderen ruhen. »Sie scheinen verrückt nach einander zu sein«, stellt er fest. »Will sehen, was sich machen läßt«, und legt die Decke über die beiden.

In der ersten Nacht schickt Morpheus den Kakobulos aus, das ist der böse Rat. Und der bringt dem Odysseus ein erstes Verbrechen in Erinnerung.

Hier die Vorgeschichte:

Als Odysseus in Aulis den Schuppen verließ, in dem die neunundvierzig Tonschiffchen des Kinyras gestapelt waren, fühlte er sich zerschmettert. Fremd war er sich in Taubheit und Unterlegenheit. Gedemütigt war er worden, bloßgestellt, eingeschüchtert, verspottet, verlacht und an den Feind ausgeliefert mit Mutwillen, und er kreidete all das dem Palamedes an, denn er war der Feind, er.

Palamedes nämlich war der Zeuge seiner Demütigung gewesen. Und Palamedes war leider ein guter Zeuge, ein Zeuge aus Berufung, aus Talent. Er durchschaute. Er war der Durchschauer, der mit dem Finger zeigt auf den, den er durchschaut hat. Der Fingerfertige mit der weißen, reinen Stirn wie Marmor, mit dem bis zur Erstorbenheit ernsten Raum zwischen Augen und Kinn. Der Erfinder des Untergangs, der Reine, dem kein blutiger Leumund vorauseilte. Am Strand von Ithaka hatte er die List des Odysseus durchschaut, hatte mit dem Finger auf ihn gezeigt, ohne ihn zu berühren, aber in dem Schuppen am Rand des Heerlagers von Aulis hatte er in das Herz des Odysseus geblickt, hinab in den düsteren, klobigen Schatten, hatte darin die Angst gesehen und die ängstliche Bereitschaft, sich zu unterwerfen.

In diesen Tagen mied Odysseus jeden Kontakt zu den Offizieren. Ihren Gesprächen und Spekulationen blieb er fern. Wenn er gefragt wurde, was er denn meine, wann man endlich aufbreche, dann antwortete er mit einer unwilligen Kopfbewegung, die alles mögliche heißen konnte. Er ließ sich gehen. Er, der in Ithaka gewohnt war, jeden Tag zu baden, behielt nun manchmal sogar über Nacht die Kleider an, schlief in Unterhemd und Uniformhose, rasierte sich einmal in der Woche, schnitt sich ins Kinn und in den Kieferansatz unterhalb des Ohres, weil er nicht bei der Sache war. Gegen Abend löste sich sein Gram in Heimweh. Er stieg den vertrockneten, von der Sonne gelbgebrannten Berg hinauf, der sich hinter der Stadt erhob. Wenig unterhalb des Gipfels begann ein Föhrenwald, licht und nach Harz duftend, aus grobem, steinigem Boden wuchsen die Stämme. Dort setzte er sich nieder und blickte auf das Lager hinunter. Der Wind, der barmherzige, nahm die Geräusche mit hinaus aufs Meer. Hier oben war es still. Hier konnte er die Fäuste ballen und die Fäuste gegeneinanderschlagen, hier durfte er stöhnen, was eigentlich weinen war, durfte sich ein Ersatzweinen leisten, was ein langgezogenes, in abfallendem Ton gejammertes »Ahhh ...« war. Ein wenig Trost gab das Heimweh, die Erinnerung an den Herrenblick von der Veranda hinunter auf die Eichenallee vor seinem Haus ...

Er hatte bald erfahren, daß er weder der einzige noch hinter Palamedes der zweite war, den Agamemnon ins Vertrauen zog. Alle Offiziere bat der General zu einer Aussprache unter vier Augen – Idomeneus, den Lokrischen Aias, Diomedes, selbstverständlich Achill und Patroklos, sogar den schwerfälligen großen Aias, alle. Von einer Aussprache unter vier Augen konnte also gar nicht die Rede sein, von erhebender Bevorzugung schon überhaupt nicht. Trotz aller Schönreden des Generals und seines Bruders Menelaos: Odysseus war für sie einer unter vielen. – Zurückgestuft war er worden, degradiert.

Es war ihm ein peinvolles Gefühl. In zweifacher Hinsicht war es das. Zunächst sah er sich in seiner Würde verletzt. Man hatte ihm etwas vorgemacht, hatte ihn aus einer Laune heraus erhoben, hatte ihm gezeigt, wie süß es war, erhoben zu werden, hatte sich von seiner respektgierigen Arglosigkeit bestätigen lassen, wie süß es sein mußte, auf diese Art erhoben zu werden. – Er legte die Hände auf die noch tagwarmen Steine, schloß die Augen vor der stählern abendlichen Kuppel des Himmels, die so wunderbar vor ihm aus dem Meer wuchs, und sang, sang sein Ersatzweinen ...

Zum Objekt eines solchen Schaut-einmal-her degradiert zu werden, war entwürdigend. Dagegen hätte er Stolz und Selbstbehauptung aufrichten können, die sich, wären sie aus einer selbstverständlich lässigen Achtung vor sich selbst erwachsen, auch selbstverständlich hätten nach außen kehren lassen – und sei es nur in Form von mehrdeutigen oder zweideutigen Bemerkungen oder durch vielsagende Versteinerung der Miene, wie es Palamedes vormachte. Ja, sagte er sich, als er aus dem langgezogenen, in abfallendem Ton gejammerten Wehklagen wieder zu sich kam, ja, wahrscheinlich empfindet der Erfinder ähnlich wie ich, wahrscheinlich fühlt auch er sich von Agamemnon gedemütigt. Sicher sogar. Ist es nicht eine Demütigung, wenn ein Starker Schwächeren – und in diesem Fall waren Odysseus und Palamedes zweifellos die Schwächeren – zumutet zu glauben, die fünfzig Töchter des Kinyras hätten sich in fünfzig Vögel verwandelt? Daß wir beide, Palamedes und ich, die wir die Klügsten hier sind, gezwungen sind, den Irrsinn dieses Mannes hoffähig zu machen, indem wir über die Ausstöße seiner wirren, jegliche gesellschaftliche Übereinkunft mißachtenden Phantasie diskutieren, als ob es sich hier um staatsmännische Noemata handelte; daß wir beide zu solcher Geste der Unterwerfung gezwungen sind, sagte sich Odysseus, nimmt uns die Würde, soll uns die Würde nehmen. Wenn er sich allerdings das Gesicht des Palamedes vergegenwärtigte, das schöne, glatte, wenn er an seine Worte dachte, deren besondere Wahl, an seine Gesten, deren nachlässige, ja herablassende Unbetontheit, dann zweifelte er daran, ob der andere ebenfalls solche Empfindungen des Gedemütigtseins in sich trug.

Keine Wolke stand am Himmel, der Sonnenschein des kommenden Krieges ließ Aulis erstrahlen. In dem Gedicht, das uns den überlieferten Stoff in Form brachte, steht nie eine Wolke am Himmel, es herrscht der ewige Sommer der Schlacht, die – vergessen wir es nicht – den göttlichen Zweck hatte, unsere Art zu mindern. Keine Wolke durfte die Sicht von der Göttertribüne trüben, wo die Unsterblichen saßen und das Schauspiel betrachteten mit unersättlichen Augen ... – Der Wind hatte sich gedreht, er brachte

Meeresgeruch herauf und Balsam des Heimwehs. Er war vom Himmel geschickt, um das Herz des Helden leerzufegen von Träumen und Gram der Zeit vor dem Krieg.

Die eigentliche Entwürdigung war nicht von außen auf Odysseus gekommen, sondern sie war Bitternis von innen. Er selbst demütigte sich. Wie? Es war ein sehnsüchtiges, bisher nicht gekanntes, ein zehrendes Bedürfnis nach Liebedienerei. Hier oben, wenig unterhalb des Berggipfels, eingehüllt in den abendlichen Erdschatten gestand er es sich ein, sprach das Wort aus – »Liebediener« – wiederholte es, bis es seinen Sinn verlor und Musik wurde, ein Ersatzweinen, ähnlich einem langgezogenen, in abfallendem Ton gejammerten »Ahhh«.

Wir haben diese – nennen wir sie: fehlgeleitete Hingabe – bereits erörtert, und wir bitten erneut um Nachsicht, wenn wir darüber in gewundener Weise sprechen; aber erstens beinhaltet dieses Thema etwas Schwer-, wenn nicht gar Unfaßbares, das wir, freilich mit dem Zweck, es zu verharmlosen, zwar gerne in einer Metapher versinnlichen würden, vielleicht im Bild einer Schlange, die sich durch den Befallenen windet, wovon wir aber ehrlich bemühten Abstand nehmen und uns statt dessen der Analyse und ihrer trockenen Grauheit überlassen; zweitens winden wir uns tatsächlich. – Wir winden uns, weil wir uns unseres Helden schämen.

Dieses unglückliche Gefühlsgemisch, das er Agamemnon entgegenbrachte, dieses Amalgam aus Todesschrecken und Verzauberung – »mein Leben liegt in seiner Hand« – legte Selbstaufgabe dringend nahe;

das war paradox und ekelhaft. Dazu kam die Angst, in dieser Hörigkeit allein zu sein, und daraus resultierte die Sehnsucht, einen an seiner Seite zu haben, und zwar den Besten, denn nur der Beste würde bestätigen können, daß es keine Schande, jedenfalls keine allzu große Schande sei, den Selbsterhaltungstrieb zu befriedigen – auch in Form von paradoxer, ekelhafter Liebedienerei. Notwehr!

Und wieder, ähnlich wie bei Agamemnon, spalteten sich seine Empfindungen, diesmal Palamedes gegenüber. Einerseits sah er in ihm den Feind, der sich von seiner Schande nährte; andererseits hätte er gern den Erfinder besucht und ihm offen sein Herz zur Heilung dargeboten. Und er hätte es beinahe auch getan. Als er in der Dunkelheit vom Berg kam, ging er geradewegs zur Baracke des Palamedes. Er betrat den grob zusammengenagelten Holzbau, den der Erfinder mit den beiden Militärärzten, Podaleirios und Machaon, und dem aufdringlichen Kümmerling Thersites teilte, stand schon vor der Tür zu seinem Zimmer, krümmte den Mittelfinger, um an die Tür zu klopfen ... – Er tat es nicht. »Liebediener!« Das Wort blähte sich in seinem Kopf auf, drohte seinen Nacken zu beugen wie eine Erblast. Er verließ schleunigst die Baracke, trat mit einem überlangen Schritt auf den Weg wie einer, der ein Pornokino verläßt, fädelte sich mit zackigem Neunzig-Grad-Rechtsruck in die Straße ein. Still fluchte er in sich hinein. In der Hosentasche preßte er den Zeigefingernagel in den Daumen. Erinnerte sich daran, daß er eben das als kleiner Junge gemacht, wenn er etwas angestellt hatte.

In diesen sonnigen Tagen trieb es ihn durch das Lager. Er kaute Pistazien, davon ernährte er sich, und ihm war, als ernähre er sich von den Tagen, als beiße er seine Zeit ab. Er stopfte sich im Casino die Taschen mit Nüssen voll. Etwas Ordentliches essen konnte er nicht. Schon der Gedanke an Gulasch mit Brot oder Kartoffeln mit Sauce oder bunten Reis hob ihm den Magen. Einen Kauzwang hatte er. Er stapfte mit finsterer Miene kreuz und quer zwischen den Baracken umher, wo sich der Abfall sammelte, das bunte Gesprenkel der Verpackungen von Süßigkeiten, die in Mengen von zu Hause in den Krieg mitgenommen worden und inzwischen längst verzehrt waren. Niemand sah sich für den Abtransport des Mülls verantwortlich, jeder hielt solchen Aufwand nicht mehr für notwendig, wo man doch ohnehin bald aufbräche. Niemand interessierte sich dafür, wie der Hafen des ehemals schönen Städtchens Aulis hinterher aussähe. Er sprengte die Pistazienkerne mit dem Daumennagel aus ihrer harten, aufgeplatzten, salzigen Schale und warf sie sich in den Mund. Dann überfiel ihn der Durst, und er betrat ohne ein Wort eine der langen Soldatenbaracken, die unten nahe der Kaimauer aufgestellt worden waren – manche der Soldaten verrichteten ihre Notdurft, indem sie den Arsch zum Fenster hinausstreckten und in die Lagune schissen –, winkte mit ungeduldigem Arm einen der Männer zu sich und befahl rauh: »Wasser!« Überall stieß er auf unterwürfigen Respekt. Den nahm er wütend zur Kenntnis. Einem der Soldaten zog er die Zigarettenschachtel aus der Brusttasche und steckte sie ein. Wortlos. Dann stand er da, den bitteren Blick am

Boden, kauend, eine Hand in der Hosentasche, die andere streckte er aus, schnippte ungeduldig mit den Fingern. Zu seiner eigenen Verwunderung verstanden die Soldaten sofort, was er meinte. Unterwürfig berührten sie mit ihren Schnapsflaschen seine Finger. Vierzigjährige Familienväter waren darunter, die himmelten ihn an, ihn, den gerade Siebenundzwanzigjährigen. – Er nahm und ging.

Ja, ja, sagte er sich, da war er noch nüchtern, es wäre möglich, es wäre sogar wahrscheinlich, daß eine offene Aussprache mit Palamedes, wenn ihm dieser auch nur mit geringster Freundlichkeit begegnete, was vorauszusetzen war, damit endete, daß er, Odysseus, um in seiner schmerzlichen Unterwerfung unter Agamemnon nicht allein zu sein, sich nun ihm unterwerfen würde. Wie ein Süchtiger auf Entzug sich vor dem Gift fürchtet, so fürchtete er sich vor dieser jämmerlichen, weinerlichen Liebessucht, die den ganzen Tag einen Millimeter unter seinem Kehlkopf lauerte und erst in der Nacht allmählich absank, wenn der Schlaf über ihn kam. Er schämte sich, verfluchte sich. An wen hätte er sich als nächsten gewandt, um in seiner Unterwerfung nun unter Palamedes nicht allein zu sein? An den törichten großen Aias? Und dann? Es war eine Höllenfahrt, er würde als der elend Letzte übrigbleiben, ein Vernichteter, ein Dreck, der sich schließlich in einer lauwarm suppigen Allgemeinheit auflöste – wie die Soldaten, die ihm begeistert ihre Zigaretten und ihren Schnaps überließen und für seine Unhöflichkeit dankbar waren und seine schlechte Laune höher schätzten als jede Freundlichkeit.

Die Frauen fehlen uns, sagte er sich. Da war er noch nüchtern. Dann war er nicht mehr nüchtern.

Am nächsten Tag rasierte er sich, schwamm im Meer, seifte sich ein von Kopf bis Fuß, putzte seine Uniform auf. Ohne Lust im Leib verschrieb er sich eine Frau, wie man sich eine Arznei verschreibt, und er hielt Ausschau, um sein Rezept einzulösen. Aber es waren keine Frauen in der Stadt und auch keine Kinder. Erst jetzt, da er auf zivile Beute aus war, betrachtete er Aulis unter einem zivilen Blickwinkel, erst jetzt bemerkte er, daß die Geschäfte bis auf wenige Ausnahmen geschlossen, daß die Fenster verriegelt, die Türen mit Balken gesichert waren, erst jetzt sah er das bürgerliche Gesicht dieser Stadt, die, aus welchen Gründen immer, ausgewählt worden war, um als Sammelstelle für kriegslüsterne Männer zu dienen. Für wie lange eigentlich? Keiner wußte das zu sagen. Die Marmorplatten, die das Halbrund des Hafens bedeckten, waren nicht so liebevoll ineinandergefügt worden, damit Soldatenstiefel nicht ins Stolpern gerieten, und auch nicht, um dem Schlag ihrer Absätze einen schneidigen Klack zu geben.

Diomedes, der Nervöse mit dem auftauchenden Augenaufschlag – der die Uniform nicht anlegte und nur in Schwarz ging, nicht weil ihm Schwarz so gut stand, sondern um, wie er sagte, einen geeigneten Hintergrund für alles Helle, Strahlende, Göttliche zu bilden –, er hatte Frauen.

»Woher sind diese Frauen?« fragte Odysseus.

»Es sind Huren«, sagte Diomedes. »Sie wissen, daß es für ihr Geschäft nichts Besseres gibt als wartende Soldaten. Warum brechen wir nicht endlich auf?«

»Ich weiß es nicht«, sagte Odysseus. »Ja, warum eigentlich ... nicht?« Für den Augenblick der letzten Silbe, schien ihm, rückte die gespenstische Welt dieser verlassenen Stadt in ihre Wirklichkeit, die weder eine zivile noch eine militärische Wirklichkeit war, sondern ein Endzustand, eine Vorwegnahme – und in der Tat, als zehn Jahre später die Stadt Troja eingenommen wurde, erinnerte er sich an diesen Nachmittag, an dem er neben Diomedes durch Aulis gegangen war, es war dasselbe resignierte, hingebungsvolle Warten auf ihre Zerstörung – ein Symbol, das besagte, die Bestimmung dieser Stadt sei es nie gewesen, von Menschen bewohnt zu werden; und als wäre er eben erst aufgewacht aus einem dieser überdeutlich konturierten, mit der Tageswirklichkeit spielend konkurrierenden Träume, wie sie sich nach fieberschweren Krankheiten bisweilen bilden, und als wäre ihm erst in diesem Moment klar geworden, wo und zu welchem Zweck er sich hier eigentlich befindet, sagte er sich: Odysseus, Odysseus, wir führen Krieg! Und wieder rührte ihn jene Peinlichkeit an, die der Gedanke an Krieg in ihm erzeugte, nicht Schrecken, sondern Peinlichkeit, wie wenn sie hier nicht Vorbereitung zur Vernichtung eines Feindes trieben, sondern eine pubertäre Ferkelei, die man vor denen zu Hause verschwiegen haben wollte.

»Vielleicht«, murmelte er vor sich nieder, »vielleicht hat man es sich doch anders überlegt, und man will die Sache diplomatisch lösen ...«

»Ist es so?« fragte Diomedes.

»Wie soll ich das wissen!«

»Weil man dann ganz gewiß dich beauftragt hätte.«

»Womit beauftragt, ha? Was redest du so grün daher, ha?« brauste er auf, schimpfte in eine Richtung, in der Diomedes gar nicht stand. »Ich habe dich nach den Frauen gefragt. Was ziehst du mich in Politik hinein, die mich nicht interessiert, ha? Was ist mit den Frauen. Das sollst du mir sagen!«

»Huren sind es«, sagte Diomedes und brachte sich ins Blickfeld des Odysseus. »Soldatenhuren sind sie. Das ist das Beste vom Besten. Jedenfalls am Anfang des Krieges. Ich werde dir die Beste von den Besten zeigen, wenn du willst. Ich kenne sie inzwischen alle.«

»Eine Hure will ich nicht«, sagte Odysseus.

»Was stört dich an Huren?«

»Daß es ein Geschäft ist.«

»Ach, das stört dich vielleicht beim ersten Mal, dann nicht mehr.«

»Mit einer Hure will ich nicht.«

»Ich werde das für dich arrangieren«, sagte Diomedes. »Laß mich das machen!«

Am Abend brachte er ein Mädchen in die Baracke. Er hatte sie vorher bezahlt. »Jetzt ist es kein Geschäft«, sagte er, »jetzt ist es ein Geschenk.«

Sie sei neunzehn, sagte sie. Odysseus glaubte ihr nicht. Sie sah älter aus, er schätzte sie auf dreißig. Wenn sie sprach, wirkte sie jünger als neunzehn. Er glaubte ihr nicht, nicht so und nicht so. Sie hatte einen engen Oberkiefer und stieß leicht mit der Zunge an. Während sie sprach, und sie sprach in ungeschickten Worten, denen es anzuhören war, daß sie absichtlich ungeschickt gewählt waren, um den Eindruck von Professionalität zu verwischen, legte sie ihre Hand auf seine Schultern und strich über sein Schlüsselbein. Auf einem ihrer Wangenknochen, mitten darauf, saß ein Pickel, der nur schwer unter Schminke zu verdecken war. Der hatte sich zu einem breiten Hof entzündet, vielleicht an der Schminke, vielleicht weil sie immer wieder mit ihren Fingern danach tastete. Die Wunde streckte ihre Wange und gab ihrem Gesicht etwas Verruchtes, etwas Verlogenes, was sie zu seiner Kumpanin machte und ihm eine alte, vertraute, schäbig verläßliche Lust vom Nacken hinunter in die Lenden trieb.

»Komm, meine Liebe«, sagte er.

Und sie fragte: »Soll ich dich mein Lieber nennen?«

»Nenne mich, wie du willst«, sagte er.

»Wie heißt du denn?«

Er machte eine Geste, die jener nicht unähnlich war, mit der er sich den Schnaps von den Soldaten genommen hatte. »Komm, meine Liebe!«

Danach ging es ihm zwei Tage lang besser. Aber dann ging es ihm wieder schlecht, und diesmal wollte er sich nicht von Diomedes trösten lassen.

»Was ist?« fragte der Jüngere.

»Nichts ist.«

»Dieselbe oder eine andere?«

»Keine.«

»Stört es dich, wenn ich neben dir hergehe?«

»Nein.«

»Aber fragen soll ich nicht, stimmt's?«

»Ja.«

Sie gingen am Kai entlang, der sich in einem weiten Oval in die Stadt hineinschob. Diomedes steckte die

Hände in die Taschen, tat wie Odysseus, zog die Mundwinkel nach unten, grüßte niemanden, wie Odysseus, ging auswärts wie er, zog die Luft durch die Nase wie er, kaute wie er, kaute Luft, weil er keine Pistazien hatte und Odysseus ihm keine abgab.

»Ich tu wie du«, sagte Diomedes.

»Was sagst du?«

»Ich mache dich nach.«

Odysseus blieb stehen und blickte in das offene Gesicht vor sich, blickte in die braunen Augen, die auf ihn heruntersahen, als würden sie zu ihm hinaufsehen und wären eben erst aus Schlaf und Frieden aufgetaucht. »Was tust du?«

»Ich mache dich nach«, sagte Diomedes. »Ich möchte dich in allem nachmachen.«

Solche Unverstecktheit amüsierte ihn und erstaunte ihn und dünkte ihn monströs. »Nur ein Idiot sagt solche Sachen frei heraus.«

»Ich finde dich rätselhaft und charismatisch.«

Odysseus mußte lachen. Er faßte Diomedes am Arm, zog ihn, der fast einen Kopf größer war als er, beiseite unter das Dach eines Restaurants. Eingang und Fenster waren mit Brettern vernagelt. Eine Gruppe Soldaten kam an ihnen vorbei. »Bist du verrückt, so etwas zu sagen«, flüsterte er auf ihn ein. »Das ist peinlich.«

»Für mich nicht«, sagte Diomedes.

»Aber für mich!«

»Und warum?«

»Wenn uns jemand zuhört, der denkt, ich hätte dich abgerichtet.«

»Hast du aber nicht.«

»Nein, habe ich nicht. Und noch etwas«, sagte Odysseus und hielt dabei die Hände zum schwarzen Hemdkragen des jungen Mannes erhoben, »bitte, erzähl nicht im Lager herum, warum du keine Uniform trägst. Bitte, tu das nicht! Dir zuliebe. Oder mir zuliebe. Wie du willst. Nur tu's nicht! Mir kannst du solchen Unsinn ja sagen, ich höre hin und schiebe es gleich weg. Aber glaub mir, es ist kein guter Grund, Schwarzes zu tragen, um ein geeigneter Hintergrund für Helles, Strahlendes und Göttliches zu sein. Verstehst du, was ich meine?«

»Ja, ja«, sagte Diomedes, »ich verstehe schon, was du meinst. Aber es ist die Wahrheit, darum trage ich Schwarz.«

Odysseus sah ihn lange an, wild kauend. Die Muskeln traten ihm in zwei feinen Strängen an den Wangen hervor. Und wild nickte er. »Du findest mich also rätselhaft, ja?«

»Ja.«

»Und charismatisch.«

»Ja.«

»Rätselhaft und charismatisch, ja?«

»Ja.«

»Behalt es für dich, verstanden!«

»Ich sag's ja nur zu dir.«

»Sag's auch nicht zu mir. Verstanden? Ich will es nicht hören. Niemand will so etwas hören, und ich schon gar nicht! Wenn du so redest, dann will ich nicht, daß du neben mir hergehst! Du mußt auf dich schauen, verstehst du, du kannst nicht einfach zu einem sagen, du machst ihn nach, weil du ihn rätselhaft und charismatisch findest. Verstehst du das? Bist du aus der Erde gekrochen oder was? Kein Mensch redet so!«

»Ich bewundere dich«, sagte Diomedes schlicht.

Das war besser als zwei Stunden mit einer Hure, ohne Zweifel. Aber genug Trost war es nicht. Und mehr als zwei Stunden am Stück hielt er Diomedes neben sich nicht aus. »Jetzt geh!« sagte er. »Laß mich in Frieden!«

»Was tust du?«

»Geht dich nichts an!«

Er beobachtete Palamedes, das tat er. Er strich in der Nähe seiner Baracke herum. Er nahm Posten ein über dem Fenster zu seinem Zimmer, stellte sich hinter einen Holunderstrauch und sah dem Mann, den er haßte, beim Rasieren zu.

Vielleicht, so schätzte Odysseus später, wahrscheinlich sogar wäre sein Haß auf Palamedes in diesen Tagen und Wochen zu einer Gewohnheit geworden und dessen tägliche Befriedigung zu einem Ritual – denn tatsächlich verschaffte es ihm Erleichterung, den Feind von weitem bei seinen profanen Verrichtungen zu beobachten –, vielleicht, wahrscheinlich sogar, schätzte er, wäre seine Feindschaft mit der Zeit stumpf geworden, hätte sich in ein Nichtmögen hinübergemogelt und wäre zuletzt in gegenseitigem Gleichgültigsein verebbt – ja, wahrscheinlich hätte die Entropie der Seele auch hier ihr flachendes Werk vollbracht, wenn nicht eines Tages ein Mann im Lager aufgetaucht wäre, der sich benahm, als wäre er gekommen, allein damit demonstriert werde, was ein Günstling ist.

Er war von Agamemnon als sein persönlicher Berater in allen Bereichen – in allen Bereichen! – nach Aulis gerufen worden. Von Stund an ließ sich Agamemnon außerhalb seiner Baracke nicht mehr ohne ihn sehen. Kein Entschluß wurde gefaßt, ohne daß dieser Mann, den niemand kannte, über den bald die wildesten Gerüchte umgingen, vorher befragt worden wäre. – Dieser Mann hieß Kalchas.

Er sei Trojaner, wurde gemunkelt, ein Deserteur. Er sei ungeheuer gebildet und dennoch abergläubisch. Er sehe sich selbst als Zwischenträger. Zwischen wem? Zwischen Vorsehung und General. Wer sagte das? Er selber habe sich dahingehend geäußert. Wann? Bei welcher Gelegenheit? Niemand wußte Genaues. Seine Haut war hell. Weil sich aber überall das schwarze, ins Ölige schimmernde Haar vordrängte, als gälte es, glattes, kultiviertes Wangen- und Stirnterrain zu erobern, war der Eindruck des Gesichtes ein dunkler. Auch schien das Gesicht länger zu sein, als es tatsächlich war. Von der prallen, kindkopfig gewölbten Stirn abwärts verengte es sich, magerte zum Kinn hin aus, das wenig mehr war als eine kleine in Falten gebettete Erhebung über dem Hals, unauffälliger als der Adamsapfel darunter. Die Augen standen weit auseinander, waren überdacht von reptilienhaft gefältelten Lidern und hatten eine Tendenz nach oben zu schielen, was seinen Blick lauernd erscheinen ließ. Außerdem hatte er eine Art, den Ellbogen auf die Innenfläche der Hand zu stützen und so seinem Kinn doppelten Halt zu geben, was seiner Haltung ein clowneskes Aussehen verlieh. Verschlagen wirkte der Mann, darin war man sich einig.

Agamemnon beriet sich nun nicht mehr mit den Offizieren. Degradierte ihre Ratschläge zu Meinungen. Nicht daß er sie nicht zu sich einlud, im Gegenteil: Seit dieser Kalchas im Lager war, fanden regelmäßig Abende statt, zu denen führende Offiziere ins Haus des Generals geladen wurden. Diese Einladungen wurden einzeln ausgesprochen, das heißt, das Essen fand zu dritt statt – Agamemnon, Kalchas und der jeweilige Offizier.

Am meisten vor den Kopf gestoßen durch diese neue Entwicklung war Menelaos. Sein Status als Bruder hatte ihm bisher hohes Ansehen im Heer verschafft, mehr noch als die Tatsache, daß er der Gatte der Helena war, also der eigentliche Auslöser des geplanten Kriegszuges. Menelaos hielt sich nun oft im Casino auf, das er zuvor in dandyhaftem Dünkel gemieden hatte. Er trank viel, erzählte Witze und Anekdoten, öffnete den obersten Knopf seiner Hose, verleitete die anderen zu kindischen Wettbewerben. Es gab viel Stoff zum Spekulieren und auch zur Schadenfreude. Menelaos war nämlich noch nie zu einem Abendessen ins Haus des Agamemnon geladen worden. Das Wort Abendessen bekam einen neuen, einen politischen, einen erotischen, einen despotischen Klang.

Palamedes war der erste, der zum Abendessen geladen worden war, prompt Palamedes. Teuker war der zweite. Es wurde im Casino genau Buch geführt. Idomeneus war der dritte, der große Aias merkwürdigerweise der vierte, Diomedes, der jüngste, war der fünfte, Nestor, der älteste, der sechste. Dann kamen Askalaphos, Jalmenos, Schedios, Epistrophos, Arkesialos, Peneleos, Lëitos, der lokrische Aias und Polyxenos, und dann, erst dann war Odysseus eingeladen. Diese Reihenfolge wirkte sich verheerend aus auf die Selbstachtung des Herrn aus Ithaka. Jedenfalls eine Zeitlang. Dann jedoch brachte die damit einhergehende Ernüchterung einen Vorteil für ihn: Seine Intelligenz wurde nicht vom Schmeichel zugeschmiert, wie es sicher bei den anderen der Fall war, und auch bei ihm der Fall gewesen wäre, wäre er einer der ersten gewesen. Odysseus schloß aus den Erzählungen der Eingeladenen, worum es den beiden, Kalchas und Agamemnon, in Wahrheit ging, nämlich darum, die Offiziere auszuhorchen, sich ein Bild von der jeweiligen Person zu machen – das heißt, daß sich Kalchas ein Bild machte.

Seinen im ersten Zorn gefaßten Entschluß, eine Einladung abzulehnen, ließ er fallen, und eines Abends machte er sich auf den Weg zur Baracke des Generals. Kalchas und Agamemnon warteten bereits auf ihn, lächelnd wie Chinesen. Die beiden saßen nebeneinander an einer Längsseite des Tisches, Odysseus sollte ihnen gegenüber Platz nehmen. Das Gespräch während des Essens war nichtssagend und sprang von einem harmlosen Thema zum anderen, betraf nie den Krieg. Agamemnon sprach den ganzen Abend über fast kein Wort. Er hörte zu. Mit einem Ausdruck von Güte um den Mund, die Augen meistens niedergeschlagen oder von einer Hand beschattet, lauschte er dem Gespräch zwischen Kalchas und Odysseus, als wollte er sagen: Es freut mich, daß ihr beiden euch so gut versteht.

Was habe ich mir über die Reihenfolge der Einladungen Gram gemacht, sagte sich Odysseus, wenn ja doch nur Belanglosigkeiten geredet werden – da fragte Kalchas, ohne daß sich das Thema angekündigt hätte: »Was hältst du von unserem Erfinder?«

»Wen meinst du?« fragte Odysseus.

»Palamedes mit der marmorweißen Stirn.«

Aus dem feinen Lippenspiel des Kalchas las er, daß er seinen Schrecken nicht hatte verbergen können. Erschrocken aber war er nicht deshalb, weil Kalchas den Namen des Feindes ausgesprochen hatte, sondern weil er mit eben denselben Worten auf ihn zu sprechen kam wie damals Agamemnon, als er ihn vom Casino abgeholt hatte, und wieder fühlte er einen eisigen Hauch im Rücken, und das Herz pochte und wollte die Brust verlassen und in die weite, offene Welt hüpfen wie ein feiger Hase.

»Er ist sicher ein guter Offizier«, sagte er.

»Meinst du?«

»Ich denke schon.«

Weiter wurde darüber nicht gesprochen.

Auf dem Heimweg kam er an der Baracke des Palamedes vorbei, und er sah, daß im Zimmer des Erfinders noch Licht brannte. Einer Eingebung folgend betrat er den Holzbau, und ohne weiter zu überlegen, krümmte er den Zeigefinger und diesmal klopfte er.

Palamedes öffnete sofort, als wäre er hinter der Tür gestanden und hätte auf ihn gewartet. Tatsächlich schien er sich über den Besuch nicht zu wundern. Er fragte nicht, was Odysseus wünsche, bot ihm Platz auf einem moosgrünen Polstersessel an, der nur komisch wirken konnte, hier in einem Militärlager.

»Wo haben Sie denn dieses Stück her?« war das erste, was Odysseus hervorbrachte.

Palamedes ging darüber hinweg. »Ich nehme an, Sie kommen vom Abendessen«, sagte er.

»Ja«, sagte Odysseus und wartete. Auch Palamedes wartete. Er hat tatsächlich eine marmorweiße Stirn, dachte Odysseus, eine Stirn wie ein polierter Grabstein. »Kalchas hat mich über Sie ausgefragt«, sagte er.

»Er fragt alle über alle aus«, sagte Palamedes. »Das ist sein Stil.« Er stand vor seinem Schreibtisch, der übrigens größer war als der des Odysseus, und blickte auf ausgebreitete Papiere nieder, die mit Reißzwecken auf die Tischplatte geheftet waren.

»Mich hat er nur über Sie ausgefragt«, sagte Odysseus. Was hat das mit Stil zu tun, dachte er. Was verwendet er Worte, die das Schwere leichter machen? »Wollen Sie wissen, was er mich gefragt hat?«

»Wollen Sie wissen, was er mich über Sie gefragt hat?« retournierte Palamedes.

»Will ich schon, ja«, sagte Odysseus, überrascht, daß der andere seine eigene Neugier so offensichtlich geringer einschätzte als die Neugier seines Gegenübers. »Ich weiß«, fuhr Odysseus gleich fort, weil er ahnte, daß ihm Palamedes entweder keine oder aber keine schmeichelhafte Auskunft geben würde, »ich weiß, daß zwischen uns beiden kein freundschaftliches Verhältnis herrscht. Aber ich repektiere Sie als Offizier, und als einem Offizier sage ich Ihnen, was ich für meine Pflicht halte ...«

»Haben Sie getrunken?« unterbrach ihn Palamedes, und es war eigentlich eine Unverschämtheit.

Odysseus schluckte es: »Ja«, sagte er, »beim Abendessen wird Wein getrunken. Aber das tut nichts zur Sache …«

»Aber es hindert Sie offensichtlich, zur Sache zu kommen«, unterbrach ihn Palamedes abermals, und das war nun schon mehr als eine Unverschämtheit.

Odysseus schluckte es wieder. »Ich bin gekommen«, sagte er, »um mit Ihnen über Kalchas zu sprechen. Nein, ich muß so sagen: Ich will Sie fragen, was sie von ihm halten. Jeder im Lager scheint zur Zeit jeden zu fragen, was er von dem und dem hält. Das ist Mode. Das ist, weil keiner weiß, was eigentlich geschieht. Oder wissen Sie, was geschieht? Ich weiß es nicht. Ich vermute, es geschieht nichts. Es sieht aus, als ob nichts geschieht, und ich denke, der Schein trügt nicht. Diesmal nicht. Es geschieht tatsächlich nichts. Aber warum nicht? Natürlich haben Sie sich diese Frage auch gestellt. Ein intelligenter Mensch wie Sie stellt sich diese Frage. Ich gehe nämlich davon aus, daß eine Absicht dahintersteckt, daß nichts geschieht. Ein intelligenter Mann wie Sie wird ähnliche Gedanken auch schon gehabt haben. Kalchas ist ebenfalls ein intelligenter Mann. Was hier geschieht und auch was hier nicht geschieht, es wird von ihm gesteuert. Darüber will ich mit Ihnen sprechen …«

» … weil ich ein intelligenter Mensch bin«, trug Palamedes den Satz zu einem spöttischen Ende. Odysseus schluckte es abermals, dachte bei sich: Er hat ja recht, was wetteifre ich hier mit der Intelligenz wie ein Halbstarker mit der Schwanzlänge.

Palamedes ging zum Fenster, stellte sich davor. Er will nicht, daß jemand von draußen hereinschauen kann und sieht, daß ich bei ihm bin, dachte Odysseus. »Sie sollten mir wenigstens eine Antwort geben«, sagte er.

»Ich weiß übrigens, daß Sie mich beobachten«, sagte Palamedes. »Ja, ich weiß es. Sie sind nicht geschickt. Oder wollen es nicht sein. Ich weiß, daß Sie sich hinter dem Holunderbusch verstecken und mir zuschauen, wie ich mir die Stoppeln vom Gesicht schabe.«

Was mache ich hier eigentlich, was will ich von ihm? Ist er Feind genug, um den Weg seiner Vernichtung zu beschreiten, der dem Vernichter so viele Schmerzen macht? Er wollte sich erheben, alles Blut war aus seinem Gesicht gewichen. Aber der Blick des Palamedes, der ungeniert auf ihn gerichtet war, nahm seinen Knien die Kraft.

In klarem, unpersönlichem Ton, der so stilvoll zu seinem Marmorgesicht paßte, fuhr Palamedes fort: »Ich will Ihnen etwas sagen, Odysseus. Ich kann Sie tatsächlich nicht leiden. Ich finde Sie lächerlich. Ich finde es ungustiös und schmierig, wie Sie dauernd meine Intelligenz erwähnen, als wäre sie der Name meiner Bank. Was wollen Sie damit erreichen? Mir schmeicheln? Zu welchem Zweck? Um sich bei mir widerlich zu machen? Wenn ja, dann ist das Mittel gut gewählt. Weil ich Sie weder fürchte noch brauche, weder jemals fürchten werde noch jemals brauchen werde, was das einzig Positive ist, was mir zu Ihnen einfällt, deshalb kann ich ehrlich zu Ihnen sein: Ich finde Sie lächerlich. Viel mehr fällt mir zu Ihnen nicht ein. Ich fand schon Ihre sogenannte List in Ithaka lächerlich. Nestor hat sie ebenso wie ich auf der Stelle durchschaut. Vielleicht konnten Sie Menelaos täuschten. Aber was beweist das? Geben Sie selbst die Antwort.«

»Warum sprechen Sie so mit mir«, sagte Odysseus und konnte sich nur wundern, wie gefaßt und rund seine Stimme klang. »Was habe ich Ihnen getan?«

Palamedes ignorierte seine Frage, fragte selbst: »Was wollen Sie von mir? Sie verfolgen mich mit Ihrem Haß. Das ist nur lästig, wissen Sie. Haß will Gegenhaß, ich weiß. Sie wünschen sich, daß ich Sie hasse.«

»Tun Sie es nicht?«

»Tut mir leid, damit kann ich nicht dienen. Ich will Ihnen etwas sagen, und dasselbe habe ich bereits zu Agamemnon gesagt. Ich hätte Ihre List in Ithaka nicht aufgedeckt, wenn sie nur ein wenig intelligenter gewesen wäre. Ich habe Sie auffliegen lassen, weil Ihr Versuch, uns zu betrügen, meine Intelligenz beleidigt hat. Die Idee sich verrückt zu stellen, um sich vor dem Militärdienst zu drücken, ist eines Sechzehnjährigen kaum würdig. Aber dann sollte man einen Verrückten auch spielen können. Nein, reden Sie nicht. Ich bin nicht auf Gegenargumente aus Ihrem Mund gespannt, mich interessiert das alles nicht. Wenn Sie gehen wollen, stehen Sie auf, und gehen Sie. Gehen Sie jetzt!«

Wie hätte er aufstehen, sich zur Tür drehen, die Klinke ergreifen und niederdrücken und das Zimmer verlassen sollen, ohne in Haltung und Gang halbwegs noch einen Rest von Würde zu bewahren?

»Ich weiß nicht«, redete Palamedes weiter, warf ein Bein vor, als wollte er einen Schritt tun, sprach wie ein Dozent zu Studenten, »ich weiß nicht, warum Sie mir nachspionieren. Wollen Sie Anschluß? Gut. Ich will es nicht. Vielleicht sind Sie ein politischer Mensch? Wollen Sie gar eine Koalition gegen Kalchas und Agamemnon gründen? Na, dann wünsche ich Ihnen viel Erfolg! Ich bin nicht dabei.«

Alles war er bereit zu schlucken. Ist dieser hier Feind genug, um den Weg seiner Vernichtung zu beschreiten, der dem Vernichter so viele Schmerzen macht?

»Und warum sind Sie nicht dabei?«

Nichts mehr gab es zu gewinnen. Was hatte er hier je zu gewinnen sich erhofft? Alles war verloren bei diesem Mann. Hatte er je ein Konto bei ihm gehabt, auf seiner intelligenten Bank? Die Beleidigungen, die dieser Mann auf ihn gewischt hatte wie den feuchten Rest vom Eßtisch, sie wirkten wie seelische Antiseptika, sie verletzten nicht, sie heilten. Eine böse Stärke wuchs unter der Vergrindung der Wunden.

»Warum, Palamedes, warum sind Sie bei einer Allianz gegen die beiden nicht dabei?«

Und Palamedes in seiner stilvollen Selbstgefälligkeit gab dem Odysseus ein Stückchen Garn in die Hand. »Weil Verrücktheit dieser Art, wie sie der General und sein neuer Hund pflegen, denn mehr als ein solcher ist dieser Kalchas nicht, sich ganz von selbst ins Aus treibt.«

»Und dann? Was ist dann?«

»Man holt nicht so viele Männer an einen Platz, läßt sie warten und warten ... Wissen Sie, was das wichtigste ist bei Soldaten?«

»Nein, weiß ich nicht«, sagte Odysseus und fuhr zu einer so unbestimmten Geste aus, daß sie verzweifelt wirkte. Aber das war sie nicht. Und das war berechnet. Warum ist mir so leicht und wohl, dachte er und vermißte den Haß der vergangenen Wochen ein wenig. Nur ein wenig.

»Daß man sie beschäftigt«, dozierte Palamedes. »Nicht einmal das hat dieser selbsternannte General begriffen!«

Odysseus sah in seinen Augen den Widerschein der Flammen von Ehrgeiz und Begierde, die den Weg des Erfinders ausleuchteten. Nun bin ich der Durchschauer, dachte Odysseus.

»Gehen Sie!« sagte Palamedes mit tonarmer Stimme. »Sie sind der letzte, mit dem ich mich bespreche.«

»Mit wem besprechen Sie sich denn?«

»Was meinen Sie?«

Vielleicht war er über den Blick des Odysseus erschrocken, vielleicht hatte ihm dieser Blick doch ein wenig Respekt eingeflößt vor diesem untersetzten Mann, der da mit ungewaschenen Haaren vor ihm saß, auf dem verrückt stilvoll moosgrünen Fauteuil saß, verschwitzt im Gesicht, vielleicht fürchtete er sich nun eben doch ein wenig vor diesem von Neid, Mißgunst und Selbstzweifeln und all der schmutzigen Menschlichkeit zerfressenen Mann. »Gehen Sie«, sagte er und nun klang eine widerstandslose, versöhnliche Ruhe in seiner Stimme mit.

Es fiel Odysseus nicht schwer die Klinke zu drücken, nun nicht mehr.

Am nächsten Abend bereits suchte er Kalchas auf. Der bewohnte einen winzigen Raum in einer leeren Baracke, die nicht abgesperrt war, deren Tür sogar offen stand, so daß man von außen hineinsehen konnte. Das Zimmerchen war bis auf die Pritsche am Boden leer. Auf der Pritsche lag das Bettzeug zu einer straffen Rolle zusammengelegt. Nichts sonst ließ darauf schließen, daß hier ein Mann hauste.

Odysseus schrieb auf ein Stück Papier: »Ich bitte um eine Unterredung unter vier Augen«, schrieb deutlich seinen Namen darunter, faltete das Blatt und legte es wie ein spitzes Giebeldach auf die Pritsche. Konnte sein, daß jemand anderer den Brief fand und ihn las, aber das spielte keine Rolle.

Er war schon auf dem Weg zum Casino, da überlegte er, ob er nicht umkehren und den Brief wieder an sich nehmen sollte. Als er sich umblickte, sah er Kalchas, mit dem Blatt Papier in der Hand wedelnd, den Weg herunterlaufen.

»Grad um eine Minute haben wir uns verfehlt«, rief er.

Odysseus bat den Mann, mit ihm einen Spaziergang zu machen. Er hatte das unangenehme Gefühl, als wisse Kalchas ganz genau, worum es ihm zu tun war. Sie stiegen im letzten Licht des Abends ein Stück den Berg hinan, aber nur bis zum Waldrand, weiter wollte Kalchas nicht.

»Ich will nicht in der Dunkelheit durch den Wald gehen«, sagte er.

Sie setzten sich jeder auf einen Stein, Odysseus achtete darauf, daß sie nicht allzu nahe beieinander waren.

»Es ist gut, daß wir endlich zuammenfinden«, sagte Kalchas. »Ich wußte vom ersten Augenblick an, als ich Sie sprechen hörte, da sah ich Sie noch gar nicht, daß ich es hier mit dem Besten zu tun habe. Nicht mit einem der Besten, sondern mit dem Besten.«

Mit einer Leichtigkeit, über die er selbst staunte, berichtete Odysseus, daß er von Plänen zur Meuterei erfahren habe, traf dabei spielend einen Tonfall, der nur besorgt und nicht verleumderisch klang. »Die Leute sind voll Ungeduld«, sagte er. »Sie fragen sich, warum brechen wir nicht endlich auf.«

Der Himmel war wie eine hochgeklappte, leere Kulisse, weißblau mit zart gerötetem Rand gegen den Horizont, stahlgrau gegen den Zenit, nicht eine Wolke.

Kalchas nickte, ging dann aber nicht auf des Odysseus' Bericht ein. »Man sieht es mir nicht an«, sagte er, »aber ich bin ein durch und durch kriegerischer Mann. Ich weiß, was Sie denken. Sie denken, er ist ein nach unten austrocknender Mann.« – Ja, das dachte Odysseus, genau das dachte er. – »Ich bin ein Seher«, sagte Kalchas. »Ich sehe Gedanken. Und nicht nur Gedanken sehe ich. Mit nichts anderem als mit Krieg habe ich mich in meinem Leben beschäftigt, nichts anderes habe ich in meinem Leben erfahren als Krieg. Ich werde Ihnen bei Gelegenheit mein Leben erzählen, Odysseus. Sie werden mir bei anderer Gelegenheit Ihr Leben erzählen. Aber bis dahin werden noch Jahre vergehen.«

»Jahre?«

»Ja, noch viele Jahre. Ich weiß, was Sie denken. Sie denken, in Jahren werden wir beide nichts mehr miteinander zu tun haben. So denken alle hier. Jeder denkt, schon in ein paar Monaten werde ich mit jedem anderen hier nichts mehr zu tun haben. Und daher kommt die Ungeduld der Soldaten. Habe ich recht?«

»Ich verstehe Sie nicht richtig, glaube ich.«

»Ich glaube schon, daß Sie mich richtig verstehen. Sie meinen doch auch, dieser Feldzug sei in ein paar Monaten beendet. Sie glauben doch, Troja wird nicht so verrückt sein und sich auf einen Krieg einlassen wegen einer Frau.«

»Ich denke tatsächlich so.«

»Es entspricht Ihrer Vernunft, so zu denken. Im Augenblick entspricht es Ihrer Vernunft. In wenigen Monaten, in wenigen Wochen bereits werden Sie anders denken. Da werden sie so viele Gründe für den Krieg in ihrem Kopf haben, daß sie darüber gar nicht mehr nachdenken, daß sie ins Stammeln gerieten, wenn sie einer danach fragte. Aber es wird Sie keiner danach fragen. Denn allen anderen wird es genauso ergehen wie Ihnen. Ihr ganzes Leben wird der Grund für den Krieg sein. Nein, unterbrechen Sie mich nicht«, wehrte Kalchas mit einem besorgt liebevollen Timbre in der Stimme ab. Er rückte näher, streckte den Arm aus. »Ich wußte, daß Sie mich aufsuchen würden, und ich wußte, ihm werde ich alles erzählen. Ihm und dem General. Nur diesen beiden. Die anderen werden es aus dem Mund des Odysseus erfahren. Mir glaubt hier niemand, hier ist niemand, der mir

Vertrauen entgegenbringt. Und auch Sie, Odysseus, zweifeln noch. Aber Sie werden nicht mehr lange an mir zweifeln. Sie werden der erste sein, der begreift, was Krieg heißt. Der erste nach dem General. Auch Menelaos hat nicht begriffen, was Krieg heißt, obwohl dieser Krieg ja für ihn, für seine Sache geführt wird.« – Sein dunkellippiger Mund spaltete sich zu einem lautlosen Lachen. – »Nach seiner Sache wird bald niemand mehr fragen. Denn der Krieg wird nichts so lassen, wie es ist, weder in der Stadt, die ihr besiegen wollt, noch in euren Herzen, nicht in euren Seelen und nicht in euren Köpfen. Ihr werdet eure Fäuste anschauen und sie werden euch wie Werkzeuge erscheinen, die ihr für eine bestimmte Zeit ausgeborgt habt, für die ihr Miete zahlen müßt. Ihr werdet euch gegenseitig in die Augen schauen und euch sagen, der andere hat mich längst aus seiner Erinnerung verloren, und dann werdet ihr euch sagen, woran sollte er sich denn auch erinnern, und ihr stellt ohne Erstaunen und ohne Bedauern fest, daß ihr euch selbst aus der Erinnerung verloren habt, daß keine Sehnsucht mehr in euch ist nach dem, der ihr vorher wart, kein Heimweh, keine Fragen nach Ursache und Grund des Krieges. Ihr werdet euch nicht mehr über Kalchas wundern, der ein Seher ist. Ihr werdet mich aufsuchen und meinen Rat einholen, er wird euch wichtiger und zuverlässiger erscheinen, als die Überlegungen eines Strategen. Es wird keine Strategen mehr geben, ich werde der meistbeschäftigte Soldat im Heer sein. Es wird einen unter euch geben, der wird die Götter auf dem Schlachtfeld sehen, der wird gegen die Götter kämpfen, und er wird davon berichten, und keiner von euch wird sich darüber wundern oder ihn für verrückt halten.«

»Wer wird das sein? Wer wird gegen die Götter auf dem Schlachtfeld kämpfen?« fragte Odysseus. Denn er meinte, er werde es sein, und sein Geist wehrte sich gegen solche Weissagung, die ja nichts anderes heißen konnte, als daß er dann eben diesen Geist, den liebgewonnenen, verläßlichen, tröstlichen, verloren haben würde.

»Keine Sorge«, sagte Kalchas, »Sie werden es nicht sein. Aber Sie werden Diomedes dafür beneiden.«

»Diomedes?«

»Ich will Ihnen etwas erzählen«, sagte Kalchas. »Als ich noch ein Kind war, wurde meine älteste Schwester von Piraten entführt, und mein Vater wollte sich aufmachen, um sie zu befreien. Ich war noch nicht in ausreichendem Maße der Sprache mächtig, um den Vater zu warnen. Ich sah sein Schicksal vor mir, ganz selbstverständlich war es in meinem Geist vorgebildet, und wie alle Kinder glaubte auch ich, nichts Besonderes zu sein, dachte, der Vater wüßte dasselbe wie ich, und wunderte mich, daß er sich dennoch auf den Weg machte. Er wurde von eben denselben Piraten gefangen und ins Gefängnis geworfen. Und nun wunderte ich mich über den Jammer in unserem Haus und in unserer Nachbarschaft. Und ich fragte: Warum jammert ihr? Und sie sagten es mir. Und ich dachte, ich bin etwas Besonderes, denn ich habe schon vorher gewußt, was geschehen würde. Seither weiß ich, daß ich ein Seher bin. Nennen Sie es Opportunismus, Odysseus, nennen Sie es, wie Sie wollen, ich, der ich aus Troja stamme, sah diesen Krieg voraus, und ich sah, daß ihn meine Heimatstadt verlieren würde. Deshalb habe ich die Seiten gewechselt. Ja, es ist wahr, was im Casino gesagt wird, ich bin ein Deserteur. Als ich Troja verließ, brachte ich die erste Nacht unter freiem Himmel zu. Ich legte mich unter einen Baum und schlief. Ich wachte bei Morgengrauen auf und sah eine Schlange, die sich über den Baumstamm ins Geäst wand. Ich sah, wie die Schlange das Nest einer Sperlingsfamilie ausräuberte. Neun Junge verschlang sie und dann noch die Mutter dazu. Da wußte ich, euer Krieg wird zehn Jahre dauern.«

»Zehn Jahre«, rief Odysseus aus, «niemals!«

»Und da begriff ich, daß ich immer im Krieg gelebt hatte«, fuhr Kalchas fort. Die stirnbetonte Silhouette seines Profils stand als Schattenriß in der letzten Helligkeit des Himmels. Über ihm hoben sich die Sterne der Milchstraße allmählich aus ihrem unendlichen, schwarzen Hintergrund. »Ich begriff, daß in meinem Kopf, in meinem Herzen, in meiner Seele immer Krieg gewesen war, seit meiner Geburt, daß ich ein Wort aus dem Krieg war, daß ich in den Krieg gehörte, und nur in den Krieg, denn nur im Krieg wird mein Wort gehört. Krieg ist, wo die Tat, frei von jeder Beweislast, einen Wert für sich darstellt. Ich machte mich auf den Weg nach Aulis und kam in euer Lager und hörte, was gesprochen wurde, spürte, wie die Stimmung war, daß ihr der Meinung wart, der Krieg dauere höchstens ein paar Monate, daß die Pessimisten unter euch von einem halben Jahr sprachen, die schlimmsten Schwarzmaler von höchstens einem

Jahr. Ich trat vor den General hin und sagte: Der Krieg wird zehn Jahre dauern. Und ich sah, er glaubte mir. Ich sah, auch er ist ein Mann des Krieges, wie ich ist er ein Wort aus dem Wortschatz des Krieges. Wir berieten uns. Er sagte, mit denen da draußen wird es schwer sein, Krieg zu führen, denn sie sind alle auf den Frieden eingestellt, sie leben und denken im Frieden, der Krieg ist für sie die Ausnahme, der Krieg unterbricht ihr Leben, das Leben aber ist für sie der Friede, und er ist ihre Regel. Ich gab ihm recht. So ist es, sagte ich. Was soll ich tun, fragte der General. Sagte, er würde am liebsten euch alle nach Hause schicken, würde euch am liebsten den Krieg ersparen. Er ist nicht verrückt nach Krieg, wissen Sie, Odysseus, er ist es nicht. Du hast recht, General, sagte ich, wir müssen sie entweder nach Hause schicken und auf den Krieg verzichten, aber das werden wir nicht tun, denn sie werden sich nicht nach Hause schicken lassen, weil sie meinen, sie wollen eine Abwechslung, und der Krieg sei eine Abwechslung im Frieden. Oder, fragte der General, oder wir müssen was tun? Oder, sagte ich, oder wir müssen den Krieg zu ihrem Normalzustand machen. Was meinen Sie, Odysseus, wie kann das geschehen?«

»Ich weiß es nicht,« sagte Odysseus. Er spürte den Schweiß, der von seinen Achselhöhlen an den Seiten hinunterrann. »Ich gebe zu, daß ich mich vor dem Krieg drücken wollte.«

»Ich weiß«, sagte Kalchas. »Der General hat es mir erzählt. Er sagte, der einzige, der sich über die unterschiedlichen Zustände von Krieg und Frieden im klaren ist, ist dieser Odysseus. Er lebt im Frieden und will im Frieden leben. So wie wir beide, du, Kalchas, und ich, im Krieg leben und im Krieg leben wollen. Der Krieg ist für ihn nicht eine Abwechslung im Frieden, sondern ein anderer Zustand, den er nicht will. Deshalb kann er sich als einziger die Umkehrung vorstellen, nämlich daß der Krieg das Normale und der Friede die Ausnahme ist. So sagte der General. Hatte er recht? Ich denke, er hatte recht. Ich sagte: Wenn es dir nicht gelingt, General, deine Macht für die Dauer von zehn Jahren als absolut und unumstößlich zu festigen, dann wird dieser Krieg eine Katastrophe für das ganze Heer werden. Nach spätestens einem Jahr wird den Soldaten und den Offizieren klar sein, daß der Krieg durchaus und tatsächlich ein Normalzustand sein kann, und dann werden sie flennen und sagen, das haben wir nicht gewußt, das haben wir nicht gewollt. Nicht Odysseus, sagte ich, der wird nicht flennen, denn der hat es gewußt, und er hat den Krieg von Anfang an nicht gewollt, weder als Abwechslung noch als Normalzustand. Ich sagte: General, auf diesen Odysseus wirst du dich verlassen können, und zwar als einzigem. Vor den anderen aber mußt du deine Macht demonstrieren, um sie zu behaupten, und zwar in ihrem eigenen Interesse, damit sie im Flennen, wenn es sie mitten in der Schlacht überfällt, nicht schwach werden, denn im Krieg heißt schwach werden tot gehen. Und was denkst du, hat mich der General gefragt?«

Odysseus hatte gar nicht gemerkt, daß ihn Kalchas duzte. Erst als auch er Kalchas duzte, fiel es ihm auf, »ich denke, er wollte von dir wissen, wie er seine Macht demonstrieren soll.«

»Richtig«, sagte Kalchas. »Ach, ich sage dir, Odysseus, es tut so gut, mit einem intelligenten Menschen zu sprechen. Ich weiß, was du jetzt denkst. Daß ich dir schmeicheln will. Es ist wahr, die meisten schmeicheln dir, nicht alle, aber die meisten – Menelaos, Diomedes, auch Idomeneus auf seine Art ... Ja, es stimmt, auch ich will dir schmeicheln. Natürlich will ich das. Denen, die uns sympathisch sind, denen wollen wir schmeicheln, die wollen wir loben. Ja, der General ist nun in der Situation, seine Macht demonstrieren zu müssen. Und das ist nicht so leicht, glaube mir. Schon werden Pläne zur Meuterei geschmiedet, Allianzen werden gegründet gegen ihn. Du selbst hast mir Bericht darüber erstattet. Der General zaudert. Er wirkt schwach, vergrübelt. Aber ich fürchte, wir müssen warten, bis die Meuterei das ganze Heer erfaßt hat. Dieses Risiko müssen wir eingehen. Wir müssen die Zuspitzung wollen! Wir müssen sie sogar fördern! Der General muß erst schwach erscheinen, damit seine Stärke dann um so deutlicher wird. Vergiß nicht, Odysseus, die Machtdemonstration des Generals muß zehn Jahre Wirkung zeigen. Zehn Jahre!«

»Was soll er tun? Will er Hinrichtungen vornehmen, Erschießungen?«

»Nein, nein, nein.«

»Was dann? Worin soll die Demonstration seiner Macht bestehen?«

»Was rätst du?«

»Was soll ich raten, wenn du ohnehin weißt, was geschehen wird? Du bist der Seher.«

Darauf ging Kalchas nicht ein. »Wir müssen den Leuten hier klarmachen, daß Agamemnon zu allem fähig ist.« Zum erstenmal hatte er den Namen des Generals genannt. »Zu allem ist er fähig. Zum Äußersten! Zum unvorstellbar Äußersten. Wenn seine Macht zerfällt, wird alles zerfallen und keiner wird mehr aus dem Krieg zurückkehren. Das müssen wir den Männern klarmachen.«

»Wir?«

»Ja, wir«, sagte Kalchas mit Nachdruck, mit Triumph in der Stimme. »Wir! Und wenn ich wir sage, meine ich Agamemnon, mich selbst und dich, Odysseus, vor allem dich.«

»Vor allem mich. So.«

»Ich will dir auch sagen warum. Zu allen deinen bereits genannten Vorzügen kommt noch einer, ein entscheidender, der entscheidende Vorzug, hinzu. Du beherrschst die geflügelte Kunst.«

»Was beherrsche ich?«

»Die geflügelte Kunst, das ist die Kunst der Rede. Agamemnon wird eine Tat setzen, ja. Das wird er müssen, das wird ihm nicht erspart bleiben. Aber eine Tat bleibt im Verborgenen ohne Propaganda. Dabei genügt es nicht, die Kunde von der Tat zu verbreiten. Hier im Lager ist für Verbreitung gesorgt, jeder spricht mit jedem, alle warten, und am schnellsten verfliegt die Zeit, wenn Geschichten erzählt werden. Aber was für Geschichten werden erzählt? Und wer erzählt diese Geschichten? Die Tat muß erzählt, interpretiert, gedeutet werden.«

»Und das soll meine Aufgabe sein?«

»Wessen Aufgabe sonst!«

»Welche Tat?«

»Spielt es für dich eine Rolle? Ohne ausreichende Macht des Generals wird der Krieg für die Männer zur Katastrophe, zu einer zehn Jahre dauernden Katastrophe. Das mußt du wissen, wenn du mit deiner geflügelten Kunst die Macht des Führers preist, mehr nicht. Odysseus!«

Ausgesät waren die Sterne, die in den Lichtern unten im Lager ihren irdischen Widerschein fanden.

»Siehst du«, sagte Kalchas und zeigte in den Himmel, »die Große Bärin!«

»Das Sternbild?« fragte Odysseus, noch benommen von dem, was er soeben gehört hatte.

»Ich sehe Alkaid«, sagte Kalchas. »Weißt du, Odysseus, wer Alkaid ist?«

»Nein«, sagte Odysseus.

»Alkaid, das ist die strahlendweiße Schwanzspitze der Bärin. Und da ist Mizar. Weißt du, wer Mizar ist?«

»Nein.«

»Mizar ist die Schwanzmitte der Großen Bärin. Sie schimmert wie ein Smaragd. Ihr sitzt der ewig treue Alkor auf, das blasse Reiterlein, der so winzig ist, daß ihn nur wenige sehen, der darum auch der Augenprüfer genannt wird. Und hier ist Dubhe, der prächtige Rückenstern der Bärin, der gefährliche, denn wenn die Bärin ihren Rücken hebt und ihren Kopf unter ihr Genick drückt, dann macht sie sich zum Angriff bereit. Und das hier, das ist Merak, ihre fahle Lende, und weiter unten Phachd, ihr Oberschenkel, und Megerz, ihr Steiß. Und hier sind die doppelten Sterne ihrer Vorderklaue und die Sterne ihrer Hinterläufe. Sie sind meine Freunde, meine Einflüsterer.

Sie sagen: Kalchas, du sitzt neben dem rechten Mann!«

Eine Tat bleibt im Verborgenen ohne Propaganda. Was für Geschichten werden erzählt? – Von diesem Tag an wurden in der Baracke des Agamemnon keine Abendessen mehr veranstaltet. In die Baracke des Odysseus aber wurde eine Badewanne gestellt. Und Odysseus wurde ein Redner. Und er betrieb sein Geschäft mit einer beinahe süchtigen Diszipliniertheit, ein Akrobat, der seine rhetorischen Trapeze zwischen Ehre und Witz, zwischen Pathos und intellektuellem Selbstüberdruß, zwischen Männerschweiß und Seelenadel spannte. Er wurde einer, der die Tatkraft des Generals pries, während der General untätig im Verborgenen blieb, verzaudert, vergrübelt, schwach. Dem General die Last des Gewissens abzunehmen, formulierte er als seinen Auftrag. – Die Gegenpartei wuchs, angeführt von Palamedes, der sich als Führer anbot.

»Was sind die Motive dieses Mannes?« rief Odysseus. »Was will er? Will er sich bei uns widerlich machen? Wenn ja, dann ist sein Verhalten gut gewählt. Was treibt ihn? Ein verzweifelter, vulgärer Hunger nach Macht. Aber die Frage kann doch nur lauten: Wozu ist dieser Mann fähig? Ist er zu allem fähig? Ist er zum Äußersten fähig? Ist er zum unvorstellbar Äußersten fähig? Wenn nein, dann wird alles zerfallen, und keiner von euch wird aus dem Krieg zurückkehren! Wartet ab, bis Agamemnon den Rücken hebt und seinen Kopf unter sein Genick drückt, dann macht er sich zum Angriff bereit.« – So sprach Odysseus, der Wortgewandte, der Wortgewaltige, der die Kriegslust erweckte, der mit trefflichem Rat voranglänzte. In sorgsamer Dosierung fütterte er Agamemnons Selbstgefälligkeit, glaubte, der General werde von Tag zu Tag mehr abhängig von ihm, seinem Redner, seinem Einpauker, dem Beherrscher der geflügelten Kunst. – »Gib ein Zeichen, General!« rief er, wenn er in der Nacht zu den Soldaten sprach, umstellt von willfährigen Fackelträgern, die ihn gegen Angriffe der Allianz unter Palamedes schützten und ihm und seinen Worten Licht gaben. »Gib ein Zeichen, General!« rief er und hob die Faust gegen den Himmel, wo Mizar blinkte, dem der ewig treue Alkor aufsaß, das blasse Reiterlein, das so winzig ist, daß ihn nur wenige sehen, und das darum auch der Augenprüfer genannt wird. »Gib endlich ein Zeichen, General!«

Und dann gab Agamemnon ein Zeichen. Demonstrierte, daß er zum Äußersten fähig war, zum unvorstellbar Äußersten: Er ließ seine älteste Tochter Iphigenie ins Lager bringen, ließ sie vor dem angetretenen Heer auf den Altar binden und ließ sie köpfen. – Da gab es dann kein Murren mehr. Und von der Allianz um Palamedes war nichts mehr zu hören.

Drei Tage lang blieb Iphigenies Körper in den Fesseln hängen, dann wurde Befehl zum Aufbruch gegeben.

In der ersten Nacht hatte Morpheus den Kakobulos ausgeschickt, das ist der böse Rat. Und der hatte dem Odysseus ein erstes Verbrechen in Erinnerung gebracht. Der Held erwachte in Finsternis und hielt das Gesicht in den Händen vergraben, als wollte er sich zu der Nacht, die ihn umgab, noch eigene Nächte schaffen.

Palamedes

In der zweiten Nacht schickt Morpheus den Alastor aus, das ist der Rachsüchtige. Und der bringt dem Odysseus ein zweites Verbrechen in Erinnerung.

Es war im achten Jahr des Krieges. Noch war die Lüge durch die Wahrheit charakterisiert. – Du sollst hier die Wahrheit hören, Gattin des Palamedes, die du von allen nur die Frau im Lodenkostüm genannt wurdest, weil niemand deinen Namen aussprechen mochte. Hier nun die inoffizielle Version, wie dein Mann zu Tode kam, hier nun die Wahrheit:

Diomedes und Odysseus nahmen eines Nachts einen trojanischen Boten gefangen. Der Bote trug Gold bei sich. Das war für Sarpedon bestimmt, den Anführer eines Söldnerheeres, das abseits der Stadt lagerte. Sarpedon hatte mit beiden Seiten verhandelt, Priamos hatte ihm mehr geboten, so hatte Sarpedon seine Dienste Troja versprochen. Diomedes wollte den Boten töten. Er wollte das Gold nehmen und es Sarpedon bringen und noch ein wenig drauflegen und so tun, als würde er Troja überbieten. Odysseus war dagegen. Der Bote, der meinte, er verdanke ihm sein Leben, fiel vor ihm auf die Knie und gelobte ihm lebenslange Dankbarkeit. Das sei nicht nötig, sagte Odysseus, er solle ihm einen Gefallen tun, das genüge. Er solle Priamos einen Brief übergeben, mehr verlange er nicht von ihm. Was für einen Brief denn, wollte Diomedes wissen. Odysseus hatte vor seinem Freund keine Geheimnisse. Der Krieg dauerte schon lange genug, und es gab keine Gemeinheit, keine Niedertracht, keine Grausamkeit, für die sich einer noch schämte. Vor den Augen des Diomedes schrieb er den Brief, der Freund hielt ihm die Fackel. Der Brief war an Palamedes gerichtet. Das königliche Haus, schrieb Odysseus, danke für die wertvollen Informationen, die Palamedes geliefert habe. Der Lohn dafür, es handle sich, wie vereinbart, um Gold, sei unterwegs. Er unterzeichnete mit Priamos. Er versiegelte den Brief mit Wachs von der Fackel, drückte die Punze eines trojanischen Goldbarrens darauf und übergab ihn dem Boten. Der Bote eilte davon. Was er damit beabsichtige, fragte Diomedes, ob er denn wirklich glaube, der Bote werde über den wahren Sachverhalt Schweigen bewahren. Er solle abwarten, sagte Odysseus. Er gab Warnsignal, Wachsoldaten kamen gelaufen. Ein Spion habe versucht, sich einzuschleichen, sagte Odysseus, er und Diomedes hätten ihn entdeckt, aber er sei ihnen entwischt. Sie wüßten nicht, ob er zu Informationen gelangt sei. Die Soldaten schwärmten aus, stellten den Boten und töteten ihn. In seiner Tasche fand man den Brief. Niemandem fiel im Durcheinander auf, daß sich Diomedes, der sinnlos Treue, der geheiligt war, weil er die Götter auf dem Schlachtfeld sehen konnte, in die Baracke des Palamedes schlich und das trojanische Gold unter seiner Pritsche vergrub. Palamedes wurde vor den Rat zitiert. Er wurde des Hochverrats angeklagt. – Zu aller Überraschung verteidigte ihn Odysseus, lieh ihm gnädig seine geflügelte Kunst.

»Das viele Gold«, so sprach er in die Runde, »von dem in dem Brief die Rede ist, wenn Palamedes es tatsächlich bekommen hat, muß es irgendwo sein. Er kann es hier weder einwechseln, noch kann er es ausgeben. Und, falls er tatsächlich ein Verräter ist, was ich bezweifle, wird er sich hüten, es jemandem anzuvertrauen, daß es dieser aus dem Lager bringt. Also muß das Gold, falls es überhaupt existiert, im Lager sein.« Und dann wandte er sich direkt an Palamedes: »Verzeih«, sagte er, »ich will dir nichts unterstellen, aber ich möchte, in Erwägung, daß hier ein Präzedenzfall geschaffen werden könnte, nicht von vornherein ausschließen, daß die Möglichkeit besteht, daß du uns belügst. Bist du einverstanden, daß wir eine kleine Prüfung deines Zeltes vornehmen?«

»Ich bin einverstanden«, sagte Palamedes, »wenn ihr nicht alle meine Sachen durcheinanderwerft.«

Das Gold wurde gefunden. Palamedes wurde in Fesseln gelegt, zu den Mauern der Stadt Troja geschleift und mit Steinen erschlagen. – Die offizielle Version lautete: Selbstmord.

»Wenn du im Krieg überleben willst«, sagte Odysseus, der sich am Steinewerfen nicht beteiligte, zu Diomedes, der sich am Steinewerfen ebenfalls nicht beteiligte, »dann benötigst du Geist und Kraft, und dazu noch: Entschlossenheit, Rücksichtslosigkeit,

Kälte, Brutalität, Abgefeimtheit, Skrupellosigkeit, Härte und – ein gutes Gedächtnis. Wenn du das alles in einem Begriff zusammenfassen möchtest, dann kommt heraus: vernünftige Rache.«

Frau im Lodenkostüm, die du berstend vor Kriegsgeilheit ins Lager kamst, hast dich ficken lassen vom Mörder deines Mannes. An einen Baum gelehnt und etwas in der Hocke. Das Becken vorgeschoben, die Arschbacken zusammengepreßt. Umständlich. Hast ja nicht ahnen können, daß solche Männer wie Odysseus Lesmosynes Höhle suchen zwischen deinen Beinen …

Das war in der zweiten Nacht, da hatte Morpheus den Alastor ausgeschickt, das ist der Rachsüchtige. Und der hatte dem Odysseus ein zweites Verbrechen in Erinnerung gebracht.

Astyanax

»Fühlst du dich wohl in deinem Hobbes?« fragt Athene.

»Nein«, sagt Hermes.

»Findest du, es ist eines Gottes nicht würdig, sich in diesen weiten Hallen reinen menschlichen Geistes aufzuhalten?«

»Das ist es nicht«, sagt Hermes. »Ich sorge mich um Odysseus.«

»Er schläft.«

»Und träumt«, sagt Hermes. »Er träumt seinen bösesten Traum. Nein, ich fühle mich nicht wohl in meinem Hobbes, Athena. Gedanken schwirren durch seine weiten Hallen, die sagen: Wenn der Mensch das menschliche Maß des Bösen überschritten hat, dann hört er auf, Mensch zu sein, dann ist er Apparatur geworden. Diese ist maßlos, weil sie nur auf das Quantitative eingerichtet ist, sie kann bis ins Unendliche gesteigert werden.«

»Deswegen machst du dir Sorgen, Hermes?«

»Um Odysseus sorge ich mich«, sagt Hermes. »Daß er es nicht überwinden wird.«

In der dritten Nacht nämlich schickt Morpheus den Thanasimos aus, das ist der Todrichtige. Und der bringt dem Odysseus das dritte Verbrechen in Erinnerung.

Als nach zehn Jahren Troja gefallen war, wurde die Verwaltung der Stadt vom Befehlsstab des Feldherrn auf eine Gruppe von Offizieren übertragen. Neoptolemos, der Sohn des Achill, wurde zum Statthalter ernannt. Für diese Funktion war eigentlich der Telamonische Aias vorgesehen gewesen. Nach seinem Selbstmord entschied der Rat, daß Neoptolemos diese Aufgabe übernehmen sollte. Als sein Stellvertreter wurde der Lokrische Aias bestimmt.

Nichts war den beiden heilig, nichts vermochte sie zu rühren, nicht Jammer und Angst, nichts hielt sie auf, diese Gestalten des vielfach würgenden Todes. Nur ein Heil gab es für die Besiegten, nämlich kein Heil zu erwarten. Weg sind die Götter geflohen aus Heiligtum und Altären. – Neoptolemos, noch keine achtzehn Jahre, ein wuchtiges Kind, ließ am Tag seiner Wahl zum Kommandanten der Stadt Hektors Gattin Andromache und dessen jüngste Schwester Polyxena in sein Zelt schleppen. Die Gattin zwang er in sein Bett, sechs Männer spreizten ihm ihren Leib. Die Schwester ließ er Kopf nach unten über dem Grab seines Vaters Achill ausbluten. Er tötete Polites, den jüngsten Sohn des Priamos, und tötete Priamos selbst, den wehrlosen Greis, ein kraftlos wankender Schatten nur noch. – Wer möchte nicht verweilen, die Toten wecken und das Zerschlagene zusammenfügen!

Odysseus bezeichnete Neoptolemos als einen Wahnsinnigen. Seine Heldentaten seien Katastrophen, sagte er. Er berief eine Ratsversammlung ein. Jeder lauschte dem Beherrscher der geflügelten Kunst.

Er sagte: »Es wird dem Hause des Priamos nichts anderes übrigbleiben, als die Untaten des Neoptolemos zu rächen – daß er dem Polites den Kopf zertreten hat, daß er dem alten König den Kopf abgehackt hat, daß er Andromache geschändet hat, daß er Polyxena hat ausbluten lassen. Das war unnötig. Damit haben wir uns der Rache preisgegeben!«

»Wer soll das rächen?« fragte der Lokrische Aias.

»Wer auch immer es ist«, sagte Odysseus, »er wird es tun müssen, es wird ihm gar nichts anderes übrigbleiben – und zwar in Erwägung, daß sonst ein Präzedenzfall geschaffen wird. Es muß nicht heute sein und es muß nicht morgen sein, aber irgendwann wird es sein.«

»Es ist aber niemand da, der diese Rache führen könnte«, meckerte der Lokrische dagegen.

»Dann ist es ja gut«, sagte Odysseus. »Denn es darf niemand da sein. Denn sonst wird es kein Ende des Krieges geben.« Und er, der von seinen Feinden ein rechthassendes Scheusal genannt wurde – ja, so wurde Odysseus nach zehn Jahren Krieg genannt –, der alles dort und alles hier mit doppelter Zunge und arglistigem Wort feindlich hin und her bewegt, in Haß verwandelt, was zuvor freundlich war, er sagte nun: »Ich hasse den Krieg.«

»Du haßt den Krieg?« wurde da gerufen und dröhnend wurde gelacht: »Ausgerechnet Odysseus haßt den Krieg!«

»Ja«, sagte Odysseus. »Habt ihr denn vergessen, daß ich mich vor dem Krieg drücken wollte? Daß ich eine List angewendet habe? Daß ich Menelaos betrügen wollte? Hast du das vergessen, Menelaos? Daß ich mich verstellt habe? Daß du mir geglaubt hättest, wenn nicht der verstorbene Palamedes meine List durchschaut hätte. Hast du das vergessen, Menelaos? Ja, ich hasse den Krieg! Ich habe genug von ihm. Ich habe ihn satt. Ich will ihn nie wieder haben! Niemand wird ihn mir jemals wieder einreden können!«

»Dem Odysseus den Krieg einreden?« wurde gerufen und dröhnend wurde gelacht: »Ausgerechnet dem Odysseus den Krieg einreden!«

»Ja«, sagte Odysseus, »ich weiß schon, was ihr meint. Daß ich es gewesen sei, der euch den Krieg eingeredet hat. Das ist richtig. Wohl ziemt es, wenn man weise denkt, den Krieg zu fliehen. Ich wollte ihn fliehen. Aber ich war zu schwach, und zuletzt habe ich den Krieg betrieben wie ein Süchtiger.« – Und weil er sich selbst bezichtigte und sich an die Brust klopfte, darum hörten ihm die Männer zu. Denn so etwas war nicht geschehen seit vielen Jahren. Das war des Odysseus Berechnung. – »Daß ihr mir zuhört, das will ich«, sagte er, sagte es so leise, daß es nur die vorne hören konnten. Aber die sagten es denen hinten weiter. Und Odysseus ließ eine Pause, ließ dem Geflüster Zeit. Dann fuhr er fort: »Ich habe mich zum Instrument des Generals gemacht, freiwillig und fußfällig, ich bin dem General angehangen, mein Herz hat gelitten um jeden Millimeter Nähe zu ihm. Der Schweiß rann mir von den Achselhöhlen an den Seiten hinunter, wenn er zu mir sprach, und wenn er mich ansah, fühlte ich einen eisigen Hauch im Rücken, und das Herz pochte mir und wollte die Brust verlassen und in die weite, offene Welt hüpfen wie ein feiger Hase. Seht ihn jetzt an! Seht Agamemnon an! Wo ist er? Traut sich nicht aus seinem Zelt. Traut sich nicht, im Rat zu erscheinen. Der Krieg ist zu Ende, der General hat die Uniform ausgezogen. Nun steht er da als der, der er ist. Still! Hat er etwas gesagt? Still dort hinten! Hat unser General etwas von sich gegeben? Was für ein jämmerliches Stimmchen zirbt aus diesem Mann! Wo sind seine Pracht, seine Stattlichkeit geblieben? Sein Händedruck ist lasch und klebrig, wie er vor dem Krieg war, die Wangen sind schwer und hängend, sie ziehen den Mund nach unten, ein weinerliches Kind schaut uns an, beleidigt und trotzig. Und dennoch, ich gestehe es, ich habe mich vor ihm gefürchtet. Wir alle haben uns vor ihm gefürchtet. Und mein Herz war voll Eifersucht auf jeden, den der General ansah. Mich soll er lieben, schrie es in mir, mich, nur mich und sonst niemanden! So habe ich mich widerlich gemacht, zu seinem Dreck habe ich mich gemacht, zu seinem Abschaum, zu seinem Propagandisten. Und euch habe ich die Gedanken an den Krieg gewürzt. Aber ihr habt sie euch würzen lassen. Ja, ich habe euch den Krieg eingeredet. Aber ihr, ihr habt ihn euch einreden lassen! Eure Begeisterung hat mich begeistert, und diese Begeisterung habe ich an euch zurückgegeben. Gut, wir haben Krieg gehabt. Jetzt hasse ich den Krieg! Ich habe genug von ihm. Ich habe ihn satt. Ich will ihn nie wieder haben! Ich will nach Hause zu meiner Frau und zu meinem Sohn.«

»Du hast Frau und Sohn?« wurde gefragt, und die Augen wurden niedergeschlagen: »Auch Odysseus hat Frau und Sohn?«

»Ja«, sagte Odysseus, »ich habe Frau und Sohn. Fast hätte ich sie selbst schon vergessen. Jetzt ist der Krieg fast zu Ende, jetzt fallen sie mir wieder ein. Ich habe ihre und meine Zeit dem Verhängnis hingeopfert, genauso wie ihr eure Zeit und die Zeit eurer Frauen und Kinder dem Verhängnis hingeopfert habt. Darum will ich, daß der Krieg nie wiederkommt. Weil ich will, daß Idioten wie Neoptolemos in Zukunft keine Rolle mehr spielen. Der Krieg aber kann ganz nur beendet werden mit der restlosen Vernichtung des Feindes. Sonst wird es Rache geben. Wer das nicht bedenkt, der hätte erst gar nicht Krieg führen sollen.«

Da rief der Lokrische Aias heraus: »Was redest du da, schwindeliger Mann aus Ithaka? Niemand lebt, der als Rächer in Frage käme.«

In diesem Augenblick betrat Diomedes den Rat. Er trug ein Baby im Arm, ein Knäblein. Es war nicht älter als Telemach, des Odysseus Sohn, als ihn der verstorbene Palamedes vor den Pflug seines Vaters gelegt hatte.

Diomedes entschuldigte sich für sein Zuspätkommen. »Dieser Winzling«, sagte er, »ist Skamandrios. Wir haben ihn unter den Trümmern gefunden. Alle nennen ihn Astyanax. Das heißt Herr der Stadt.« Und er sei doch auch wirklich ein niedlicher Herr, sagte Diomedes.

Und er öffnete die Windeln und zeigte das winzige Zipfelchen. Und er ließ das Knäblein von Hand zu Hand weiterreichen. Denn keiner der Helden wollte darauf verzichten, sich an dem winzigen, niedlichen Zipfelchen zu ergötzen. Da gab es ein weiches Gelächter im Rat. Und so mancher wischte sich eine Träne aus den Augen. Die Helden wetteiferten im Streicheln der zarten Kinderhaut, drängten sich vor, um vor den Augen des lachenden Balgs ihre schwieligen Zeigefinger zu krümmen, um ein wenig den warmen Popo zu kneifen.

Odysseus sagte: »Es ist Hektors Sohn.«

Und da war Stille.

Und Menelaos sagte: »Aber doch nicht der da, Odysseus! Was weiß der da von Rache, der niedliche kleine Mann, der?«

»Jetzt weiß er noch nichts«, sagte Odysseus. »Aber er wird es lernen zu wissen.«

Menelaos, der sich am stärksten hervorgetan hatte im Abküssen und Popokneifen, riß Diomedes das Baby aus dem Arm. »Der Kleine steht unter meinem Schutz«, rief er.

»Ausgerechnet unter deinem Schutz?« höhnte Odysseus. »Ausgerechnet du, Menelaos, willst der Schutzherr der Kinder sein? Schau dich an! Fett bist du geworden. Hast du aus Sorge so viel gefressen, aus Sorge um die Kinder, die hinter diesen Mauern verbrannten, als wir für dich – für dich! – die Brandfackel warfen? Hast Mühe, deine blonden Locken über die kahlen Stellen auf deinem Schädel zu bürsten. Sind dir die Haare ausgegangen aus Kummer wegen der Kinder, deren Mütter von uns vergewaltigt wurden in diesem Krieg, der für dich – für dich! – geführt wurde? Schaut in seine Augen! Vollgepumpt mit Gift ist dieser Mann. Hält er nüchtern den Gedanken nicht aus an die vielen Kinder, die ihre Väter verloren haben, in diesem Krieg, den wir für ihn – für ihn! – fast zu Ende gebracht haben? Und ausgerechnet du, ein fetter, kahlköpfiger, süchtiger Großkotz will der Beschützer der Kinder sein! Was seht ihr mich so an? War es nicht ich, der euch geraten hat, nach der Kapitulation des Feindes fair zu sein? War es nicht ich, der verlangt hat, daß der Lokrische vor ein Kriegsgericht gestellt wird, weil er Kassandra in ihrem Tempel vergewaltigt hat? War es nicht ich, der die Absetzung des Neoptolemos gefordert hat, als er Polyxena über dem Grab des Achill hat ausbluten lassen? Und als er die Menschen aus der Stadt trieb und sie auf den Feldern und in den Tälern erschießen ließ, da habe ich den Rat einberufen wollen. Aber keiner von euch ist gekommen. Das ist eben Krieg, habt ihr gesagt. Laß den Neoptolemos sich austoben, habt ihr gesagt. Und ich? Wehe, habe ich gerufen, wehe, wenn einer übrigbleibt, der diese Schandtaten rächen muß. Wehe, wehe! Ihr habt mich ausgelacht. Und jetzt ist hier einer. Und nicht irgendeiner ist es. Es ist der Sohn des Hektor. Was, glaubt ihr, wird er tun, wenn er erst zwanzig Jahr alt ist? Er wird ein Heer zusammenstellen. Er wird Rache nehmen. Er wird einen Angriff planen und er wird den Angriff durchführen. Astyanax wird Rache nehmen, wird vernünftige Rache nehmen, wird müssen! Wir werden keinen ruhigen Tag mehr haben. Wir werden mit einem neuen Krieg rechnen müssen, mit neuen Brandfackeln, diesmal auf unsere Häuser, mit neuen Vergewaltigungen, diesmal an unsern Frauen. Ich will keinen Krieg mehr! Nie wieder! Ich bin ihn satt! Ich will in Frieden bei meiner Frau und meinem Sohn leben. Und ihr wollt auch keinen Krieg mehr, auch ihr wollt in Frieden bei euren Frauen und euren Kindern leben. Habe ich recht? Ich frage euch: Habe ich recht?«

An diesem Tag übernahm Odysseus das Kommando. Der kleine Astyanax wurde von Trojas Mauern geworfen. Im hohen Bogen. Der es tat, drückte ihm zuvor das zarte Rückgrad ab. Niemand sollte in die Situation gebracht werden, eines Tages vernünftige Rache üben zu müssen – in Erwägung, daß sonst ein Präzedenzfall geschaffen werden könnte …

In der dritten Nacht hatte Morpheus den Thanasimos ausgeschickt, das ist der Todrichtige. Und der hatte dem Odysseus sein drittes Verbrechen in Erinnerung gebracht. Er erwachte in Finsternis und meinte, seinen Namen nicht mehr aussprechen zu können, und er hielt das Gesicht in den Händen vergraben, als wollte er die Nacht, die ihn umgab, in einer letzten und ewigen Nacht verbergen. Aber guten Schlaf gab es keinen mehr für ihn.

Göttlicher Diskurs über das Weinen

»Hör zu«, sagt Athene, »hör zu, Hermes, was ich gefunden habe im Kopf meines Calvin!« – Sie zitiert: »Eine schleunige Niedergeschlagenheit bewirkt hingegen *Weinen* und hat ihren Grund in solchen Ereignissen, welche irgendeine große Hoffnung oder eine Stütze unserer Macht plötzlich vernichten. Das Weinen ist aber besonders bei denen gewöhnlich, die fremder Hilfe bedürfen.«

»Worin liegt der Trost, Athena?«

»Er wird es überwinden. Darin.«

»Und Kalypso?«

»Du meinst, wenn er sie verläßt?«

»Ja.«

»Sie wird weinen«, sagt Athene. »Na und.«

In der nächtlichen Buchhandlung der Frau mit den hennaroten Haaren blicken die beiden Gottheiten durch die weißen Augen eines gezeichneten Stofftigers und seines Freundes, eines gezeichneten Jungen, blicken durch das beleuchtete Schaufenster hinaus auf die Straße, schicken ihre Blicke durch Backsteinhäuser und Stahlbetonhäuser, über Bodenwellen hinweg und durch lichte Wälder und dichtes Berberitzengesträuch in die Stube, in der Kalypso auf ihrem Bett lag. Sie hatte die Augen geöffnet.

Sie hatte die Augen geöffnet und lauschte. Wie in den beiden vorangegangenen Nächten lauschte sie. Sie war, wie in den beiden vorangegangenen Nächten, durch die Angstschreie des Mannes erwacht, den sie liebte und der nicht mehr die Nacht mit ihr teilte. Aber in dieser Nacht hörte sie ihn weinen. Und weil sie ihn kannte, sah sie ihn vor sich, wie er die Fäuste ballte und die Fäuste gegeneinanderschlug, sie hörte sein Weinen, das eigentlich ein Ersatzweinen war, ein langgezogenes, in abfallendem Ton gejammertes »Ahhh ...«

Da ging sie zu ihm hinüber, setzte sich neben ihn, der auf der Bettkante saß und das Gesicht in den Händen vergraben hielt, als wollte er die Nacht, die ihn umgab, in einer letzten und ewigen Nacht verbergen. »Mein Lieber«, sagte sie mit sanfter Verzweiflung in der Stimme. »Mein Liebster.« Er schlang die Arme um sie, denn er bedurfte fremder Hilfe. »Mein Lieber«, sagte sie, »mein Liebster!« Und sie schliefen ein letztes Mal miteinander. Ein letztes Mal ergoß sie ihren See über ihn.

»Weint sie?« fragt Athene.

»Ich sehe es nicht«, sagt Hermes. »Er deckt ihr Gesicht mit dem Arm ab.«

Wie soll ein Gott nicht durch einen Menschenarm sehen können, wenn er durch Ziegelbau und Stahlbeton sehen kann! Hermes, Psychopompos, der

Seelenführer, der die Seelen der Verstorbenen in den Hades trägt, der alle Tränen der Welt kennt, blickt durch Ziegelbau, Stahlbeton und Menschenhaut und Fleisch und Knochen auf die Tränen der Kalypso.

»Athena«, sagt er, »was ist das?«

»Eine salzig schmeckende, leicht sämige Flüssigkeit«, sagt Athene, »peinlicher Drüsensaft.«

»Unser Symposion über die Sterblichkeit ...«, sagt Hermes.

»Was ist damit?«

»Es wird auf das Weinen und die Tränen eingehen müssen.«

Und während sich seine hehre Halbschwester in den hehren Hallen ihres Calvin nach weiteren hehren Definitionen menschlicher Äußerungen wie Schamlosigkeit oder Teilnahme oder Mitleid oder Grausamkeit oder Nacheifern oder Neid umsieht, betrachtet Hermes traurig, neidisch, schamlos, teilnehmend, mitleidend, interessiert die Tränen in den Augen von Kalypso und Odysseus, diese salzig schmeckenden, leicht sämigen Drüsensäfte, die sich so ähnlich waren und sich mischten, wenn Kalypso ihre Wange auf Odysseus' Wange legte, und die doch, wie der Gott wußte, ganz andere Ursachen hatten. Odysseus bewahrte nicht mehr starres Gesicht, und er zwang sich nicht mehr zu steinernem Gemüt, damit die Tränen in den Augen blieben. Er legte sich auf Kalypso, die Schöne, die ihre honiggoldenen Flechten über das Leintuch gebreitet hatte, schob seinen Arm unter ihr hindurch, als wollte er den Oberkörper vom Unterkörper trennen. Er lag zwischen ihren Beinen, die sie leicht angewinkelt nach außen drehte, so weit, wie es die Dehnbarkeit ihrer Sehnen zuließ, und er blickte an sich hinab, blickte in die dunkle Höhle zwischen ihren Körpern, wo nichts auszumachen war, blickte an ihrer Flanke hinab, die unter seinen Stößen erbebte, wo sich die Haut zwischen Becken und Schenkelansatz unter seinem Druck kerbte, und wie beim ersten Mal wäre ihm jedes Wort schön erschienen und richtig und treffend und mehr bedeutend, als er selbst vermutete, und jede seiner Gesten wäre ihm wie Anmut und Grazie vorgekommen, wie Anmut und Abenteuer, als wären sie nicht von einem fehlbaren Willen befohlen – wie beim ersten Mal. Kalypso warf sich herum, daß die Haare flogen wie das Rad eines Pfaus, stieg wieder über ihn, deckte ihren Körper über ihn, preßte ihre Arme an seine Seiten, suchte mit den Fingern, wo er in sie eindrang, öffnete ihm den Mund mit ihrer Zunge.

»Was tut sie da am Ende der Nacht?« sagt Athene. »Er wird aus dem Mund riechen, der Mann!«

»Sie weint« sagt Hermes.

»Und?«

»Es macht sie, schätze ich, immun gegen alles Schlechte in ihm, gegen den Geruch seines Mundes am Morgen, gegen seine groben, bitteren Worte vom Vorabend, gegen sein dumpfes Schweigen, gegen das Gift seiner Erzählungen, gegen seine Untaten, die ihm die Träume vorrechnen. Aber die Frage ist doch: Warum weint sie?«

»Wie sollen wir das wissen! Weiß dein Hobbes keine Antwort?«

»Nein. Und dein Calvin weiß auch keine Antwort, Athena?«

»Ich habe seine Definition von Weinen bereits gegeben.«

»Ja«, sagt Hermes. »Aber was hat Kalypsos schleunige Niedergeschlagenheit bewirkt? Welche große Hoffnung, welche Stütze ihrer Macht wurde plötzlich vernichtet?«

Die beiden Gottheiten traten nahe an die Augenfenster ihrer gezeichneten Wirte, blickten durch das beleuchtete Schaufenster des Buchladens hinaus auf die Straße, schickten ihre Blicke kilometerweit durch Backsteinhäuser und Stahlbetonhäuser, über Bodenwellen hinweg und durch lichte Wälder und dichtes Berberitzengesträuch in die Stube, in der Kalypso und Odysseus auf dem Bett lagen.

Hinterher blieb er nicht auf dem Rücken liegen, ohne sich zuzudecken, und sie wickelte sich nicht neben ihm in das Leintuch, hatte nicht ihr Gesicht ihm zugewandt, den Rücken ein wenig gekrümmt, die Beine angezogen, hatte nicht eine Hand im wollenen Haar über seinem Geschlecht – Kalypso. Odysseus war aufgestanden und gegangen.

»Wohin geht er?« fragt Athene.

»Zum Strand wird er gehen«, sagt Hermes.

»So früh am Morgen?«

Im Osten geschah das tägliche Wunder, färbte Eos den Himmel rot, und ihre Tränen waren der Tau, der die Füße des Odysseus netzte.

FÜNFTER TEIL ABSCHIED VON OGYGIA

Selbstgespräch in Zimmerlautstärke

»Ich« – so erzählte Odysseus bei Gelegenheit, von der wir, wie bereits gesagt, später berichten werden – »saß auf der Klippe vor dem Leuchtturm im Osten und blickte auf das Meer hinaus. Ich wußte nicht, in welcher Richtung Ithaka lag, und ich dachte, was spielt es jetzt noch für eine Rolle. Ich drehte mich um, und da stand er vor mir.

›Du bist ein Gedanke‹, sagte ich.

Und er sagte: ›Ja. Aber wovor bewahrt dich das?‹

›Es bewahrt mich vor nichts‹, sagte ich.«

Wie? Was erzählt er da? Spintisiert er? Lügt er wieder? Baut er Arabesken mit Hilfe seiner geflügelten Kunst? Odysseus war merkwürdig geworden in den sieben Jahren auf Ogygia. Bevor wir seinen Bericht wiedergeben, der von der Begegnung mit dem oben erwähnten Gedanken handelt, einer unvorhersehbaren, gefährlichen Begegnung, auch für Athene und Hermes unvorhersehbar, wollen wir erst an einer seiner Angewohnheiten zeigen, was wir meinen, wenn wir sagen, er sei merkwürdig geworden.

Für den Einsamen ist das Meer gesättigt mit Stoff zu unendlichem Nachsinnen. Der einsame Spaziergänger am Strand von Ogygia – mit der Zeit begann er, jeden Gedanken, auch den flüchtigsten, zu walken und zu spalten und zu hacken und zu splittern. Und er tat es laut. Die Gedanken kamen zu Odysseus und hielten Zwiesprache mit ihm. Sein Laut-mit-sich-selber-Sprechen aber war durchaus keine Kauzigkeit; er war sich dessen bewußt und tat es in voller Absicht, einerseits aus einem nicht anders als abergläubisch zu nennenden Selbstbehauptungswillen gegen die in ihrer stur naturhaften Lautheit ihn doch stumm, das heißt nicht sprechend umgebenden Elemente, andererseits aber auch, um seiner Verzweiflung *über sich selbst* dadurch die tragische Spitze zu nehmen, daß er sich *vor sich selbst* ein wenig zum Affen machte.

Solche Unterhaltung führt nicht jeder, aber doch einige tun es, und die werden bestätigen, daß lautes Mit-sich-selber-Reden eine Art des Nachdenkens ist, bei der schon sehr bald der Gedanke die Oberhand gewinnt über den Denkenden, *die* Sprechenden – oder präziser ausgedrückt: die Gedanken beginnen den Sprechenden zu führen – eigentlich die Sprechenden, denn solches Denken gestaltet sich in der Regel als Zwie- oder Mehrgespräch. Würden wir den einsamen Mann am Strand von Ogygia belauschen, wir wären überrascht, wie oft das Wort Du in seiner Rede fällt. Wer aber ist dieses Du? Zunächst weist solche intime Anrede lediglich darauf hin, daß der Sprechende die verschiedenen Argumente und Einwände, um sie gegeneinander abzuwägen, verschiedenen Personen zuordnet – sozusagen der Handhabbarkeit und Übersicht halber. Mit der Zeit aber verselbständigt sich, was zu Anfang Schematisierung und rhetorischer Kniff war. Der Akt des Sprechens emanzipiert sich von der Absicht des Sprechenden.

Der Sprechende leiht dann den Dingen nur noch seine Stimme. Er spricht mit den Tieren, den Steinen, den Wellen, den Wolken; und die Tiere, die Steine, die Wellen, die Wolken sprechen mit ihm – aus seinem Mund. – Und wehe, wenn sie das Urteil fällen gegen ihn! Wenn ihn die Dinge der Welt ausspucken, wie ihn das Meer ausgespuckt hat, als wäre er ein Ekel für Krebse und Fische …

Die Dinge dieser Welt sind randvoll mit Willen zur Selbstbehauptung, niemals unterwerfen sie sich einem System von Wesentlichkeit und Unwesentlichkeit, und das führt dazu, daß sich jeder Gedanke, auch der flüchtigste, aufspielt wie ein Präsident mit Launen. Die Tiere und die Steine, die Wellen und die Wolken führen ihre Argumente ins Feld, treten wie auf einer Bühne nach vorne an die Rampe und präsentieren sich – mit Eleganz oder schlechten Manieren, grillenhaft oder bescheiden, mit Verve oder lässig – ganz so, als wären es menschliche Wesen. Aber nicht nur die Tiere, die Steine, die Wellen und die Wolken verwandeln sich in leibhaftigen Umgang, auch die abstraktesten Begriffe marschieren auf in ihrer arroganten Kühlheit, bizarr glänzend, stählern, trocken und herzlos, unerschöpflich im Erklären, und sie tragen sich vor, selbstverknallt und aufmerksamkeitsgeil. – Der Zunge und dem Hirn des Sprechenden bleibt wie einer programmierten Maschine – einer auf Selbstgespräch in Zimmerlautstärke programmierten Apparatur – nichts anderes übrig, als jeden Gedanken, eben auch den flüchtigsten, zu walken und sich von ihm walken zu lassen, zu spalten und sich von ihm spalten zu lassen, zu hacken und sich von ihm hacken zu lassen, zu splittern und sich von ihm splittern zu lassen.

Der göttliche Geist, der Dasein und Welt umspannt, der auf das Feld der Gedanken scheint wie Eos auf den Strand am Morgen, war von Odysseus abgeblichen, und das goldene Grün des Lebens begann zu vertrocknen und zusammenzurunzeln wie ein präpariertes Ungeziefer, bis es in einer Streichholzschachtel irgendwo im weiten Winkel der Seele Platz hatte. Er war auf sich selbst zurückgeworfen und ausgeschlossen vom göttlichen Geist, der aus der offenen Welt leuchtet, die Jahre waren wie Dornengestrüpp über ihm zusammengewachsen, und ihm war, als wandelte er auf stumpfem, schwarzem Grund, der keine Geschichten erzählte und keine Geschichte mehr zuließ. Wenn er die Augen schloß, meinte er, der Horizont rücke näher und näher, rase über das Meer auf ihn zu, und der Himmel schieße auf sein Haupt nieder …

Aphaia und ihr Zuhälter

»Ich« – so erzählte also Odysseus – »saß auf der Klippe vor dem Leuchtturm im Osten und blickte auf das Meer hinaus. Was ist ewiges Leben, fragte ich mich, denn das mußte ich mich fragen, und meine Antwort war: der Alptraum eines Idioten. Aber der Tod, mußte ich mir weiter antworten, ist nichts anderes. Es war eigentlich kein Leuchtturm, sondern lediglich ein

Mast aus quer verstrebtem Stahl, auf dem sich nachts das Licht drehte. Was ist der Unterschied, mußte ich mich fragen, zwischen einem, der ewig altert, und einem, der ewig Schuld trägt, ohne je wieder zum Ort seines glücklichsten Augenblicks zurückzukehren? Meine Antwort war: Beide sind verflucht, Tithonos und Odysseus.

Am Fuß des Mastes war eine Betonkaue, die gerade einen niedrigen Raum fassen mochte und nur ein Fenster hatte und deren Tür, blind und grün gestrichen, einen guten halben Meter über dem Boden in die Wand eingelassen war, ohne daß eine Treppe hinführte. Auf der Südseite des ausgebleichten Baus, an dessen Wände die Abdrücke der Schalbretter zu sehen waren, war eine starke Bohle über zwei Betonziegel gelegt. Dort saß ich. Ich wußte nicht, in welcher Richtung Ithaka lag, und ich dachte, was spielt es jetzt noch für eine Rolle. – Ich drehte mich um, und da sah ich ihn. Er stand in der Sonne, mit einer Schulter berührte er die Betonwand. Er kaute und nickte, als würde er über meine Fragen nachdenken. ›Ach was‹, sagte ich in Zimmerlautstärke. ›Du bist ein Gedanke.‹

Und er sagte: ›Ja. Aber wovor bewahrt dich das?‹

›Es bewahrt mich vor nichts‹, sagte ich.«

Er trug einen hellen Anzug, die Hose hochgegürtet – ein Dandy, dieser Gedanke, schlank und rank, elegant, mit Understatement gekleidet, dunkelblaues, gelb gepunktetes Hemd, geschmackvoll, ein nachlässig lächelnder, ironisch grüblerisch Luft kauender Kerl.

›Was verdorben ist, ist verdorben‹, sagte er.

Ein Spötter war er, der Nihilist mit dem Erfolg bei den Frauen. Er setzte sich zu mir auf das Brett, ein Bein ließ er ausgestreckt, auf das Knie legte er beide Hände, klemmte die Bügelfalte zwischen Zeigefinger und Mittelfinger, spielte damit. Es sah aus, als würde er gleich wieder aufstehen, als wäre er gerade auf dem Weg, ja eigentlich als gälte sein Besuch einem anderen, Wichtigeren, einem mit mir Unvergleichlichen, einem Würdigeren eben. Aber er blieb, rückte die Schultern in seinem Sakko zurecht.

›Tja‹, sagte er. ›Ich bin ein Gedanke. Das mag richtig sein. Aber glaube mir, Odysseus, es ist für unser Gespräch nur von geringer Bedeutung. Ich habe jemanden mitgebracht, der dich unbedingt sehen möchte.‹

Er drehte seinen Oberkörper ein wenig, ohne mich dabei aus den Augen zu lassen, zog in einem schnellen Zucken die Oberlippe über die Zähne. ›Komm her zu uns!‹ sagte er. ›Na, komm schon!‹

Sie hatte im Schatten hinter der Betonwand gewartet. ›Aphaia‹, sagte ich. ›Wie bist du hierher gekommen?‹

›Ich bin ein Gedanke wie er‹, sagte sie.

›Aber für unser Gespräch ist das nur von geringer Bedeutung‹, wiederholte er.

›Was wollt ihr von mir?‹ fragte ich.

›Du weißt, was ich von dir will‹, sagte Aphaia. ›Nichts anderes will ich von dir.‹

Sie war so schön, wie sie immer gewesen war – o nein, was rede ich da, sie war ja nie wirklich schön gewesen, sie hatte Sommersprossen im Gesicht, und die Haut an ihren Schläfen war unrein, und ihr Haar war sonnengelb, lockiges, sonnengelbes Haar, gestutzt und hinter die Ohren gebürstet, kraus und widerspenstig an den Seiten.

›Aphaia, warum gehst du mir nicht aus dem Sinn!‹ klagte ich.

Ich hätte mich so gern an sie geschmiegt, jetzt wieder, jetzt wieder wie vor so vielen Jahren, hätte so gern an jede Stelle ihres Körpers meine Wange gelegt. Wie Hoffnung war sie. Sie trug ein grünes Kleid oder ein blaues oder ein rotes, ein kurzes Kleid. Sie kam auf mich zu. Ihre Brüste schaukelten, schon waren es Frauenbrüste.

›Aphaia‹, sagte ich, ›warum bist du gekommen?‹

›Weil du mich gerufen hast‹, sagte sie.

›Wie sollte auch ein Gedanke anders daherkommen‹, schnalzte der Dandy, er hatte jetzt nämlich einen Schlangenkopf, der peitschte aus, wenn er sprach, als müßte er die Worte wie Schlagbälle nach meinen Ohren werfen.

›Und wer ist er?‹ fragte ich.

›Ich bin ihr Zuhälter‹, sagte er.

›Es ist der Herr Selbstmord‹, sagte sie. ›Du erinnerst dich doch, Odysseus, daß ich mich suizidiert habe.‹

›Warum sagst du so ein Wort dazu‹, rief ich. ›Es klingt, als hätte sich eine Maschine selbst abgeschaltet. Du bist doch kein Apparat, Aphaia.‹

›Alle haben dieses Wort gebraucht.‹

›An dem Wort gibt es nichts auszusetzen‹, sagte sausend der Dandy, und seine Schlangenzunge wedelte. ›Es ist exakt und läßt viel Spielraum für die Einbildungskraft.‹

›Odysseus‹, sagte Aphaia mit flehender Stimme, ›ich kann nicht zu dir kommen, das haben wir probiert, es geht nicht. Du hast deine Sache nicht schlecht gemacht vor sieben Jahren am Eingang des Hades. Es war nicht deine Schuld. Du hast gut gesprochen. Du beherrscht die geflügelte Kunst wie keiner ...‹

›Sprich nicht davon‹, wehrte ich mich. ›Sag dieses Wort nicht mehr! Ich verabscheue es. Ich verabscheue mich für meine Kunst.‹

›Ist ja gut‹, sagte der Schlangenkopf, ›ist ja gut, ist ja niemand da außer dir selber‹, und er zog sich immer länger aus dem eleganten Hemdkragen des Dandys, war jetzt wie ein Lasso, formte einen Ring, mit dem er nach mir warf. Aber ich wußte, er würde mich nicht berühren.

›Es war nicht deine Schuld‹, sprach Aphaia weiter. ›Es geht nicht. Niemand kann einen anderen aus dem Tod ins liebe Sonnenlicht holen. Aber ich will, daß du bei mir bist, Odysseus. Du weißt doch, was wir beide nicht zu einem Ende geführt haben ...‹

›Und da dachten wir eben‹, nahm ihr die Schlange das Wort ab, ›wir könnten es ja umgekehrt machen. Du kommst zu ihr.‹

›Wenn du es willst‹, sagte Aphaia. Sah mich gerade an. Der Vokal ihres letzten Wortes hatte ihren Mund geöffnet, und sie behielt ihn offen, und ich sah ihre Zähne, die noch warm sein mußten von ihrem Atem.

›Dieselbe Methode wie bei Aphaia‹, sagte der Dandy. ›Schau hinunter! Es ist tief genug.‹

›Ja, schau hinunter, Odysseus‹, sagte Aphaia. ›Ich

habe das auch getan. Ich habe erst hinuntergeschaut und dann bin ich gesprungen.‹

›Komm noch ein bißchen näher, Aphaia‹, sagte ich. ›Riechst du noch, wie du gerochen hast?‹

Mit wieviel schmerzlicher Bedeutung ist doch unser Geruchssinn aufgeladen! Sie hatte nach Wärme gerochen, nach ausströmender Wärme, einer Wärme, die zuviel war, die abgegeben werden wollte von ihrem Körper, eine verschwenderische Wärme war das, die mich eifersüchtig gemacht hatte, weil sie für alle da war, eine Wärme, die uns alle, die wir verrückt nach ihr waren, unbedeutend machte, weil wir so verrückt danach waren und Aphaia sie einfach nur los wurde. Ein wenig nach Schweiß roch diese Wärme.

›Deinen Geruch habe ich das ganze Leben lang gesucht‹, sagte ich. ›Komm näher, Aphaia! Komm doch näher!‹

›Ja, zeig dich, Aphaia!‹ sagte die Schlange ›Zeig dich ihm ruhig! Sie ist nicht eine, die besser im Zwielicht bleibt. Sie kann unbarmherzig ausgeleuchtet werden. Zeig dich, Aphaia!‹

Und sie kam auf mich zu.

›Aphaia‹, sagte ich, ›Aphaia, weißt du noch, nein, das kannst du nicht wissen, hör zu, du bist neben mir gelegen, auf dem Rücken bist du im Sand gelegen, hast mich gar nicht bemerkt. Ich lag nicht weit von dir, ganz nahe bei dir sogar, ich habe dich gerochen, weil der Wind vom Meer her wehte. Während sich die anderen die Backen stopften mit dem Ölgebäck, das am Strand verkauft wurde, lagen wir beide im Sand, nach Ölgebäck war uns beiden nicht. Kannst du dich daran erinnern, Aphaia? Ach, nein, wie solltest du! Du lagst auf dem Bauch, hattest die Augen geschlossen, das Kinn zur Sonne erhoben, eine Königin, eine Gemahlin der Sonne. Dein Schamhügel war so rund, Aphaia! Die Schläfe im Sand, habe ich zu dir hinübergeblickt. Wenn ich das noch einmal sehen könnte – wie sich dein Schamhügel gegen den blauen Himmel abhebt!‹

›Das zeigt sie dir‹, sagte die Schlange, die sich nun wie ein langer Henkel über die Schultern des Dandys erhob, ›warum auch nicht. Da hast du einen Ständer gekriegt, stimmt's? Oh, das gezückte Schwert der Jugend!‹ – Und dann sprach es die Schlange aus, sagte die Worte, die der Brust den Atem nehmen und dem Geist den Spielraum: ›Bring dich um, Odysseus! Spring über die Klippe! Sich zu suizidieren, dazu ist es nie zu spät, solange man lebt. Du siehst an den Späßen, die ich mache, Odysseus, die Sache ist halb so schlimm. Du hast dich in deinem Leben weiß Gott satt gefickt, Odysseus. Selbstmord ist der exklusivste Bonbon, den das Leben zu bieten hat. Er haut dich raus aus dem Schlamassel!‹

Wie weit hat sich die Schlange nun schon aus dem Mann gewunden, dessen Körper in derselben Haltung war, in die er sich begeben, als er sich zu mir gesetzt hatte. Sie zog Spiralen um mich, ohne mich zu berühren. Ein hohles Nest muß dieser Dandykörper sein, dachte ich, ein hallendes, hohles Schlangennest, leer und gedankendurchflattert. Sitzt da, der Zuhälter meiner ersten Liebe, spielt die Rolle des außerhalb der Ordnung Existierenden, des Bohemiens, des für Überraschung Sorgenden, des Stars, und obwohl er länger bleibt als jeder andere Gedanke, beansprucht er Exklusivität und Jugend, auch wenn er längst schon zum betagtesten Dauergast geworden ist. Bis ins Alter hinauf durch alle Weisheit und alle Gelassenheit hindurch behauptet er, daß er weder widerlegt noch mit Lebenserfahrung in die Schranken getröstet werden kann – die bittere Schlange der Jugend, über die einer sagt, sie sei das einzige, wirklich ernste philosophische Problem.

›Aphaia‹, sagte ich, ›Aphaia, krieg ich dich dann? Sag, krieg ich dich dann wirklich? Können wir es drüben miteinander treiben?‹

›Halt‹, sagte die Schlange, ›man darf die Ware vorher nicht angreifen! Nimm deine Finger weg und deine Worte auch!‹

›Wenn du mich willst‹, sagte Aphaia, ›kannst du mich haben, wie ich bin.‹

Mir kamen Zweifel, ob ich es wirklich wollte. Aber, dachte ich, besser als zurück in eine Ewigkeit voll Schuld und Sehnsucht nach dem unwiederbringlichen Augenblick des Glücks ist es allemal.

›Wenn du schon so verrückt nach Aphaia bist, Odysseus‹, sagte die Schlange, ›dann mach sie nach! Tu einfach, was sie getan hat. Spring! Tu's wie sie aus einer Laune heraus! Aus übermütiger Lebenslust! Als Dreingabe nach einem Szenenapplaus. So als ginge das Schauspiel hinterher weiter. Wir kommen morgen wieder‹, sagte die Schlange und ließ sich in den Rumpf des Dandys saugen. ›Überleg's dir, Odysseus!‹ Und als nur noch der Schlangenkopf aus den Schultern sah, verwandelte er sich in den Männerkopf zurück. ›Vielleicht bringe ich Aphaia nur noch morgen mit, vielleicht übermorgen nicht mehr. Vielleicht bringe ich übermorgen jemand anderen mit, zweite Wahl ...‹

Dann war ich allein und blickte über die Klippe hinunter ins Meer.« – So erzählte Odysseus bei Gelegenheit, auf die wir später – später – näher eingehen werden.

Athene

Spekulieren wir nicht über die Zeit! Wie haben sich die Götter die Zeit vertrieben, während sie auf den Beginn des Symposions über die Sterblichkeit warteten? Keine solchen Fragen! Die Götter tun nicht, sie sind. Basta. – Darum: Als Athene und Hermes auffahren, ist alles, wie es war: Hera sitzt an der Tafel, die an ihrem Platz eine leichte, jedoch nicht übersehbare Ausbuchtung aufweist; Artemis, den silbernen Bogen über der Stuhllehne, braucht nur den halben Sitz, ist wie immer auf dem Sprung; Apoll, der Weithinblickende, steht am Himmelstor, die Leier geschultert, den Bogen darüber quer; Hephaistos – was sinnt er gerade über Basteleien nach? Aphrodite und Ares haben sich ins Hintere begeben, wohin der Götterblick durch die Lehnen der Throne verstellt ist, sie begreifen sich.

»Ich will«, ruft Athene schon beim Eingang, schiebt Apoll beiseite, »ich will, daß Odysseus heimkehrt! Auf der Stelle! Warum sollte er zu Hause unseren Zwecken weniger dienen können als auf Ogygia?« Nämlich daß er sich stellvertretend krümme, stellvertretend für unsere Gattung der Mängelwesen – meint sie damit, die Eulenäugige.

Und Hermes bestätigt. »Die Sterblichkeit ist ein interessantes Thema«, sagt er, »noch bei weitem interessanter, als wir von weitem annahmen. Aber daß einer, der dieses Phänomen so herzlich beklagt hat wie Odysseus, nun drauf und dran ist, seine Lebenszeit durch eigene Hand und freiwillig zu verkürzen …«

»Das steht hier nicht zur Debatte«, schneidet ihm Athene das Wort ab. Sie ahnt nämlich, daß die beiden Mächtigen, die sich dort hinter den Lehnen der Throne begreifen, eine Neugier für suizidales Verhalten von Helden entwickeln könnten, sie für Betthelden, er für Kriegshelden, und sie befürchtet, diese Neugier könnte ansteckend sein bei jungfräulichen Jägerinnen, jungmännlichen Lyraspielern, obsessiven Bastlern und irrwitzig eifersüchtigen Herrscherinnen. »Nein«, und väterlich gebietendes Erbe gibt ihrer Stimme Autorität, »Odysseus soll leben, und zwar soll er sterblich leben, wie sie alle leben, süchtig nach dem lieben Sonnenlicht, geduldig, verzweifelt, an jeder seiner und aller Menschen Sekunden feilend. Ich habe mich geirrt«, sagt sie, und das macht, daß Stille eintritt in der erlauchten Runde, daß Hephaistos die Brauen hebt, die wie Dornenbüsche im ausdörrenden Sommer sind, daß sich Hera über die leichte, jedoch nicht übersehbare Ausbuchtung beugt, daß Artemis nun mit beiden Backen ihren Thron einnimmt, daß Apoll seinen Platz am Tor verläßt und näher tritt, daß sogar Liebe und Krieg, Aphrodite und Ares, voneinander lassen. Denn so etwas war nicht geschehen seit unendlicher Zeit (was auch immer das heißen mag), daß hier oben über Wolke und Ideal, sich einer an die Brust klopft und sich selbst bezichtigt. »Ich habe einen falschen Rat gegeben«, sagt Athene, sagt es so leise, daß es nur die vorne hören können. Aber die sagen es denen hinten weiter. Und Athene läßt eine Pause, läßt dem Geflüster Zeit. Dann erst fährt sie fort: »Ich sagte, bei keinem anderen wäre ein Studium der Sterblichkeit lohnender als bei einem, der zwischen Sterblichkeit und Unsterblichkeit steht, der tatsächlich die Wahl hat, der im einen noch ist, das andere aber bereits als Möglichkeit ahnt, der eine Balance hält zwischen drängendem Vollbringen auf der einen Seite und ewig dauerndem Vollbrachtsein auf der anderen Seite. Das sagte ich. Aber so denke ich nun nicht mehr. Nun denke ich nur noch, er soll nach Hause zurückkehren, zu seiner Frau Penelope und seinem Sohn Telemach.«

»Warum willst du das, Athenaia«, fragt Zeus. »Warum liegt dir so viel daran?«

Und weil sich die Götter erheben und ihrem Mächtigsten die Frage nachsprechen, schließen wir uns an: Was sind Athenes Motive? Warum ist sie so sehr daran interessiert, daß dieser Mann heimkehre zu den Seinen? Was ist es, daß sie bereit war, all ihre Macht einzusetzen, damit dieser mit Mängeln, mit Fehlern, mit Grauen befleckte Odysseus auf die Unsterblichkeit an der Seite von Kalypso verzichte und ins Leben, ins Mangelhafte, Fehlerhafte, Grauenhafte zurückkehre? Sieht Athene etwa ein – eigentlich unverdaubar solche Gedanken für göttliche Windungen! –, daß noch im Mangelhaften, Fehlerhaften, Grauenhaften, ja gerade darin, des Menschen Würde liegt? Will sie die reine Substanz der Würde aus dem Gemengsel menschlicher Scheckigkeit extrahieren? Zu welchem Zweck? Hat sie Ambitionen? Gewaltige Ambitionen gar, Ambitionen kosmischen Ausmaßes womöglich, reichend von Alpha bis Omega, meßbar nur in Hubble-Zeit? Sieht sie keinen Sinn mehr darin, daß ihr Großvater Kronos ihren Urgroßvater Uranos kastrierte und ihren Vater, ihre Tanten, ihre Onkel fraß? Will sie eine neue Gründung? Ein neues, ein sechstes Geschlecht? Will sie aus unserer Geschichte Erkenntnisse gewinnen, die sich bei der Entwicklung von Taktik und der Erstellung einer Strategie im Krieg für den ewigen Frieden anwenden lassen? Für einen neuen Deukalion, einen neuen Noah, einen neuen Menschen? Fragt sie gar, was den Menschen vom Gott unterscheidet?

»Er dauert mich«, sagt sie.

»Mehr nicht?« fragt Zeus.

»Schau«, sagt sie. – Sie, die die Himmelsrichtung der Sehnsucht kennt, verbindet in einem himmelragenden Dreieck, dessen Spitze wie ein Satellit ihr Auge bildet, den Sehnenden, dessen Augen nicht mehr von Tränen trockneten, dessen süßes Leben im Jammer verrann, während er auf das unfruchtbare Meer blickte, verbindet ihn mit seinem fernen Zuhause, Ogygia mit Ithaka: Da ist ein Haus, ein weißes, das steht in den Feldern nahe der Stadt Ithaka. Eine

Eichenallee führt darauf zu, sieht von oben aus wie ein ausgerollter, grüner Teppich. Es ist Mittag bald. Athenes Auge durchdringt Gemäuer und Dachziegel. Sie sieht Penelope in einen Hausmantel gehüllt auf einer blauen Ottomane sitzen. Vor ihr steht ein Mann. Der Mann ist jünger als sie. Die Göttin zoomt ihren Blick näher heran: Der Mann spricht. Penelope neigt den Kopf, als warte sie. Jetzt legt der Mann seine Hände auf ihren Scheitel. Wartet Penelope auf Odysseus? – Athene schaut in einen anderen Raum, sieht einen jungen Mann, Telemach. Er telephoniert. Hat die Ellbogen aufgestützt. Den Hörer hält er mit beiden Händen. Mit wem spricht er? Wartet Telemach auf Odysseus?

»Hermes«, sagt Athene, »Hermes, eile zur Nymphe nach Ogygia, flieg hin auf deinen geflügelten Sandalen! Stürme über die Wogen wie die Möwe, wenn sie entlang den mächtigen Buchten der rastlosen Salzflut Fische fängt und die kräftigen Schwingen mit salzigem Wasser netzt! Kalypso soll den Dulder aus ihren Reizen entlassen! Daß er sich nicht selbst verderbe aus Angst vor seinen Träumen und aus Angst vor einer Ewigkeit, die er nicht begreift. Kalypso soll Odysseus ziehen lassen, heim!«

»Was soll er daheim«, sagt Zeus. »Siehst du nicht die Männer, die vor seinem Haus warten, Athenaia? Sie wollen seine Frau haben, sie wollen sein Gut haben. Es sind starke Männer, junge Männer, auch schöne Männer sind darunter, entschlossene Männer. Sie werden Odysseus aus Ithaka vertreiben.«

Ihm erwidert die strahlend blauäugige Göttin Pallas Athene: »Vater, Leuchtender, damit sie nicht alle drei verderben, Odysseus und Telemach und Penelope dazu, laß mich hinab zu dem Sohn und einen Soldaten erst aus ihm machen!«

Und Zeus ließ sie ziehen, seine Lieblingstochter, die Obrimopatre, seine Beraterin, seine Tritogeneia, seine Alalkomene, seine Pallas Athene, seinen Geist, der aus der offenen Welt leuchtet.

Um Mittag erreichte sie das Haus des Odysseus. Und da war sie ein Mann. Denn – weil wir sie für diesmal aus den Augen verlieren, erlauben wir uns die folgende, ohne Zweifel ausschweifende Reflexion –, denn nicht mehr ging sie als sie selbst unter die Leute, sondern nahm Gestalt und Rolle eines wirklichen Menschen an. Mit luftig göttlichen Erfindungen, soviel hatte sie gelernt, durfte sie den Sterblichen nicht kommen. Die werden hier unten wenig geglaubt. In philosophischen Comic-Köpfen kann man sich vielleicht verstecken, und man kann sich von dort aus gut anhören und ansehen, was draußen gesagt und getrieben wird, und es ist ein virtuelles Vergnügen – *sophisticated!* –; aber wenn man einwirken, hinführen, beeinflussen, wenn man Pädagoge sein will, wenn man aus dem Telemach einen Soldaten an der Seite seines Vaters machen will, dann genügt das nicht. Soviel hat ihr Hermes, der Seelenträger, beigebracht: Trotz aller letztendlichen Beschränktheit auf die Materie oder wegen derselben oder als Folge schmerzvoller Einsicht in dieselbe haben sich nämlich hier unten ein gewisser Stolz und ein durchaus himmelstürmender Besitzanspruch auf alles durchgesetzt, was man angreifen, riechen, schmecken, hören und sehen kann. Was sich nicht, wenigstens in der letzten

Schicht seines Seins, dieser brachialen Hölzernheit unserer Sinne mitzuteilen versteht, wird nicht geglaubt. Vorspiegelungen mißlingen, obwohl man meinen sollte, es ließe sich einer leicht täuschen vom Angesicht eines Erfundenen, den es nirgends auf der Welt gibt und niemals auf der Welt gab. Nein, es wird nicht geglaubt. Andererseits sind wir durchaus in der Lage, von einem fremden Menschen zu erzählen, und zwar so, daß der Zuhörer glauben könnte, er sehe jenen vor sich, den er in Wahrheit noch nie gesehen hat und von dem er weiß, daß ihn auch der Erzähler nie gesehen hat, daß ihn aber auch der Erzähler, jedenfalls solange seine Geschichte noch im Gange ist, für wahr und wirklich hält, und daß er seine Geschichte stracks abbrechen würde, wenn er den Glauben daran verlöre. Auch wenn wir nicht alle Lebenden und Gestorbenen kennen – würde der Erzähler, danach befragt, vielleicht argumentieren –, so tragen wir doch die Gesichter und Arten aller in uns, so daß wir sie auf eine rätselhafte Weise eben doch alle kennen – die einen mögen uns fremder sein als die anderen, wenige sind uns nahe wie Freunde und Verwandte, und in diesem oder jenem glauben wir sogar uns selbst zu erkennen –, vertraut sind sie uns alle, alle Menschen, die leben, die je gelebt haben und wohl auch jene, die noch leben werden. Mancher philosophisch ungeübte und metaphysisch ungebildete Schwärmhans ist davon – je nachdem, ob Schatten oder Licht sein Leben bestimmte – zur hoffnungsvollen oder abgrunddüsteren Auffassung verführt worden, der Menschheit Schicksal sei es, daß ein jeder das Leben jedes seiner Brüder und Schwestern zu durchleben habe, von Anfang bis in alle Zeit; weswegen – spekulierte der Schwärmhans weiter – die berühmte, höllisch schwer zu erfüllende Maxime, man solle seinen Nächsten lieben wie sich selbst, aus der Topographie des Moralischen gehoben, sich vom altruistischen Wahnwitz, den sie darstellt, zu einem nüchternen Ratschlag für eigenstes Wohlsein umdeuten ließe, ja darüber hinaus sogar als Warnung zu verstehen sei, als Drohung, es werde eines Tages durch eigene Hand Gleiches mit Gleichem vergolten ...

Was reden wir da! Zu welcher Predigt haben wir uns verstiegen! Wollen sie womöglich der Göttin als Gedanken unterschieben! – So verzettelt man sich in Aufschneiderischem, Zirkusdirektormäßigem, Marktschreierischem, Stammtischhaftem, Halbseidenem, Prahlhansischem, Großkotzigem, wenn einem das Herz schwer ist, schiebt Wortdünen vor sich her, um Worte zu vermeiden. Denn mit Worten nehmen wir Kalypso den Bräutigam ...

Erroso!

Stehen blieb der Geleiter, der Schimmernde, vor der Grotte der Nymphe, staunte und schaute – so heißt es im Gedicht, das uns den überlieferten Stoff in Form brachte.

»Du weißt, warum ich gekommen bin«, sagte Hermes zu Kalypso.

Die zog ihr elegantestes Gewand an, schwarz und rot, und sie schmückte ihren Liebsten mit den schönsten Kleidern und legte die schönsten Düfte an ihn, und sie rief einen Fahrtwind, einen leidlosen und lauen, und sie wünschte ihrem Liebsten einen leiderfahrenen Mut in die Brust. Und ließ ihn ziehen …

Inhalt

FÜNFTER TEIL ABSCHIED VON OGYGIA